Kontaktadresse nach EU-Produktsicherheitsverordnung:
produktsicherheit@droemer-knaur.de



KNAUR

*Im Knaur Taschenbuch Verlag sind bereits folgende Bücher der Autorin erschienen:*
Die Stimme des Zwielichts
Der Schrei des Garuda
Das stille Qi Gong
Tibet hinter dem Spiegel

*Über die Autorin:*
Die renommierte und erfolgreiche Autorin Ulli Olvedi ist diplomierte Qi-Gong-Lehrerin und ausgebildet in Atemarbeit, buddhistischer Psychologie und buddhistisch-tantrischer Energiearbeit. Auf dieser Basis entwickelte sie die »Meditative Energiearbeit« für westliche Menschen, die sie in Seminaren unterrichtet. Ulli Olvedi gründete die Hochschule für traditionelle tibetische Medizin, das Shelkar Tibetan Medical Institute in Kathmandu, und ist Fachbereichsleiterin für Spiritualität an der Akademie Aidenried am Ammersee bei München.
www.ulli-olvedi.de

Ulli Olvedi

# Wie in einem Traum

Roman

KNAUR

Dieser Titel erschien im Knaur Taschenbuch Verlag
bereits 2011 unter der Bandnummer 50902.

**Besuchen Sie uns im Internet:**
**www.knaur.de**

Vollständige Taschenbuch-Neuausgabe Februar 2018
Knaur Taschenbuch

Ein Imprint der Verlagsgruppe
Droemer Knaur GmbH & Co. KG, München

Covergestaltung: ZERO Werbeagentur, München
Coverabbildung: Phil Borges, Seattle
Satz: pagina GmbH, Tübingen
Printed in Germany
ISBN 978-3-426-87816-3

4 5 3

# 1

Das Baby auf Mailis Arm machte kleine schmatzende Geräusche. Maili blies ihren Atem über das kleine Gesicht, und er schwebte in der kalten Luft wie eine winzige Wolke. Babygesichter sind wie kleine Sonnen, dachte Maili. Auch ihr Bruder, der vor zwei Jahren geboren worden war, hatte solch ein Sonnengesicht. Wie kam es, dass es verging mit dem Älterwerden?

Wenn sie sich selbst in dem Stück Spiegel betrachtete, das ihr gehörte, konnte sie keine Sonne entdecken. Sie sah nur ein herzförmiges, mattbraunes Gesicht mit hohen Wangenknochen, einer kleinen, breiten Nase zwischen mandelförmigen Augen und einem recht großzügigen Mund – einem hübschen Mund, fand Maili, rosa mit bläulichem Rand, wie Blütenblätter. Ihr Haar war dicht und sehr lang, in der Mitte gescheitelt und mit ein wenig Türkis- und Korallenschmuck verflochten. Sie mochte ihr Bild im Spiegel, solange sie nicht an das Mädchen im Nachbardorf dachte, das als die Schönheit des Bezirks galt. Wohl deshalb, weil sie schöne seidene Blusen besaß, dachte Maili mit einem Anflug von Neid. Nein, Maili war keineswegs hässlich, da war sie ganz sicher. Doch hatte sie ein großes Mundwerk, wie ihr die Mutter immer wieder vorhielt. Männer mögen keine vorlauten Mädchen, sagte die Mutter, und du willst doch einen Mann bekommen!

Als Maili an ihre Mutter dachte, empfand sie ein seltsames, ziehendes Gefühl von unbestimmter Traurigkeit.

Es ist dumm, traurig zu sein, wenn die Berge im Morgenlicht wie riesige geschliffene Edelsteine aussehen, sagte Maili zu sich selbst.

Gegenüber ihrem Dorf erhob sich einer der Riesen, auf denen die Devas, die Götter auf Zeit, leben. Seinen weißen Gipfel verwöhnte die Morgensonne mit Rot und Gold, lange bevor sie die kleine Ansammlung von Häusern, die an einem Südwesthang lag, zu wärmen begann. Schutz suchend klebten die kleinen Behausungen aus Stein und Lehm am Berg, aneinandergedrängt wie Schafe in der Kälte der Nacht. Maili konnte das Dorf vom Dach des Hauses ihrer Tante gut überblicken, denn es war hoch am Hang gelegen. Unter ihr lag die Dachterrasse ihres Elternhauses und etwas tiefer das Haus des Dorfvorstehers. Der hatte natürlich das größte Haus im Dorf. Die zum Schutz vor dem Wind ummauerten Sonnenterrassen, mit denen ein jedes Haus so viel Sonnenwärme einzufangen versuchte wie möglich, waren alle noch leer. Das Leben würde sich dort erst entfalten, wenn die Sonne höher stand.

Der goldene Glanz auf dem gegenüberliegenden Berg war inzwischen so stark geworden, dass er ein sanftes Leuchten über die hellen Wände der Häuser warf. Der Geruch von Holzrauch lag in der Luft, und die Stille wob ihren natürlichen Zauber um die Behausungen der Menschen. Es war kalt im Schatten des Bergrückens. Kam die Sonne jedoch hervor, war ihre Hitze grell und scharf, und man musste aufpassen, dass man sich nicht die Nase verbrannte, während einen die Kälte in den Rücken biss.

Maili fröstelte, blieb aber dennoch auf dem Dach, um sich den Genuss des goldenen Berges noch ein wenig zu gönnen. Das wollene Tuch, in das sie sich gehüllt hatte, reichte nicht aus als Schutz gegen die morgendliche Kälte. Sie sehnte sich nach dem Sommer, der bald beginnen würde. Wie schön war es, wenn man sich nach einem Winter in der schweren Schaffellkleidung wieder frei bewegen konnte, nicht zu reden von dem Vergnügen, zur Chuba, dem ärmellosen Kleid, hübsche farbige Blusen zu tragen.

»Maili, wo bist du?«

Die schwache Stimme der Tante riss Maili aus ihren dahintreibenden Gedanken, und schuldbewusst ordnete sie das Fell um das Gesicht des Babys, so dass fast nur noch die winzige Nase zu sehen war.

»Ich bin hier oben, auf dem Dach. Ich dachte, du schläfst noch.«

Maili kletterte mit dem Kind auf dem Arm vorsichtig die Leiter zur Sonnenterrasse hinunter, wo Bänke im Windschatten der schützenden Mauern standen und der große Webrahmen darauf wartete, dass sie sich an die Arbeit machte. Durch die niedrige Tür trat sie ins dunkle Innere des Hauses und trug das Baby zu seiner Mutter, die auf einem der Kastenbetten lag. Blass und hager sah die jüngere Schwester ihres Vaters aus nach ihrer schweren Geburt. Maili hatte mithelfen dürfen, als die Tante nach jahrelangem Warten und Hoffen ihr erstes Kind zur Welt brachte, und sie erinnerte sich ungern an das viele Blut, das dabei geflossen war.

Die junge Frau schob ihre Felldecke ein wenig beiseite und streckte die Hand aus. Als habe das Baby die Geste gespürt, regte es sich und gähnte. Maili nahm das Kind aus dem Fell und legte es seiner Mutter in den Arm. Ihre Bewegungen waren sicher und geschickt. Genauso hatte sie ihren kleinen Bruder getragen und versorgt, und bald, in einem Jahr vielleicht, wenn sie siebzehn war, würde sie selbst einen Mann haben und ein Kind bekommen. So wie ihre Freundin Dawa mit ihrem immer größer werdenden Bauch.

Würde sie es wohl so gut treffen wie Dawa? Die hatte ihren Mann unten in der vier Tagesmärsche entfernten Provinzstadt kennengelernt, wo man Arbeit finden und gutes Geld verdienen konnte. Dawa hatte von ihm den schönsten Pullover bekommen, den je ein Mädchen im Dorf getragen hatte. Leuchtend gelb war er und flauschig wie das Fell junger Welpen. Von fern sah Dawa aus wie eine große gelbe Blume, und alle schauten ihr nach. Das heißt, berichtigte Maili sich selbst und musste lächeln, jetzt sieht Dawa eher aus wie der gefüllte Korb eines Kulis, und der Pullover passt nicht mehr über den gewölbten Bauch.

Inzwischen hatte sie, von diesen eher vergnüglichen Gedanken begleitet, in der kleinen Küche neben dem Wohn- und Schlafraum den großen Teetopf vom Feuer genommen, den Tee in den langen hölzernen Bottich gegossen und Butter und Salz hinzugefügt. Sie mochte das glucksende, gurgelnde Geräusch beim Zubereiten des Buttertees; es sagte, dass wieder ein Tag begann, ein Tag mit neuen kleinen Ereignissen und neuen Geschichten in Mailis Kopf. Doch zugleich dämpfte ein seltsamer Unterton die Heiterkeit des Morgens, eine undeutbare Bedrückung, die Maili seit zwei Tagen tief in ihrem Innern spürte.

Maili brachte der Tante eine Schale Buttertee und kletterte dann wieder zurück auf das Dach. Ihre Eltern würden erst am Nachmittag vom Besuch bei den Verwandten zurückkommen, und sie hatte keine Lust zu weben. Es war so angenehm, nicht ständig etwas zu tun. Mailis Mutter drängte stets: »Maili, tu etwas! Maili, guck nicht immer Löcher in die Luft!« Meine Löcher sind schöne Löcher, maulte Maili dann unhörbar vor sich hin. Ihr habt alle keine Ahnung, was für schöne Löcher ich in die Luft gucke.

So saß Maili auf dem Dach und lächelte vor sich hin. Sie würde sich ausgiebige Löcher gönnen, den ganzen Tag lang, wann immer die Tante sie nicht brauchte. Sie würde ihre Lieblingsgeschichte noch ein bisschen weiter ausgestalten, die Geschichte, in der ein Naga-Prinz, der in einem Palast unter der Quelle hoch oben am Berghang wohnte, sie zur Frau nahm und sie dann in Brokate gekleidet und mit wundervollen Juwelen geschmückt ins Dorf führte, wo alle Nachbarn und sogar ihre Eltern sich vor ihnen niederwarfen. Denn Nagas, die mächtigen Naturgeister, musste man mit großer Ehrfurcht behandeln.

»Nagas können einem großes Glück, aber auch großes Unheil bringen«, hatte der Mönch Sherab erklärt, der mit ihrer Familie verwandt war und häufig zu Besuch kam, um Tsampa und Momos zu essen und vom Buddha und seinen Lehren, aber auch von Zauberern, Dämonen und Geistern zu erzählen. Maili erinnerte sich noch sehr gut an einen Abend mit dem Mönch, an dem sie lange über die Naturgeister gesprochen hatten.

»Nagas leben unter der Erde, unter Quellen und in Flüssen«, hatte Sherab berichtet. »Sie haben wundervolle Paläste, und sie wachen über unermessliche Schätze. Ihr Oberkörper sieht wie der eines Menschen aus, doch ihr Unterleib ist wie ein Schlangenschwanz geformt. Nur ganz wenige Menschen können sie sehen. Manchmal erfüllen sie Wünsche, wenn es jemandem gelingt, ihr Wohlwollen zu gewinnen. Doch wehe, wenn man sie stört. Sie können Krankheiten und großes Unglück verursachen. Man sollte nie versäumen, den Nagas Opfergaben zu bringen.«

Während Mailis Körper auf dem Dach saß und Buttertee trank, eilte ihr Geist wieder einmal den Berg hinauf zur Quelle. Unter dem Felsüberhang, wo die Quelle entsprang, lagen wie immer Opfergaben der Dorfbewohner für die Naga-Geister. Aber natürlich wusste niemand, an welcher Stelle man an das Gestein klopfen musste, damit sich das verborgene Tor auftat. Nur Maili wusste es in ihren Tagträumen.

»Naga-Prinz, Naga-Prinz!«, rief Maili und dachte seinen geheimen Namen, den man nicht nennen konnte, weil er kein Name war, sondern eher ein Gefühl. Das Tor tat sich auf, und der Prinz erschien, ein wenig schwebend auf seinem Schlangenschwanz. Es war ein großes Gefunkel von Juwelen, Seide und Goldbrokat, und seine Haut schimmerte wie die großen weißen Muscheln, mit deren durchdringendem Ton die Mönche des entfernten Klosters zur Puja riefen.

»Meine Schöne!«, sagte der Prinz und streckte die Hände nach ihr aus. Es war eine kühle, wie ein Luftzug vorbeistreichende Berührung. Maili entschied, heute das Wagnis einzugehen, mit dem sie sich in Gedanken schon seit einiger Zeit beschäftigte. Sie hielt dem Prinzen ihr Gesicht entgegen, schloss die Augen und wartete. Ein sanfter Windhauch strich über ihre Lippen und Augenlider, und eine köstliche Wärme breitete sich in ihr aus.

»Prinz, wäre es nicht möglich, dass du Beine bekommst?«, fragte Maili, als sie sich unter dem Felsüberhang niedergelassen hatten. Die luftigen Lippen des Naga-Prinzen streiften ihre Wangen, und sein Juwelenschmuck klingelte unirdisch leise an ihrem Ohr.

»Möglich schon«, sagte der Prinz, »aber sehr schwierig.«

»Könntest du es nicht versuchen? Es wäre so schön, wenn du auf zwei Beinen gehen könntest wie ein Mensch.«

»Ich bin kein Mensch.«

»Für mich bist du wunderbar, auch ohne Beine«, sagte Maili.

Der Prinz schnurrte. Ob es irgendjemanden außer mir gibt, der weiß, dass Nagas schnurren? dachte Maili wohlig. Sie saß so weich und angenehm im Hauch der Umarmung des Naga-Prinzen, dass sie sich selbst fast als ebenso luftig empfand wie den hochgeborenen Wassergeist.

»Oder könnte ich ein Naga werden wie du, mit einem Schlangenschwanz?«, murmelte sie träge.

Der Prinz lächelte. »Würdest du das wirklich wollen, meine Schöne?«

Er hatte kaum zu Ende gesprochen, da wusste Maili bereits, dass sie zu unbedacht gewesen war mit ihren Worten. Als Naga-Mädchen, so erkannte sie plötzlich, würde sie nicht mit ihrem Prinzen in ihr Dorf einziehen können wie eine Königin. Es wäre sogar sehr fraglich, ob irgendjemand sie sehen könnte. Hatte nicht der Mönch Sherab gesagt, es sei eine seltene Gabe bei den Menschen, Geister wahrzunehmen? Und einen Schlangenleib wollte sie auch nicht haben.

»Du musst wissen«, sagte der Prinz, »dass es sehr, sehr schmerzhaft für mich wäre, mich wie ein Mensch zu bewegen – es wäre so, als müsste ich durch kochendes Wasser laufen. Aber damit nicht genug: Du würdest diese Schmerzen mit mir teilen müssen.«

Maili zögerte. Sie fürchtete sich vor Schmerzen. Sie vergaß den Naga-Prinzen und dachte daran, wie sie sich einmal mit dem Messer ihres Vaters geschnitten hatte. Sie erinnerte sich an die Stichflamme des Schmerzes, an ihre Panik und das Gefühl schrecklicher Hilflosigkeit. Und sie erinnerte sich, wie sie einmal auf dem Geröll gefallen war, so dass ihr Arm von einem scharfkantigen Stein aufgeschlitzt wurde; und auch der Morgen, an dem sie eine Hand mit kochend heißem Tee verbrüht hatte, war noch sehr lebendig in ihrem Gedächtnis.

So gefällt mir die Geschichte nicht, sagte sich Maili. Man dachte sich schließlich Geschichten aus, um Spaß daran zu haben. Doch dieser Verlauf versprach keinerlei Vergnügen. Sie würde einfach wieder von vorn anfangen und sich etwas Neues ausdenken. Müßig sah sie zu, wie das Licht auf ihr Dorf zuwanderte und die Landschaft im Sonnenlicht aufzustrahlen begann.

Durch die Morgenstille drangen Stimmen zu ihr herauf. Sie mussten vom Weg unterhalb des Dorfes kommen, den sie vom Haus der Tante aus nicht sehen konnte. Eilig kletterte sie die Leiter hinunter.

»Da kommen Leute!«, rief sie der Tante zu, denn dies war durchaus nichts Alltägliches. Mit einem unerklärlichen Gefühl der Panik lief sie die Treppe im Innern des Hauses hinab, am leeren Stall vorbei und zur offenen Haustür hinaus. Ein Gässchen führte zwischen den Häusern zu den untersten Gebäuden des Dorfes, wo der vom Tal kommende Weg endete. Ein Bauer aus einem Nachbardorf und der Mönch Sherab standen mit dem Dorfvorsteher und seiner Frau zusammen. Der Mönch trug Mailis kleinen Bruder auf dem Arm.

In Maili brach das verschlossene Wissen auf, das zwei Tage lang als unbestimmte Unruhe auf dem Grund ihres Herzens gelegen hatte.

»Wo sind meine Eltern?«, schrie sie und begann zu laufen. Sie riss dem Mönch den Jungen aus dem Arm. Das Kind wimmerte und krümmte sich wie eine kleine Raupe.

»Sie sind tot«, sagte der Bauer.

»Ja, sie sind tot«, sagte der Mönch.

Der plötzliche Schmerz drückte wie eine riesige, schwere Hand auf ihren Nacken, so dass sie nichts anderes tun konnte als sich hinsetzen. Sie hielt den kleinen Jungen fest und saß auf dem Weg wie ein Stein, der in einem Abgrund liegt. Ich habe es gewusst, etwas in mir hat es gewusst, sagten dröhnende Gedanken in ihr. Ich habe nicht hingehört, aber ich habe es gewusst.

Der Bauer und der Mönch sprachen mit anderen Dorfbewohnern, die herbeigeeilt waren. Alle standen unschlüssig herum.

»Komm«, sagte der Bauer schließlich und zog Maili an den Armen hoch. »Wir müssen es deinem Onkel und deiner Tante sagen.«

Maili drückte ihre Wange an das kalte Gesicht ihres kleinen Bruders und stolperte zwischen dem Bauern und dem Mönch zum Haus ihrer Verwandten. Ein paar Kinder zogen schweigend hinter ihnen her.

»Der Onkel ist doch auf der Weide«, sagte sie unsicher.

Jemand würde zum Weideplatz gehen müssen, um den Onkel zu holen. Der Onkel war ein umsichtiger Mann und würde sich um alles kümmern. Es erschien ihr plötzlich ungeheuer wichtig, den Onkel so schnell wie möglich neben sich zu haben. Niemand wusste genau, wohin er an diesem Tag mit den Schafen und Ziegen gegangen war. Es konnte lange dauern, bis man ihn fand.

»Und die Tante ist krank«, sagte sie aufgeregt, als sie das Haus schon fast erreicht hatten. Sie blieb unschlüssig stehen. Man konnte auf die arme, geschwächte Tante jetzt nicht zählen. Sie sollte sich nicht aufregen, sonst würde vielleicht die Milch für das Baby versiegen. Und die anderen Verwandten wohnten so weit weg. Ach ja, dort waren ihre Eltern ja zu Besuch gewesen. Warum waren sie jetzt tot?

»Warum sind sie tot?«, fragte sie den Bauern.

Der Mönch schob sie vor sich her. »Reden wir im Haus darüber«, sagte er.

Sie setzten sich auf die Kastenbetten, die im Wohnzimmer an den Wänden standen.

»Biete Buttertee an«, sagte die Tante zu Maili, aber Maili wollte den kleinen Jungen nicht aus den Armen geben. Er krümmte sich nicht mehr, doch er wimmerte immer noch vor sich hin.

»Mailis Eltern sind tot«, sagte der Mönch.

»Warum wimmert er so?«, fragte Maili, und sie hörte mit leisem Entsetzen, dass in ihrer Stimme ein ähnliches Wimmern lag, ganz schwach; aber es könnte wachsen und sehr laut werden.

»Er ist so, seitdem wir ihn gefunden haben«, sagte der Bauer. »Das arme Kind – er kann nicht viel älter als zwei Jahre sein.«

»Zwei Jahre, ja«, flüsterte Maili und spürte, wie das Wimmern in ihr aufstieg. Der Drang, ihm nachzugeben, war stark, doch wichtiger war der kleine Junge in ihrem Arm, der keine Mutter mehr hatte. Für einen Augenblick vergaß sie, dass auch sie selbst keine Mutter mehr hatte.

»Sie wurden von Räubern überfallen«, berichtete der Bauer, und man konnte sehen, dass ihm alles andere lieber gewesen wäre, als der Überbringer dieser Nachricht zu sein. »Wir fanden sie gestern gegen Abend, ganz zufällig. Es ist wohl vor zwei Tagen passiert. Wir hörten den Kleinen. Sie haben ihn einfach da sitzen gelassen. Die Leichen haben wir schon zum Kloster gebracht. Alles ausgeraubt, alles. Sogar die Schuhe haben sie weggenommen.«

Er räusperte sich. Das hatte er nicht sagen wollen. Irgendwie war es nicht richtig, in diesem Augenblick von den Schuhen zu sprechen. Vom Gürtel mit dem Geld und vielleicht auch vom Kopfschmuck der Mutter, ja, aber nicht von den Schuhen.

Die Tante begann plötzlich mit weit aufgerissenen Augen zu schluchzen. Das Baby wurde davon geweckt und schrie. Das Wimmern des Jungen wurde lauter. Maili saß erstarrt da und hatte das Gefühl, einen jener grauenvollen Träume zu erleben, die sich dahinwälzen wie eine Flutwelle, die niemand aufhalten kann. Aber es kommt nie so weit, dass alles Leiden einfach ein Ende hat, nicht einmal in den Träumen, dachte Maili mit einem seltsam abgetrennten Teil ihrer selbst.

Der Mönch und der Bauer saßen da und warteten. Die Tante hörte auf zu schluchzen und gab dem Baby die Brust.

»Sie haben sie geköpft«, sagte der Bauer unbedacht und machte eine Geste mit der Handkante über den Hals. Der Mönch sah ihn an und schüttelte den Kopf. Doch es war bereits zu spät.

»Wir haben jemanden in die Stadt zur Polizei geschickt«, erklärte der Mönch. »Aber es wird nicht viel nützen. Die haben selbst Angst vor den Räubern.«

»Vielleicht sind sie von Tibet herübergekommen«, sagte der Bauer, als sei das Verbrechen leichter zu ertragen, wenn die Mörder von jenseits der Grenze stammten.

Sie schwiegen, nur das Baby schmatzte.

Der Bauer stand auf. »Also, wir gehen dann wieder«, sagte er.

Der Mönch legte beim Hinausgehen Maili kurz die Hand auf den Kopf, eine kleine tröstende Geste, die sie kaum wahrnahm.

»Nimm das Baby und gib mir den Kleinen«, sagte die Tante, als die Besucher gegangen waren. Sie war eine vernünftige, praktische Frau und wusste, dass ihre Trauer weniger wichtig war als der kleine Junge, der keine Mutter mehr hatte und noch nicht abgestillt war. Maili tauschte die beiden Kinder aus, und die Tante legte den Sohn ihrer ermordeten Schwägerin an die Brust. Er begann zu saugen, ohne mit dem Wimmern aufzuhören. Nur beim Schlucken gab es eine kleine Unterbrechung.

»Er hat es gesehen«, flüsterte die Tante. »Und er ist bei ihnen gesessen, die ganze Nacht. Und es war kalt ...« Tränen liefen über ihre Wangen und auf das Kind. »Ich kann es nicht begreifen. Sie haben doch so wenig besessen. Es lohnte sich ja gar nicht.«

Maili legte dem Baby neue Windeln an und wiegte es in den

Armen, damit es wieder einschlief. Sie fühlte nichts mehr. Es war plötzlich wie Winter in ihr, ganz tiefer, stiller Winter.

Mittags kam der Onkel nach Hause, nachdem ihn einer der Dorfbewohner in den Bergen aufgespürt hatte. Er tröstete die Tante, die immer wieder weinen musste, und klopfte Maili auf die versteinerten Schultern. Er war ein stiller, freundlicher Mann, und sie war froh, dass er im Haus war. Seine Augen konnten selbst dann noch lächeln, wenn er ganz ernst zu sein schien. Er hinkte ein wenig von Kindheit an, und seine Bewegungen waren bedächtig und achtsam.

Der Onkel war viel älter als die Tante, seine zweite Frau. Er hatte die heranwachsende Maili oft mitgenommen, wenn er die Ziegen auf die Weiden brachte, und er hatte ihr die Märchen ihres Volkes erzählt. Ihm verdankte sie auch die Kenntnis von wilden Heilkräutern und Wurzeln, die man zu Tee verarbeiten oder zerstampfen und auf Verletzungen legen konnte. Das hatte er von der Großmutter gelernt, die schon lange gestorben war. Er hatte Maili nie vorlaut genannt, sondern immer gut zugehört, wenn sie sagte, was sie dachte.

Der Onkel ging den weiten Weg zum Kloster, um die Feuerbestattung zu besprechen, und am Abend, als er wieder da war, kamen die Nachbarn, um Maili und ihre Verwandten zu trösten. Maili zog sich in die Küche zurück, und man ließ sie in Ruhe. Sie wollte nur am Herd sitzen, den kleinen Jungen im Arm, und ins Feuer schauen. Jeden Augenblick veränderten die Flammen ihre Form. Maili folgte dieser ununterbrochenen Veränderung, und Vergangenheit und Zukunft verloren sich darin.

Maili ging nicht mit zum Kloster zur Bestattung ihrer Eltern. Sie weigerte sich, ihren kleinen Bruder jemand anderem im Dorf zu überlassen. Viele Tage lang wollte sie mit niemandem sprechen, nicht einmal mit dem Onkel. Sie verrichtete ihre gewohnten Arbeiten ein wenig langsamer als sonst, und sie vermied es, irgendjemanden anzusehen. Während sie das Baby versorgte, legte sie der Tante den kleinen Bruder an die Brust. Doch meistens trug sie das Kind mit sich herum und setzte es nur gelegentlich ab, um die Hände frei zu haben. Nachts schlief sie mit ihm zusammen auf ihrer Matte in der Küche. Der Blick des Jungen war leer, und wenn er wach war, wimmerte er und krümmte sich. Maili wusste nichts anderes zu tun, als den kleinen Körper, aus dem sich der Menschengeist zurückgezogen hatte, ständig bei sich zu behalten und sanft mit ihm zu sprechen. Dann war das Wimmern leiser, und der Krampf in seinen Gliedern löste sich ein wenig.

In Maili war die Zeit gefroren. Tag für Tag tat sie, was von ihr erwartet wurde, und die Tante wurde kräftiger und konnte sich wieder ein wenig um ihren Haushalt kümmern. Das Leben floss weiter wie ein Rinnsal in einem ausgetrockneten Bachbett. Es gewann das Gleichmaß des Alltags zurück, und nach einiger Zeit konnte Maili mit den Nachbarn und ihrer Freundin Dawa über den Mord an ihren Eltern sprechen, als handle es sich um ein Unglück, das jemand anderem widerfahren war.

Eines Nachts erinnerte sich Maili an den Naga-Prinzen. Diese Geschichte hatte sie, wie alle anderen Tagträume, seit dem Mord an ihren Eltern völlig vergessen. Sie lag ruhelos zwischen den Fellen auf ihrer Matte und hörte das leise röchelnde Atmen des kleinen Bruders. Die Versteinerung in ihr lockerte sich. Es war, als habe sie all diese Wochen lang geschlafen, bei Tag und bei Nacht, und sei gerade eben erst aufgewacht.

Vor ihrem inneren Auge sah sie den überhängenden Felsen und klopfte an der geheimen Stelle, an der sich die unsichtbare Tür zum Palast des Prinzen befand. Sie versuchte, seinen Namen zu fühlen, doch es gelang ihr nicht. Stattdessen stieg ein heftiges Weinen in ihr auf, das erste Weinen seit dem Tod ihrer Eltern. Sie setzte sich neben die Quelle und weinte und weinte, und ihre Tränen wurden zu einem kleinen Fluss, der sich mit dem Wasser der Quelle vereinigte.

»Sieh an, meine Schöne ist da!«, sagte die vertraute Stimme des Prinzen, und sie hörte große Freude darin. Seine luftige Hand strich über ihr Haar und hob ihr Kinn, und ein Windhauch küsste ihren Mund und ihre Augenlider. Nun fühlte sie seinen Namen so stark wie nie zuvor, und sie musste noch heftiger weinen. Es war eine große Befreiung, sich diesem mächtigen Weinen hinzugeben, und sie weinte ungehemmt, bis sie sich erschöpft in die Arme des Prinzen sinken lassen konnte.

»Warum bist du so lange nicht gekommen?«, fragte der Prinz. »Ich habe auf dich gewartet, um dich zu trösten.«

»Es tut mir leid«, erwiderte Maili. »Ich war in mir eingesperrt und konnte mich nicht herauslassen.«

»Vielleicht möchtest du doch lieber ein Naga-Mädchen werden? Nagas leiden nicht.«

Maili schüttelte den Kopf. »Ich weiß nicht. Nagas können sehr böse sein. Kann man böse sein, ohne zu leiden?«

Der Prinz schwieg und drückte sie an sich – es war ein leichtes, zärtliches Wirbeln an ihrer Seite, wie plötzlicher Wind, der den Stoff der Chuba gegen den Leib drückt.

»Ich frage mich«, sagte Maili nachdenklich, »ob es nicht einfach so ist, dass man das Leiden nicht spürt, aber dennoch leidet. Ich habe die ganze Zeit nichts gespürt. Aber das Leiden war da.«

»Vielleicht hast du recht«, flüsterte der Prinz in ihr Haar. »Vielleicht leiden wir Nagas, ohne es zu wissen.«

»Ich habe mich entschieden, dir zu helfen«, sagte Maili zu ihrer eigenen Überraschung. »Wenn du einen Menschenleib bekommst, werden wir eben beide leiden.«

Der Prinz schwieg. Maili hatte ihn noch nie so schweigsam erlebt. Meistens erzählte er Geschichten vom Hof des Naga-Königs, oder er sprach davon, wie sie im Naga-Palast als seine Frau leben würde, mit all dem Schmuck und den Dienern und den glanzvollen Festen.

»Der Buddha hat gesagt: ›Leben ist Leiden‹«, sagte Maili, weil ihr dies gerade in den Sinn kam. »Aber er hat auch gesagt, das könne man ändern.«

Maili hörte leises Husten neben sich. Der kleine Bruder hatte sich aufgedeckt. Sie zog das Fell wieder über ihn und streichelte beruhigend seinen Kopf. Ja, so ist es, dachte sie, der Buddha hat gesagt, das könne man ändern; aber einfach ist es wohl nicht.

Sie dachte an die Mönche des nahe gelegenen Klosters. Die wussten vermutlich, was nötig war, um es zu ändern. Doch die meisten sahen nicht so aus, als würden sie nicht mehr leiden. Sogar der alte Abt, der ein sehr freundlicher Mann war, machte nicht den Eindruck, als sei er frei von Leiden. Von einem der Mönche hieß es, er sei ein heiliger Narr. Er musste keine der Regeln beachten, und er lachte häufig; manchmal machte er sogar vergnügte Bocksprünge. Alle verehrten ihn, und viele behaupteten, er könne Gedanken lesen. Maili dachte, dass er wahrscheinlich nicht ganz richtig im Kopf war, und sie fragte sich, ob es sich vielleicht einfach so verhielte, dass man nicht ganz richtig im Kopf sein müsse, um nicht mehr zu leiden.

Der Dorftrottel des Nachbardorfs war zwar nicht ganz richtig im Kopf, aber man konnte nicht behaupten, dass er nicht litt. Wenn er unglücklich war – und er schien ziemlich oft unglücklich zu sein –, setzte er sich in eine Ecke, mit dem Gesicht zur Wand, und wiegte sich hin und her, ohne einen Laut von sich zu geben. Als Maili jünger war, hatte sie sich manchmal neben ihn an den Bach gesetzt und mit ihm Blätter schwimmen lassen. Dann hatte er fröhlich gelacht und in die Hände geklatscht. Er konnte sich sehr freuen; aber frei von Leiden, nein, das war er gewiss nicht.

Maili schlief während ihrer Überlegungen ein. Doch der Gedanke daran, wie man dahin kommen könne, nicht mehr zu leiden, beschäftigte sie immer wieder. Sie versuchte, mit ihrer Tante und ihrem Onkel darüber zu sprechen, aber sie kam nicht sehr weit damit.

»Dem Kloster Geld geben«, sagte der Onkel, »ist auf alle Fälle gut. Das sagen jedenfalls die Mönche.«

»Aber ich habe kein Geld«, wandte Maili ein. »Was könnte jemand wie ich denn tun?«

»Nonne werden«, sagte die Tante kurz angebunden, denn sie hatte keine Lust, über so etwas zu reden, und ihre Nichte hatte ihrer Meinung nach viel zu viel Neigung, Löcher in die Luft zu gucken. Darin hatte ihre Schwägerin recht gehabt. Wer zu viel nachdachte, machte seine Arbeit nicht ordentlich. Und von Mädchen erwartete man, dass sie ihre Zeit nicht mit Nachdenken vertrödelten.

Der Onkel lachte. »Hilf deiner Tante, das ist auch gut«, sagte er. »Wenn man für andere etwas tut, erwirbt man viele Verdienste. Und das Mani-Mantra aufsagen hilft natürlich auch.«

Maili holte die Mantra-Trommel und die Mala ihrer Mutter aus dem leerstehenden Elternhaus und setzte sich früh am Morgen, wenn es noch nichts zu arbeiten gab, auf das Dach, sagte das Mani-Mantra auf und drehte die Trommel dazu. Das war irgendwie angenehm, und der Gedanke, Verdienste damit zu erwerben und vielleicht in einer näheren oder wenigstens ferneren Zukunft glücklich zu sein und nicht mehr leiden zu müssen, machte es noch angenehmer.

Nicht lange danach ging Maili mit dem Onkel und der Tante ins Kloster zu einer großen Einweihung. Gemeinsam mit den anderen Dorfbewohnern machten sie sich sehr früh am Morgen auf den zweistündigen Weg, um einen Platz im zentralen Tempel, dem Lhakang, zu bekommen, denn zu den Einweihungen kamen immer viele Besucher. Der Weg führte bergauf und bergab, über steile, magere Weiden und an kleinen, terrassenförmigen Kartoffel- und Gerstenfeldern entlang. Das schwierigste Stück des Weges war die Überquerung des Wildbachs. Man musste in die Schlucht hinuntersteigen, mit nackten Beinen den reißenden, eiskalten Bach durchqueren und auf der anderen Seite auf unzulänglichen, in den Fels gehauenen Stufen wieder nach oben klettern.

Durch das Tor in der groben Steinmauer, die den Klosterhof umgab, drängten sich bereits viele Besucher. Überall standen Grüppchen beieinander, denn ein Klosterfest war stets zugleich auch ein gesellschaftliches Ereignis, bei dem man Freunde und Bekannte aus anderen Dörfern traf und niemand sich die Gelegenheit zu einem ausführlichen Tratsch entgehen ließ.

Während Onkel und Tante im Gewühl verschwanden, strebte Maili dem Lhakang zu. Eine Tara-Einweihung war vorgesehen. Maili liebte das Bild der grünen Arya Tara, der Gottheit des mütterlichen Mitgefühls, an die man sich bei allen Schwierigkeiten wenden konnte. Ein sehr feinfühliger Maler hatte eine Seitenwand des Lhakang damit geschmückt, und Maili bemühte sich, einen Platz auf den Matten gegenüber dem Bildnis zu bekommen, damit sie es während der Zeremonie im Schein der vielen Butterlampen anschauen konnte.

Im Höhlendunkel des Lhakang, in dem sich die Wolkenfäden des Räucherwerks mit dem sanft ranzigen Geruch der Butterlampen zu feinen, wohltuenden Geruchsschleiern verbanden, überließ Maili sich dem einschläfernden Rhythmus des Rituals. Die Einweihung dauerte lange, wie alle Einweihungen. Zwischendurch boten wieselige kleine Kindermönche Buttertee und Schmalzgebäck an. Die Mönche sahen beeindruckend aus mit ihren Kragen und Kronen aus goldenem Brokat, und Maili durchdrang ein seltsames, fast ein wenig schmerzhaftes Glücksgefühl angesichts ihrer Schönheit und Würde.

Als das Sand-Mandala zusammengefegt wurde, bedauerte sie, dass es ihr nicht gelungen war, in der dichten Menge zum Schrein vorzudringen, wo man es aufgebaut hatte. Tagelang hatten die Mönche den feinen farbigen Sand zu delikaten Symbolen und Ornamenten gestreut. Maili hätte das kurzlebige Kunstwerk gern angeschaut.

Man kann nun einmal nicht alles sehen, dachte sie mit langsamen, gemächlich wandernden Gedanken, und auch nicht alles haben. Eigentlich kann man im Laufe eines Lebens nur wenig sehen und wenig haben. Die Götter sehen mehr und haben mehr, aber der Buddha sagte, deren Glück dauert auch nicht ewig, und wenn sie ihre Verdienste in den Himmelswelten abgelebt haben und es mit ihnen bergab geht, dann direkt in die Hölle.

In der Pause begegnete Maili im Klosterhof dem Mönch Sherab, mit dem sie verwandt war. Sie freute sich, das vertraute lange Pferdegesicht zu sehen, mit den dünnen Barthaaren am Kinn, die er zu einem kleinen Knoten geknüpft hatte.

»Wie geht es dir?«, fragte der Mönch.

»Ich weiß nicht«, antwortete Maili. »Ich würde gern wissen, was man tun muss, um nicht mehr zu leiden.«

Der Mönch lächelte. »Wirklich?«, fragte er.

»Kannst du es mir nicht sagen?«, bat Maili und zog ihre weiße Glücksschleife aus der Tasche. »Ich gebe dir meine schönste Kata dafür. Sie ist ganz neu.«

Der Mönch schüttelte lächelnd den Kopf. »Komm mit. Du wirst deine Kata brauchen.«

Er führte sie zur Treppe im Innern des Klosterbaus und ging voraus bis zum oberen Stockwerk, in dem der hohe Lama des Klosters wohnte. Auf einer Bank saßen Besucher und warteten darauf, vorgelassen zu werden. Der Mönch schob Maili an den Besuchern vorbei in einen kleinen Raum, sagte, sie solle die Schuhe ausziehen und warten, und verschwand hinter einem brokatgesäumten Vorhang, der einen Türeingang verdeckte. Ein paar Minuten später winkte er sie in den angrenzenden Raum.

Maili trat ein und machte die drei traditionellen Verbeugungen bis zum Boden, bevor sie den hohen Lama anzusehen wagte. Sie hatte ihn schon oft im Lhakang gesehen, aber noch nie so nah. Viele kleine Runzeln umgaben seine Augen, und seine oberen Vorderzähne standen vor. Dennoch war sein Lächeln von besonderer Schönheit und Würde und hüllte Maili ein wie ein warmes Tuch.

»Das ist Maili«, sagte der Mönch. »Sie braucht eine Meditationseinweisung.«

Der Lama beugte sich vor. »Willst du wirklich meditieren, mein Kind?«

Maili kniete nieder und überreichte die schöne Kata, die ihr der Lama segnend um den Hals legte. »Ich will etwas tun, damit das Leiden aufhört«, sagte sie.

»Dein Leiden?«, fragte der Lama.

»Klar«, antwortete Maili. »Welches sonst?«

»Das der anderen«, sagte der Lama. »Das Leiden deiner Angehörigen. Das deiner Freunde. Das deiner Feinde. Das Leiden aller Menschen. Das Leiden aller Tiere. Das Leiden aller Geister.«

»Geister leiden also auch?«

Der Lama sah sie aufmerksam an. Dieses Mädchen stellte ungewöhnliche Fragen. »Warum fragst du das?«

»Ich habe darüber nachgedacht. Geister können böse werden. Und ich dachte, man kann doch nicht böse werden, ohne zu leiden.«

»Du bist klug, Maili«, sagte der Lama. »Alle Wesen leiden, solange ihr Buddha-Geist nicht erwacht ist. Aber manche sind sich des Leidens nicht bewusst.«

»Das dachte ich mir«, sagte Maili befriedigt und setzte sich bequemer hin. »Bekomme ich jetzt meine Einweisung?«

Der hohe Lama lächelte. »Erst wenn du verstanden hast, dass es nicht nur um dein Leiden allein geht. Würdest du es richtig finden, wenn nur du vom Leiden befreit wärest, die anderen jedoch nicht?«

Maili dachte an ihren kleinen Bruder. »Nein, das wäre wohl nicht so gut. Aber was kann ich denn schon für andere tun?«

»Wünschen!«, sagte der Lama. »Es für alle so stark wünschen wie für dich selbst.«

Maili dachte nach. »Das kann ich nicht«, sagte sie. »Ich stecke doch nicht in ihrer Haut. Höchstens für meinen kleinen

Bruder, der immer wimmert, seitdem sie unsere Eltern getötet haben.«

»Das ist fürs Erste schon ganz gut«, sagte der Lama. »Das Wichtigste ist, dass du weißt, worum es geht. Irgendwann wirst du für alle Wesen so fühlen wie für deinen kleinen Bruder.«

»Verehrter Lama, können Sie es denn?«

Der Lama lachte laut. »Ich gebe mir Mühe, Maili. Aber bei mir dauert es wohl auch noch eine ganze Weile.«

Mailis Vertrauen zu dem Lama machte einen großen Sprung vorwärts. Wenn sie einmal in wirklich große Schwierigkeiten geriete, würde sie sich an ihn wenden. Er hatte auf jeden Fall einen klaren Kopf und war nicht um eine ehrliche Antwort verlegen. Das findet man nicht oft, dachte Maili.

»Kannst du lesen?«, fragte der Lama.

»Nein«, antwortete Maili, »nur Zahlen kann ich lesen und ein bisschen rechnen. Das hat mir mein Vater gezeigt.«

»Nun gut. Dann wird dir Sherab den Text beibringen, bis du ihn auswendig kannst, und dir erklären, wie du die Visualisierung aufbauen und wieder auflösen und das Mantra dazu sprechen musst.«

Der hohe Lama nahm einen Text und las ihn sehr schnell vor; aber das machte nichts, denn Maili verstand ohnehin nicht Tibetisch. Der Dialekt, den man in der Region sprach, in der sie lebte, war zwar mit Tibetisch verwandt, dennoch war der Unterschied groß.

Dann nahm der Lama einen in Brokat gehüllten Gegenstand in die Hand, berührte damit ihren Kopf und murmelte etwas. Schließlich gab er ihr ein Tütchen mit Lama-Medizin. Maili wusste, dass sie großes Glück hatte, so bevorzugt behandelt zu werden.

Nach ein paar Besuchen bei dem Mönch im Kloster konnte sie ihren Text auswendig rezitieren. Der Mönch hatte ihr den Inhalt übersetzt und erklärt, und Maili hatte sehr gut zugehört, um nichts zu vergessen. Bald danach begannen die gelegentlichen kurzen Regenfälle der Sommerzeit, und sie fand es schön, sich früh am Morgen auf ihrer Schlafmatte in der Küche aufzusetzen und im Prasseln und Plätschern des Regens leise die tibetischen Worte zu rezitieren. Sie versuchte, während der Rezitation an den Inhalt zu denken, aber manchmal sang sie einfach nur die Silben vor sich hin und wiegte sich leicht im Rhythmus der fremdartigen Sprache.

Das Visualisieren der Arya Tara machte ihr großes Vergnügen. Sie sah sie vor sich schweben in einem sanften, heiteren, frühlingshaft grünen Licht, und sie fühlte sich ein bisschen geborgen dabei. Auch das Wünschen entwickelte sich. Es erstreckte sich sogar auf die Distriktschönheit, auf die alle Mädchen im Umkreis eifersüchtig waren, weil einfach alles an ihr vollkommen schien und ihr Vater über genügend Mittel verfügte, ihr immer wieder eine hübsche Chuba und neuen Schmuck zu kaufen. Maili stellte sich vor, wie das schöne Mädchen alt und krumm und faltig wurde. Dann war es sehr einfach, Mitgefühl für sie zu empfinden und ihr Befreiung vom Leiden zu wünschen.

Als der Winter kam, wurde Mailis kleiner Bruder immer schwächer. Er war in all den Monaten kein normales Kind mehr geworden. Auch der Mönchsarzt, der berühmt war für seine Heilkunst, konnte nichts für ihn tun. Als das Kind zu sterben drohte, holte der Onkel den Mönch Sherab. Eine weitere Matte wurde in die Küche gelegt, so dass er auch nachts bei dem kleinen Jungen bleiben konnte. Meistens saß er da und rezitierte etwas aus einem tibetischen Buch. Manchmal sprach er mit Maili und beantwortete ihre Fragen.

»Was wird mit meinem kleinen Bruder, wenn er tot ist?«, fragte Maili.

»Er wird wiedergeboren«, antwortete der Mönch.

»Das weiß ich. Aber wie geht das vor sich?«

Der Mönch zupfte an seinem Bartknoten. »Das ist nicht so einfach zu erklären. Sein Geist geht in den Zwischenzustand. Dann sucht er neue Eltern.«

»Und was macht er im Zwischenzustand?«

Der Mönch kratzte sich am Kopf. »Das ist schwierig zu erklären, Maili.«

»Aber man kann es erklären, oder nicht? Also erkläre es mir. Wenn ich zum Beispiel jetzt sterbe, was geschieht dann?«

»Dann siehst du vielleicht das Licht. Oder dein Geist fällt gleich in Ohnmacht. Und wenn du wieder aufwachst, stellst du fest, dass du zwar die anderen sehen kannst, aber sie dich nicht. Sie hören dich nicht, wenn du sie ansprichst, und sie spüren dich nicht, wenn du sie anfasst. Dann weißt du, dass du tot bist.«

»Bin ich dann ein Geist?«

»Ja. Wenn du keinen Körper mehr hast, bist du ein Geist.«

»So wie ein Naga?«

»Das sind andere Geister, Naturgeister.«

»Könnte ich ein Naga werden?«

»Ja. Aber wer will das schon?«

»Warum nicht?«

»Du brauchst einen kostbaren Menschenkörper, um den Buddha-Geist zu verwirklichen. Es heißt, dass nur die Bewohner eines Menschenkörpers ein klares Unterscheidungsvermögen entwickeln können.«

»Die Nagas sind aber reich und mächtig.«

Der Mönch lachte. »Das hat noch nie jemandem geholfen. Es ist eher ein Hindernis.«

»Ich möchte gern reich und mächtig sein.«

»Das ändert nichts an Alter, Krankheit und Tod. Es ändert nichts am Leiden.«

Maili dachte nach. Diese Frage war ihr zu schwierig, deshalb kehrte sie lieber zum Tod zurück. »Was mache ich im Zwischenzustand, wenn ich ein Geist bin?«

»Es ist wie im Traum«, antwortete der Mönch. »Auch im Traum

bist du ein Geist. Du siehst mit deinen Geisteraugen und bewegst dich mit deinem Geisterkörper, während dein Menschenkörper daliegt und schläft. Was du im Traum erlebst, hat damit zu tun, wie du üblicherweise denkst und fühlst. Der Unterschied zum Tag ist nur, dass du nicht entscheiden kannst, was du träumen willst.«

»Ich kann doch auch nicht entscheiden, was am Tag geschieht.«

»Du kannst entscheiden, wie du damit umgehen willst.«

Maili verzog missbilligend ihr Gesicht. »Als meine Eltern ermordet wurden, konnte ich nicht entscheiden, nicht mehr unglücklich zu sein und nicht zu leiden.«

»Nein«, sagte der Mönch leise, »das konntest du nicht. Aber man kann es lernen.«

»Wie geht es dann weiter im Zwischenzustand?«

»Es heißt, dass man unter all den Untugenden leiden muss, die man in seinem Leben gepflegt hat. Die Neidischen erleben das, was sie besonders neidisch macht. Die Gierigen sehen das, was sie besonders gierig macht. Die Wütenden erleben das, was sie besonders wütend macht. Wenn sie dann in die Welt zurückwollen, kann es geschehen, dass sie als Tiere oder Geister geboren werden.«

»Und wenn ich ein guter Mensch war?«

»Dann wirst du als Mensch wiedergeboren.«

»Und wie mache ich das?«

Der Mönch lächelte. »Maili, ich habe noch nie ein Mädchen erlebt, das so viel auf einmal wissen wollte. Du gibst dich wohl mit keiner Antwort zufrieden. Also gut, ich sage dir, wie es weitergeht: Du schaust dich um, und wenn du ein Paar beim Lieben siehst, gehst du hin. Wenn dir die Frau gefällt, wirst du ein Junge. Wenn dir der Mann gefällt, wirst du ein Mädchen.«

»Aha«, sagte Maili, »also hat mir mein Vater gefallen.« Aber so gut gefiel er mir nun auch wieder nicht, fügte sie in Gedanken hinzu, der Onkel ist mir lieber.

Das Sterben des kleinen Jungen dauerte zwei Tage. Es war, als würde die Flamme einer Butterlampe ganz langsam verlöschen.

»Er ist aus Kummer gestorben«, sagte die Tante, und Maili hatte ein schlechtes Gewissen, weil ihr Kummer nicht so groß war, dass sie daran sterben musste. Andererseits hätte das der Buddha wahrscheinlich nicht gewollt, denn sonst hätte er ja nicht gelehrt, wie man das Leiden überwindet.

Im Laufe des Winters begann das tiefe, lastende Gefühl des Verlustes, das Maili seit dem Tod ihrer Eltern nie ganz verlassen hatte, ein wenig leichter zu werden. Sie war häufig bei ihrer Freundin Dawa, die ihr Kind geboren hatte und dankbar für Mailis Gesellschaft war. Sie webten und nähten und wiegten das Baby, schwatzten mit Dawas Eltern und Großeltern und Geschwistern, und manchmal lachten sie, als seien sie noch unbekümmerte junge Mädchen.

Onkel und Tante hielten sich mit dem Baby meistens im Winterzimmer hinter dem Stall auf, das sich am besten heizen ließ. Es war einsamer als in früheren Zeiten, in denen die beiden Söhne aus des Onkels erster Ehe noch im Haus gelebt hatten. Jetzt arbeiteten sie in der Fremde, weiter weg, als Maili es sich vorstellen konnte. Warum wird in dieser Familie dauernd so früh gestorben? fragte sich Maili. Es wäre schön, wenigstens noch Großeltern zu haben.

Maili arbeitete hin und wieder am Webrahmen, um der Tante eine Freude zu bereiten. Sie war eine gute Tante und versuchte, Maili das Gefühl zu geben, ein Heim zu haben.

Aber es ist nicht mein Heim, sagte eine leise Unruhe in Maili. Dies war ein Gedanke, den sie nicht weiterverfolgen wollte. Es gab mehrere Gedanken, denen sie lieber auswich. Dazu gehörte auch der Naga-Prinz. Es hatte keinen Sinn, ihn zu rufen. Sie wollte weder ein Naga werden noch sein Leiden erleiden. Die ganze Geschichte gefiel ihr nicht mehr. Sie verstand gar nicht, warum sie ihr einmal so gut gefallen hatte. Es ist eine dumme Geschichte, dachte sie. Ich brauche keine Geschichten mehr.

Als sich die Winterwolken zu zerstreuen begannen und die Sonne wieder Kraft bekam, wurde Mailis Wandteppich fertig, an dem sie den ganzen Winter gearbeitet hatte. Die Tante half ihr, ihn aufzuhängen, und sagte beiläufig: »Tsering Döndup möchte dich vielleicht heiraten.«

»Nein«, entfuhr es Maili, bevor sie einen Gedanken fassen konnte. Sie wollte das nicht wissen. Sie wollte nicht darüber nachdenken. Sie wollte keine Veränderung. Alles sollte einfach so bleiben, wie es war. Sie würde morgens aufstehen und der Tante das Kind abnehmen, und sie würde nähen und Wäsche waschen und dem Onkel mit der Ziegenherde helfen, die sich um die Anzahl von Mailis geerbten Schafen und Ziegen erweitert hatte. Hin und wieder würden sie zum Kloster wandern, um an einer Puja teilzunehmen, und im Herbst würde sie mit Onkel und Tante die vier Tage lange Wanderung hinunter in die kleine Stadt unternehmen. Dort würden sie Käse und Ziegenfelle und ihre selbst gefertigten Wandbehänge und Schals verkaufen und schöne neue Dinge besorgen, vielleicht sogar einmal einen gelben, flauschigen Pullover, wie Dawa ihn hatte, und der würde dann schöner sein als Dawas Prachtstück, das schon ein wenig dünn an den Ellenbogen wurde.

»Wie kannst du einfach nein sagen«, schalt die Tante. »Du kennst ihn doch gar nicht.«

»Ich habe ihn beim letzten Klosterfest gesehen«, sagte Maili eigensinnig.

»Aber du kennst ihn nicht«, sagte triumphierend die Tante. »Ich habe ihn eingeladen, dann wirst du sehen, dass er wirklich ein netter Mann ist.«

»Woher willst du das wissen?«

»Der Onkel hat es gesagt.«

»Aber niemand hat gesagt, dass der Onkel ihn heiraten soll«, maulte Maili.

»Maili, du hast ein großes Mundwerk. Wir meinen es doch nur gut mit dir.«

Maili, die dabei war, mit einem Korb das Haus zu verlassen, um Brennholz zu holen, wandte sich um und fauchte die Tante an: »Loswerden wollt ihr mich! Das ist alles!«

Die Tante sah sie an, ohne zu antworten.

Maili warf den Korb auf den Boden. »Ich soll irgendeinen Kerl nehmen, ja? Und dann … und dann soll ich ihn bedienen und dauernd arbeiten und … und mit ihm Babys machen wie du mit dem Onkel?« Maili bemerkte zu spät, dass sich ihre Stimme zu einem lauten Schreien gesteigert hatte.

Die Tante kam auf sie zu und nahm sie in die Arme. Maili begann heftig zu weinen, ohne zu wissen, warum.

»Und was wäre so schlimm daran?«, fragte die Tante sanft. »Du wirst doch irgendwann heiraten und Kinder bekommen, wie jedes Mädchen. Wie ich. Wie deine Mutter. Das ist doch immer so.«

Maili hatte das Gefühl, dass die Tante recht hatte. Und sie hatte auch das Gefühl, dass die Tante nicht recht hatte. Da sie sich nicht entscheiden konnte, welchem Gefühl sie folgen sollte, weinte sie noch ein bisschen. Es war angenehm in Tantes Armen. Sie roch nach Milch und irgendwie süß. Die Tante wiegte sie ganz leicht hin und her. Maili hörte auf zu weinen und überließ sich mit wohligem Gefühl der Bewegung.

»Denke darüber nach. Und dann schau dir den Tsering an«, sagte die Tante und schob sie ein wenig von sich weg.

Das Kind wachte aus seinem Mittagsschlaf auf und begann zu jammern.

Maili nahm den Korb wieder auf und verließ das Haus. »Kinder!«, dachte sie. »Niedlich sind sie, aber eine Plage!«

Am nächsten Mittag kam der Onkel in Begleitung des jungen Tsering Döndup zum Mittagessen. Er tat so, als habe er etwas mit Tsering zu besprechen, und die Tante und Maili taten so, als würden sie das glauben. Doch jeder wusste, dass jeder wusste, was der tatsächliche Grund für den Besuch war. Maili hatte trotz der Vorhaltungen der Tante nicht einen einzigen zusätzlichen Türkis in ihr Haar geflochten, und sie hatte die alte dunkelblaue Alltags-Chuba angezogen. Nur den Kopf trug sie ein bisschen höher als sonst. Der junge Mann sollte sehen, dass sie einen eigenen Sinn hatte. Und sie wusste, dass ihr Hals dadurch schlanker aussah.

Sie musste sich eingestehen, dass Tsering ein recht ansehnlicher junger Mann war, größer als die meisten und offenbar gern zum Lachen bereit. Ein lockiger, tiefschwarzer Haarschopf, der bis zu den Schultern reichte, umrahmte ein breites Gesicht mit einer flachen Nase und dichten Augenbrauen, und sein großer Mund war schön geschwungen. Er würde ausreichen, um Dawa und die anderen Mädchen ein wenig neidisch zu machen. Obwohl Maili sich vorgenommen hatte, abweisend zu bleiben, ertappte sie sich dabei, dass sie ihn anlächelte und sich ihrer Bewegungen allzu bewusst war, wenn sie den Buttertee und Tsampa und Momos servierte.

Nach dem Essen zog Tsering ein wunderliches Geschenk für Maili hervor. Es war ein kleines Gerät mit Schnüren daran, deren Enden man in die Ohren stecken musste, und wenn man auf einen Knopf drückte, hörte man Musik.

»Ein Walkman«, sagte Tsering stolz. Die Musik war lustig. Maili hörte am nächsten Tag die Musik, so oft sie konnte. Doch dann wurde die Musik immer langsamer, und schließlich kam kein Ton mehr. Das war's, dachte sie. Aber immerhin, es war ein nettes Geschenk gewesen.

Tsering kam in den nächsten Wochen häufig zu Besuch. Eines Tages brachte er etwas mit, das er »Batterie« nannte, und das kleine Gerät machte wieder Musik. Maili hörte einen weiteren Tag lang zu, bis das Gerät erneut schwieg. Wirklich ein nettes Geschenk, dachte sie.

Es wurde Maili zur Gewohnheit, Tsering ein Stück des Weges vom Dorf hinunter zu begleiten, wenn er zu seinem etwas mehr als eine Stunde entfernten Heimatdorf zurückkehrte, und bald verzichteten die Dorfkinder darauf, mitzulaufen. Tsering redete gern.

Er ließ niemals eine Pause zu. Er erzählte, was er in der Provinzstadt gesehen hatte, welche Mädchen in welchem Dorf ihm nachschauten und vor allem, was er für die Zukunft plante. Tsering hatte große Pläne, und es war nicht seine Art, an sich zu zweifeln.

»Yakschwänze!«, sagte Tsering mit Nachdruck. »Das ist das große Geschäft. Ich werde die Schafe und Ziegen verkaufen und Yaks züchten. Ich kenne einen, der macht das bereits. Niemand will mehr Yaks, seit damals alle gestorben sind. Aber seine gedeihen gut. Und er sahnt ab. Er hat sich eine Satellitenschüssel gekauft und kann fernsehen. Man muss etwas wagen, sonst kommt man zu nichts.«

»Aber ein Yak besteht doch nicht nur aus einem Schwanz«, wandte Maili ein.

»Dummchen«, lachte Tsering. »Was glaubst du, was da alles dran ist! Das Fleisch und das Leder und die Hörner. Man braucht nur Beziehungen. Dann kann man alles verkaufen. Und Yakschwänze sind das beste Geschäft.«

»Willst du reich werden?«, fragte Maili.

»Wer will das nicht!«, sagte Tsering heiter.

Maili war beeindruckt von seinem Willen und seiner Kraft. Doch zugleich war sie beunruhigt, ohne dass sie sagen konnte, weshalb. Es schmeichelte ihr, dass er sie haben wollte, und die Vorstellung, die Frau eines wohlhabenden Mannes zu sein, war verführerisch.

»Ich besitze nichts«, sagte Maili eines Tages zu ihm. »Die Schafe und Ziegen, die ich geerbt habe, gehören meinem Onkel, weil er für mich sorgt.«

»Ich habe jetzt schon genug für uns beide«, lachte Tsering. »Und es wird noch viel mehr werden.«

»Ich habe nichts, aber ich kann etwas«, sagte Maili. »Ich kenne mich mit Heilkräutern aus, und ich kann schöne Wandteppiche weben, das sagen alle.«

Tsering ergriff ihre Hand. Es gefiel ihr, wie sich ihre Finger ineinander verschränkten. Tsering beugte sich herab und küsste sie auf den Mundwinkel. Sie schreckte ein wenig zurück, doch auch dies gefiel ihr. Tsering sang fröhlich eine Strophe eines Liedes, in dem von einer Liebsten die Rede war, die sich nicht zierte. An einer weniger steilen Stelle drängte er sie vom Trampelpfad ab und zog sie zwischen niedrigen Sträuchern zum Fuß einer aufragenden Felswand. Sie zögerte.

»Komm«, sagte er, »da drüben hat man einen schönen Blick auf das Tal.«

Maili ließ sich ziehen. Es war ein bisschen wie mit dem Naga-Prinzen an der Quelle, obwohl der Prinz sie natürlich niemals mit so viel spürbarer Kraft hätte ziehen können. Ihr Herz klopfte heftig, und sie spürte etwas von der inneren Wärme, die ihr vertraut war von ihren Begegnungen mit dem Wassergeist. An der Felswand, dem Blickfeld des Pfades entzogen, wandte sich der junge Mann ihr zu und nahm sie in seine Arme. Von seinem Körper ging eine große Hitze aus, und Maili fühlte sich ein wenig unbehaglich.

Tsering küsste ihren Hals und biss ein wenig in die Haut, was Maili zuließ, obwohl sie es nicht sonderlich angenehm fand. Doch dann zog er sie mit einem geschickten Griff auf den Boden, warf sich auf sie und schob gleichzeitig den Rock ihrer Chuba hoch. In alledem lag etwas Wildes und Unfreundliches, das Maili zutiefst erschreckte.

»Tsering, nicht!«, sagte sie nachdrücklich.

Doch Tsering nahm keine Notiz davon. Maili strampelte heftig und versuchte, ihn von sich wegzuschieben. Doch er war schwer und verfügte über viel mehr Kraft als sie, und er hatte ganz offensichtlich nicht vor, auf sie zu hören.

Seine Hand drängte sich wie eine Waffe zwischen ihre Beine und tat ihr weh. Eine gewaltige Welle von Panik überflutete Maili und verlieh ihr große Kraft. Sie stieß ihre geballte Faust in das Gesicht über ihr und spürte Weiches unter ihren Knöcheln. Tsering schrie auf und erhob sich ein wenig, so dass sie ihn wegstoßen konnte. Sie sprang auf, hielt den Rock der Chuba über den Knien fest und lief, so schnell sie konnte, zum Pfad zurück.

»Du dummes Dämonenweib!«, schrie Tsering ihr nach, doch er verfolgte sie nicht. Mit dröhnendem Herzschlag erreichte sie ihr Dorf. Ohne nachzudenken schlug sie den Weg zu ihrem Elternhaus ein. Es war leer und verwahrlost. Sie holte Holz aus dem Speicher, schürte ein Feuer und setzte sich davor. Durch das Fenster fiel die goldgelbe Nachmittagssonne auf den gestampften Fußboden.

Das Gefühl der Ausweglosigkeit nahm ihr fast den Atem. Sie wäre gern wieder in die Versteinerung gefallen, die sie nach dem Tod ihrer Eltern ergriffen hatte. Sie versuchte es, doch es gelang ihr nicht. Stattdessen empfand sie ein Gefühl äußerster Verletzlichkeit und Schutzlosigkeit. Sie war ausgeliefert, und es gab niemanden, bei dem sie Zuflucht finden konnte. Sie dachte an ihre Mutter. Hätte ihre Mutter sie beschützt? Maili stellte sich vor, wie ihre Mutter sie im Arm gehalten hatte. Aber die Maili im Arm ihrer Mutter war ein kleines Mädchen, nicht die große Maili von heute. Es gab keine Zuflucht.

Als sie zufällig ihre Mala berührte, erinnerte sie sich an Arya Tara. Tara, komm! riefen ihre Gedanken zornig und verzweifelt. Komm und hilf mir!

Plötzlich schwebte Arya Tara vor ihr, von grünem Licht umgeben. Mailis Blick traf den Blick der Gottheit. Maili, sagte dieser Blick, richte dich auf! Du bist nicht dumm, du bist nicht hilflos. Du musst nur wissen, was du willst.

»Was bleibt mir zu wollen?«, fragte Maili unglücklich.

Arya Tara beugte sich ein wenig vor, als sei sie dabei, von ihrem Lotos-Thron herabzusteigen.

»Wach auf, Maili! Du bist erwachsen. Du hast heute bewiesen, dass du weißt, was du nicht willst.«

»Ich will hier weg!«, sagte Maili. »Aber das geht nicht.«

Die Gottheit lächelte. »Maili, Maili, wach auf!«, sagte sie eindringlich. Dann schwieg sie. Maili rezitierte das Tara-Mantra, und es wurde ruhiger in ihrem Geist.

Als es dunkel wurde, ging sie zum Haus des Onkels.

»Maili, dem Himmel sei Dank!«, rief die Tante. »Wo warst du denn so lange?«

»In meinem Elternhaus«, antwortete Maili.

Onkel und Tante sahen sie fragend an. Maili goss sich eine Schale Tee ein.

»Warum?«, fragte der Onkel schließlich.

»Ich will hier weg.«

Onkel und Tante schauten sie entgeistert an.

Die Tante wechselte das Baby an die andere Brust, ohne hinzusehen, und fragte: »Aber wieso denn?«

»Tsering ist ein Mistkerl«, antwortete Maili mit Nachdruck. »Ich will ihn nie mehr wiedersehen.«

»Maili, nicht doch!«, sagte die Tante beschwörend.

»Ja doch«, fauchte Maili. »Er hat sich auf mich geworfen und mir weh getan.«

Tante und Onkel sahen einander an.

»Er ist ein Mann, Maili«, seufzte die Tante.

»Und jetzt hat er ein blaues Auge«, sagte Maili kühl.

Der Onkel lachte. »Das hat er sich verdient.«

»Ich finde es nicht lustig!« Maili wollte sicher und überlegen klingen, doch dann brach sie in Weinen aus.

Die Tante nahm sie in den Arm. »Hat er …?«

»Nichts hat er«, schluchzte Maili. »Aber er ist ein Stinkdämon!«

»Wir reden mit ihm«, sagte die Tante.

Maili riss sich los. »Ihr redet nicht mit ihm! Ich will ihn nicht!«

Der Onkel sagte begütigend: »Ist ja gut, Maili. Es gibt noch andere.« Maili antwortete nicht.

Am nächsten Morgen erklärte sie, dass sie zum Kloster gehen wolle. Es war ein heißer Tag, und der Weg würde mühsam werden. Dieser Gedanke rief in Maili eine grimmige Befriedigung hervor.

Trotz der Hitze bewältigte sie den langen Weg im Laufschritt. Sie hatte eine neue Kata dabei und zwei schöne Türkise, denn sie wusste, dass es sich gehörte, einem Lama ein Geschenk mitzubringen, wenn man ihn um seinen Rat bitten wollte.

»Ich möchte bitte zum hohen Lama«, sagte sie höflich zu einem alten Mönch im Klosterhof. Der Alte schüttelte den Kopf und erklärte, dass der hohe Lama krank sei und keine Besucher empfange.

»Ich muss aber unbedingt mit ihm reden!«, sagte Maili mit Nachdruck. »Ich bin mehr als zwei Stunden gelaufen. Und ich gehe erst wieder, wenn ich ihn gesehen habe.«

Der alte Mönch schlurfte davon, und Maili setzte sich auf die Stufen zum Lhakang. Ich werde mit dem hohen Lama reden, dachte sie, und wenn ich das ganze Kloster zusammenbrüllen muss. Es geht schließlich um mein Leben.

Nach langer Zeit kam der alte Mönch mit einem jüngeren zurück. »Das ist der Diener des hohen Lama«, sagte der alte Mönch.

»Der hohe Lama ist krank«, sagte der junge Mönch. »Niemand darf ihn besuchen.«

»Ist er so krank, dass er nicht reden kann?«, fragte Maili.

»Nein«, sagte der junge Mönch.

»Und hören kann er auch?«

Der Mönch verzog ärgerlich das Gesicht. »Er ist krank.«

Maili blähte die Nasenflügel und fauchte: »Es geht um mein Leben. Sag ihm das!«

Der Mönch hob geringschätzig die Schultern und verschwand wieder hinter den Mauern. Der alte Mönch folgte ihm brummelnd.

Maili setzte sich wieder auf die Stufen und wartete. Schließlich dauerte es ihr zu lange. Sie stand entschlossen auf und ging nach links – denn man musste alle heiligen Orte im Uhrzeigersinn umkreisen – um das Hauptgebäude herum zur Tür, die zum Treppenhaus führte. Sie war nicht abgeschlossen, und Maili stieg hinauf in den obersten Stock. Sie erinnerte sich noch gut, wo das Zimmer des hohen Lama lag. Niemand war da, der sich ihr in den Weg stellte. Sie betrat den Vorraum, zog ihre Schuhe aus und schob den brokatgesäumten Vorhang zur Seite. Der hohe Lama saß mit geschlossenen Augen in seinem Bett, von Kissen gestützt und in eine leichte Decke gehüllt.

»Guten Tag, verehrter Lama«, sagte Maili.

Der Lama öffnete die Augen. Er entblößte lächelnd seine vorstehenden Zähne.

»Du bist doch das Mädchen mit den interessanten Fragen«, sagte er. »Wer hat dich hereingelassen?«

»Niemand«, sagte Maili und legte ihre Kata und die Türkise vor den Lama auf das Bett.

Der Lama kicherte leise. Er nahm die Kata und legte sie Maili um den Hals. Dann wies er auf die Türkise und sagte: »Dort, wo du hingehst, kannst du die brauchen, mein Kind. Nimm sie wieder mit.«

»Wo gehe ich denn hin?«, fragte Maili erstaunt.

»Das müsstest du besser wissen als ich«, lachte der hohe Lama.

Maili zögerte. »Ich dachte … ich meine … ich weiß nicht … aber vielleicht könnte ich eine Nonne werden.«

»Wollen sie dich verheiraten?«

»Woher wissen Sie das, hoher Lama?«

»Na, ist es denn nicht meistens so?«

»Ich weiß nicht. Ich will jedenfalls nicht heiraten.«

»Bist du ganz sicher?«

»Sie haben doch selbst gesagt, dass ich weggehen werde.«

Der hohe Lama nahm seine Mala und begann, auf geheimnisvolle Weise Perlen abzuzählen.

»Gut«, sagte er schließlich und nickte. »Das Orakel meint, es ist gut für dich, ins Kloster zu gehen.«

»Und wohin soll ich gehen?«

»Das wird sich zeigen. Jetzt geh hinaus auf den Flur und ruf meinen nichtsnutzigen Diener, damit er uns Tee bringt.«

Maili ging auf den Flur hinaus und rief: »He!«

Da sie keine Antwort bekam, ging sie auf Strümpfen zum Treppenhaus und schrie lauthals hinunter: »He! Ist denn keiner da?«

Eine Stimme antwortete: »Was ist los?«

»Der hohe Lama sagt, dass sein nichtsnutziger Diener kommen und uns Tee bringen soll!«, schrie Maili zurück. »Und zwar schnell!«

Hoch erhobenen Hauptes, obwohl niemand sie sehen konnte, ging sie ins Zimmer des hohen Lamas zurück. Dieser lachte vergnügt vor sich hin und schlug sich auf den Schenkel.

»Gut gemacht, Mädchen«, sagte er. »Ich habe deinen Namen vergessen.«

»Maili.«

»Maili, ja, jetzt erinnere ich mich.«

»Sie haben mir die Einweisung in die Arya-Tara-Meditation gegeben.«

Der hohe Lama befragte Maili nach ihren Erfolgen mit der Meditation, und Maili war glücklich, über ihre inneren Erfahrungen sprechen zu können, für die sich sonst niemand interessierte. Der Diener servierte Tee und Kekse, ohne Maili einen Blick zu gönnen. Maili fühlte sich so wohl wie lange nicht und beschloss, dem hohen Lama ihre ganze Geschichte vom Tod ihrer Eltern bis zu dem unerfreulichen Erlebnis mit dem gewalttätigen Freier zu erzählen. Das tat sie dann auch.

Der hohe Lama nickte dazu und sagte: »Oh, oh!«

»Was soll ich jetzt tun?«, fragte Maili.

»Du gehst erst einmal in die Küche im Erdgeschoss und lässt dir ein Mittagessen geben, und dann gehst du nach Hause.«

»Und dann?«

»Warte es ab«, sagte der hohe Lama und winkte sie zu sich her.

Er neigte sich vor, und Maili berührte seine Stirn mit ihrer Stirn. Das war eine Auszeichnung, die nur besonderen Schülern und Gästen gewährt wurde. Das wusste Maili. Sie war so tief beeindruckt, dass sie wie schlafwandelnd das Hauptgebäude verließ und sich erst inmitten des Klosterhofs daran erinnerte, dass sie zum Mittagessen eingeladen war. Sie machte kehrt und fand bald die Küche, in der ein halb nackter Koch vor einem gewaltigen gemauerten Herd stand und in großen rußgeschwärzten Töpfen rührte.

»Ich soll etwas zu essen bekommen«, erklärte Maili und fügte mit Würde hinzu: »Sagt der hohe Lama.«

Der Koch lachte. »Aber gewiss, meine Dame.«

Er holte eine Schale und füllte sie mit Reis und Kartoffelgemüse. »Nur das Beste für Sie.«

Maili nahm die Schale in Empfang. In diesem Augenblick hörte sie das laute Dröhnen des Gongs, der wohl zum Essen rief, denn durch eine große Öffnung sah sie ein Rudel Kindermönche in den Speisesaal nebenan strömen. Sie setzte sich in einer Ecke der Küche auf einen Kanister und pickte in ihrer Schale herum, bis der Inhalt genügend abgekühlt war und sie ihre Finger nicht mehr verbrannte. Nicht so schlecht, das Klosterleben, dachte sie.

Auf dem Heimweg beschloss Maili, diesen Tag zu einem ganz persönlichen Fest zu gestalten. Anstatt auf direktem Weg zu ihrem Dorf zurückzukehren, kletterte sie über die Terrassenfelder und steile, karge Weiden bergauf bis dorthin, wo es nur noch Felsen und Geröll gab. Kein vernünftiger Mensch ging freiwillig so hoch hinauf, wo die Berggeister und Devas wohnten. Alle sagten, das sei gefährlich. Doch je wilder und steiniger der Berg wurde, desto leichter und wagemutiger fühlte sich Maili. Schließlich machte sie auf einem vorspringenden Felsen halt, von dem sie einen weiten Blick über Berge und Täler hatte. Sie streckte die Arme aus und rief, so laut sie konnte: »Ich bin frei! Hört zu, ihr Götter und Geister! Ich bin frei!«

Es war ihr nicht recht klar, inwiefern sie frei war. Noch hatte sich nichts geändert. Doch die Gewissheit, dass sie das tun würde, was sie wollte, und dass niemand sie daran hindern konnte, gab ihr das Gefühl äußerster Unabhängigkeit. Über ihr kreiste ein Bergadler am tiefblauen Himmel. Weit und breit waren keine Wolken zu sehen.

»He!«, rief sie zu dem Adler hinauf. »Ich werde weggehen und fliegen lernen!«

Bis zum späten Nachmittag blieb sie auf dem Berg. Sie sang Lieder, die sie kannte, und Lieder, die ihr zuflogen. Sie sang den Himmel an und den Wind, und es war ihr, als würden wohlwollende Wesen mit ihr singen, die zu diesem Berg gehörten und ihn bewachten.

Es dämmerte, als sie ihr Dorf erreichte.

»Wo warst du so lange?«, murrte die Tante. »Wir haben uns Sorgen gemacht.«

Maili holte eine Schale Buttertee aus der Küche, setzte sich auf eine der Bettbänke und erklärte ruhig: »Ich werde eine Nonne.«

Tante und Onkel sahen einander an. Sie sagten nichts. Maili hatte das Gefühl, dass sie nicht allzu traurig über ihre Entscheidung waren. Sie konnte es ihnen nicht verübeln. Eine Maili im Haus, dachte sie, ist wahrscheinlich nicht das, was man sich unter dem großen Glück vorstellt.

Am nächsten Morgen sagte der Onkel, ihre Familie habe eine alte Verbindung mit einem bestimmten hohen Lama, und dieser Rinpoche leite ein Nonnenkloster bei Kathmandu. Der Schullehrer unten in der kleinen Stadt, ein entfernter Verwandter, könne Maili einen Brief an diesen Rinpoche mitgeben. Und das Haus und ein paar von den Tieren müssten verkauft werden, damit sie ein Geldgeschenk für das Kloster mitnehmen könne.

Maili nickte zu allem. Kein anderes Gefühl, nicht einmal Furcht vor all dem Unbekannten, dem sie sich würde stellen müssen, war so stark wie der Wunsch wegzugehen, das Dorf mit allen seinen Erinnerungen zu verlassen und ein ganz neues Leben zu beginnen. Sie wusste, dass sie weggehen würde, ohne zurückzuschauen.

# 2

Maili folgte dem Onkel den Weg bergab. Ihr Bündel war leicht; es enthielt nur eine Chuba zum Wechseln, einen Fellmantel für den Winter und ein Säckchen mit verschiedenen Heilkräutern. Das Musikgerät hatte sie ihrer Freundin Dawa geschenkt, deren Mann »Batterien« besorgen konnte. Einen großen Teil ihres Türkis- und Korallenschmucks hatte sie der Tante überlassen. Das Elternhaus hatte sie für einen guten Preis an den Dorfvorsteher verkauft. Es war ein beruhigendes Gefühl, im Kloster nicht mit leeren Händen um Aufnahme bitten zu müssen.

Als sie an jener Stelle des Weges vorbeikam, von der aus Tsering sie zur Felswand gezogen hatte, stieg ein Nachhall der Wut und Hilflosigkeit in ihr auf, die sie an jenem Tag empfunden hatte, und das Gefühl der Befriedigung über ihre Entscheidung vertiefte sich. Schluss mit alledem, dachte sie heiter. Ich gehe nach Kathmandu.

Der Klang dieses Namens war voller Magie. Es war der Klang der Welt, der Klang der Freiheit. Maili kannte niemanden, der schon einmal in der großen Stadt gewesen war, wo die Leute Nepali sprachen, sich anders kleideten und die Straßen voller Autos waren, so voll, dass man fast keine Luft mehr zum Atmen bekam, wie jemand aus einem Nachbardorf erzählt hatte. Dort konnte man in ein Haus gehen, das sie Kino nannten, und auf einer magischen Wand die unterschiedlichsten Traumgeschichten anschauen, so oft man wollte. Ob Nonnen wohl in ein Kino gingen? fragte sich Maili.

Dreimal mussten sie unterwegs übernachten, bis sie die kleine Provinzstadt erreichten, die von allen nur »die Stadt« genannt wurde. Wer dorthin ging, hatte unterwegs seine festen Stationen in den Dörfern, bei Verwandten zumeist oder bei Freunden der Familie. Der Weg führte über eine Hängebrücke, die Maili bei ihren Stadtbesuchen mit den Eltern fürchten gelernt hatte. Mit jeder Schwankung legte sich der schmale Bretterboden schief, und zwischen den Seilen sah man in der Tiefe der Schlucht den Fluss, der sich zwischen mächtigem Geröll hindurchwand. Mit dem Monsunregen würde er anschwellen und donnernd durch die Schlucht schießen, so dass man sein eigenes Wort nicht mehr verstand. Aber ein vernünftiger Mensch blieb in der Monsunzeit zu Hause.

Am vierten Tag erreichten sie mittags die kleine Stadt. Sie hatte eine richtige breite Straße mit einer Busstation, und unzählige Händler breiteten auf den Gehsteigen ihre Waren aus, teils auf Tischen, teils auf Tüchern am Boden. Es gab wunderbare Dinge: bunte Kämme, kleine Spiegel, Pullover in allen Farben, Chubas, Schuhe, bunte Taschen, rote Schalen und Eimer aus einem Stoff, den sie »Plastik« nannten, und vieles mehr. Der Onkel zog Maili erbarmungslos an diesen Schätzen vorbei und drängte zum Schulhaus. Dort fanden sie den Schullehrer, der aus ihrer Gegend stammte und entfernt mit ihnen verwandt war. Er war ein noch recht junger Mann in moderner Kleidung, und er beherrschte natürlich die Landessprache Nepali, denn in dieser Sprache unterrichtete er.

»Maili will ins Kloster nach Kathmandu und Nonne werden«, sagte der Onkel. »Schreibe bitte für uns einen Brief an den Rinpoche.«

Der Lehrer sah Maili interessiert an. »Wollten sie dich verheiraten?«, fragte er.

»Das ist nicht der Grund«, erklärte Maili. »Ich will lernen, was der Buddha gelehrt hat.«

»Der Rinpoche kennt unsere Familie«, lenkte der Onkel ab. »Schreib ihm das. Es gibt da eine alte Verbindung.«

Der Lehrer schrieb den verlangten Brief.

»Der Bus kommt am Abend in Kathmandu an«, sagte er zu Maili. »Du kannst aber erst am nächsten Tag ins Kloster auf den Berg gehen. Ich habe eine Tante, die mit ihrer Familie in Kathmandu lebt. Sie spricht unsere Sprache, und du könntest dort übernachten. Wenn du möchtest, schreibe ich dir ihre Adresse auf.«

Maili bedankte sich erfreut. Der Gedanke an die große Stadt machte ihr Angst, und deshalb hatte sie bisher versucht, ihn zu vermeiden.

»Ich habe hier den Weg vom Busbahnhof aus aufgezeichnet«, sagte der Lehrer und gab ihr den Zettel. »Zeig das dem Busfahrer, er wird dir weiterhelfen. Und grüße immer höflich mit ›Namasté‹, dann hast du keine Probleme.«

Der Onkel wollte dem Lehrer Geld geben, doch dieser winkte ab. »Ich könnte eine Schreibstube aufmachen«, sagte er lachend. »Aber vorerst schreibe ich solche Briefe noch umsonst.«

Der Onkel sah ihn verwirrt an. Er hielt die Scheine in der Hand und empfand es offenbar als peinlich, sie wieder einstecken zu müssen.

»Nimm dein Geld und kauf der Kleinen leichte Schuhe«, sagte der Lehrer und schaute auf Mailis Filzschuhe. »In Kathmandu ist es heiß um diese Zeit. Und es regnet endlos im Sommer.«

Bei einem der Händler auf der Straße kaufte der Onkel hübsche rote Stoffschuhe mit weißen Kappen an den Spitzen und weißen Schnüren zum Binden, die Maili überaus gut gefielen.

»Klettern kannst du damit nicht«, lachte der Onkel. »Aber bald wirst du ja nicht mehr viel herumlaufen.«

Sie übernachteten wie immer, wenn sie in der Stadt waren, im Gästehaus, in dem die Bänke tags zum Sitzen und nachts zum Schlafen dienten. Am Abend kam ein hoher Lama an, und seine drei Mönche rannten geschäftig hin und her und stellten Wandschirme um seine Ecke herum auf.

Maili war so aufgeregt, dass sie nicht schlafen konnte. In der Ecke hinter dem Wandschirm brannten Butterlämpchen, und sie hörte Stimmen, die gedämpft den ihr so vertrauten Text der Tara-Meditation zu rezitieren begannen. Sie erhob sich von ihrer Bank, ging leise zur Ecke des Lamas und ließ sich neben einem der Wandschirme nieder. Vorsichtig stimmte sie in die Rezitation ein, und als sie feststellte, dass ihre Stimme und die der Mönche hübsch zusammenklangen, wagte sie ein bisschen mehr Lautstärke.

Der Wandschirm bewegte sich, und das Gesicht eines der Mönche erschien. Er winkte Maili heran.

»Der Rinpoche will, dass du zu uns kommst«, sagte er leise.

Benommen vor Freude schlüpfte Maili in die umstellte Ecke. Die Mönche hatten auf einem Tisch einen kleinen Schrein aufgebaut, die Bänke zur Seite geschoben und sich auf dem Boden niedergelassen. Der Lama saß als Einziger auf einer Matte. Er nickte Maili zu. Ohne ihre Rezitation zu unterbrechen, rückten die Mönche ein wenig zusammen. Maili setzte sich auf den freien Platz und rezitierte mit. Sie war von dem angenehmen Gefühl erfüllt, irgendwie wichtig zu sein und einen besonderen Platz einzunehmen. Es war gewiss ein Glück verheißendes Zeichen, die Reise in ihr neues Leben als Nonne auf diese Weise zu beginnen.

Am nächsten Morgen brachte der Onkel Maili zum Bus und kaufte ihr eine Fahrkarte. Er fragte die Fahrgäste, die in den Bus drängten, ob jemand von ihnen seinen Dialekt spreche, und ein Mann mit einem Schnurrbart brummte bejahend.

»Gib auf meine Nichte acht«, bat der Onkel und schob Maili zu ihm hin.

»Setz dich neben ihn«, sagte der Onkel dann und legte seine Hand auf ihre Schulter. »Pass gut auf dich auf. Wir werden dich bestimmt einmal besuchen.«

Maili dachte, dass das unwahrscheinlich sei, aber sie nickte, als würde sie es glauben. Sie folgte dem Mann in den Bus, und schnell wurde der Onkel von den vielen Leuten, die einsteigen wollten, vom Eingang weggeschoben. Maili hatte bald ein Paket und ein Kleinkind auf dem Schoß und das Hinterteil einer Ziege an den Knien, so dass sie sich nicht mehr rühren konnte. Die Landschaft, die am Fenster vorbeizog, als sie Serpentine um Serpentine den Berg hinab- und dann wieder einen Berg hinauf- und wieder hinunterfuhren, war so beeindruckend, dass ihr die Unbequemlichkeit ihrer Lage kaum zu Bewusstsein kam. Glücklicherweise wurde das Kleinkind entfernt, bevor es ihre Chuba nass machen konnte, und die Ziege legte sich schließlich hin. Mit dem Paket als einziger Last war es auszuhalten.

Irgendwann hielt der Bus auf offener Strecke plötzlich an. Maili hatte gedöst und wurde von lautem Kommandogeschrei geweckt.

»Was ist los?«, fragte sie ihren Nachbarn. Dessen ausladender, mit grauen Fäden durchzogener Schnauzbart zitterte.

»Grenzsoldaten«, flüsterte er, als spreche er den Namen eines Dämons aus, den man nicht nennen sollte. »Sie suchen sicher nach tibetischen Flüchtlingen.«

Maili bekam eine Gänsehaut. Im Dorf sagten sie immer, es gebe zwei Dinge, die man fürchten müsse: die Höllenwelt und die Grenzsoldaten. Doch Maili hatte noch nie einen Grenzsoldaten gesehen. Sie wusste nicht einmal, ob die Soldaten von diesseits oder von jenseits der Grenze gemeint waren. Sie war nie auf den Gedanken gekommen, danach zu fragen. Es war einfach ein Spruch, den man gedankenlos dahersagte.

Die Soldaten, deren Sprache Maili nicht verstand, trieben alle Insassen aus dem Bus. Jeder musste sein Bündel, seine Tasche, seinen Korb ausräumen. Alles wurde durchsucht. Ein junger Mann, seine Frau und ein kleines Kind wurden grob zur Seite gestoßen. Das Kind fiel hin und schrie. Ein Soldat trat mit dem Fuß nach ihm. Die Mutter zerrte es am Arm zu sich. Das Kind schrie noch lauter.

Maili schrie auch. »Hört auf! Das ist doch ein kleines Kind!«

Ihr Sitznachbar, dem sie nach draußen gefolgt und in dessen schützenden Schatten sie sich gestellt hatte, zog fest an ihrem Ärmel. »Nicht!«, flüsterte er nachdrücklich. »Halte um Himmels willen den Mund! Die sind gefährlich.«

Der Mann, die Frau und das Kind wurden von zwei Soldaten mit Stößen der Gewehrkolben weggetrieben. Ihr weniges Hab und Gut lag verstreut auf dem Boden. Ein Soldat bückte sich, fischte etwas zwischen den Kleidern heraus, hob es triumphierend hoch und steckte es ein.

Maili ahnte, dass etwas zutiefst Beängstigendes, etwas ganz Furchtbares vor sich ging. Sie hatten also tibetische Flüchtlinge gefunden. Doch diese Soldaten waren keine Chinesen, so viel war ihr klar. Waren sie Tibeter? Oder Nepali? Was machten nepalesische Soldaten mit tibetischen Flüchtlingen?

»Was machen die da?«, fragte sie, nun auch flüsternd.

Der Mann neben ihr sagte zwischen zusammengepressten Zähnen: »Sie ausrauben und dann ausliefern. Gegen Kopfgeld.«

»An die Chinesen?«, fragte Maili zweifelnd.

»An wen denn sonst«, antwortete der Mann mit dem zitternden Schnauzbart.

Einer der Soldaten kam auf Maili zu und sah sie scharf an. Er warf einen Blick auf ihr geöffnetes Bündel, schob den Inhalt mit dem Fuß auseinander und griff dann nach dem Ausschnitt ihrer Chuba. Maili erstarrte. Seine Hand fuhr zielsicher in ihr Kleid, wühlte und förderte den kleinen Brokatbeutel zutage, in dem sie ihr Geld verwahrte. Er öffnete den Beutel, blätterte die Scheine durch und steckte sie zurück. Mit einem Grinsen versenkte er den Beutel wieder in ihrer Chuba, nicht ohne den Versuch, ihre Brüste zu berühren. Der Fuß ihres Nachbarn hatte inzwischen den ihren gesucht und trat mit Kraft darauf. Maili rührte sich nicht. Der Soldat wandte sich ab und suchte ein weiteres Opfer.

Das Blut rauschte laut in Mailis Ohren. Sie hörte nichts anderes als dieses Rauschen. Und sie spürte den Krampf in ihren Händen, die sich zu Fäusten geballt hatten.

»Stinkdämon!«, flüsterte sie.

»Pst!«, warnte ihr Nachbar.

Die Soldaten brüllten etwas, und alle Fahrgäste packten ihre Sachen zusammen und stiegen in den Bus zurück oder hinauf auf das Dach. Maili achtete darauf, dass sie wieder neben ihren Nachbarn zu sitzen kam – ein schwieriges Unterfangen in dem hitzigen Gedränge. Schließlich saß sie wieder auf einem Sitz, eingekeilt zwischen dem schnauzbärtigen Nachbarn mit seinem Paket und einem Korb voller qualvoll zusammengepferchter Hühner, die inzwischen zu erschöpft waren, um Protest zu gackern. Der Korb ruhte auf einer dicken Frau, die sich in den Mittelgang gesetzt hatte und sehr stark roch. Die Ziege war weiter hinten gelandet und meckerte verzweifelt.

Maili knetete ihre Hände, aus denen sich der Krampf noch immer nicht ganz gelöst hatte. Sie sah das Entsetzen in den Gesichtern des tibetischen Mannes und seiner Frau vor sich. Was würde mit ihnen geschehen?

Sie wandte sich ihrem Nachbarn zu. »Was machen die Chinesen mit der Familie?«, fragte sie nahe an seinem Ohr, denn im Bus war es fürchterlich laut.

»Ich weiß es nicht«, sagte der Mann. »Ich hab gehört, man bringt die Flüchtlinge in Arbeitslager.«

»Aber das Kind!«, wandte Maili ein und musste heftig schlucken.

»Das auch«, erklärte der Mann.

Das Gästehaus in der Ortschaft, in der sie in einen anderen Bus umsteigen musste, unterschied sich kaum von demjenigen in der kleinen Stadt in Mailis Heimatbezirk, nur dass die Leute anders sprachen. Maili war so vorausblickend gewesen, sich bei ihrem Sitznachbarn nach den Preisen für die Übernachtung und die Busfahrt nach Kathmandu zu erkundigen und ihr Geld abgezählt bereitzuhalten. Nicht einmal Zahlen konnte sie auf Nepali verstehen. Sie wünschte, der schnurrbärtige Mann wäre noch weiter mitgekommen. Von nun an, dachte sie, bin ich wirklich ganz allein.

Am Abend des dritten Tages erreichte sie Kathmandu. Es war Stoßzeit, und der Bus bewegte sich innerhalb des trägen Stroms von Autos, Karren, Fahrrädern, Kühen, Hunden und Menschen kaum vorwärts. Maili hatte noch nie so viele Autos und Menschen auf einmal gesehen. Ein entsetzlicher Gestank drang durch die halb geöffneten Fenster ins Innere der überfüllten kleinen Welt, in der Maili zwei Tage lang geborgen gewesen war. Sie drückte ihr Halstuch gegen die Nase; ihre Augen brannten und tränten. Panik stieg in ihr hoch, staute Hitze in ihrem Kopf und ließ ihr Herz wild schlagen. Wie sollte sie hier nur atmen? Die Menschen auf der Straße trugen kleine bunte Tüten vor Nase und Mund. War vielleicht frische Luft in diesen Tüten? Doch die Mitreisenden im Bus hatten keine Tüten und atmeten dennoch ganz unbekümmert. Maili schloss ganz fest die Augen und dachte an Arya Tara. Wenn sie schon ersticken musste, sollte wenigstens Tara sie nach ihrem Tod in Empfang nehmen.

Schließlich hielt der Bus. Maili öffnete die Augen und sah um sich herum nichts anderes als ein unüberschaubares Gewirr von Autobussen. Die Leute drängten hinaus, es war ein fürchterliches Geschiebe und Geschrei. Sie wartete, bis alle den Bus verlassen hatten, und zog dann den Zettel hervor, den der Schullehrer für sie geschrieben hatte. Sie hielt ihn dem Busfahrer hin. Der starrte ihn lange an, stieg dann aus und rief andere Leute herbei, die ebenfalls den Zettel anschauten. Alle wollten ihn in die Hand nehmen, doch Maili hielt ihn fest und machte die Finger immer wieder los, die nach ihm griffen. Es war ein großes Diskutieren und einander Überschreien, doch schließlich verlor einer nach dem anderen die Lust und ging weg. Man war offenbar zu keinem Ergebnis gekommen.

Maili stand vor dem Bus und hatte die inzwischen fast vertrauten Panikempfindungen. Der Busfahrer hob unschlüssig die Schultern und wollte die Tür schließen, doch Maili stürmte vorwärts und in den Bus hinein.

»Wo soll ich denn hingehen?«, schrie sie verzweifelt. »Ich kenne mich doch nicht aus.«

Der Busfahrer verstand zwar nicht ihre Worte, ahnte jedoch deren Inhalt. Er wies auf die Rückbank, legte die Hände zusammen und eine Wange daran, um die Haltung des Schlafens anzudeuten, wiegte zustimmend den Kopf und schloss die Bustür ab.

Maili setzte sich auf die Rückbank und schaute auf den schwach beleuchteten Busbahnhof hinaus. Sie erlaubte sich nicht, sich nach Hause zurückzusehnen. Das wäre feige, dachte sie. Ich hätte es dort nie und nimmermehr ausgehalten.

Sie nahm ihre Mala ab und begann, die Rezitationen zu singen, die ihre Meditation einleiteten. Es bedurfte keiner großen Anstrengung, um das Bild der Gottheit hervorzurufen; sie erschien augenblicklich in großer Lebendigkeit. Die Sitze verschwanden, die Wände verschwanden, der Busbahnhof verschwand, und Maili saß auf dem Dach des Hauses ihrer Verwandten in der Kühle des Sommermorgens. Über ihr schwebte Arya Tara am klaren Himmel und tauchte alles in ihr weiches, zartgrünes Licht.

Tara, du musst dich um die tibetische Familie kümmern, sagte Maili in Gedanken. Sie haben ein kleines Kind. Bitte, rette sie! Um sicherzugehen, wiederholte sie ihre Bitte ein paar Mal und versenkte sich dann getröstet in die Rezitation des Mantras.

Ihre Gedanken machten kleine Ausflüge, verloren jedoch nie ganz die Verbindung mit dem Bild der Gottheit. Sie wanderten in ihrem Heimatdorf herum, verweilten bei den Menschen, die sie kannte und liebte, und bei der kühlen Schönheit der Berge. Erst als sie die Meditation beendet und das Bild der Arya Tara wieder aufgelöst hatte, fiel ihr ein, dass sie vergessen hatte, auch um die Lösung ihres eigenen Problems zu bitten. Doch um dieses, dachte sie, würde sich Arya Tara ohnehin kümmern, nachdem sie nun schon so vertraut miteinander waren.

Irgendwann in der Nacht wachte Maili auf. Es war dunkel, die Straßenlampen brannten nicht mehr. Ihre Blase drückte. Der Bus war abgeschlossen. Sie hätte ihn höchstens durch eines der Fenster verlassen können; doch wie sollte sie dann wieder hineinkommen? Also würde sie sich früher oder später im Bus erleichtern müssen. Vorerst presste sie jedoch die Beine zusammen und unterdrückte den Drang. Ich könnte mich genauso gut jetzt gleich irgendwo hinsetzen, dachte sie, denn besser wird es bestimmt nicht. Doch sie konnte sich nicht dazu überwinden.

Die Not wurde immer größer. Schließlich tastete sie sich durch die Bankreihen zum Eingang vor und hoffte, dass die Tür nicht ganz dicht schloss, was anzunehmen war bei diesem klapprigen, alten Ungetüm. Sie könnte auf die Einstiegtreppe pinkeln, überlegte sie, dann würde die Bescherung einfach durch den Türspalt ablaufen. Maili setzte diesen Entschluss eilig in die Tat um. Sie hoffte, dass die Hitze alle Feuchtigkeit schnell trocknen würde, so dass der Busfahrer am Morgen nichts bemerkte.

Wieder kam das beklemmende Gefühl des Ausgeliefertseins über sie, und sie war nahe daran zu weinen. Doch dann stellte sie sich vor, wie sie ihrer Freundin Dawa von ihrem Abenteuer erzählen würde, von dem verschlossenen Bus, dem Bedürfnis in seiner unaufschiebbaren Dringlichkeit und dem Not-Klo an der Tür. Sie würden beide lachen, bis sie sich auf dem Boden rollten, wie sie es früher immer getan hatten. Fast hörte sie ihre Mutter sagen: »Habt ihr dummen Mädchen nichts anderes im Kopf, als zu gackern? Maili, tu etwas!«

Maili musste plötzlich laut lachen in dem dunklen Bus, sie lachte und lachte, bis sie nicht mehr wusste, ob es nun ein Lachen war oder ein Weinen. Ihr Bündel gegen das Gesicht gepresst, schlief sie ein und wachte erst vom Schlüsselrasseln auf, als der Busfahrer die Tür aufschloss. Maili sprang auf.

»Namasté!«, rief der Busfahrer und winkte sie heran.

Sie lief zum Eingang und sah einen kleinen Mann mit einer Fahrrad-Rikscha und noch ein paar Männer vor dem Bus stehen. Eilig holte sie ihren Zettel hervor. Wieder wurde er ausführlich begutachtet. Dann lachte der kleine Rikscha-Fahrer mit seinen schiefen braunen Zähnen und wiegte eifrig den Kopf. Maili stieg auf und rief dem Busfahrer ein Dankeschön zu.

Die lange Fahrt führte durch enge Straßen mit dicht aneinandergedrängten Häusern, reich verziert mit Holzschnitzereien, und über breite Straßen mit riesigen Bauten aus glattem Stein. Menschen, Autos und Kühe quälten sich durch den lauten, stinkenden Morgenverkehr. Überall lagen Papier und Dosen und Plastiktüten und allerlei anderer Unrat. Maili sah eine Kuh, die mit andächtigem Ausdruck eine Zeitung fraß. Eine Weile lief ein Hund neben der Rikscha her, der ein großes Loch im Rücken hatte; man konnte sogar ein Stück Knochen sehen.

Auf einer engen Brücke, auf der die Autos sie fast streiften, überquerten sie einen breiten, flachen Fluss, in dem eine graue Brühe träge zwischen Sandbänken stand. Das Skelett einer Kuh lag mitten im Flussbett, und auf einem gemauerten Sockel am Ufer brannte ein Feuer, aus dem Maili einen menschlichen Fuß herausragen sah. Daneben schlief ein Rudel dunkelhäutiger Kinder, deren zerlumpte Kleider dieselbe Farbe hatten wie der Fluss.

In einer Gasse, in der sich hässliche kleine Häuser aneinanderreihten, hielt der Rikscha-Fahrer an und deutete auf ein Haus. Er verlangte eine große Menge Rupien, wie er ihr mit gespreizten Fingern deutlich machte, doch Maili war so froh, angekommen zu sein, dass sie auf alles Feilschen verzichtete. Sie bezahlte, nahm ihr Bündel und ging auf das Haus zu.

Eine mit einem Vorhang verhängte Türöffnung führte in einen dunklen Raum. Eine Frau hockte auf dem Boden und hantierte an einem kleinen Gaskocher.

»Bist du die Tante des Schullehrers?«, fragte Maili.

Die Frau sah sie erstaunt an. Sie musste offenbar erst nachdenken, wer gemeint war. Dann lächelte sie. »Oh, der Lehrer. Ja. Ja, ich bin seine Tante.«

»Ich will ins Kloster auf den Berg und Nonne werden«, sagte Maili. »Der Schullehrer hat gesagt, du würdest mir helfen.«

»Natürlich helfe ich dir, Kindchen«, sagte die Frau, stand auf und wischte die Hände an ihrer Chuba ab. »Setz dich.«

Maili setzte sich auf eine Bettbank vor dem einzigen Fenster und bekam eine Schale Buttertee und hartes Schmalzgebäck vorgesetzt. Ein kleiner Tisch voller Kram und schmutzigem Geschirr stand vor der Bank. An der Wand waren neben einer weiteren Bank Kisten und Schachteln aufgestapelt. Eine Atmosphäre abgestandener Traurigkeit hing in dem armseligen Raum.

Die Frau ging hinter das Haus, um Wasser zu holen. Maili hielt es in der dunklen Küche nicht aus. Sie setzte sich auf die Türschwelle und sah dem Leben in der Gasse zu. Gegenüber kratzten ein paar Hühner im staubigen Gras am Wegrand, bewacht von zwei dünnen kleinen Jungen, die darauf achteten, dass sich ihr kostbarer Besitz nicht zu weit von ihrem Haus entfernte. Frauen in nepalesischen Wickelröcken gingen vorbei und schauten Maili neugierig an. Ein magerer Hund näherte sich zögernd und wurde von den kleinen Jungen mit lautem Geschrei vertrieben.

Die traurige Stimmung in der Gasse kroch in Mailis Herz. Wie schrecklich musste es sein, immer hier zu leben, ohne den weiten Blick, den die Berge gewährten. Hier hatte der Himmel keine Farbe. Er war trübe, obwohl die Sonne schien, als läge ein dünnes Papier über der ganzen Stadt. Und es stank. Maili wölbte die Hände vor Nase und Mund, um die Vielzahl unerfreulicher Gerüche, die in der Gasse hingen, ein wenig fernzuhalten.

Die Frau brachte einen großen Eimer Wasser, und Maili ging mit ihr in die Küche zurück und setzte sich wieder auf die Bettbank. Aus dem hinteren Raum kam ein Junge mit ungekämmten langen Haaren. Er mochte in Mailis Alter sein. Obwohl es so warm war, dass Maili die Bluse unter ihrer Chuba ausgezogen hatte, trug er eine schwarze Lederjacke mit vielen silbernen Knöpfen.

»Das ist mein Sohn Narendra«, sagte die Frau.

»Namasté, Cousin«, sagte Maili, wie es sich gehörte.

»Masté«, brummelte der Junge und warf sich neben Maili auf die Bank.

»Er spricht Nepali«, sagte die Frau. »Unseren Dialekt kann er nicht gut.«

»Doch, kann ich«, sagte der Junge, zog eine Tüte mit Tabak und Zigarettenpapier aus einer Tasche seiner Jacke und begann eine Zigarette zu drehen, ebenso wie Dawas Mann es immer machte, wenn er für ein paar Tage aus der Stadt nach Hause kam. Maili sah interessiert zu, wie er dem Tabak einige Brösel hinzufügte, die er von einem schwarzen Klümpchen abbrach. Das hatte sie bei Dawas Mann nie gesehen.

Der Junge zündete die Zigarette an, zog heftig daran und reichte sie Maili. »Willst du?«

»Ich kann nicht rauchen«, sagte Maili.

»Kann jeder«, sagte der Junge. »Ist wirklich gut.«

Maili dachte, dass man schließlich alles einmal versuchen könne. Sie griff mit Daumen und Zeigefinger nach der Zigarette und zog daran. Bevor sie den Rauch in ihrem Mund wieder loswerden konnte, atmete sie ein wenig davon ein und musste heftig husten. Der Junge lachte. Die Tante des Schullehrers warf ihm einen ärgerlichen Blick zu und sagte etwas in der Sprache, die Maili nicht verstand. Er nahm die Zigarette wieder aus Mailis Hand und zog ausgiebig daran. Schließlich legte er sich zurück, schob Mailis Bündel unter seinen Kopf und sah sehr zufrieden aus. Noch einmal bot er Maili die Zigarette an. Sie schüttelte den Kopf.

»Du versäumst etwas«, sagte er.

»Und was sollte das sein?«, fragte Maili.

»Es ist einfach gut«, antwortete der Junge und lächelte wie ein Baby.

»Aber was ist daran gut?«, hakte Maili nach. Während sie es sagte, dachte sie, dass sie wieder einmal ihren Mund nicht halten konnte. Es machte die Leute oft ärgerlich, wenn sie sich mit einer Antwort nicht zufriedengab.

Doch der Junge kicherte nur. »Es geht einem gut, das ist gut«, sagte er grinsend.

Maili schaute ihn aufmerksam an. Er sah tatsächlich so aus, als fühle er sich sehr wohl.

»Unsinn«, sagte die Tante des Schullehrers ärgerlich. »Man wird faul davon, das ist alles. Und er handelt mit dem Zeug. Sie werden ihn erwischen, früher oder später.«

Der Junge kicherte wieder. »Niemals«, murmelte er.

»Sie haben deinen Freund erwischt«, sagte die Frau, und ihre Stimme klang jetzt weniger ärgerlich als sorgenvoll. »Nun sitzt er im Gefängnis. Und ihm geht es nicht mehr gut.«

»Ich bin unsichtbar«, sagte der Junge und lachte laut, als habe er einen besonders guten Witz gemacht.

»Zu dumm«, sagte Maili, »dass das die anderen nicht wissen.«

Der Junge fing an zu kichern und konnte gar nicht mehr aufhören.

»Warum ist es verboten, das zu rauchen?«, fragte Maili. Narendras Mutter seufzte. »Früher war es erlaubt. Der Hanf wächst hier gut. Aber er macht die Leute faul.«

»Besser faul als unglücklich«, sagte der Junge immer noch kichernd.

Die Frau stellte eine große Schüssel mit gebratenen Momos zwischen die vielen Dinge auf den Tisch. Während sie aßen, erzählte sie von dem ältesten Sohn, der Arbeit als Trekking-Koch gefunden hatte, und von ihren beiden Töchtern, die verheiratet waren.

»Und warum willst du Nonne werden?«, fragte sie Maili. »Du bist doch nicht hässlich. Du könntest bestimmt einen guten Mann bekommen.«

»Ich will keinen«, erklärte Maili und hoffte, keine weiteren Fragen zu diesem Thema beantworten zu müssen. Es kam auch nicht mehr dazu, denn der Familienvater betrat den Raum durch die verhängte Eingangstür.

Maili stand auf und sagte höflich: »Namasté.«

»Das ist Maili«, erklärte die Frau. »Mein Neffe, der Schullehrer, hat sie geschickt. Sie will ins Kloster auf den Berg und Nonne werden.«

Der Mann stellte seinen Beutel ab und holte ein paar Flaschen mit gelblichem Inhalt heraus. Er schraubte den Deckel einer Flasche ab, nahm einen tiefen Zug daraus und hielt sie Maili hin.

»Willkommen, kleine Nonne«, sagte er, und sein tief gefurchtes Gesicht mit seltsam verschleierten Augen verzog sich freundlich. »Darauf trinken wir.«

Maili wagte nicht, die freundliche Geste zurückzuweisen. Sie nahm einen Schluck. Es war Chang, dieses Gebräu aus gegorener Gerste, wie sie vermutet hatte. Das säuerliche Getränk schmeckte ihr nicht. Doch da alle davon tranken und ihr immer wieder die Flasche anboten, fühlte sie sich gezwungen mitzumachen. Bald fand sie den Geschmack nicht mehr so unangenehm, und ihr wurde sehr fröhlich zumute.

Der Mann erzählte Witze, wobei er immer wieder die Sprachen durcheinanderbrachte, so dass Maili kaum etwas verstand. Doch die anderen lachten so unbändig, dass sie mitlachen musste und den Nachmittag sehr lustig fand.

Plötzlich fing die Tante des Schulmeisters an, laut zu jammern. Ihr Mann schimpfte. Der Junge zog sich in den hinteren Raum zurück. Maili fiel ein, dass die Frau oder der Mann sie eigentlich zum Kloster bringen sollten, aber es sah nicht so aus, als sei einer der beiden dazu bereit. Der Streit wurde lauter, und auf einmal holte der Mann aus und schlug der Frau mitten ins Gesicht. Maili hielt vor Schreck den Atem an. Die Frau lief laut weinend aus dem Haus, während der Mann nach der letzten vollen Flasche griff und, ohne einen Blick auf Maili zu werfen, in das hintere Zimmer ging, in dem der Junge verschwunden war.

Es war schon dämmrig, und Maili sah sich vergebens nach einer Butterlampe um. Ihr fiel ein, dass es einen Lichtschalter geben müsse wie im Gästehaus in der kleinen Stadt. Sie entdeckte ihn neben der offenen Haustür, doch als sie aufzustehen versuchte, stieß sie dabei auf unüberwindliche Schwierigkeiten. Der Fußboden konnte sich offenbar nicht entscheiden, ob er sich nach unten neigen oder ansteigen sollte. Auf Händen und Füßen gelang es ihr schließlich, die Wand mit dem Schalter zu erreichen. Sie kroch zur Bettbank zurück und zog ihre Bluse wieder an, denn es war ein wenig kühler geworden. Sie hätte gern über die Situation nachgedacht, in die sie geraten war, doch jeder Gedanke, den sie zu denken begann, kam ins Rutschen und führte irgendwo anders hin. Verwirrt legte sie den Kopf auf ihr Bündel und schlief ein.

Am nächsten Morgen wurde sie vom Geräusch klappernder Töpfe geweckt. Die Tante des Schullehrers war dabei, Buttertee zu bereiten.

»Guten Morgen«, sagte sie, als Maili sich aufsetzte.

Maili hielt sich mit beiden Händen den Kopf. Es pochte und hämmerte darin, als würde eine ganze Schar von Straßenarbeitern Pflastersteine zurechtklopfen.

»Ich bin krank«, sagte sie mit schwacher Stimme und fühlte Panik aufsteigen, denn im Dorf hatten die Leute von den fürchterlichen Krankheiten erzählt, die man unten im Land bekommen konnte, vor allem in der großen Stadt.

Die Frau lachte und sagte: »Du hast nur einen Kater, Kind. Das kommt von dem Chang.« Sie goss Wasser aus einem Krug in ein Glas und reichte es Maili. »Viel trinken hilft«, sagte sie gelassen, als hätte sich das Drama des gestrigen Nachmittags nie ereignet.

Maili trank das Glas leer und legte sich wieder hin. Wenn ich nur schon im Kloster wäre, dachte sie. Ich habe genug von der

Welt. Immer denkt man, irgendetwas sei gut, und dann stellt sich heraus, dass es nichts taugt.

»Ich gehe einkaufen«, sagte die Frau und füllte das Glas auf. »Danach bringe ich dich hinauf zum Kloster.«

Ein wenig später kam der Junge aus dem hinteren Zimmer, nahm den Wasserkrug und ging vor die Haustür. Es plätscherte, und als er wieder hereinkam, sah Maili, dass er den Inhalt über seinen Kopf gegossen hatte.

»Geht es dir schlecht?«, fragte er Maili.

»Mein Kopf platzt«, antwortete sie.

»Chang ist Mist«, brummte er. »Stoff rauchen ist besser. Davon bekommst du keinen dicken Kopf und keinen schlechten Magen.«

Er ging in das hintere Zimmer und kam mit der schwarzen Lederjacke bekleidet wieder heraus. Maili wunderte sich erneut, denn die Sonne stand schon recht hoch, und mit ihr war die Hitze wiedergekommen.

Der Junge setzte sich auf den Rand der Bettbank und begann eine Zigarette zu drehen, nicht ohne wieder die schwarzen Brösel hinzuzufügen. Hingebungsvoll zog er an dem fertigen Produkt und lehnte sich dann genussvoll zurück. Maili konnte gerade noch ihre Beine wegziehen.

»Willst du wirklich Nonne werden?«, fragte der Junge.

»Ja«, sagte Maili leise, um ihren Kopf nicht zu erschüttern.

»Warum?«, fragte der Junge.

»Ich möchte lernen, wie man glücklich wird.«

Der Junge biss einen Fingernagel zurecht. »Bist du sicher, dass du das dort lernst?«

»Wo sonst?«, fragte Maili. »Der Buddha sagte jedenfalls, dass man das lernen kann.«

Der Junge blies Rauchringe in die Luft. »Keine schlechte Idee.«

Maili setzte sich trotz der Kopfschmerzen auf. »Und dann kann man anderen helfen, ebenfalls glücklich zu werden.«

»Nett«, sagte der Junge.

»Das ist kein Witz«, erklärte Maili mit Nachdruck, obwohl ihr Kopf dabei wieder heftiger schmerzte. »Ich habe darüber nachgedacht. Wenn du glücklich sein willst, müssen die anderen auch glücklich sein. Also, wenn du jetzt gerade mal glücklich bist, und dein Vater verprügelt deine Mutter, dann bist du nicht mehr so glücklich. Stimmt's?«

»Stimmt«, sagte der Junge in ernsthaftem Ton und drückte die Zigarette aus.

Maili legte sich mit einem Gefühl der Befriedigung wieder hin. Es war schön zu wissen, dass sie dieses Verständnis teilten.

»Was macht das mit dir, wenn du das rauchst?«, fragte sie.

Der Junge nahm ein paar von den schmutzigen Kleidern, die neben der Bettbank lagen, und stopfte sie sich unter den Kopf. »Ich denke nach. Ich träume.«

»Was träumst du?«

»Schöne Sachen. Reisen. Ich mag Hefte mit Bildern von anderen Ländern. Vor allem von Amerika.«

»Du willst weg von hier?«

Der Junge lachte bitter. »Wollen – ja. Können – nein.«

»Dann geht es dir wie mir, ich wollte auch weg«, sagte Maili. »Wo ist Amerika?«

»Weit weg«, antwortete der Junge verträumt. »Man muss hinfliegen.«

»Oh«, sagte Maili, »wie?«

Der Junge fing wieder an zu lachen. Er krümmte sich vor Vergnügen. »Wie!«, prustete er. »Mit dem Flieger. Mit dem Eisenvogel. Oder mit Flügeln! Oder mit Erdnüssen!«

»Bitte, nicht so laut lachen«, bat Maili. »Das tut weh im Kopf.«

»Entschuldigung«, sagte der Junge.

Maili döste ein, und als die Frau wiederkam, ging es ihrem Kopf ein wenig besser. Die Frau kochte Reis mit Linsen, und nach dem Essen bürstete Maili ihr Haar, flocht es neu und war reisefertig.

»Ich besuche dich da oben, wenn du magst«, sagte der Junge, und Maili erklärte, dass sie das sehr nett fände.

»Viel Glück«, sagte der Junge und drehte eine neue Zigarette.

Die Tante des Schullehrers führte Maili zu einer großen Straße, und sie fuhren mit einem klapprigen Bus zu einem Dorf am Fuß des Berges. »Von hier aus müssen wir laufen«, sagte die Frau.

Obwohl Maili sich noch schwach auf den Beinen fühlte, empfand sie das Laufen als eine Erleichterung. Nur das Atmen fiel ihr schwer.

»Ich bekomme keine Luft«, keuchte sie.

»Man gewöhnt sich daran«, sagte die Frau tröstend. »Das geht allen so, die aus den Bergen kommen.«

Maili nahm die Mala zur Hand. Im Rhythmus des Tara-Mantras setzte sie einen Fuß vor den anderen. Noch war der beklemmende Reisetraum nicht ganz zu Ende geträumt, doch bald würde sie oben im Kloster aufwachen und zu Hause sein. Verrückte Maili, sagte sie zu sich selbst, hat ein Zuhause, das sie gar nicht kennt.

Ein Stück weit konnten sie im Schutz von Bäumen wandern, doch dann lieferte die zerfurchte Schotterstraße sie dem grellweißen Angriff der Mittagssonne aus. Mailis Herz begann wie wild zu schlagen. Schweiß lief vom Haaransatz über die Stirn in ihre Augen. Sie hielt sich am monotonen Rhythmus des Mantras fest. Ein Schritt, noch ein Schritt und noch ein Schritt. Sie glitt aus und fiel auf die Steine. Der durchdringende Schmerz einer Schürfwunde an der Handfläche löschte für ein paar Augenblicke alle anderen Wahrnehmungen aus.

Die Frau half Maili auf und führte sie an den Wegrand in den Schatten eines Busches. »Komm, setz dich, Kindchen«, sagte sie. »Ruh dich aus. Das ist alles ein bisschen zu viel für dich.«

Maili ließ sich dankbar nieder. Die Tante des Schullehrers war eine freundliche Frau, dachte sie. Ihr Mann sollte sie nicht schlagen.

»Warum schlägt er dich?«

Die Frau, die sich neben sie gesetzt hatte, sah sie überrascht an. Dann verstand sie. »Nur wenn er zu viel trinkt. Er ist kein schlechter Mann. Aber er hat keine Arbeit mehr. Früher fuhr er Taxi, davon konnten wir ganz gut leben. Jetzt sind seine Augen so schwach geworden, dass er nicht mehr arbeiten kann. Er versucht es zu verbergen, aber er sieht fast nichts mehr. Unser ältester Sohn muss für uns sorgen.«

»Das ist sehr traurig«, sagte Maili. »Es tut mir leid.«

Sie griff mit der unverletzten Hand nach der Hand der Frau und drückte sie. Ihr Herz tat weh. Sie mochte diese Familie; es waren freundliche Menschen. Und doch schlug der Mann, der so harmlos aussah, seine Frau.

»Wann seid ihr in die große Stadt gekommen?«, fragte sie.

Die Frau sah nachdenklich über das weite Tal hinweg, das sich unter ihnen erstreckte. »Es ist lange her. Wir waren sehr jung, und das Leben war noch voller Hoffnung. Einer aus dem Nachbardorf hatte sein Glück hier gemacht. Er leitet heute eine Teppichfabrik und hat ein großes Auto … Nun ja, es ging uns damals nicht so schlecht. Aber man weiß nie. So ist das Leben.«

Ja, dachte Maili, so ist das Leben. Man weiß nie. Es hätte mir ebenso ergehen können. Stattdessen gehe ich ins Kloster. Es fiel ihr auf, dass sie noch nie versucht hatte, sich eine Vorstellung von dem Nonnenkloster und dem Leben darin zu machen. Ich will es ganz frisch haben, dachte sie und lächelte, ganz unabgenützt durch Träume.

Das Geräusch eines Motors drängte sich zwischen ihre Gedanken. An der Straßenkehre unter ihnen erschien ein Jeep, der sich durch die ausgewaschenen Rinnen und über die felsigen Buckel der Straße heraufquälte.

Die Frau sprang auf und winkte. »Er soll dich mitnehmen«, sagte sie erleichtert.

Das kastenförmige Vehikel hielt an, und ein junger Mann mit sehr kurzem Haar lehnte zum Fenster heraus. Die Frau sprach mit ihm und erklärte offenbar Mailis Angelegenheit. Er wiegte bejahend den Kopf und öffnete die Beifahrertür.

»Du kannst mitfahren«, sagte die Frau. »Wir kommen dich irgendwann besuchen.«

»Danke«, sagte Maili und stieg ein. Sie sah, dass der junge Mann zum gelben kragenlosen Hemd einen roten gewickelten Rock trug, der Teil des tibetischen Klostergewands ist.

»Und danke für den Chang.«

Die Frau lachte. »Du bist jederzeit wieder eingeladen. Aber ich glaube, Nonnen dürfen nicht trinken.«

»Danke, mir reicht es auch!«, rief Maili über den Lärm des anfahrenden Jeeps hinweg. »Viel Glück für euch!«

Während der Fahrt den Berg hinauf hatte Maili wenig anderes im Kopf, als sich auf ihren Magen zu konzentrieren, der auf das heftige Geschüttel mit Säure antwortete. Ein paar Mal war sie nahe am Erbrechen. Ihr Kopf pochte. Die aufgeschürfte Hand schmerzte. Leben ist Leiden, dachte Maili.

Am höchsten Punkt der Straße hielt der junge Mönch an und parkte den Jeep. Er stieg aus und sah Maili auffordernd an. Offenbar erkannte er an ihrem blassen Gesicht, dass etwas nicht in Ordnung war. Er ging um den Kühler herum, öffnete an Mailis Seite die Tür und ergriff ihre Hand, um ihr herauszuhelfen. Maili schrie auf. Erstaunt sah er sie an, und so zeigte sie ihm zögernd ihre aufgeschürfte Handfläche. Unwillkürlich berührte er mit einer kleinen, sehr sanften Geste ihre Finger.

Sie bemerkte erst jetzt, dass er noch sehr jung war und zarte, verletzliche Züge hatte. In einem einzigen langen Augenblick sah sie eine Fülle von Details, zusammengefasst im weiten Bogen eines tiefen, unmittelbaren Eindrucks: die klaren Linien der Lippen, wie mit einem Stift gezeichnet – die fein modellierte Nase mit schmalen Nasenflügeln – die weit auseinanderliegenden, langgezogenen Augen mit Wimpern, die ebenso lang und dicht waren wie ihre eigenen.

Der junge Mönch hielt sie am Arm und half ihr aus dem Jeep. Zugleich mit ihm griff sie nach ihrem Bündel, und als sich ihre Hände berührten, empfand Maili einen wunderlichen kleinen Schlag, der sich in ihrem Körper zu vervielfältigen schien. Sie riss das Bündel an sich und trat schnell vom Auto zurück. Der Mönch schloss die Türen ab, legte sein gefaltetes rotes Umhängetuch als Sonnenschutz auf den Kopf und ging ihr voran zu einem Trampelpfad, der vom Straßenrand aus in Serpentinen steil den Berg hinaufführte.

Die Sonne brannte auf den Pfad herab, und Maili musste all ihre Kraft zusammennehmen, um den mühseligen Aufstieg zu bewältigen. An den Kehren hielt der junge Mönch immer wieder an, um auf sie zu warten. An der ersten Kehre versuchte er, ihr das Bündel abzunehmen, doch sie gab es nicht her. Er lächelte, und in seinen Wangen erschienen Grübchen. Maili schaute schnell weg. Noch nie in ihrem Leben hatte sie sich so befangen gefühlt. Eine tiefe, unerklärliche Aufregung breitete sich in ihr aus. Sie sah zu Boden und beschloss, den Blick nicht mehr zu heben, bis sie das Kloster erreicht hatten.

Als die Hitze unter ihrer wollenen Chuba unerträglich zu werden begann, tauchten ein paar Häuser auf. Maili hielt nach einem Kloster Ausschau, doch sie sah nur Gebäude unterschiedlicher Größe, die über den Berghang verstreut waren, und dazwischen führte eine steile Treppe zu einer Anhöhe hinauf, auf der das Hauptgebäude stand, unverkennbar mit seinen zwei goldenen Rehen zu beiden Seiten des Rads der Lehre auf dem Dach. Dahinter erhob sich der mächtige, von dichtem Dschungel überwucherte Berg. Dieses Kloster sieht nicht so aus wie das Mönchskloster zu Hause, dachte Maili, sondern eher wie ein Dorf. Der Gedanke, sich frei zwischen den Häusern bewegen zu können, gefiel ihr. Der Unterschied zu ihrem früheren Leben im Dorf würde vielleicht gar nicht so groß sein.

Am oberen Ende der Treppe wartete der junge Mönch, bis Maili ebenfalls die letzten Stufen erklommen hatte. Er nahm sein Tuch vom Kopf und legte es sich mit einer schnellen, fließenden Geste um die Schultern. Dann deutete er lächelnd auf sich und sagte: »Sönam.«

Maili gab das Lächeln zurück, legte die Hand auf ihre Brust und sagte: »Maili.«

»Tashi delek, Maili-la«, sagte Sönam und machte eine kleine, freundliche Bewegung mit dem Kopf.

Er führte sie zum Seiteneingang des Hauptgebäudes und durch ein enges, dämmeriges Treppenhaus hinauf zu einer offenen Tür, deren Vorhang ein wenig zur Seite gebunden war. Rasch schlüpfte er aus seinen Turnschuhen und winkte Maili hinein. In ihrer Aufregung machte sie einen Knoten in ihre Schnürsenkel und brauchte schrecklich lange, bis sie ihre roten Schuhe endlich ausgezogen hatte.

Auf einem Kastenbett saß lesend eine ältere Nonne in einem kurzärmeligen gelben Hemd über dem roten Rock. Ruhig stand sie auf und legte ihr rotes Schultertuch um. Sie war groß, größer als die meisten Frauen, die Maili kannte, und ihr scharf geschnittenes Gesicht trug Linien des Lächelns und Linien des Zorns.

Sönam redete, und Maili hörte ihren Namen und den Namen ihres Heimatbezirks. Die Nonne, die vermutlich die Klosterleiterin war, sagte etwas zu ihr und deutete auf eine Matte. Maili setzte sich und drückte ihr Bündel an sich. Plötzlich war ihr ängstlich zumute. Sie hatte das Bedürfnis, sich ganz klein zu machen, so dass möglichst niemand sie mehr sah.

Sönam nickte ihr aufmunternd zu, und sie versuchte zu lächeln. Er hob seine Hand und deutete auf die Handfläche. Maili öffnete ihre verletzte Hand, die sie zum Schutz halb geschlossen hatte. Sie schmerzte noch immer. Die Nonne besah sich die Wunde und sagte etwas zu Sönam, der daraufhin das Zimmer verließ. Maili schluckte. Es war, als sei der Raum plötzlich dunkler geworden.

Sie holte den Brief des Schullehrers und das Geld aus ihrer

Chuba und reichte beides der Nonne. Einen kleinen Teil des Geldes und ihre schönsten Türkise hatte sie für sich selbst behalten. Man weiß ja nie, dachte sie. Es ist nicht gut, ohne eine Rupie dazustehen.

Während die Nonne den Brief sorgfältig las, betrat ein kleines Mädchen im Klostergewand, vielleicht zehn oder elf Jahre alt, das Zimmer und hielt der Nonne ein Stück weißen Stoff und eine Tube mit Salbe hin. Die Nonne riss den Stoff in Streifen, bestrich Mailis Handfläche mit Salbe und wickelte den Stoffstreifen um die Hand. Eine weitere junge Nonne brachte eine Tasse, die sie aus einer Thermoskanne mit Tee füllte und vor Maili hinstellte. Dem folgte ein Teller mit Keksen, und kaum hatte Maili begonnen, an dem ersten Keks zu knabbern, brachte das kleine Mädchen eine große Schale mit Nudelsuppe. Die beiden Nonnen schwatzten, das Mädchen starrte Maili mit großen, neugierigen Augen an, und Maili aß ihre Suppe und betrachtete interessiert die ungewöhnliche Vielfalt der klösterlichen Oberbekleidung.

Die große Nonne hatte ihr Tuch wieder abgelegt, und Mailis Blick blieb eine Weile an der Brusttasche ihres gelben Hemdes hängen, das die Stickerei eines kleinen grünen Tieres, einem Salamander ähnlich, trug. Das kleine Mädchen hatte ein schmutziges rosa Hemdchen mit schmalen Trägern an, und das kragenlose gelbe Hemd der rundlichen jungen Nonne sah genauso aus wie das des Mönchs Sönam, war jedoch auf der Brust mit dem Bild einer rot und blau strahlenden Sonne und zwei Schneelöwen mit grünen Mähnen verziert.

Eine stämmige Nonne mittleren Alters mit einem groben, unschönen Gesicht, ihr Tuch ordentlich umgelegt, betrat das Zimmer und brachte einen Hauch trüber, schwerfälliger Stimmung mit sich. Maili, die gerade begonnen hatte, sich ein wenig zu entspannen, zog sich wieder zusammen. Die Leiterin gab einige Erklärungen, worauf sich die neu angekommene Nonne Maili zuwandte und sagte: »Ich bin Ani Wangmo. Außer mir spricht hier niemand deine Sprache. Komm mit. Ani Tsültrim hat beschlossen, dass du bei mir wohnen wirst.« Ani Wangmo schien über diese Entscheidung nicht sehr erfreut zu sein.

Maili stellte ihre halb geleerte Schale auf den Boden und erhob sich. Sie legte die Hände zusammen und sagte besonders höflich: »Guten Tag, Ani-la. Ich heiße Maili. Ich bin froh, dass Sie meine Sprache sprechen.«

»Nimm deine Sachen mit«, sagte Ani Wangmo. »Und du kannst du zu mir sagen. Hier sagen alle du. Außer zu Ani Tsültrim, der Klosterleiterin«, sie deutete mit ihrem Blick auf die große Nonne, »zu ihr sagt man Sie. Und zum Rinpoche natürlich auch.«

Maili nahm ihr Bündel auf und folgte Ani Wangmo zu einem der Häuser am Berghang. Es war ein niedriges, langgestrecktes Haus mit vielen nebeneinanderliegenden Zimmern, die man von außen betrat. Davor lagen kleine Blumen- und Gemüsebeete.

In Ani Wangmos Behausung stand ein Bettgestell mit einer dünnen Matratze darauf, ein Schrank mit dem Schrein darin, ein Kasten neben dem Bett und ein mit einem Tuch verhängtes Regal. Maili blieb in der Tür stehen, ihr Bündel im Arm.

»Es tut mir leid, dass Sie jetzt nicht mehr allein sein können«, sagte sie kleinlaut.

»Ich habe doch gesagt, du kannst du sagen«, brummte Ani Wangmo unfreundlich. »Und es ist besser, wenn du hier bei mir bist, denn ich werde dir eine ganze Menge beibringen müssen. Du musst so schnell wie möglich Nepali lernen – sonst kannst du nicht in die Tibetisch-Klasse – und Lesen und Schreiben natürlich auch.«

Maili wand sich innerlich bei dem Gedanken, dass sie nun mit dieser Frau zusammengesperrt war, in deren Gesicht sich gallige Bitterkeit tief eingegraben hatte, und dass sie niemand anderen haben würde, mit dem sie reden konnte. Halte dein lockeres Mundwerk im Zaum, Maili, sagte sie zu sich selbst, diese Nonne ist aus Granit.

Ani Wangmo verließ das Zimmer ohne weitere Hinweise, und Maili war sich selbst überlassen. Sie zog als Erstes ihre Schuhe und Strümpfe und die verschwitzten Kleider aus und schlüpfte in ihre gute Chuba. Dann setzte sie sich auf die Türschwelle, die halb im Schatten des überhängenden Dachs lag, und sah zum ersten Mal mit vollem Bewusstsein, welch ein wundervoller Blick sich ihr bot. Tief unter ihr lag das Kathmandu-Tal, fast in seiner ganzen Breite ausgefüllt von der weit ausgedehnten Hauptstadt. Unzählige Häuser drängten sich dort unten, so klein wie Kieselsteinchen, unterbrochen von den Windungen zweier Flussbetten und den grünen Flecken der Gärten. Dies alles säumten bläuliche, in Dunst getauchte Berge auf der gegenüberliegenden Seite des Tals.

Ein zerlumpter Kuli erschien auf dem kleinen Weg, der an den Behausungen der Nonnen vorbeiführte. Er balancierte ein hölzernes Bettgestell auf dem Kopf, ohne es festzuhalten. Ihm folgte ein halb nackter Junge mit einer dünnen, zusammengerollten Matratze auf der Schulter. Maili sprang auf und sagte: »Namasté!« Der Kuli und der Junge sahen sie erstaunt und unsicher an und grüßten schließlich zurück. Du lieber Himmel, habe ich wieder einmal etwas falsch gemacht? fragte sich Maili ärgerlich.

Der Kuli manövrierte das Bettgestell in das Zimmer und schob es an die freie Wand. Der Junge legte die Matratze darauf. Die beiden zogen sich so schnell zurück, dass Maili keine Zeit hatte zu überlegen, ob man von ihr erwartete, dass sie ihnen ein paar Rupien gab.

Während sie dieses Problem noch bedachte, näherte sich zwischen den Beeten das kleine Mädchen im rosa Hemd. Es blieb in einiger Entfernung stehen, und so winkte Maili es heran. Sie deutete auf sich und sagte: »Maili.« Dann deutete sie auf das Mädchen und hob die Augenbrauen.

Das Mädchen zog sein breites, dunkles Gesicht lachend noch mehr in die Breite. »Deki«, sagte es und legte beide Hände auf die Brust.

»Deki, hör zu«, sagte Maili, »wo gibt es Wasser?« Dabei tat sie so, als würde sie einen Eimer aufnehmen und über sich auskippen. Dann schüttelte sie sich, als liefe Wasser an ihr herunter.

Deki klatschte fröhlich in die Hände und zeigte dann auf einen kleinen Trampelpfad, der vom Haus ins Dickicht führte. Maili stand auf und konnte nun auch einen Teil der langen Treppe sehen, auf der man zum Lhakang hinaufgelangte. In diesem Augenblick entdeckte sie Sönam, der einen Koffer heruntertrug, gefolgt von einem dicken älteren Mönch. Sie wandte sich schnell um und folgte Deki auf dem Trampelpfad.

Das kleine Mädchen führte sie zu einer Quelle, deren Wasser aus einem Rohr in ein gemauertes Becken floss. Maili blickte sich um. Deki bewegte die Hände hin und her, um anzudeuten, dass niemand sie hier sehen konnte. Schnell zog Maili die Chuba über den Kopf, streifte ihr Hemd ab und hockte sich unter den Wasserstrahl. Während Deki Wache hielt, wusch sie sich, so gut es ohne Wascherde ging; für die Hände und Füße nahm sie einfach ein wenig Sand vom Boden auf.

Als sie zurück zu Ani Wangmos Zimmer kam, lagen auf ihrem Bett eine Decke, ein Kopfkissen und die Sommerausstattung einer Nonne – Rock, Bluse und das große Schultertuch. Es waren gebrauchte Kleider, aber frisch gewaschen und nicht allzu abgenützt.

Deki, die ihr gefolgt war, erwartete offenbar, dass sie sich umzog. Maili schlüpfte in die Bluse und den Rock, den Deki geschickt wickelte und festband. Dann legte sie mit Hilfe des kleinen Mädchens das Tuch in der gehörigen Weise um.

Deki stellte sich vor sie hin, legte die Hände zusammen und machte eine kleine Verbeugung. »Namasté, Maili Ani«, sagte sie und grinste vergnügt.

# 3

Das Fensterglas von Ani Wangmos Zimmer lieferte Maili in der schrägen Morgensonne ein klares Spiegelbild. Sie drehte ihren geschorenen Kopf nach beiden Seiten und fuhr mit der Hand über die winzigen Stoppeln, die sich in den wenigen Tagen seit der Schur gebildet hatten und die nackte Haut mit einem schwarzen Schimmer überzogen. Sie war nicht unzufrieden mit dem, was sie sah. Ihr Kopf war schön gerundet, die Ohren anliegend, die Linie des Halses vom Kinn zum Schlüsselbein lang und hübsch geschwungen. Jetzt sehe ich aus wie eine richtige Nonne, dachte sie heiter und legte das rote Tuch in der traditionellen Weise – die derart war, dass es unweigerlich ständig ins Rutschen kam – um die Schultern.

Während sie sich vor dem Fenster hin und her wendete, ertappte sie sich wieder einmal bei der Vorstellung, wie sie dem jungen Mönch Sönam bei der nächsten Begegnung gegenübertreten würde. Sie gedachte, den unwürdigen Eindruck des ersten Tages, an dem die Nachwirkungen des Chang sie überwältigt hatten, durch eine besonders aufrechte Haltung wettzumachen.

Musste er sie nicht für ein dummes, verschrecktes kleines Mädchen halten? Es fiel ihr nicht schwer, sich die Szenen dieses Tages in Erinnerung zu rufen; sie hatte dies schon oft wiederholt. Sein wohlgeformtes Gesicht verlor zwar von Tag zu Tag ein wenig an Klarheit, doch erinnerte sie sich der Details sehr genau – der langgezogenen Augen, der schmalen Nase, der Grübchen in den Wangen, des leichten Schattens auf der Oberlippe. Wieder und wieder erlebte sie das wunderliche, aufregende Gefühl, als beim Greifen nach dem Bündel ihrer beider Hände sich trafen. Und sie sah sein aufmunterndes Nicken zum Abschied, als sie so klein und elend im Zimmer der Vorsteherin saß.

Sie sah sich oben auf dem Platz vor dem Lhakang stehen, während er die lange Treppe heraufkam. Hoch aufgerichtet würde sie dastehen, mit dem Stolz einer Königin, das Tuch anmutig um sich gelegt. Gelassen würde sie ihm entgegensehen, ohne sich zu verbeugen, wie es von Nonnen erwartet wird, wenn sie einem Mönch begegnen. Sie würde ihm in die Augen schauen und mit den Blicken sprechen, und er würde sie verstehen. Heimlich würde seine Hand die ihre suchen und sie mit einem Druck versichern, dass er die verborgene Königin in ihr erkannte.

Eine Weile vergnügte sich Maili mit dieser Phantasie. Dann gestattete sie sich einen Zeitsprung in die Zukunft, in der sie mit ihm würde sprechen können. Sie sah sich neben ihm die Treppe hinaufgehen, in ein bedeutendes Gespräch vertieft, und alle würden sehen, wie ernst er sie nahm und wie aufmerksam er ihr zuhörte und antwortete. Auch Ani Wangmo würde es sehen und die Mundwinkel herunterziehen, bis ihr Kinn aussah wie ein gedörrter Apfel.

Maili betrachtete sich ein letztes Mal im Fenster. Nur widerwillig löste sie sich von ihrem Tagtraum, und der Schmerz der Einsamkeit, der seit ihrer Ankunft stets unter ihren Gedanken lag wie ein fensterloser Raum, kehrte spürbar zurück. Mit einem Anflug von Missmut nahm sie das Tuch ab, legte es zusammen und bedeckte damit ihren Kopf. Die Sonne brannte schon am Morgen mit Macht auf die ausgetrocknete Erde hernieder. Ani Wangmo hatte bei Mailis Ankunft behauptet, der Monsunregen werde bald beginnen, doch seit Wochen hatte sich noch kein einziges Regentröpfchen blicken lassen.

Sie ging zum Lhakang hinauf. Dort hatten sich die meisten Nonnen bereits zur Morgen-Puja versammelt, und sie setzte sich in die Reihe der Jugendlichen, die noch nicht ordiniert waren. Sie genoss es, sich als roter Punkt unter die roten Punkte zu mischen, fast zu verschwinden in diesem roten Teppich, der sich auf den langen Matten ausbreitete.

Die Nonnen begannen mit dem vertrauten Rezitationsgesang, der die Tara-Liturgie einleitete. Maili wusste, dass der Text sich mit dem Wunsch nach dem Ende des Leidens aller Wesen befasste, und wie so oft stieg das Bild der tibetischen Familie in ihr auf. Sie stellte sich vor, dass einer der Grenzsoldaten Mitleid mit seinen Gefangenen hatte, sie nachts heimlich gehen ließ und ihnen Geld und Nahrungsmittel mitgab. Sie würden es natürlich nicht mehr wagen, mit dem Bus zu fahren. Aber ein Lastwagenfahrer könnte sie zwischen seiner Ladung verstecken und sie nach Kathmandu bringen. Sie waren sicher klug genug, zu einem tibetischen Kloster zu gehen, wo man sie zu hilfsbereiten Landsleuten schicken würde, bei denen sie Unterschlupf finden könnten. Ja, so sollte es vor sich gehen. Vielleicht half es, wenn sie es sich ganz stark vorstellte.

Maili kehrte zum Inhalt der Rezitation zurück und versuchte, allen Wesen Glück zu wünschen. Aber irgendwie konnte sie sich »alle Wesen« nicht vorstellen. »Alle« war nur eine gesichtslose Menge, wie die vielen Menschen in den Straßen der Stadt. Ihre Gedanken wanderten zu dem Hund mit dem Loch im Rücken, der neben ihrer Rikscha hergelaufen war. Plötzlich entstand ein großer Druck in ihrer Brust, und in ihren Augen sammelten sich Tränen. Wahrscheinlich war das arme Tier schon tot; mit einer so großen Wunde konnte es gewiss nicht lange überlebt haben. Ich wünsche dir, dass du nicht mehr leiden musst, sagte sie im Geiste zu dem Hund, und dass du eine gute Wiedergeburt hast. Sie stellte sich vor, wie er als Welpe der schönsten Hündin in ihrem Heimatdorf wiedergeboren würde. Die Besitzer waren freundliche Menschen, und ihre Hunde hatten es besonders gut.

Dann dachte Maili an Tsering, den ungestümen Freier. Man solle auch den Feinden Freiheit vom Leiden wünschen, hatte der hohe Lama gesagt. Üblicherweise schickte Maili jeden Gedanken an Tsering augenblicklich wieder fort. Sie mochte sich nicht daran erinnern, dass sie ihm vertraut hatte, und auch nicht daran, dass er ihr gefallen hatte mit seinem großen Körper und den kräftigen, breiten Händen. Musste sie wirklich diesem Verräter auch noch Glück wünschen? Maili beschloss, dass es zunächst genügen müsse, wenn sie ihm kein Unglück wünschte. Man muss für seine Taten ohnehin bezahlen, dachte sie mit einer gewissen Befriedigung, dafür sorgt schließlich das Gesetz des Karma.

Eine Berührung an ihrem Arm unterbrach ihre Überlegungen. Die Nonne neben ihr sagte: »Tee!«, und Maili holte eilig ihre Tasse unter dem Lesebänkchen hervor und hielt sie einem der Kinder hin, die Teedienst hatten. Es war ein dünnes Mädchen mit einem kantigen Gesicht, kaum älter als Deki, und es hielt Mailis angedeutetem Lächeln einen kühlen Blick entgegen. Dummes, stures kleines Ding, dachte Maili, korrigierte sich jedoch mit dem Gedanken, dass sie ja nicht wissen konnte, wie es im Geist der Kleinen aussah. Sie selbst war gewiss nicht die Einzige hier, die einsam war.

Nach der Puja wartete Ani Wangmo vor dem Lhakang.

»Heute ist wieder den ganzen Tag lang Puja«, sagte sie. »Du kannst hier oben bleiben. Alle essen gemeinsam.«

Maili atmete auf. Mit Ani Wangmo allein kochen und essen zu müssen war eine Strafe. Die ältere Frau gab ihr deutlich zu verstehen, dass sie das Eindringen in ihr Hoheitsgebiet zutiefst missbilligte. Sie sprach nur, wenn es nötig war, und ihr Ton war kühl und ablehnend. Die anderen Nonnen gingen Ani Wangmo aus dem Weg; niemand schien sie zu mögen. Warum muss ich nur so viel Pech im Leben haben, dachte Maili.

Doch heute war Mailis Einsichtstag. Während sie in Erwartung des Mittagessens auf der obersten Stufe der Treppe saß, die den Berghang hinabführte, dachte sie darüber nach, warum wohl Ani

Wangmo so war, wie sie war. Es ist ja möglich, überlegte Maili, dass sie sich früher mit einer ganz ähnlichen Situation herumschlagen musste wie ich – die anderen verstanden ihre Sprache nicht, vielleicht gab es niemanden, mit dem sie reden konnte. Und dann hat sie sich daran gewöhnt, allein zu sein. Sie ist wohl auch stolz gewesen, die Ani Wangmo, und hat denen gezeigt, dass sie sich nicht in die Knie zwingen lässt. Sie zeigt es ihnen immer noch, obwohl längst niemand mehr Notiz davon nimmt.

Das Gemeinschaftsessen für die nahezu hundert Nonnen wurde in einem nach einer Seite hin offenen Wellblechschuppen neben dem Lhakang gekocht. Große Töpfe mit Reis, zähen, scharf gewürzten Fleischstückchen und Gemüsecurry standen auf einem aus Backsteinen improvisierten Ofen. Jede Nonne lud ihren Blechteller voll und suchte sich ein schattiges Plätzchen. In kleinen Grüppchen saßen die Nonnen unter Bäumen und im Schatten des Lhakang. Maili stand mit ihrem Teller unschlüssig vor dem Schuppen und kämpfte wie so häufig mit dem beklemmenden Gefühl des Ausgestoßenseins. Zu Ani Wangmo würde sie sich ganz gewiss nicht setzen, und die kleine Deki war nicht zu sehen. Sie schwankte zwischen dem Gedanken, ärgerlich zu sein, weil sich niemand um sie kümmerte, obwohl doch alle wissen mussten, dass sie neu und hilflos war, und dem verführerischen, giftigen Gefühl des einsamen Stolzes. O nein, dachte sie, eine Ani Wangmo genügt. Zielstrebig ging sie auf die rundliche junge Nonne zu, die sie im Zimmer der Vorsteherin gesehen hatte, setzte sich neben sie in das kurze, dürre Gras und begann zu essen.

Die junge Nonne unterbrach ihr Geplauder mit ihrer Nachbarin und sagte etwas zu Maili. Maili verstand das Nepali-Wort »gut«, das bereits zu ihrem kleinen Wortschatz gehörte, den Ani Wangmo ihr während des täglichen Sprachunterrichts eingetrichtert hatte. Das Wort für »schlecht« kannte sie ebenfalls, und auch die Wendung für die Verneinung. Also unternahm sie einen Versuch. »Nicht schlecht«, sagte sie zögernd.

Die junge Nonne kicherte und stieß Maili leicht mit dem Ellenbogen an. Sie sagte wieder etwas, aber diesmal war kein Wort dabei, das Maili verstand. Die junge Nonne lächelte. Sie deutete auf ihren Teller mit dem Reis, dem Gemüse und der Linsensoße und sagte »Daalbat«. Maili wiederholte das Wort. Was auch immer es heißen mochte, es bezog sich jedenfalls auf Essen. Nun kann mir nichts mehr geschehen, dachte sie mit heiterem Spott, von nun an kann ich immer um Essen betteln.

Ein quiekender Schrei aus dem Küchenschuppen schreckte sie auf. Dann erscholl lautes Gelächter, und die heilige Kuh erschien, von einigen Nonnen mit Schlägen aufs Hinterteil hinausgetrieben. Aus ihrem heftig mahlenden Maul hing ein wenig gekochtes Gemüse. Ganz offensichtlich wünschte die Kuh den nahrhaften Platz nicht zu verlassen. Sie wandte sich um und versuchte, wieder an die Töpfe zu kommen. Eine Nonne packte sie bei den Hörnern und zog ihren Kopf vom Eingang weg, die anderen schoben von hinten. Doch da alle so sehr lachen mussten, kam es nicht zum vollen Einsatz ihrer Kräfte, und die Kuh stellte sich quer.

Maili sprang entschlossen auf, lief zu dem Grüppchen hinüber und hielt der Kuh ihren Teller hin. Die Kuh ließ sich ködern, und Maili lockte sie erfolgreich ein paar Schritte vom Schuppen weg, bevor sie ihr den Inhalt des Tellers überließ. Die vier Nonnen, die sich noch immer vor Lachen krümmten, klopften ihr anerkennend auf den Rücken. Die Kuh wurde mit weiteren Resten gefüttert und vergaß den Küchenschuppen. Die junge Nonne, neben die sich Maili gesetzt hatte, holte einen neuen Blechteller für sie. Doch Maili war so glücklich, dass aller Appetit sie verließ. Nun gehörte sie doch ein bisschen dazu.

Nachmittags leitete der Rinpoche die Puja und las einen langen Text vor. Er war ein großer, schwerer Mann mit einem großmütterlichen Gesicht und sehr langen Fingernägeln. Seine grauen Haare waren am Hinterkopf zu einem kleinen Knoten zusammengefasst. Das ist also der Rinpoche, dachte Maili, mit dem meine

Sippe eine Verbindung hat. Der Gedanke war tröstlich; es war ein bisschen Familie, und deshalb hatte sie das Recht, hier zu sein.

Maili verstand nicht, worum es ging, und schlief immer wieder ein. Einmal kam eine der Wächterinnen und weckte sie auf. Dumme Person, dachte Maili, ich verstehe ja sowieso nichts. Sie soll mich doch schlafen lassen. Die Stimme des alten Meisters, die sie als sehr angenehm empfand, schien sie in ein weiches, wohliges Niemandsland zu entführen, in dem sie sich zurücklehnen konnte, frei von aller Last. Es gab nichts zu fürchten. Es gab nichts zu hoffen. Maili hätte es gern dabei belassen. Doch ihre Augenlider waren schwer, ihr Kopf wollte nach vorn sinken, und nichts schien köstlicher als dieses sanfte Schweben zwischen Schlaf und Wachen. Die Nonne neben ihr schnarchte leise. Maili schloss erneut die Augen und entschied, dass es keinen Grund gab, ein schlechtes Gewissen zu haben.

Nach einer kleinen Teepause am Nachmittag kehrte der Tag wieder in seine alltäglichen Bahnen zurück. Die große Trommel wurde vor den Eingang zum Lhakang gestellt, und eine Nonne rief die anderen mit Trommelschlägen zusammen, die langsam begannen und sich nach und nach zu einem wilden Wirbel steigerten.

Wie immer um diese Zeit wurde ein dynamisches Ritual, von viel Musik begleitet, abgehalten – die »Beschützer-Puja«, hatte Ani Wangmo gesagt. Maili, die lediglich wusste, dass man die Hilfe irgendwelcher wild aussehender, mächtiger Wesen anrief, vergnügte sich damit, den Orchesternonnen beim Trommeln, Trompeten und Beckenschlagen zuzuschauen. Sie hätte liebend gern selbst eine Trommel bedient. Jeder Schlag war wie eine körperliche Berührung, und der nachhallende schwere Klang ging unter die Haut und ließ das Knochenmark erzittern.

Die Nonnen an den beiden Trommeln sahen ernst und gesammelt, aber auch sehr zufrieden aus. Manchmal holten sie weit aus zu donnernden Schlägen, ein anderes Mal ließen sie kleine, kurze Schläge aus dem Handgelenk springen. Maili bewegte ihre Hand im

Rhythmus mit, als hielte sie einen Trommelschlägel, bis sie bemerkte, dass die neben ihr sitzende junge Nonne interessiert zuschaute.

»Bum bum«, sagte Maili, und die Nonne kicherte.

Nach der Puja wärmte Maili auf dem kleinen Gaskocher in Ani Wangmos Zimmer ein wenig übrig gebliebenen Reis und Gemüse auf und setzte sich mit ihrer Schale auf die Türschwelle, gut vermummt gegen die blutsaugenden Insekten, die in der noch immer sehr warmen Dämmerung ihre Opfer suchten. Die Sonne sank hinter den Schattenriss der Berge. Ein paar kleine Vögel zwitscherten halbherzig ihr Lied zum Tagesausklang. Die kleinen Geräusche des Abends unterstrichen die friedliche Stille. Einen Augenblick lang war Maili glücklich. Es gab nur den hellen Himmel und die dunkle Erde, Licht und Schatten, eine große, ruhige Lebendigkeit.

Bald verlor sie sich im Labyrinth untergründiger Bilder, in dem sich Vergangenes und zukünftig Mögliches wahllos häuften. Ich wollte, ich könnte aufhören zu denken, dachte Maili, dann würde ich nur den Himmel und die Erde und die Farben anschauen und glücklich sein. Doch es gab eine andere Stimme in ihr, die einwandte: Aber dann könntest du nicht von Sönam träumen! Maili konnte nicht umhin, sich einzugestehen, dass ihre Gedanken allzu gern zu dem jungen Mönch mit den entzückenden Grübchen wanderten. Sie musste unwillkürlich lächeln. Da wollte ich nun Nonne werden, dachte sie, weil ich keinen Mann haben wollte, nur um jetzt mein Herz an einen Mönch zu verlieren.

Unversehens geriet sie in ihren Lieblingstraum, in dem Sönam die Treppe heraufkam und sie ihn oben erwartete, ihre Blicke ineinander verflochten wie die Schnüre eines Glücksarmbands.

»Was machst du da?«, fragte Ani Wangmo in dem flachen, klanglosen Ton, in dem sie meistens zu sprechen pflegte.

Maili schreckte auf. Sie hatte die Schritte der Nonne nicht gehört, so tief war sie in ihren Tagtraum versunken gewesen.

»Nichts«, antwortete sie und rückte zur Seite, um Ani Wangmo den Weg freizugeben.

Der nächste Gedanke kam wie Blitz und Donner: Im Bann des Abends hatte sie versäumt, ihre Schreibaufgabe zu erledigen.

Sie kam Ani Wangmo zuvor und sagte kleinlaut: »Ich habe das Schreiben vergessen.«

Ani Wangmo ging schweigend an ihr vorbei in das Zimmer und drückte den großen Lichtschalter, der klemmte und sich nur mit Kraftaufwand bewegen ließ, mit lautem Schnappen herunter. Maili ging ihr nach und kramte ihr kostbares, bereits zur Hälfte gefülltes Heft hervor. Sie setzte sich auf den Boden und versuchte, im schwachen Licht der nackten Glühbirne ihr Pensum eilig nachzuholen. Nie zuvor in ihrem Leben hatten sich ihre Finger an einen Stift gewöhnen müssen, und so mühte sie sich verzweifelt mit den verlangten Buchstaben ab.

Als Erstes musste sie Nepali lernen, bevor sie zusammen mit den anderen Anfängerinnen, die ebenfalls nicht mit Tibetisch aufgewachsen waren, mit dem Studium der tibetischen Sprache beginnen konnte. Maili wäre nie auf den Gedanken gekommen, dass ihr Klosterleben zunächst hauptsächlich aus Sprachunterricht bestehen würde, und gar noch in zwei Fremdsprachen, denn der Dialekt ihrer Region, wenngleich mit Tibetisch verwandt, war ihr keine Hilfe. Sie hatte eine rasche Auffassungsgabe und ein gutes Gedächtnis, doch Ani Wangmo war selten zufrieden. Sie betrachtete es sichtlich als überaus lästige Pflicht, ihren unerbetenen Schützling unterrichten zu müssen.

Nachdem Maili ihre Buchstaben schlecht und recht aneinandergereiht und das Geschriebene vorgelesen und übersetzt hatte, fragte Ani Wangmo die am Vortag gelernten Vokabeln ab und ergänzte sie durch neue, die Maili buchstabieren und aufschreiben musste. Maili versuchte, aufmerksam zu sein und ordentlich zu schreiben. Doch Ani Wangmo war an diesem Abend besonders schlechter Laune.

»Streng dich an!«, sagte sie mürrisch. »Ich kann nicht meine ganze Zeit mit dir vergeuden.«

»Ich strenge mich an«, sagte Maili.

»Dann sag mir, was du den ganzen Abend getan hast.«

»Ich habe Löcher in die Luft geguckt«, sagte Maili aufgebracht. »Man wird sich doch ein bisschen ausruhen dürfen.«

»Ich frage mich, was du hier überhaupt willst«, knurrte Ani Wangmo.

»Ich will eine Nonne werden«, verteidigte sich Maili. »Ich will lernen, was der Buddha gelehrt hat.«

»Und du denkst, das kommt durch die Löcher in der Luft zu dir geflogen?«, sagte Ani Wangmo mit saurem Hohn.

»Ich lerne hier ja überhaupt keine Lehren des Buddha.« Maili hatte ihre Stimme erhoben und wusste im selben Augenblick, dass sie lieber schweigen sollte. Immer wieder überfiel sie dieser unaufhaltsame Drang, auszusprechen, was man nicht aussprechen sollte. Sie hörte sich sagen: »Und von dir kann man nur eklige Laune lernen. Warum machen alle anderen einen Bogen um dich? Warum besucht uns keine der anderen Nonnen in deinem Zimmer? Weil dich niemand mag! Niemand!«

»Ich habe nicht darum gebeten, dich zu unterrichten, und es dient nicht zu meinem Vergnügen. Du bist ein undankbares, freches Ding«, sagte Ani Wangmo mit ihrer flachen Stimme, in der Maili einen bedrohlichen Unterton hörte. Es wäre ihr lieber gewesen, Ani Wangmo hätte sie angeschrien. Dann hätte sie mit gutem Gewissen zurückschreien können.

»Und du bist eine böse alte Nonne!«, fauchte Maili, doch sie fühlte sich im Unrecht, denn einer Nonne gegenüber durfte man sich nicht unhöflich benehmen, zumal wenn man noch nicht ordiniert war.

Ani Wangmo antwortete nicht. Sie drückte ihren Ärger in zusammengepressten Lippen und steifer Haltung aus und begann, ihre wenigen Habseligkeiten, die stets aufgeräumt waren, neu zu ordnen.

Maili rannte aus dem Zimmer und lief im klaren Schein des Mondes den kleinen Pfad entlang zur Quelle. Sie konnte sicher sein, dass sie um diese Zeit dort niemandem begegnen würde. Die Nonnen hielten sich nach Einbruch der Dämmerung, wenn die Leoparden mit der Jagd begannen, nur noch im nahen Umkreis der Gebäude auf. Maili dachte nicht an die Leoparden. Sie dachte nur daran, dass sie allein sein wollte, weit weg von Ani Wangmo, deren üble Laune wie eine dichte schwarze Wolke in dem kleinen Zimmer hing, das nun Mailis einziges Zuhause war.

»Stinkdämonin!«, sagte Maili laut, während Tränen über ihr Gesicht liefen. Sie schlug die Zweige der dichten Büsche, die sich zu beiden Seiten des kleinen Pfades drängten, wütend beiseite. »Ich will heim«, heulte sie, »heim, heim, heim!« Doch es gab keinen Weg zurück. Natürlich hätten Tante und Onkel sie wieder aufgenommen. Maili hörte sie seufzen, den Onkel weniger als die Tante, wenngleich nicht ohne gutmütige Wärme. Und ihre Freundin Dawa wäre ihr vor Freude um den Hals gefallen, denn ihr Mann war so selten zu Hause. Und alle hätten gedacht: Nun ja, die Maili mit ihrem großen Mundwerk wurde eben nicht fürs Kloster geboren!

Diese Vorstellung machte Maili noch unglücklicher und wütender. Bei der Quelle angekommen, hielt sie ihre Hände unter den schwachen Wasserstrahl, der aus dem Rohr floss, und kühlte Gesicht und Arme. Das war so angenehm, dass sie sich vorbeugte und auch den Kopf unter das Wasser hielt. Dann nahm sie ihren Rock hoch, steckte ihn im Gürtelband fest und ließ ein Bein nach dem anderen vom kühlen Quellwasser berieseln.

Plötzlich hielt sie inne. Sie vernahm ein eigenartiges Geräusch in den Büschen hinter ihr, ein röchelndes, fauchendes Grollen, und obwohl es das erste Mal in ihrem Leben war, dass sie dieses Geräusch hörte, wusste sie sofort, was es bedeutete: Leoparden. Sie erstarrte. Ihre Gedanken rasten so schnell, dass sie sich überschlugen und zusammenballten; sie konnte nicht denken. Doch sie wusste, dass sie handeln musste. Sie wusste auch, dass es nicht gut wäre, einfach davonzulaufen. Sie wollte schreien, doch der Schrei blieb ihr in der Kehle stecken. Das Einzige, was sie mit einiger Deutlichkeit wahrnehmen konnte, war aufsteigende Übelkeit. Ein hektischer Ansturm von möglichen Lösungen – davonzustürzen, ins Wasserbecken zurückzuweichen, auf einen der kleinen Bäume zu klettern, mit Steinen zu werfen – bannte sie auf die Stelle. Erst als ihre Panik den Höhepunkt erreicht hatte, wich die Lähmung. Sie riss einen großen Ast vom nächstgelegenen Busch, schrie, so laut sie konnte, und schlug mit aller Kraft auf die umliegenden Büsche ein. Dabei bewegte sie sich langsam auf dem Pfad zurück, Schritt für Schritt, und unterdrückte den Drang, blindlings zu flüchten. Immer wieder stieß sie kreischende, misstönende Schreie aus, machte wilde Sprünge, fuchtelte dabei mit dem Zweig herum, und dazwischen heulte sie: »Verschwindet, ihr Stinkdämonen, in die Höllenwelt mit euch!«

Erst als sie sich wieder in der Nähe der Häuser befand, wandte sie sich um, warf den Ast beiseite und rannte auf Ani Wangmos Zimmer zu, aus dessen Tür und Fenster sanftes gelbes Licht auf den trockenen Garten und die vor der Tür stehende Gestalt von Ani Wangmo fiel.

»Hilfe! Die großen Katzen!«, keuchte Maili und drückte eine Faust in den Mund, um das Schreien zurückzudrängen, das immer noch herauswollte, obwohl sie in Sicherheit war.

»Was?«, fragte eine Nonne aus dem Dunkeln. Maili sah, dass mehrere Nonnen von ihrem Geschrei herbeigelockt worden waren und noch weitere aus entfernteren Gebäuden herbeieilten.

»Leoparden«, erklärte Ani Wangmo auf Nepali.

»Wo?«, fragte die Stimme.

»Beim Wasser«, keuchte Maili und zitterte. Wie hieß nur das Wort für Quelle? Sie hatte es gelernt, aber es hatte sich versteckt.

Die Gestalt, zu der die Stimme gehörte, kam näher, und Maili erkannte in ihr die kleine junge Nonne mit dem runden Gesicht, neben der sie ihr Mittagessen verzehrt hatte. Sie spürte einen weichen Arm auf ihrer Schulter und eine Hand, die tröstend ihren Oberarm drückte. Die Nonne sagte sanft etwas, das Maili als »am Abend kommen sie immer zu Quelle« verstand. Die freundlichen Worte lösten eine Sturzflut gestauter Tränen in Maili aus. Sie begann zu weinen, und es war ein Weinen aus Tiefen, die so tief reichten wie der Mord an ihren Eltern und der Tod des kleinen Bruders.

Die junge Nonne hielt sie im Arm, bis Mailis Herz sich ganz leer anfühlte und das Schluchzen verebbte.

»Wieder gut?«, fragte die Nonne.

»Ja«, sagte Maili. Und sie fügte, ohne zu denken, hinzu: »Mutter tot, Vater tot, Bruder tot.«

Die Nonne sagte: »Ich weiß.« Schweigend blieb sie bei ihr stehen, den Arm um ihre Schulter gelegt. Die anderen Nonnen gingen weg, und auch Ani Wangmo hatte sich in ihr Zimmer zurückgezogen.

»Danke«, sagte Maili schließlich und richtete sich ein wenig auf.

Die Nonne klopfte ihr freundlich auf den Rücken. »Schlaf gut«, sagte sie.

Maili schlüpfte in ihr Bett. Ani Wangmo hatte bereits mit der Nachtmeditation begonnen. Das Bimmeln der kleinen Glocke und das schnelle Pochen der Handtrommel begleiteten Maili über die Schwelle ihrer Erschöpfung in einen tiefen Schlaf.

Einige Tage später befahl Ani Wangmo: »Zieh das gute Gewand an. Du musst zum Rinpoche hinaufgehen. Heute ist Haarschneidezeremonie.«

Maili schlüpfte mit einem leisen Gefühl der Furcht in ihre beste Bluse. Alle sprachen stets mit großer Ehrfurcht vom Rinpoche, und es war, als gingen die Worte auf Zehenspitzen, wenn vom ihm die Rede war. Unsinn, dachte sie, was sollte es zu fürchten geben?

Die Maili mit dem großen Mundwerk wird noch zum Hasenfuß, weil sie niemanden mehr hat, dem gegenüber sie ihren Mund aufreißen kann.

Im Weggehen hielt sie einen Augenblick inne, um ihr Spiegelbild im Fenster zu betrachten. Die nachwachsenden Haare bildeten bereits einen dichten Pelz auf ihrem Kopf, und sie gefiel sich damit. Ani Wangmo warf ihr einen missbilligenden Blick zu.

Auf dem Dach des Lhakang befanden sich die kleinen Räume des alten Rinpoche. Er hatte soeben eine Zeit der Zurückgezogenheit beendet und nahm nun die ausgewählten neuen Anwärterinnen mit einem kleinen Ritual, der Haarschneidezeremonie, ins Kloster auf. Außer Maili waren zwei weitere neue Mädchen ins Kloster eingetreten, Schwestern mit großen runden Rehaugen aus einem Dorf im Westen des Landes. Sie waren gerade dabei, das Zimmer des Rinpoche zu verlassen, als Ani Wangmo und Maili eintraten.

Nach den drei traditionellen Verbeugungen bis zum Boden ließ Maili sich neben der Tür nieder. Sie empfand Furcht und Verwirrung und wusste nicht, wohin sie schauen sollte. Der alte Rinpoche saß auf seinem kastenförmigen Bett, und eine Nonne massierte seine Füße. Ani Wangmo sprach Tibetisch, so dass Maili kein Wort von dem verstehen konnte, was sie sagte. Sie wird mich anschwärzen, dachte Maili, und ich kann mich nicht verteidigen. Das ist ungerecht.

»Rinpoche sagt, es tut ihm sehr leid, dass du deine Familie verloren hast«, sagte Ani Wangmo.

Der Rinpoche winkte Maili zu sich heran, während er weiter mit Ani Wangmo sprach. Maili wagte nicht, das breite, schwere Gesicht des Rinpoche, das Sanftheit und Macht zugleich ausstrahlte, länger als ein paar Augenblicke anzusehen, und schaute stattdessen der Nonne beim Massieren zu.

»Rinpoche fragt dich, warum du Nonne werden willst.«

»Ich will lernen, was der Buddha gelehrt hat – wie man glücklich werden kann und nicht mehr leiden muss«, antwortete sie. »Und die anderen natürlich auch«, fügte sie hastig hinzu.

Der Rinpoche lachte leise. Es war ein aus der Tiefe aufsteigendes, seltsam frisches Lachen, und Maili fühlte sich weniger befangen.

»Und außerdem«, sagte sie, »wollte ich nicht heiraten.«

Der Rinpoche nahm ein Schere, beugte sich vor und schnitt ein paar Härchen auf ihrem Scheitel ab. Dann legte er ihr eine Kata um den Hals und sagte etwas zu Ani Wangmo.

Die Nonne übersetzte: »Du bist jetzt eine Novizin. Du kannst Fragen stellen, wenn du möchtest.«

Maili dachte nach. Es gab so viele Fragen, auf die sie eine Antwort suchte, doch nicht eine einzige fiel ihr ein. Es schien alles so einfach. Sie hatte nichts anderes zu tun, als die Sprache zu lernen, dann würde sie in die Tibetisch-Klasse gehen, und bald würde sie alles lernen können, was der Buddha gelehrt hatte.

»Ich weiß nicht«, sagte Maili. »Vielleicht könnte ich fragen, warum ich so viel Pech im Leben habe.«

Ani Wangmo übersetzte, und der Rinpoche lachte wieder.

»Rinpoche sagt, es kommt darauf an, von welcher Seite du die Dinge siehst. Von der einen Seite sieht es wie Pech aus. Von der anderen Seite gesehen ist es Antriebsenergie. Und von der Mitte aus gesehen gibt es kein Urteil.«

Maili nickte. Es war so einfach. Alles war wunderbar einfach. Das Gesicht des Rinpoche sah plötzlich aus wie das eines Kindes. Sie wunderte sich, warum sie sich vor ihm gefürchtet hatte. Es war überaus angenehm, beim Rinpoche zu sitzen, die Hände im Schoß, und an gar nichts zu denken.

»Maili!« Ani Wangmo hatte die Stimme erhoben, und Maili schreckte auf.

»Schlaf nicht. Du darfst dich jetzt von Rinpoche verabschieden.«

Der Rinpoche berührte ihre Stirn mit seiner Stirn, und Maili durchflutete ein wunderliches Gefühl von Helligkeit und Leichtigkeit.

»Ich werde mir Mühe geben, Rinpoche«, flüsterte sie. Der Rinpoche schien sie zu verstehen. Sie fühlte sich sehr innig mit ihm verbunden, mehr als jemals mit Mutter, Vater oder Onkel.

Tagelang hielt die gelöste Stimmung an, die sie im Zimmer des alten Rinpoche ergriffen hatte. Es war gut, im Kloster zu sein, trotz Ani Wangmo. Maili war sich plötzlich sehr sicher, die richtige Entscheidung getroffen zu haben.

Während des Monsunregens zog sich das Klosterleben in die Räume der verstreuten Häuser zurück. In Ani Wangmos Verhalten zeigten sich gelegentlich kleine Lichtungen. Sie war weniger unfreundlich beim Unterricht, und sie sorgte unauffällig dafür, dass Maili von den »Komitees« alles erhielt, was sie brauchte. Am Tag nach dem Leopardenabenteuer war eine Nonne gekommen und hatte Maili ein Gewand zum Wechseln mitgebracht, einen Rock aus neuem Tuch und eine sehr hübsche traditionelle Bluse mit einem Stehkragen und mit roten Paspeln gesäumt. Ani Wangmo hatte erklärt, dass es ein Komitee für Kleidung, ein Komitee für Nahrungsmittel und ein Komitee für medizinische Notfälle gab. Alle Nonnen, die nicht von ihren Familien versorgt wurden, erhielten alles Nötige vom Kloster, sofern genügend Spenden von Paten und Besuchern zusammenkamen. Eine der Komitee-Nonnen verriet, dass es jedes Mal Ani Wangmos Hinweisen zu verdanken war, wenn Maili neue Plastiksandalen, Seife, Hefte, Stifte, Kerzen und sogar süße Kekse bekam.

Maili lernte zu schweigen und sehr unauffällig zu sein, wenn sich in Ani Wangmos Geist finstere Wolken zusammenzogen. Das geschah von Zeit zu Zeit, ohne dass Maili einen Anlass dafür erkennen konnte.

»Ani Wangmo hat wieder Monsun«, sagte sie zur kleinen Deki, die ihre häufige Gefährtin geworden war, seitdem die Kinder des

Klosters während der heftigen Regenfälle in ihrer Freizeit gelangweilt an trockenen Plätzen herumsaßen und sich zu beschäftigen versuchten. Maili war schüchtern, wenn sie mit den anderen Nonnen zusammensaß, und blieb einsilbig, doch dem kleinen Mädchen gegenüber empfand sie keine Scheu, ihre langsam wachsenden Sprachkenntnisse mit allen unvermeidlichen Fehlern zu erproben.

Deki war ein einsames Kind. Alle anderen Kinder und Jugendlichen hatten zumindest einen Elternteil. Deki hatte niemanden. Eines Tages, so Ani Wangmos spröde Erzählung, hatten die Nonnen das etwa fünf Jahre alte Kind auf dem Vorplatz vor dem Lhakang gefunden. Niemand konnte mit Sicherheit sagen, wie es dahin gekommen war, und niemand kam, um es wieder abzuholen. So behielt man es, wie man heilige Kühe und Katzen und streunende Hunde behielt, die dem Kloster zuliefen.

»Keiner kann Ani Wangmo leiden«, sagte Deki und rollte einen leeren Sack als Sitzgelegenheit in der Ecke des verlassenen Küchenschuppens aus. Der Regen trommelte wie mit schweren Händen auf das Wellblechdach.

»Warum?«, fragte Maili.

»Weiß ich nicht. Es war schon immer so.«

»Und warum bist du nie mit den anderen Kindern zusammen?«

Deki bohrte mit einem dumpfen Ausdruck der Verlegenheit in der Nase. »Sherpas.«

»Was?«

»Sherpas. Ich bin eine Newar.«

»Und?«

»Die sind anders.«

»Wie?«

»Du verstehst nichts, gar nichts«, schimpfte Deki und kratzte mit einem Stöckchen ein Loch in die Mitte des festgestampften Hüttenbodens. Aus der Tasche ihres Rocks zog sie ein paar Murmeln und hockte sich in schussbereite Positur.

»Warum bist du nie im Lhakang?«, fragte Maili.

Deki ließ sich Zeit mit der Antwort und schoss zuerst mit schnippenden Fingern eine Murmel ab, die ihr Ziel nur um Haaresbreite verfehlte.

»Sie sagen, ich muss nicht«, murmelte sie schließlich. »Und ich habe keine Lust auf Teedienst. Den können die Sherpas machen.«

»Kannst du lesen und schreiben?«

Deki schnippte wieder eine Murmel, diesmal in das Loch. »Nein.«

»Ich kann deinen Namen schreiben«, sagte Maili.

Deki sah hoch und vergaß ihre Murmel.

»Wirklich?«

Maili nahm einen Stein und ritzte die Buchstaben in den Boden. Dann drückte sie Deki den Stein in die Hand. »Schreib!«

Das Kind sah sie verwundert an und machte sich dann mit Eifer daran, die Buchstaben nachzumalen. Das Murmelspiel war vergessen. Maili kratzte alle Wörter in den Boden, die sie schreiben konnte, und Deki setzte ihre ungelenke Kopie darunter.

»Macht Spaß«, sagte Deki.

Während der ganzen Regenzeit gab Maili ihre Kenntnisse an Deki weiter, und sie selbst lernte so schnell, dass Ani Wangmo immer häufiger befriedigt den Kopf wiegte. Das Leben, dachte Maili, ist doch auszuhalten. Nicht begeisternd, aber auszuhalten.

Aus der Entfernung wirkte die Gestalt unter dem großen schwarzen Regenschirm nicht vertraut. Eine Wolke wob schwere, dichte Schleier um den Berg, und der Fuß der Treppe verschwamm im regennassen Morgen. Der Monsun, der so spät angefangen hatte, wollte nun kein Ende nehmen.

Maili ging vorsichtig die glitschigen Stufen hinunter. Der nasse Saum ihres Rocks klebte an ihren Beinen fest, und bei jedem Schritt machten die Sohlen ihrer Plastiksandalen ein laut schmatzendes Geräusch.

Erst als ihr Schirm den seinen berührte, erkannte sie ihn.

»Namasté, Maili-la«, sagte Sönam und blieb stehen.

»Oh! Sönam!«, erwiderte Maili erschreckt.

»Wie geht es dir?« Der junge Mönch sah sie aufmerksam an.

Maili suchte nach Worten. Eine ungeheure Aufregung hatte sich plötzlich ihrer bemächtigt, und ihr Gedächtnis war wie eingefroren. Sie spürte, wie sich ihr Kiefer bewegte, wie ihr Mund sich unwillkürlich formte, doch kein Wort kam hervor. Ihr Herz donnerte so laut, dass sie sicher war, er müsse es hören.

»Wie geht es mit dem Lernen?«, fragte er, als die Pause gar zu lange wurde, und Maili sah die Grübchen neben seinen Mundwinkeln auftauchen. Ihre Hände krallten sich in den Griff ihres Schirms, und sie versuchte verzweifelt, ihren fliegenden Atem zu bändigen.

»Es geht gut«, presste sie schließlich hervor. »Ich hab schon viel gelernt.«

Sie hob ihren Schirm ein wenig hoch, um dem seinen auszuweichen, und drückte sich an ihm vorbei. Der Gedanke, auch nur einen Augenblick länger stehen zu bleiben, war unerträglich. Die Situation war so ganz anders als in ihren Träumen. Sie war über sie hereingebrochen wie ein Gewitter, hatte sie unvorbereitet überrascht, und sie fühlte sich wie nackt, so ungeschützt und ausgeliefert. Überstürzt floh sie die Treppe hinunter zum Weg zwischen den Beeten, der zu Ani Wangmos Zimmer führte. Die Verwirrung saß wie ein tonloses Schluchzen in ihrer Kehle. Eine ihrer Sandalen blieb im aufgeweichten Lehm des Weges hängen, und sie musste zurückgehen, um wieder hineinzuschlüpfen. Vorsichtig warf sie einen Blick zur Treppe. Der junge Mönch war verschwunden.

Ani Wangmo saß mit geschlossenen Augen auf ihrem Bett, vor sich die losen Blätter eines tibetischen Buchs. Maili setzte sich, wie es ihr zur Gewohnheit geworden war, auf die Türschwelle, durch das überhängende Dach vor dem Regen geschützt. Auf diese Weise war Ani Wangmo aus ihrem Blickfeld ausgeschlossen, und die offene Weite, die sie vor sich hatte. ließ die äußere und innere Enge des Lebens mit der harten Nonne weniger bedrückend erscheinen.

Sie zitterte. Sie war wütend auf sich selbst, so wütend, dass sie sich fest in die Hand biss. Er wird mich für ein ungeheuer dummes Ding halten, schrien ihre Gedanken. Er wird mich nie mehr anschauen. Was soll er mit so einem albernen Kind anfangen, das nicht einmal eine vernünftige Antwort geben kann? Noch einmal biss sie zu und rollte die Zehen ein vor Schmerz.

Der Gedanke, dass Wüten gegen sich selbst gewiss nicht geeignet war, aus dem Leiden hinauszuführen, drängte sich ihr auf. Doch wie sollte sie vorgehen? Es bot sich an, nicht mehr an Sönam zu denken. Im Augenblick war es sogar angenehmer, nicht an ihn zu denken, zumindest nicht im Zusammenhang mit der peinlichen Szene auf der Treppe. Diese entsetzliche Aufregung! Diese qualvolle Sprachlosigkeit! Maili drehte ihre Hand ein wenig, um nicht wieder in dieselbe Stelle zu beißen.

Sie fasste den bitteren Entschluss, nicht mehr an ihn zu denken. Sie würde ihn aus ihrer Erinnerung und aus ihren Träumen verbannen. Sie würde nicht mehr an der Treppe lauern und warten, dass er den Berg heraufkam. Es würde keinen Sönam mehr in ihrem Leben geben. Sie würde diese wundervollen langgezogenen Augen mit den Mädchenwimpern vergessen. Sie würde den fein gezeichneten Mund und die Grübchen vergessen. Es gab keine Maili-Königin mehr, die oben an der Treppe stand und ihm gelassen in die Augen blickte. Es war vorbei.

Der Regen fiel ständig mit solcher Heftigkeit, dass nicht daran zu denken war, draußen herumzustreunen. Doch es fiel Maili schwer stillzusitzen. Zu Hause in den Bergen hatte es niemals anhaltend geregnet, und sie hatte sich nie so eingesperrt gefühlt. Vor dem Beginn des Monsuns war sie an freien Tagen manchmal in den Morgenstunden, solange die Sonne noch nicht so heftig brannte, auf den Berg geklettert, einen steilen Trampelpfad hinauf in den Hochdschungel, in dem Affen auf den Bäumen turnten und der Boden überall von Wildschweinen aufgewühlt war. Doch der Monsun hatte diesen Ausflügen ein Ende gemacht.

Die Qual ihres inneren Drucks ließ Maili keuchen. Wer hatte gesagt, man solle alles, was man im Geist hatte, einfach ausatmen? In ihrer Not versuchte sie es damit. Sie atmete den Druck aus und stellte sich vor, dass er sich auflöste. Sie atmete die Peinlichkeit, die Aufregung, das Versagen, das Verlassensein aus, immer wieder. Sie wurde ruhiger. Ich mache das schon recht gut, dachte sie. Ich glaube, jetzt kann ich mir vorstellen, wie das möglich ist, das Leidenüberwinden.

Es dauerte jedoch nicht lange, bis sich der Druck von neuem auf ihre Brust legte. Sie versuchte es weiterhin mit dem Ausatmen, bis sie schließlich genügend Ruhe fand, um die Meditation der Arya Tara wieder aufzunehmen. Doch das innere Bild hatte nicht mehr die Lebendigkeit wie früher. Weit entfernt wirkte die Gottheit, und ihr Licht war schwach.

Maili fühlte sich leer und kraftlos, als wäre sie krank. In jeder freien Minute übte sie die Nepali-Schrift. Ani Wangmo musste ihr ständig neue Wörter und Redewendungen beibringen, und Maili ging mit verbissenem Lernen gegen den sich ständig erneuernden Schmerz in ihrer Brust an.

»Du sollst zu Urgyen Ani kommen«, sagte Ani Wangmo eines Morgens.

»Warum?«, fragte Maili und zog die Schultern hoch, denn Urgyen Ani war die erste Disziplinarin des Klosters.

»Weiß ich nicht«, sagte Ani Wangmo auf ihre tonlose Art, als gäbe es nichts auf der Welt, das sie weniger interessierte.

Maili überlegte schnell, ob es etwas gab, das sie falsch gemacht haben könnte. Sie fürchtete sich oft, etwas falsch zu machen, und sie scheute sich, Fragen zu stellen. Mailis großes Mundwerk ist zugewachsen, dachte sie trübselig, und ihr Lachen ist untergegangen wie die Sonne am Abend. Die Welt ist so dunkel.

Sie legte ihr Tuch um und ging die lange Treppe hinunter zum

Häuschen der Disziplinarin, das jenseits der Treppe auf der anderen Seite des Berghangs lag. Urgyen Ani nutzte gerade eine Pause im Dauerregen und hängte Wäsche zum Trocknen über die Büsche. Deren Bewegungen hatten die Anmut langer Gräser, die dem Wind nachgeben.

»Namasté, Ani-la«, sagte Maili.

Urgyen Ani lächelte. Ihr glattes, wohlgeformtes Gesicht hatte die Würde einer Statue, und wie immer war ihre Kleidung makellos. In ihrem Rock gab es kein Fältchen, und die strahlend saubere gelbe Bluse saß straff. Maili fingerte unter ihrem Tuch herum und versuchte, ihr Hemd glatt zu ziehen. Ihr fiel ein, dass sie ein wenig Buttertee über den Rock geschüttet hatte. Sie würde darauf achten müssen, dass ihr Tuch den Fleck bedeckte.

»Komm herein«, sagte Urgyen Ani, und Maili befiel ein schmerzlich-süßes Gefühl angesichts der anmutigen, fließenden Schritte, mit denen die schöne Nonne ihr voranging. Sie fühlte sich plump und hässlich und zutiefst unbedeutend. Und vermutlich hatte sie zudem auch noch etwas falsch gemacht.

Urgyen Ani bot ihr einen Platz auf einer Matte an, setzte sich ihr gegenüber und reichte ihr einen Teller mit köstlichen Schokoladestückchen. Maili griff danach, allzu schnell, wie ihr augenblicklich bewusst wurde. Es war ungehörig und unhöflich, Gier zu zeigen.

»Nimm ein paar«, sagte Urgyen Ani. Maili steckte das Stück, das sie in der Hand hatte, schnell in den Mund und nahm ein zweites.

Die Disziplinarin sah sie ruhig an. Maili schlug die Augen nieder und schob das zweite Schokoladestück in den Mund. Ihre Finger klebten. So unauffällig wie möglich angelte sie nach einem Zipfel ihres Tuchs, um sie daran abzuwischen.

»Du bist traurig, Maili«, sagte Urgyen Ani.

Maili schluckte vor Überraschung das ganze kostbare Stück Schokolade auf einmal hinunter. Sie starrte die Disziplinarin an und versuchte dahinterzukommen, worauf sie hinauswollte. Durfte man im Kloster nicht traurig sein?

»Was ist los?«, fragte Urgyen Ani. »Ist es Ani Wangmo?«

Maili hob verneinend die Hände.

»Bist du nicht gern hier?«

»Nein. Doch.«

»Was macht dich traurig, Maili?«

Maili hob wieder die Hände.

»Kannst du mich verstehen? Ani Wangmo sagt, du kannst schon recht gut Nepali sprechen.«

»Es ist nicht die Sprache«, sagte Maili, ohne den Blick zu heben.

Urgyen Ani beugte sich vor und legte ihre schmale, lange Hand auf Mailis Arm. »Dann sprich mit mir.«

Maili versuchte, ihre Tränen zurückzudrängen. Ihre Nase begann zu laufen, und sie wischte sie mit ihrem Tuch ab. Warum sollte sie der Disziplinarin verschweigen, was sie dachte? Plötzlich war es ihr gleichgültig, was Urgyen Ani von ihr halten mochte. Eine starke, lebendige Energie stieg in ihr hoch, rebellisch und klar.

»Buddha sagt, man kann das Leiden beenden«, stieß sie hervor, und erstaunlicherweise fand sie mit Leichtigkeit alle Wörter, die sie brauchte. »Deshalb bin ich Nonne geworden. Aber ich lerne nichts. Ich lerne immer nur Nepali. Und ich lerne, Ani Wangmo aus dem Weg zu gehen, wenn sie böse Laune hat.«

Urgyen Ani lachte und bot ihr noch einmal Schokolade an, doch Maili hatte die Lust daran verloren.

»Im nächsten Frühjahr beginnt der Tibetisch-Unterricht für die Anfängerinnen«, sagte Urgyen Ani. »Meinst du, dass du bis dahin gut genug Nepali kannst?

Maili richtete sich auf. »Lerne ich dann die Lehren des Buddha?«

»Nun ja, zuerst musst du Tibetisch lesen und schreiben lernen.«

Maili schlug leicht mit der Hand auf den Boden. »Und das Leiden?«

Urgyen Ani schüttelte sanft den Kopf. »Maili, ich fürchte, es geht alles nicht so schnell, wie du hoffst. Du musst zuerst die Sprachen lernen. Lerne Nepali, lerne die Rituale – damit hast du genug zu tun.«

Maili schlug die Augen nieder. »Ich möchte meditieren, aber es geht nicht mehr«, sagte sie leise. »Arya Tara hat mich verlassen.«

»Oder du sie«, sagte Urgyen Ani freundlich.

»Was soll ich tun?«, fragte Maili.

Urgyen Ani schaute an ihr vorbei durch die offene Tür hinaus, wo sich der Himmel über dem Tal ausdehnte.

»Gib acht«, sagte sie, »ich zeige dir eine Meditation, die du immer wieder üben kannst. Dreh dich um und schau hinaus.«

Maili wandte sich der Türöffnung zu.

»Was siehst du?«

»Den Himmel«, sagte Maili.

»Und wie ist das?«

»Schön«, sagte Maili. »Groß.«

»Viel Raum.«

Maili verstand das Wort nicht. »Was ist Raum?«

Urgyen Ani breitete die Arme aus. »Weit. Groß. Keine Grenzen.«

»O ja, ich verstehe«, sagte Maili. »Viel Raum.«

»Schau den Raum an, Maili. Um dich ist Raum. Du bist Raum. Keine Trennung. Schau in die Weite und spüre den Raum.«

Maili schaute in die Weite und spürte den Raum. Es war angenehm, in so viel Raum zu sein. Der Druck in ihrem Herzen lockerte sich ein wenig. Sie legte ihre Hand auf die Brust und atmete mit einem kleinen Seufzer tief ein.

»Ja, Maili, atme den Raum ein«, hörte sie Urgyen Ani sagen.

Maili atmete den Raum ein. Ein kühles, helles Gefühl breitete sich in ihr aus. Kühl und warm zugleich. Maili lächelte. Kühl und warm zugleich konnte es doch nicht geben. Dennoch – es war kühl und warm.

»Kühl und warm«, sagte sie. Sie empfand plötzlich Vertrauen der Disziplinarin gegenüber. Die anfängliche Scheu hatte sich völlig aufgelöst. »Kann das sein?«

Urgyen Ani lachte. »Aber ja. Kühl und warm. Der Raum ist kühl und warm.«

Maili atmete Raum ein, bis sie sich ganz leicht fühlte. Urgyen Ani saß schweigend hinter ihr. Wie anders Urgyen Ani sich hinter mir anfühlt als Ani Wangmo, dachte Maili. Wie wenn man sich an einen lebendigen Baum lehnt anstatt an eine kalte Steinwand.

»Warum ist Ani Wangmo so – so kalt?«, fragte sie und wandte sich Urgyen Ani wieder zu.

»Sie ist sehr einsam und traurig«, sagte die Disziplinarin. »Ihr Leben war schwer. Sie kam als erwachsene Frau ins Kloster und konnte sich mit niemandem anfreunden.«

»Aber der Buddha hat gelehrt, wie man das Leiden beendet«, wandte Maili ein. »Hat sie das nicht gelernt? Ich verstehe das nicht.«

»Karma muss reifen«, erklärte Urgyen Ani und wiegte ihren schönen, zart geformten Kopf. »Du beginnst an dem Punkt deiner karmischen Entwicklung, den du mit in dieses Leben gebracht hast. Es ist nicht sinnvoll zu vergleichen.«

»Aber sie ist eine Nonne«, sagte Maili herausfordernd.

»Du auch – bald. Hab Mitgefühl mit ihr.« Urgyen Ani stand auf. »Du kannst jederzeit wiederkommen, wann immer du Schwierigkeiten hast.«

Maili sprang auf die Füße und legte die Hände höflich vor der Brust zusammen.

»Dhanyabaad, Ani-la,« sagte sie. »Danke, vielen Dank!«

Viele Tage lang suchte Maili vergeblich einen Vorwand, um wieder zur Disziplinarin zu gehen. Sie konnte nicht lügen und behaupten, dass sie Schwierigkeiten habe. Es ging ihr nicht schlecht. Sie musste lediglich darauf achten, dass sie nicht an Sönam dachte. Es machte ihr Freude, die Meditation zu üben, die Urgyen Ani ihr gegeben hatte. Sogar die Tara-Meditation bekam wieder mehr Leben, vor allem, seitdem sie Arya Tara mit den Zügen der Disziplinarin versah. Sie tat dies nicht absichtlich. Es ergab sich von selbst. Arya Tara sah sie mit diesem leisen, durchdringenden Lächeln an, das Maili an Urgyen Ani so gut gefiel. Urgyen Anis Herz lächelte. Arya Taras Herz lächelte.

Eines Tages begegnete sie Urgyen Ani auf der Treppe. Die Disziplinarin sah sie freundlich an und blieb stehen. »Wie geht es dir, Maili?«

Maili legte die Hände zusammen und verbeugte sich. »Namasté. Es geht mir gut, Ani-la, und ich mache die Meditation jeden Tag.«

Urgyen Ani hustete. Maili strahlte. Sie hatte ihren Vorwand gefunden.

»Ani-la, ich habe Kräuter für Tee gegen Husten«, sagte sie eifrig. »Sie wachsen zu Hause in den Bergen. Ich bringe sie dir.«

Bevor Urgyen Ani antworten konnte, lief Maili los und stürzte in Ani Wangmos Zimmer. Sie kramte das Säckchen mit dem Hustentee aus ihrem Bündel und eilte zum Haus der Disziplinarin.

Urgyen Ani bot ihr den Platz auf der Matte an, und Maili hielt ihr das Kräutersäckchen hin. »Das habe ich selbst gepflückt. Richtiger Tag, richtige Stunde.«

»Ich wusste nicht, dass du eine Kräuterkundige bist«, sagte Urgyen Ani anerkennend. »Hast du noch weitere Geheimnisse?«

Mailis Kopf wurde heiß. Ich bin ein dummes Ding, dachte sie. Worüber rege ich mich auf? Mein Geheimnis ist doch zu Ende. Es gibt kein Geheimnis mehr. Ich werde nie mehr an ihn denken. Nie, nie mehr!

»Ich kann schöne Teppiche weben«, sagte Maili, um ihren Gedanken eine andere Wendung zu geben.

Urgyen Ani schüttete ein wenig von dem Kräutergemisch in eine Tasse, goss aus einer Thermosflasche dampfendes Wasser dazu und bedeckte die Tasse mit dem Unterteller.

»Ich habe eine Frage«, sagte Maili, einer plötzlichen Idee folgend. »Wie geht die Ausatmen-Meditation?«

Urgyen Ani hob die Augenbrauen. »Was weißt du davon?«

»Ich habe gehört, man atmet alles aus, was man denkt.«

»Möchtest du diese Meditation praktizieren?«

»Besser als Langeweile«, erklärte Maili heiter.

»Gut«, sagte Urgyen Ani, »ich zeige es dir.«

In aufgerichteter Haltung legte sie die Hände im Schoß ineinander und senkte leicht den Blick.

»Sitze so wie ich, Maili«, sagte sie, »mit festem, geradem Rücken und geöffneter Brust. Schaue, ohne zu schauen. Deine Augen sehen alles zugleich, den gesamten Raum um dich herum, aber sie halten nichts fest. Deine Ohren hören alle Geräusche, aber sie halten nichts fest. Du bist einfach da, und die Welt ist auch da. Und wenn du und die Welt zusammen sind, bist du ganz ruhig. Doch dann wirst du plötzlich bemerken, dass du nicht einfach nur da bist, sondern dass du dich in Gedanken verlierst. Wenn du dir dessen bewusst wirst, atme die Gedanken aus. Du wirst erkennen, dass sie flüchtig sind wie Wolken. Sie kommen aus dem Raum, und sie kehren zurück in den Raum. Du atmest sie aus. Du lässt sie gehen. Sie sind vorbei. Und dann fängst du wieder von vorn an. Du bist einfach da, und die Welt ist da.«

»Oh«, sagte Maili, »so hab ich es gemacht. Aber die Gedanken hörten nicht auf. Sie kamen immer wieder zurück.«

Die Disziplinarin lachte.

»Nein, sie hören nicht auf. Aber sie ziehen vorbei wie Wolken, und dein Geist bleibt ruhig.«

»Dieser Sack voller Flöhe?«, sagte Maili zweifelnd und freute sich zugleich, dass sie diese Wendung von Deki gelernt hatte.

»Du wirst eine gute Nonne werden«, sagte Urgyen Ani.

»Wie ist eine gute Nonne?«

»Sie ist wach und fleißig und macht sich nichts vor.«

»Aber ich träume dumme Sachen«, bekannte Maili.

»Das tun wir alle«, sagte Urgyen Ani. »Wichtig ist nur, dass du bereit bist aufzuwachen.«

»Ich bin bereit«, sagte Maili mit tiefer Überzeugung.

Der Monsun hatte Woche um Woche, Monat um Monat getobt, doch endlich hörte er auf. Mailis Schmerz nahm ab, und als die Regenwolken ausblieben und die strahlende Frühherbstsonne eine lebendig wuchernde Natur in sattem Grün aufstrahlen ließ, gab es Tage, an denen sie nicht ein einziges Mal an Sönam dachte. Sie sah ihn einmal von weitem, doch sie unternahm nichts, um ihm zu begegnen. Eifrig übte sie die meditative Disziplin, die Urgyen Ani ihr empfohlen hatte, und als der Winter mit kaltem Regen und Graupelschauern begann, hatte sie das befriedigende Gefühl, dass sie Fortschritte machte und ihr Geist zunehmend ruhiger wurde.

Die Klänge waren so seltsam, dass Maili wie gebannt stehen blieb und im eifrigen Hören die ganze Welt vergaß. Sie wehten aus dem kleinen Haus mit den großen Fenstern am Rand des Klosters herab, in dem nie jemand zu wohnen schien. Es gehöre westlichen Schülern des alten Rinpoche, Leuten aus Amerika, hatte Deki berichtet. Grau und schweigend klebte es am Steilhang, und Gebüsch überwucherte den Pfad, der zu ihm hinführte.

Die Winterwolken hingen tief, und das kalte graue Licht vermischte sich mit den wunderlichen Klängen aus dem Langnasenhaus. Solch eine Musik hatte Maili noch nie gehört. Sie glaubte, Trompetentöne zu hören, jedoch auch ganz andere Töne, die wie Vögel klangen, aber ganz gewiss keine Vogelstimmen waren. Da waren hohe Töne, und dann kamen tiefere dazu und verwoben sich mit den höheren, und andere Töne malten andere Farben hinzu, sanfte, leise Farben, und laute, grellere Farben. Je länger Maili zuhörte, desto mehr drangen die Töne in sie ein und machten etwas mit ihr, so dass sich ein eigenartiges, wehmütiges Gefühl in ihr ausbreitete.

Plötzlich erhellte der Schein einer Glühbirne ein Zimmer hinter einem der beiden großen Fenster, und Maili sah eine Gestalt hin und her gehen. Es war ein Riese mit einem roten Gesicht unter gelben Haaren und einem kurzen rötlich gelben Bart. Maili erschrak und versteckte sich hinter einem Busch. Sie wäre gern weggelaufen, doch die Musik hielt sie fest. Ihre Töne waren nun höher und schneller, wie ein heiteres Lied, und ganz zarte, weiche Klänge waren dabei, die Maili unbedingt noch hören wollte.

Der rote Riese ging im Zimmer hin und her. Die Musik wurde lauter. Maili fühlte eine starke Spannung, die von dem Riesen ausging. Plötzlich brach die Musik ab. Nach einer Pause setzte eine andere Musik ein, noch lauter als zuvor. Maili bekam eine Gänsehaut unter ihrem schweren, langen Fellmantel. Der rote Riese ist unglücklich, dachte sie. Sein Geist versucht, sich in dieser Musik zu verstecken. Hin und her ging der Riese im Zimmer, hin und her. Maili verließ ihr ungemütliches Versteck im feuchten Gebüsch. Ihre Füße in den roten Stoffschuhen waren eiskalt geworden, und sie sehnte sich nach den dicken Filzstiefeln, die der Onkel wieder mit ins Dorf hinaufgenommen hatte.

Tagelang war die Musik aus dem Haus des roten Riesen zu hören. Sie drang bis zu Mailis verstecktem Lieblingsplatz, einem von dichtem Gebüsch geschützten großen Stein am Fuß eines aufragenden Felsens. Kein Pfad führte dorthin, und niemand hatte den geringsten Grund, an dieser Stelle den steilen Hang heraufzuklettern. Wann immer sie konnte, ging Maili zu diesem Platz, selbst in der winterlichen Kälte. Dort folgte ihr Geist den verschlungenen Bewegungen der Töne und ließ sich in die farbige Pracht der vielfältigen Stimmungen tragen. Sie konnte den roten Riesen verstehen. Es hilft, diese Musik zu hören, wenn man unglücklich ist, dachte sie. Dann bekommt das Unglück Töne, und man muss nicht weinen.

»Wer ist der rote Mann mit der lauten Musik?«, fragte sie Deki an einem der folgenden Tage in der Mittagspause. Sie saßen in der wärmenden Wintersonne auf der Treppe, die zum Lhakang hinaufführte.

Deki kicherte. »Das ist ein verrückter Westler«, sagte sie. »Der ist nur selten da.«

»Die Musik ist schön«, sagte Maili und wünschte, sie könnte Dawa erzählen, wie diese Musik klang und was sie dabei fühlte. Sie hätte so gern mit jemandem über diese Musik gesprochen.

»Er hat eine Maschine«, sagte Deki, »damit kann er die Musik laut machen. Rinpoches Übersetzerin hat auch so eine Maschine. Mit der kann man Rinpoches Stimme hören.«

Maili schlug vor, zu dem Haus am Steilhang zu gehen, und Deki sprang sofort voller Tatendrang auf. Im Haus der Westler rührte sich nichts, Tür und Fenster waren geschlossen. Mit einigem Geschick könnte man einen Sims erreichen, der unter dem Fenster entlangführte, erklärte Deki, und von dort aus könnte man in das Zimmer hineinschauen. Es gab keine Ecke im Kloster, die Deki nicht kannte.

Aufmerksam sah sich Maili um, und da niemand sie beobachtete, kletterte sie auf den Sims. Die Sonne war hervorgekommen, doch das Mauerwerk war noch nass vom vormittäglichen Graupelregen. Vorsichtig schob sie sich ans Fenster heran und drückte ihr Gesicht fest gegen das Glas. Die Sonne war so hell, dass sie im Dunkeln des Raums nur wenig zu erkennen vermochte. Plötzlich sah sie eine Bewegung, und das rote Gesicht des Riesen erschien über ihr. Maili schrie auf, verlor den Halt und purzelte vom Sims in die Büsche. Ohne auf den Schmerz in ihrem Knöchel und auf die Schrammen an ihren Händen zu achten, kroch sie eilig aus dem Gebüsch und rannte über den steilen Hang zum Pfad zurück. Dort würde der Riese sie nicht mehr sehen können. Es war entsetzlich. Es war über alle Maßen peinlich. Niemand durfte etwas davon erfahren. Glücklicherweise war um diese Zeit kaum jemand im Klostergelände unterwegs. Deki, die sich beim ersten Anzeichen des Unheils davongemacht hatte, saß ungerührt auf den Stufen vor dem Lhakang und sonnte sich. Außer Atem blieb Maili neben ihr stehen. Deki lachte.

»Du darfst das niemandem erzählen«, sagte Maili eindringlich.

Deki lachte noch lauter.

»Hörst du?«

»Gut, gut, ich erzähle es nicht.«

»Er hat mich gesehen«, klagte Maili.

Deki zog kichernd an Mailis Rock. »Oh, du bist in heilige Kuhscheiße gefallen. Dein Rock ist ganz voll davon.«

Maili bückte sich und stellte entsetzt fest, dass sich die Hinterlassenschaft der heiligen Kuh über die Seite ihres Rocks und am Rand ihres Pullovers verteilt hatte. Sie wandte sich der Treppe zu, um zu Ani Wangmos Zimmer zu eilen.

»Ich bin nie vom Fenster gefallen!«, rief sie über die Schulter zurück.

Das kleine Mädchen krümmte sich vor Lachen. »Nie! Maili Ani kann nämlich fliegen. Wie die Kühe.«

# 4

Maili saß neben Deki im Schatten des Küchenschuppens, der sie vor der schon recht starken mittäglichen Frühlingssonne schützte. Sie hielt ihren Teller mit einem beträchtlichen Rest ihres Mittagessens einer mageren Hündin hin. Das ausgehungerte Tier war wenige Tage zuvor ins Kloster gekommen und zeigte deutliche Absicht, sich hier niederzulassen. Mit ihrem kurzen, räudigen Fell, den vorstehenden Schulterknochen und dem nackten Schwanz glich sie eher einer riesigen ausgehungerten Ratte als einem Hund. Ihr Bauch hing, von vielen Schwangerschaften ausgeleiert, wie ein faltiger Sack unter ihr. Mit dem klosteransässigen Rüden, der wegen eines schmerzhaften Ekzems auf dem Rücken ständig gereizt war, kam sie dadurch zurecht, dass sie sich schon auf den Rücken warf, wenn er noch fünf Schritte entfernt war. Irgendjemand hatte ihr den Namen Chungchung, Winzling, gegeben, weil sie ein gar so armseliges, mitleiderregendes Geschöpf war.

»Welche Nonne mag es wohl gewesen sein, die in so trauriger Gestalt wiedergeboren wurde, weil sie ihre Gelübde gebrochen hat?«, fragten die Nonnen einander heiter, denn nach altem Volksglauben waren Hunde, die sich in Klöstern niederließen, in ihrem früheren Leben Nonnen und Mönche gewesen, die ihre Gelübde nicht eingehalten hatten.

»Komm schon, Chungchung«, lockte Maili mit weicher, singender Stimme, »hab keine Angst!«

Die Hündin, zwischen Panik und Hunger hin- und hergerissen, kroch zögernd näher, den Schwanz zwischen die Hinterbeine geklemmt. Einer plötzlichen Eingebung gehorchend, schloss Maili die Augen, rief in ihrem Geist das Bild der Arya Tara herbei und hüllte die Hündin in das sanfte grüne Licht, das von der Gottheit ausging. Hilf diesem armen Wesen, bat sie. Nimm ihr die Angst.

Sie stellte den Teller auf den Boden, ohne ihn loszulassen. »Komm her, Chungchung«, wiederholte sie in beruhigendem Singsang, »komm, das ist für dich.« Und im Stillen wiederholte sie immer wieder das Mantra der Arya Tara: OM TARA TUTTARE TURE SVAHA.

Sichtbar entspannt stürzte sich die Hündin schließlich auf den verbliebenen Curryreis, in dem ein paar Stückchen der knapp bemessenen Fleischbeigabe lagen. Maili sah ihr befriedigt zu. Das sandfarbene Fell hatte einen zarten grünlichen Schimmer.

Die kleine Deki war mit Essen beschäftigt und hatte der Szene wenig Beachtung geschenkt. Nun sah sie auf und bemerkte träge: »Komischer Hund. Irgendwie grün. Sie mag dich.«

Chungchung säuberte den Teller gründlich mit der Zunge, zog sich dann ein paar Schritte zurück und ließ sich ins spärliche Gras fallen. Sie streckte genüsslich den Hals in voller Länge aus und legte die Vorderbeine mit unerwarteter Anmut übereinander.

»Sie vertraut dir«, hörte Maili Ani Tsültrim, die Klosterleiterin, hinter sich sagen. Die große, schlanke Nonne lächelte sie an. »Nun wirst du dich um sie kümmern müssen. Sie erwartet es.«

Die Klosterleiterin trug eine rote Wetterjacke mit einem aufgestickten augenrollenden Stierkopf auf der Brusttasche.

»Was ist das?«, fragte Maili und zeigte mit dem Finger auf den Stierkopf.

»Eine Jacke meiner Schwester«, sagte Ani Tsültrim unbewegt.

Maili erinnerte sich plötzlich daran, dass es die Klosterleiterin war, die sie vor sich hatte. Sie stand auf und hielt sich an ihrem Teller fest. Ani Tsültrim hatte bisher noch nie mit ihr gesprochen. Sie überragte Maili um Kopfeslänge, und ihre Größe und die Strenge ihrer Züge schüchterten Maili ein.

»Ich höre, du lernst eifrig«, sagte Ani Tsültrim.

Maili wiegte bejahend den Kopf und schaute auf ihren Teller.

»Ani Wangmo sagt, du kannst bereits recht gut Nepali.«

Maili wiegte wieder den Kopf. Die Klosterleiterin gab ihr einen Klaps auf den Rücken und wandte sich ab. Nach ein paar Schritten drehte sie sich noch einmal um. »Geht es dir gut, Maili?« In Ani Tsültrims Blick lag eine unerwartete Sanftheit.

Maili vergaß einen Augenblick lang zu atmen. Was um Himmels willen sollte sie darauf antworten? Sie war der Klosterleiterin eine aufrichtige Antwort schuldig. In großer Geschwindigkeit stiegen Bilder in ihr auf: Ani Wangmo, die sie mürrisch anfuhr, und Ani Wangmo, die hinter ihrem Rücken dafür sorgte, dass sie neue Seife und Hefte und einen hübschen roten Pullover bekam; der Rinpoche, zu dessen Fenster sie oft hochschaute und der so nah und so weit weg war; die schöne Disziplinarin, die sagte: Maili, du bist ein kluges Mädchen; Deki, mit der sie durch das Gelände streunte; Sönam, den sie seit der unglückseligen Begegnung im Regen nicht mehr getroffen hatte.

»Ich weiß nicht«, sagte Maili. »Ich glaube schon.«

Ani Tsültrim ging weiter, und Maili setzte sich wieder hin.

»Ani Tsültrim mag dich«, sagte Deki.

»Heute scheinen mich alle zu mögen«, sagte Maili und fühlte sich sehr leicht.

»Nun ja, du bist eben nett«, sagte Deki großmütig.

»Du auch«, entgegnete Maili. Es war offenbar ihr guter Tag.

»Ich möchte bald anfangen, Tibetisch zu lernen«, sagte sie nach einer nachdenklichen Pause.

»Bringst du mir das dann auch bei?«, fragte Deki. »Und gib mir noch mehr Papier und einen neuen Stift«, fügte sie hinzu und zog ein zerknittertes Stück Papier unter ihrem Tuch hervor. »Schau, ich hab etwas geschrieben.«

Maili nahm das Papier und las. In ungelenken Buchstaben, aber fast ohne Fehler hatte das Kind geschrieben:

»Die Wolken sind weggezogen
der Himmel ist ganz leer
in das Blau kann man fallen
und wo kommt man dann hin?«

Maili las es noch einmal. Eine unerklärliche Rührung ergriff sie, und sie spürte, wie ihr Tränen in die Augen stiegen und ihr Hals sehr eng wurde. Sie legte dem kleinen Mädchen den Arm um die Schulter und lehnte ihre Stirn gegen das raue schwarze Fell, das seinen Kopf bedeckte.

»Das ist wirklich schön, Deki«, sagte sie.

»Ehrlich?«, fragte Deki.

»Ganz ehrlich«, antwortete Maili. »Du hast gut schreiben gelernt. Ich besorge dir mehr Papier. Wie schön du das geschrieben hast. Was meinst du, wo kommt man dann hin?«

Deki rückte ein wenig ab. »Weiß ich doch nicht. Sonst würde ich es ja aufschreiben.«

Maili streckte sich und gähnte. Wie schön wäre es, sich ins Gras zu legen und bis zum Beginn der Nachmittags-Puja zu schlafen. Doch das war nicht erlaubt. Es war nicht gut, tagsüber zu schlafen. Es trieb die Körperhitze hoch, und dann war man den ganzen Nachmittag lang matt und antriebslos.

Sie hatte sich gerade entschieden, zu Ani Wangmos Zimmer zu gehen und ein wenig zu lernen, als eine Reihe von barfüßigen Trägern die Treppen zum Vorplatz des Lhakang emporkam. Sie hatten die unverwechselbare Ausrüstung der Trekker in ihren Körben.

Seitdem die warmen Frühlingstage begonnen hatten, kamen immer wieder ausländische Trekkergruppen am Kloster vorbeigezogen. Diesmal machten die Träger am Fuß des Pfades, der weiter den Berg hinaufführte, halt und luden ihre Körbe ab. Zwei Köche bauten eine Kochstelle auf und packten Töpfe und Geschirr aus. Maili und Deki drückten sich in den Schatten hinter dem Lhakang und richteten sich auf eine ausgiebige Betrachtung des Schauspiels ein. Bald gesellte sich eine Schar junger Nonnen zu ihnen.

Es war eine kleine Gruppe von langnasigen Rotgesichtern, zwei Frauen und zwei Männer, die lange nach den Trägern und schwer atmend auf dem Klosterplatz eintrafen. Eine der Frauen, eher noch ein Mädchen, trug ein sehr kurzes Hemd, das den Bauchnabel frei ließ, und kurze Hosen, die so eng waren, dass Maili den Verdacht hatte, es müsse schmerzhaft sein, solch ein enges Kleidungsstück zu tragen. Das lange Haar des Mädchens war fast so weiß wie das einer sehr alten Frau. Die andere Frau war rundlich und hatte sehr rote Backen, wie die Nonne aus Ost-Tibet, die kürzlich ins Kloster gekommen war. Ob diese Frau wohl aus einem Land wie Tibet kam, in dem es so kalt war, dass jeder Winter die Male der Erfrierung auf die Backen zeichnete?

Die rundliche Frau warf sich auf den Boden und stöhnte. Einer der Männer zog ihr die Schuhe aus. Es war ein großer, dünner Mann mit einem dunklen Bart und eng beieinanderstehenden Augen. Der zweite Mann gefiel Maili weitaus besser. Er war von kleinerer Statur, und sein kragenloses weißes Hemd und die blaue Hose – eine Art Uniform, die fast alle Fremden trugen – ließen einen hübschen Körper ahnen. Vor allem das braune Haar, das in Wellen in seine Stirn fiel, fand Mailis Gefallen.

Einer der Köche breitete ein knisterndes Tuch auf der Erde aus und verteilte Löffel und Becher. Die Trekker scharten sich um das Tuch und plauderten; sie schauten nicht zu den jungen Nonnen hin. Die Nonnen dagegen beobachteten die Trekker mit offener Neugier. Deki war sogar noch ein wenig näher zu den Fremden herangerückt und hatte sich im Schatten eines Baumes niedergelassen, gefolgt von den beiden Sherpa-Kindern, die ihre gewöhnliche ablehnende Haltung Deki gegenüber durchbrachen und sich zu ihr gesellten.

Der hübsche junge Mann zog ein kleines Buch hervor und begann darin zu lesen. Das Mädchen mit den weißen Haaren griff danach und entwand es ihm. Sie hielt es mit ausgestrecktem Arm, so dass es außerhalb seiner Reichweite war, und las laut etwas daraus vor. Die anderen lachten. Der junge Mann wollte das Buch wiederhaben, doch das Mädchen gab es nicht her. Schließlich kippte sie nach hinten, wodurch auch er die Balance verlor und auf sie fiel. Das Mädchen stieß vergnügte, spitze Schreie aus, und der junge Mann lachte. Die Köche und Träger, die an der Feuerstelle ihr Mahl verzehrten, warfen missbilligende Blicke auf das Paar. Sie benehmen sich wie Kinder, dachte Maili. Natürlich gehört sich das nicht. Aber es gibt so vieles, was sich nicht gehört.

»Die westlichen Barbaren können sich nicht benehmen«, sagte eine der Nonnen.

»Sie wissen es nicht besser«, sagte eine andere.

»Sie können herkommen, warum nicht, aber anständig benehmen sollten sie sich«, sagte die erste Nonne.

»Es kommen zu viele Fremde hierher«, sagte eine dritte.

Maili fragte sich, wie fremd sie wohl waren. Das fröhliche Gebalge war nichts Fremdes. Als Kinder hatten sie selbst es auch nicht anders gemacht, aber irgendwann hatte man ihnen beigebracht, dass es ungehörig sei, sich mit Jungen zu balgen. Wenn wir »Fremde« wären, Sönam und ich …, dachte Maili und lächelte vor sich hin.

»Sie tun niemandem etwas Böses«, warf sie unvermittelt in die Diskussion der Nonnen ein. »Sie benehmen sich wie fröhliche Kinder. Was ist daran schlecht?« Alle wandten sich ihr erstaunt zu. Noch nie hatte Maili sich in der Runde der anderen jungen Novizinnen und Nonnen geäußert.

»Das stimmt«, krähte Deki, durch Mailis Beispiel ermutigt. »Daran ist nichts schlecht.«

»Du hältst den Mund«, fuhr eine der Nonnen Deki an.

Das kleine Mädchen zuckte zusammen, warf Maili einen hilfeheischenden Blick zu und suchte so verzweifelt nach einer passenden Antwort, dass sich ihr breiter, schmutziger Mund wortlos bewegte.

»Jede kann sagen, was sie denkt«, erklärte die rundliche Nonne, die Maili in der Leopardennacht getröstet hatte. »Wir sind hier nicht bei den Gelugpa.«

»Das war eine sehr dumme Bemerkung, Shimi«, sagte eine zierliche Nonne mit ruhiger Autorität.

»War doch nur ein Spaß«, verteidigte sich die kleine, runde Nonne.

»Ein dummer Spaß«, erklärte die andere Nonne nachdrücklich. »Wir lästern nicht über andere Linien.«

Die Nonne, die Shimi genannt wurde, biss sich schuldbewusst auf ihre Unterlippe. Ein peinliches Schweigen breitete sich unter den Nonnen aus. Zwei Nonnen rückten beiseite und begannen Tibetisch miteinander zu sprechen.

Die Trekking-Köche hatten inzwischen das Essen bereitgestellt und füllten die Teller. Maili beobachtete aufmerksam, wie der hübsche junge Mann einen vollen Teller entgegennahm und ihn vor das weißhaarige Mädchen stellte. Auch der andere Mann stellte den vollen Teller, den ihm einer der Köche reichte, vor seine Partnerin. Maili staunte. Die Frauen saßen einfach da und ließen sich bedienen.

Unbemerkt hatte sich die Klosterkuh, den Hindus heilig, dem Kloster eher mit Milch von Nutzen, den Trekkern genähert. In der Mitte des Tuchs lagen einige Äpfel, die den Appetit der Kuh geweckt hatten. Zielstrebig und unaufhaltsam schob sie sich zwischen den beiden Frauen hindurch und bemächtigte sich eines Apfels. Die Frauen sprangen auf und schrien. Der bärtige Mann rief etwas zu den Köchen und Trägern hinüber, die sich nur widerwillig erhoben. Das weißhaarige Mädchen fuchtelte vor der Kuh herum und erklärte ihr offenbar, dass sie weggehen sollte. Die Kuh rollte irritiert die Augen, so dass man das Weiße sah, doch der

Verlockung eines weiteren Apfels konnte sie nicht widerstehen. Gleichzeitig hob sie den Schwanz und erleichterte sich auf die Decke, auf der die Frau gesessen hatte.

Die jungen Nonnen lachten, bis ihnen die Tränen kamen.

»O heilige Scheiße«, krähte Deki und wurde mit erneutem Gelächter belohnt. Maili warf ihr einen warnenden Blick zu. Doch das kleine Mädchen war viel zu berauscht von dem Glück, sich zu den anderen gehörig fühlen zu dürfen, um darauf zu achten.

»Ihr hättet Maili sehen müssen, als sie in die Kuhscheiße fiel«, kreischte sie, »wums, runter vom Fenster.«

»Wer ist geflogen?«

Maili wandte sich der Fragerin zu. Es war die kleine Nonne Shimi, und Maili zwang sich zu einem Lächeln. »Ich. In Kuhscheiße. Deki findet das lustig.«

»Ich auch«, sagte Shimi und wischte lachend mit einem Zipfel ihres Tuchs Schweißperlen von der Stirn. »Ich wusste nicht, dass du schon so gut Nepali sprichst. Das ist schön. Jetzt können wir miteinander reden. Aber wundere dich nicht, wenn ich Fehler mache. Nepali ist auch für mich eine Zweitsprache. Meine Muttersprache ist Tibetisch. Ich komme aus dem tibetischen Flüchtlingsdorf in Pokhara.«

Maili fühlte eine Welle belebender Wärme in sich aufsteigen, so, wie wenn die warme Morgensonne die Kälte der Frühlingsnacht vertreibt.

»Ich heiße Shimi«, plauderte die kleine Nonne weiter, während sie auf den Lhakang zugingen. »So nannten sie mich, als ich vor vier Jahren hierherkam: Shimi, Kätzchen. Und dieser Name ist mir geblieben. Ich glaube, an meinen Ordinationsnamen erinnert sich niemand mehr außer mir selbst. Und ich muss achtgeben, dass ich ihn nicht auch vergesse.«

In Shimis freundlichem, flachem Vollmondgesicht eingebettet lagen sehr schräge, muntere Augen, und der Mund unter der kurzen Nase war klein und hübsch geschwungen und erinnerte Maili an das Bild der Arya Tara im Lhakang des Klosters ihrer Heimat.

»Ich gehe morgen in die Stadt«, sagte Shimi. »Möchtest du mitkommen?«

Maili strahlte. »In die Stadt? O ja. Wie schön!«

Der kleine weiße Hund der Klostervorsteherin lief munter die Straße hinunter, die in Serpentinen zum Dorf am Fuß des Berges führte. Maili kannte jede Kehre. Viele Male war sie mit Ani Wangmo hinuntergelaufen, um Lebensmittel einzukaufen, und zweimal waren sie mit dem Bus nach Kathmandu gefahren. Doch Ani Wangmo mochte die Stadt nicht, und so hatten sie dort nur so viel Zeit verbracht, wie nötig war, um die Besorgungen zu erledigen.

Der kleine Hund hielt plötzlich in einer Kehre der Bergstraße inne und erstarrte. Dann drehte er sich um und setzte sich so, dass er Maili und Shimi zugewandt war, und sah mit eigentümlich leerem Blick in die Ferne.

»Komm her, Tashi!«, rief Shimi, doch der Hund rührte sich nicht.

Als sie die Kehre erreichten, wurde der Grund für Tashis ungewöhnliches Verhalten sichtbar. Eine Leopardin stand mit ihrem Jungen auf der Straße, ebenso erstarrt wie der Hund, während das Junge sich unschlüssig gegen ihre Hinterbeine drückte.

»Nicht hinschauen«, flüsterte Shimi und drehte sich ebenfalls um. Doch Maili empfand keine Furcht. Auf wunderliche Weise hatte sich die Welt verändert. Sie war voller Gerüche und Lebendigkeit, und alles, was um sie war, betraf sie zutiefst. Sie spürte die Beunruhigung der Leopardenmutter, die bebende Bereitschaft, ihr Junges zu verteidigen, die Nähe zur Panik. Keine Sorge, sagte sie ohne Worte zu der Leopardenmutter, du bist geschützt. Der Rinpoche schützt dich. Unsere Gedanken schützen dich. Hab keine Angst.

Es war ihr, als wehte ihre wortlose Botschaft in weichen, hellen Klängen um den Berg, verstärkt durch die Stimmen vieler Wesen: Geschützt, geschützt! Keine Angst, keine Angst!

Die Leopardin gähnte. Ein scharfer, wissender Blick traf Maili; doch es war nicht die Leopardin selbst, sondern etwas anderes in ihr, jenseits der Tiernatur, das sie aus den Katzenaugen anschaute. Plötzlich lächelte die Leopardin kurz und verschwand im Gebüsch. Ein tiefes, den Tränen nahes Glücksgefühl breitete sich in Maili aus.

Kaum war die Leopardin verschwunden, sprang der kleine Hund auf, als habe er Augen im Rücken. Aufgeregt stürzte er zu dem Gebüsch am Wegrand, bellte es an und war so völlig außer sich, dass sein kleiner Körper fast zu zerspringen schien.

»Schau nur, wie mutig er jetzt ist, unser kleiner Feigling«, lachte Shimi.

»Die Leopardin hat gelächelt«, sagte Maili verträumt.

»Was hat sie?«

»Gelächelt.«

Shimi legte den Arm um Mailis Hüfte und drückte sie an sich. »Wenn ich Maili sehe, lächle ich auch«, sagte sie, und es lag ein unerwartet ernster Ton in ihrer Stimme.

An klaren Tagen konnte man die Stupa von Boudha wie eine runde weiße Frucht im Tal liegen sehen, nicht weit entfernt von den hellen Doppelstreifen, der Landestraße für die Eisenvögel, in denen die Fremden kamen, wie Ani Wangmo erklärt hatte. Täglich donnerten die künstlichen Vögel vom Himmel herunter oder stiegen auf. Manche flogen so dicht über das Kloster hinweg, dass Maili ihre glänzenden Bäuche sehen konnte.

Am späten Nachmittag, nachdem alle Besorgungen erledigt waren und Shimi der neuen Freundin die Stadt gezeigt hatte, gingen sie zur Khora, der rituellen Umrundung der riesigen Stupa. Sie war viel größer, als Maili vermutet hatte. Eine gewaltige Kuppel wölbte sich über den Stufen eines vieleckigen Fundaments, auf dessen drei Ebenen man herumlaufen konnte, und ließ die umliegenden Häuser klein erscheinen. Die Stupa trug Augen, die in alle Himmelsrichtungen blickten.

»Warum hat die Stupa Augen?«, fragte Maili.

»Das sind die Buddha-Augen des Mitgefühls«, antwortete Shimi.

»Und warum schauen die Augen so böse?«

»Nicht böse, sondern scharf«, lachte Shimi. »Hast du noch nie vom idiotischen Mitgefühl gehört? Die Augen schauen so scharf, weil echtes Mitgefühl so klar und klug ist. Gib einem hungrigen Hund chinesischen Dosenfisch in Öl, dann kannst du sehen, was dummes Mitgefühl verursachen kann.«

Maili wusste nicht, wie chinesischer Dosenfisch auf Hunde wirkte. In ihrem Dorf gab es so etwas nicht, und Ani Wangmo kaufte niemals Dosen. Ani Wangmo konnte sich das gar nicht leisten.

»Wie wirkt chinesischer Dosenfisch?«, fragte Maili.

»Hunde bekommen gewaltigen Durchfall davon«, sagte Shimi heiter.

Sie umwanderten die Stupa wieder und wieder, murmelten das Mantra des Mitgefühls, OM MANI PADME HUM, wünschten allen Wesen Glück, beobachteten die anderen Leute, tauschten Gedanken über die Bekleidung der Touristen aus, richteten ihre guten Wünsche auf Bettler und streunende Hunde und scherten hin und wieder aus dem Strom der Khora aus, um stehen zu bleiben, wenn Shimi Bekannte traf, oder in einem der Läden etwas anzuschauen. Irgendwann verlor Maili die kleine Nonne aus den Augen. Neben ihr, vor ihr, hinter ihr erklang das gemurmelte Mani-Mantra, ein sanftes, durchdringendes Summen, in das sie einstimmte, bis sie schließlich ein natürlicher Teil davon wurde, wie ein Blatt unter vielen Blättern an einem vom Wind bewegten Baum.

Sie entdeckte Sönam zwischen anderen jungen Mönchen auf der Straße, die in den Umgehungsweg der Stupa mündete. Eine heiße Welle stieg in ihrem Kopf hoch, und ihre Knie zitterten. Sie wandte schnell den Blick ab, doch es war ebenso unerträglich, nicht zu ihm hinzuschauen.

Ihre Blicke begegneten einander. Maili schloss in Panik die Augen und riss sie wieder auf. Sönam hatte wohl den Blick gesenkt, denn im selben Augenblick wie Maili hob er ihn wieder. Dieser zweite Kontakt, stark wie eine Berührung, nahm ihr vollends den Atem. Für ein paar Sekunden verschwand die Welt, und der unendliche Raum enthielt nichts anderes mehr als die Gestalt des jungen Mönchs und diesen Blick, der sie mit ungeahnter, beglückender und zugleich bedrohlicher Nähe überfiel.

Maili nahm nicht mehr wahr, dass sie sich bewegte, einen Fuß vor den anderen setzte, Hunden auswich und die Kante des gepflasterten Wegs um die Stupa vermied, um nicht zu fallen. Sie ließ sich weitertreiben, wie schlafwandelnd, benommen von Freude. Sie sah nicht, was sie sah. Sie hörte nicht, was sie hörte. Sie war trunken von Zeitlosigkeit.

»Namasté«, sagte seine Stimme leise neben ihr. Sein Arm streifte den ihren. »Wie geht es dir, Maili?«

Maili warf ihm einen atemlosen Blick zu.

»Ich habe viel gelernt«, sagte sie zögernd. »Jetzt können wir miteinander reden.«

»Das ist schön«, erwiderte er. »Gefällt es dir im Kloster?«

»O ja«, sagte Maili. »Es ist nur – ich möchte so gern etwas Richtiges lernen, das, was der Buddha gelehrt hat. Bis jetzt hatte ich nur Sprachunterricht.«

Sönam lächelte. »Ja, so ist das im Exil. Ich hatte es leichter. Ich komme aus dem Sherpa-Land und bin mit Tibetisch aufgewachsen.«

Das dichte Menschenband, murmelnd und schwatzend in unaufhaltsamer Bewegung um die Stupa, schob sie weiter und drängte sie einander näher. Es war köstlich, und es war sehr beunruhigend.

»Wann kommst du wieder auf den Berg?«

Maili schlug verwirrt die Hand vor den Mund. Dies hatte sie nicht sagen wollen. Es klang allzu sehr nach einem Wunsch; und doch war es so einfach und selbstverständlich aus ihr herausgefallen.

»Es liegt nicht bei mir«, antwortete Sönam. »Wir werden eingeteilt. Vielleicht tauscht jemand mit mir. Ich werde es versuchen.«

Sie gingen nebeneinander her, und in Mailis Kopf schossen alle die Worte hin und her, die sie so oft gedacht hatte und die zu sagen doch völlig undenkbar war.

»Ich muss wieder zu den anderen«, sagte Sönam, »sonst fallen wir auf. Bis bald.«

Er verschwand von ihrer Seite, wie ein Gedanke auftaucht und wieder verfliegt. Sie sah sich nicht um. Ihr Herz schlug aufgeregte, glückliche Trommelwirbel. Das bittersüße Warten, es hatte bereits begonnen.

Shimi stand mit zwei Frauen am Ausgang zur Hauptstraße und winkte sie zu sich heran. Maili nahm kaum wahr, wie Shimi ihr die beiden Frauen als Verwandte vorstellte, wie sie gemeinsam zur Busstation gingen und sich in einen der überfüllten Busse zwängten, wie sie in einem anderen Stadtteil ausstiegen und zu einem Haus gingen, wo sie, wie Shimi erklärte, übernachten würden. Maili wollte weder sprechen noch essen und entschuldigte sich damit, dass sie sich nicht wohl fühle. Doch es fiel ihr nicht leicht, das Lächeln zu unterdrücken, das aus ihrem Herzen in Mund und Augen drängte.

Sie musste mit Shimi eine Bettbank in der Küche teilen. Der Raum war bei weitem wärmer als die Zimmer im Kloster in den kalten Frühlingsnächten, und sie bekamen eine warme Decke. Dennoch schien Shimi zu frieren. Sie drückte sich an Mailis Rücken und legte ihren Arm um sie.

»Liebe Maili«, flüsterte sie, und Maili spürte eine weiche Berührung an ihrem Nacken.

Sie küsst meinen Hals, dachte Maili verwundert. Ihre Freundin Dawa war rauer gewesen. Sie hatten einander nur umarmt, wenn sie lachten oder sich balgten. Doch es passte wohl zu der runden, kleinen Nonne, sanft und zärtlich zu sein, entschied Maili und überließ sich der Umarmung. Lächelnd schlief sie ein, und am nächsten Morgen wusste sie nicht, ob sich die Hand der kleinen Nonne auf eine ihrer Brüste verirrt hatte oder ob ihre Träume von dem jungen Mönch waghalsiger waren als ihre Wünsche im Tageslicht.

Einige Tage später begann ein großer tibetischer Studienkurs unter der Leitung des alten Khenpo, der alle paar Monate zum Kloster heraufkam, um die Nonnen zu unterrichten.

»Hast du gesehen?«, fragte Shimi. »Sönam hat den alten Khenpo heraufgebracht. Du kennst doch Sönam. Gefällt er dir?«

Maili hob mit gespielter Gleichgültigkeit die Schultern. »Die Jungs sind alle hübsch.«

Shimi schlug die Hände zusammen. »Dann hast du Lundo nicht gesehen. Ohren wie Teekannenhenkel und ein Affenmäulchen von hier bis da.«

Fröhlich wedelte sie mit den Händen an den Ohren und zog ihren Mund in die Breite. Sie erwartete ein Lachen, doch Maili konnte sich nur eine Grimasse abringen. Sönam war im Kloster gewesen, und sie hatte ihn nicht gesehen. Sie hätte es vorgezogen, nichts davon zu wissen. Ein versäumter Blick, eine versäumte Berührung der Schultern, vielleicht sogar der Hände. Die versäumte Flamme, die den inneren Raum entzündete.

»Wo bist du, Maili-Träumerin?« Shimi legte leicht ihre Hand auf Mailis Schulter.

»Oh«, sagte Maili, »ich weiß nicht.«

Shimi beugte sich vor und flüsterte in ihr Ohr: »Wohin geht dein Geist, wenn du so ins Leere schaust?«

»Nach Hause«, log Maili, erleichtert, dass ihre Lüge so glaubwürdig klang. »Die Berge sind dort so schön.«

»Warum bist du hierhergekommen?«, fragte Shimi und lehnte sich erwartungsvoll gegen den Stamm eines Baums neben dem Lhakang, den die beiden Freundinnen in wortloser Übereinstimmung zu ihrem ständigen Treffpunkt erwählt hatten.

»Ich wollte nicht heiraten«, antwortete Maili. »Und ich wollte lernen, wie man das Leiden beendet.«

»Hatten sie einen Mann für dich?«

Maili nickte.

Shimi beugte sich vor. »War er hässlich?«

»Nein«, erklärte Maili kühl. »Er war nicht hässlich. Er war grob.«

»Das sind sie alle. Ich sollte auch verheiratet werden. Damals war ich achtzehn. Sie sagten, ich müsse mich beeilen. Die Männer wollen nur junge Mädchen.«

»Wie war es bei Ani Wangmo?«, fragte Maili, einem plötzlichen Gedanken folgend.

»Ach, die arme Ani Wangmo«, sagte Shimi heiter. »Ich hab gehört, dass der Mann, den man für sie ausgesucht hatte, eine Schönere fand und sie sitzen ließ. Und dann wollte sie keiner mehr haben.«

»Das tut weh«, murmelte Maili. Ein kleiner Windhauch der Einfühlung in Ani Wangmos traurigen Geist streifte sie.

»Männer«, seufzte Shimi und rollte dramatisch die Augen.

»Nicht alle«, wandte Maili ein. »Die Mönche ...«

»Aber ja«, kicherte Shimi, »mit Maulkorb ist es besser.«

Maili verstand das Nepali-Wort für »Maulkorb« nicht.

»Für Hunde«, erklärte Shimi, »um das Maul, damit sie nicht beißen können.« Sie begleitete ihre Erklärung mit den Händen, indem sie ein unsichtbares Band um die Leisten legte, und lachte schallend. Maili stimmte mit ein, bis sie einander stöhnend in die Arme fielen und sich gegenseitig die Lachtränen von den Wangen wischten.

Da die meisten Nonnen den ganzen Tag mit den Studienkursen des Khenpo beschäftigt waren, wurden nun die Novizinnen und mit ihnen Maili damit betraut, Lebensmittel zur Yogini in die Höhle hinaufzubringen.

»Es ist keine richtige Höhle«, erklärte die Klosterleiterin, »eher eine Einsiedelei unter einem Felsüberhang. Aber wir nennen sie einfach die Höhle. Deki wird dir den Weg zeigen. Sie fürchtet sich vor Ani Nyima. Lass dich nicht davon anstecken. Ani Nyima ist eine große Yogini.«

Maili nahm die Tasche mit Ani Nyimas bescheidener wöchentlicher Ration an Reis, Gemüse und Eiern auf die Schulter und folgte Deki zu dem kleinen Trampelpfad, der hinter dem Kloster in den Hochdschungel hinaufführte.

»Wenigstens ist der Tiger nicht mehr da«, seufzte Deki.

Zwei Tage lang war der Tiger auf einem Felsen, den alle den Tigerfelsen nannten, zu sehen gewesen. Ein großer schwarzer Schatten hatte auf dem aufragenden, felsigen Vorsprung gelauert, und bei genauem Hinsehen hatte man Ohren und manchmal auch den Schwanz erkennen können. Während der Runde durch sein großes Revier in den Vorbergen des Himalaja, die etwa zwei Monate dauerte, pflegte er jeweils einen oder zwei Tage auf der benachbarten Bergkuppe Rast zu machen und vom Tigerfelsen aus das Nonnenkloster zu beobachten. Noch nie hatte er die Nonnen oder die Bewohner der in den umgebenden Bergen liegenden Dörfer angegriffen. Dennoch war der Weg zur Höhle, die sich im Einschnitt des Berges zwischen dem Kloster und dem Tigerfelsen befand, nicht sonderlich beliebt. Wer konnte, drückte sich um die Aufgabe, Lebensmittel zu Ani Nyima zu bringen.

»Ani Tsültrim ist einmal dem Tiger begegnet«, erklärte Deki mit genüsslichem Schaudern, als sie sich dem Ziegenpfad hinter dem Kloster zuwandten. »Ich möchte wissen, wer mehr Angst hatte – Ani Tsültrim vor dem Tiger oder der Tiger vor Ani Tsültrim.«

Maili stellte sich die große, beeindruckende Gestalt der Klosterleiterin vor, von Angesicht zu Angesicht mit dem Tiger.

»Was hat Ani Tsültrim erzählt?«, fragte sie.

»Ach, sie sagte nur, dass der Tiger sich ganz schnell umgedreht hat und weggerannt ist.« Deki lachte. »Und das wundert mich nicht.«

»Hast du Angst vor dem Tiger?«, fragte Maili. Doch sie wusste ja, dass Deki sich vor dem Tiger fürchtete, und hatte den Verdacht, dass sie die Frage eher sich selbst gestellt hatte.

»Natürlich«, sagte Deki, »ich bin ja nicht Ani Tsültrim. Vor ihr würde auch der Yeti davonlaufen. Aber ich bin so klein, da denkt der Tiger wahrscheinlich, ich sei ein Affe. Und Tiger fressen gern Affen.«

»Zwei Affen sind ihm sicher zu viel«, wandte Maili ohne Überzeugung ein und warf einen beunruhigten Blick zum Tigerfelsen hinauf. Er war leer. Doch der starke Geruch der Leoparden in der Umgebung des Klosters beschleunigte ihren Atem und ließ ihr Herz furchtsam flattern.

»Ich glaube, er ist wieder weg«, sagte Deki hoffnungsvoll. »Man hat ihn seit vielen Tagen nicht mehr gesehen.«

Der Pfad führte zuerst durch dichtes Gebüsch und dann steil bergan über einen felsigen, vom Monsunregen ausgewaschenen Hang. Von hier aus waren die verstreuten Häuser der Klosteranlage gut zu überblicken. Mein Zuhause, dachte Maili, und meine Familie. Denn sie waren nun tatsächlich ihre Familie geworden – die launische Ani Wangmo, die nicht wünschte, dass Maili um ihre Fürsorglichkeit wusste, das Waisenkind Deki, das ihre kleine Schwester geworden war, Shimi, ihre beste Freundin, und die schöne Urgyen Ani, die sie sich ohne viel Mühe als vorbildhafte große Schwester vorstellen konnte.

Der Einschnitt zwischen den beiden Bergrücken war dicht bewaldet. Inzwischen befanden sie sich auf der Höhe des Tigerfelsens. Deki hielt sich dicht hinter Maili und schien nicht mehr an der Gewissheit festzuhalten, dass der Tiger die Region verlassen hatte. Steile gemauerte Treppen führten hinauf zur Einsiedelei unter dem Felsüberhang, wo neben der in eine Mauer eingefügten Tür ein Drahtseil hing. Maili zog daran und versetzte damit eine Glocke im Innern in Bewegung.

Sie mussten lange warten, bis die Tür geöffnet wurde. Dann sah sich Maili einer Frau ihrer Größe mit einem langen grauen Zopf gegenüber, deren Alter unbestimmbar erschien. Zwischen einem Gefältel fein zerknitterter Haut saßen scharfe, wache Augen, jung und leidenschaftlich. Maili hatte den Eindruck, dass ihr Blick sich selbst begegnete, als sie in die Augen der alten Yogini schaute. In ihrer Verwirrung vergaß sie zu grüßen.

»Wen hast du denn geglaubt, hier zu finden?«, kicherte die Yogini. Maili nahm die Tasche von der Schulter und hielt sie ihr hin.

»Ihre Lebensmittel«, sagte sie unsicher. Es durchfuhr sie der Gedanke, die Tasche einfach fallen zu lassen und wegzulaufen.

Ani Nyima lächelte mit einer Seite ihres Mundes und griff nach der Tasche. »Lauf, lauf, bevor der Tiger kommt, Träumerin«, sagte sie heiter.

Deki stieß einen kleinen Schrei aus und kletterte, gefolgt von Maili, hastig die steile Treppe hinunter.

Als Maili auf halber Höhe der Treppe angekommen war, rief die alte Yogini ihr nach: »Wache über das Feuer, kleine Nonne, sonst verbrennst du dich.« Die Tür fiel zu, der Schlüssel drehte sich im Schloss.

Maili war zutiefst verwirrt. Sie fühlte sich durchschaut, doch zugleich dachte sie trotzig, dass es nichts gab, dessentwegen sie sich schämen müsste.

»Schnell, beeil dich, ich hab Angst«, drängte Deki.

Maili legte den Arm um das Kind. »Hier bei Ani Nyima würde der Tiger niemals wagen, jemanden anzufallen«, sagte sie mit dem Ton unerschütterlicher Gewissheit.

Sie spürte, wie Dekis Schultern sich entspannten. Warum hatte sie das gesagt? Was gab ihr diese Gewissheit? Sie wusste keine Antwort darauf. Wunderlich beschwingt hüpfte sie den Abhang hinunter. An einer steilen Stelle rutschte sie auf dem Geröll aus und fiel auf ihr Hinterteil.

»Hab ich's nicht gesagt«, kreischte Deki mit schadenfrohem Vergnügen. »Maili Ani kann fliegen wie die Kühe.«

Maili saß auf ihrem Bett und lernte. Ani Wangmo verlangte, dass Maili die Zeit, während der sie selbst und die anderen Nonnen beim Khenpo studierten, ihrerseits mit Lernen ausfüllte. Der Unterricht in der Tibetisch-Klasse hatte begonnen. Tag um Tag mühte Maili sich damit ab, die komplizierte Schrift in einem tibetischen Buch, das aus breiten, losen Blättern zwischen zwei Holzdeckeln bestand, zu entziffern. Ihr schwirrte der Kopf von all den komplizierten Buchstabenkombinationen, mit denen man gleichklingende Silben, die verschiedene Bedeutungen hatten, schriftlich gegeneinander abgrenzte.

Heute gönnte sie sich das Vergnügen, den Text der liturgischen Lieder auswendig zu lernen, die zum Klostertanz gesungen wurden. Seitdem das Training begonnen hatte, wartete sie ungeduldig auf die wöchentlichen Übungsstunden auf dem Platz vor dem Lhakang, obwohl es ihr nicht leichtfiel, sich die Schrittfolgen und Texte zu merken und gleichzeitig die große Trommel so aus dem Handgelenk zu drehen, dass die beiden Klöppel im richtigen Rhythmus anschlugen.

Plötzlich hob sie irritiert den Kopf. Sie hörte Schritte, die sie nicht kannte.

»Ich störe dich hoffentlich nicht.« Auf der Türschwelle stand Sönam.

Maili sprang auf. »Nein. Nein, natürlich nicht. Ich – ich bin beim Lernen. Komm herein.«

Sönam lachte. »O nein. Sonst haben sie zu viel zu reden.«

»Aber sie sind doch alle im Lhakang.« Maili wollte ihre Stimme ganz unschuldig klingen lassen, doch sie hörte selbst den verschwörerischen Ton darin.

»Lieber nicht«, sagte Sönam und blieb in der Tür stehen. »Ich habe dir etwas mitgebracht.« Er zog ein Heft aus seiner Umhängetasche. »Das ist meine Übersetzung des Textes von Shantideva, mit dem der Khenpo in eurem Kurs arbeitet. Ich dachte, du möchtest vielleicht ein bisschen mitstudieren.«

Maili nahm aufgeregt den Text entgegen und lächelte. »Wie schön! Dhanyabaad, Dudidschee, danke. Wollen wir uns vor die Tür setzen? Ich hab nur heißes Wasser in der Thermosflasche, nicht einmal Tee, den ich dir anbieten könnte.«

Sönam winkte ab. »Ich kann nicht lange bleiben. Aber ich bin froh, dass ich dich getroffen habe und dir den Text geben konnte.«

Die förmlichen Worte standen im Widerspruch zu seiner Stimme, die sanft und ein wenig unsicher klang.

»Ich begleite dich zur Straße hinunter«, sagte Maili, schlüpfte hastig in ihre Plastiksandalen und ordnete ihr Tuch.

Völlig ausgestorben wirkte das Kloster in der dünnen vormittäglichen Sonne. Die Hunde dösten im Staub, die heilige Kuh kletterte mit ihrem Kalb zwischen den Häusern herum und knabberte am spärlichen Wintergras, und die kleine Ziege, die eine der Nonnen mitgebracht hatte, stand unschlüssig da und vergaß, an ihrem Strick zu zerren.

Maili ging in einem kleinen Abstand neben Sönam die lange Treppe hinunter, wie betäubt von einem leidenschaftlichen Gemisch von Beseligung und Unruhe.

»Jetzt bin ich schon fast ein Jahr hier«, sagte sie.

»Es ging schnell vorbei«, erwiderte Sönam.

Für dich vielleicht, dachte Maili, doch wie lang wurde die Zeit für mich, in der ich vergeblich auf dich gewartet habe.

»Ich denke, es dauert lange, bis man sich an einem neuen Ort zu Hause fühlt«, sagte sie. »Ich bin immer noch eine Fremde.«

»Gefällt es dir nicht im Kloster?«

»Ich weiß nicht. Nein. Doch. Aber ich bin ja nicht hierhergekommen, damit es mir gefällt, sondern damit ich etwas lerne.«

»Ich habe dich immer in mein Sadhana einbezogen«, sagte Sönam beiläufig.

Maili lächelte. »Und ich habe dir Arya Tara geschickt. Vor allem im Winter, als es so kalt war.«

In einem wohligen, intimen Schweigen gingen sie nebeneinander her, solange der Weg es erlaubte. Als er steiler wurde, kletterte Sönam voran, und an einer schwierigen Stelle wandte er sich um und hielt Maili die Hände hin, um ihr zu helfen. Er weiß ebenso gut wie ich, dass ich die Hilfe nicht brauche, dachte Maili beglückt. Sie überließ sich seinem Griff, und einen Augenblick lang war sie ihm so nahe, dass sie seinen Atem auf ihrer Stirn spüren konnte. Ihre Hände lösten sich nur zögernd voneinander.

»Bei uns beginnen bald die großen Prüfungen«, sagte Sönam, als sie die Straße erreicht hatten. »Ich muss viel lernen.«

Maili zog die Schultern hoch, überwältigt von einem plötzlichen Gefühl wilder Hilflosigkeit. Er würde gleich in den Jeep einsteigen und wegfahren, und es gab nichts, womit sie dies verhindern konnte.

»Ich komme bald wieder«, sagte er leise, fast beschwörend, als habe er ihre Gedanken gehört. Ihre Blicke hielten einander fest. Der Schrei eines Hähers vertiefte die Stille, die sie wie ein schützender Wall umgab.

»Bitte«, erwiderte Maili. »Bald.«

»Vielleicht tauscht Wangyal mit mir. Er fährt auch oft hier rauf.«

Sönam berührte kurz ihre Schulter. Dann schloss er den Wagen auf und stieg ein, ohne ihr einen weiteren Blick zuzuwerfen.

Maili schaute dem Jeep nach, die Hände ineinander verkrampft. Er verschwand hinter einer Biegung und tauchte kurz danach auf einem tiefer liegenden Teil der Straße wieder auf. Maili wartete, bis sie ihn nicht mehr sehen konnte.

Während sie den Pfad zum Kloster hinaufstieg, summte sie ein Lied aus ihrer Heimat vor sich hin:

Ich will die Sonne sein, die dir Wärme gibt.
Ich will die Erde sein, die dich nährt.
Ich will der Regen sein, der dich wachsen lässt.
Ich will der Wind sein, der dich streichelt mit zärtlichen Fingern …

Wache über das Feuer, kleine Nonne, sonst verbrennst du dich! Maili erschrak ein wenig bei der Erinnerung an die hellsichtigen Worte der Yogini. Aber wollte sie denn nicht selig verbrennen in diesem Feuer? War sie nicht dabei, sich besinnungslos hineinzuwerfen wie der Nachtfalter in die Flamme der Butterlampe? Wollte sie nicht vergehen, sich auflösen, in Funken aufstieben und eins sein, eins mit Sönam, eins mit allem?

Maili setzte sich auf einen Fels am Rand des Pfades und schaute über das Tal in den leicht dunstigen blauen Himmel. Wie wäre es, wenn sie sich tatsächlich auflöste und blauer Himmel im blauen Himmel würde? Dann würde sie Sönam nicht mehr sehen, hören, berühren können. Doch sie würde Sönam sein. Sie würde alle und jeder sein. Sie würde auch Ani Wangmo mit ihrer untergründigen Trauer sein, und Ani Tsültrim, die Klosterleiterin, und die schöne Disziplinarin und Shimi und Deki und die alte Yogini und die Mörder ihrer Eltern.

Mailis Geist schien sich unendlich weit auszudehnen. Es lag nichts Bedrohliches darin. Im Gegenteil, es war zutiefst wünschenswert, sich so zu verlieren. Sie sah Sönam als Flamme, und auch sie selbst war eine Flamme, und die beiden Flammen verbanden sich zu einer einzigen, und dann kamen andere Flammen hinzu, bis ein endloses Flammenmeer den grenzenlosen Raum erfüllte, der Mailis Geist war.

Mit Verwunderung stellte sie fest, dass Tränen über ihre Wangen liefen und auf ihre Hände tropften. Sie lächelte und dachte: Ich laufe über. Ich koche wie ein Topf Tee und laufe über. Die Tränen wurden zu einem See, einem unendlich weiten See, und Maili wusste, dass dies der grenzenlose See des Mitgefühls war. Sie selbst war dieser See. Darin schwamm ein Fisch, und dieser Fisch war Sönam, und noch unzählige andere Fische schwammen darin, und alle waren sie fühlende Wesen.

Der durchdringende Klang des Muschelhorns holte Mailis Geist in die alltägliche Welt zurück. Mittag war längst vorbei, und das Muschelhorn rief zum nachmittäglichen Studienkurs in den Lhakang. Maili versuchte, sich in der Zeit zurechtzufinden. Wo waren die Stunden geblieben, seitdem Sönam abgefahren war?

Verwundert machte sie sich auf den Weg zu Ani Wangmos Zimmer zurück und versuchte, sich ihres Erlebnisses zu erinnern und es in Worte der Vernunft zu fassen. Doch was blieb, war hauptsächlich ein Gefühl unendlicher Sanftheit, fast der Trauer verwandt, und doch durchdrungen von einer ekstatischen Wahrnehmung der Schönheit aller Dinge.

Die Hündin Chungchung, hochschwanger, ein unförmiges kleines Ungeheuer, folgte Maili bis an die Türschwelle. Maili sah die Hündin an und fühlte Tränen aufsteigen. Chungchung warf sich auf die Seite, und ihr riesiger Bauch ragte wie ein Fremdkörper aus ihrem mageren Hundeleib heraus.

»Dummes kleines Wesen«, murmelte Maili und kraulte den vertrauensvoll gereckten Hals der Hündin. »Das war gewiss der misslaunige Rüde. Und du konntest nicht anders, obwohl du ihn fürchtest und wahrscheinlich hasst.«

Unvermittelt fielen Maili ihre Eltern ein, ihre Mutter, schwerfällig und vor Kreuzschmerzen seufzend, als sie mit dem kleinen Bruder schwanger war, und ihr Vater, der allzu schweigsame Mann, der die Mutter manchmal mit seinem seltsam ungerichteten Blick ansah, mit demselben hilflosen, besorgten, verständnislosen Blick, mit dem die heilige Kuh ihr Kalb betrachtete, das sich mutwillig von ihr entfernte und dabei kleine, furchtsame Laute ausstieß.

Nicht nur die gefühllose Grobheit Tserings hatte sie dazu bewegt, ins Kloster zu gehen, erkannte Maili. Mehr noch war es die ergebene, dem Schicksal ausgelieferte, gelegentlich aufbegehrende Grundstimmung ihrer Eltern, die sich, ohne dass sie es wusste, tief in ihr Gedächtnis eingegraben hatte. Sie waren gute, freundliche Eltern gewesen. Doch sie hatten gelitten. Ganz tief, ganz heimlich hatten sie zum Tod hin gelitten. Dawa und ihr Mann, noch aufgeregt über ihr erstes Baby, würden wohl bald das gleiche Bild bieten, ebenso wie alle anderen Bewohner des Dorfes und der anderen Dörfer und der kleinen Stadt mit der Busstation und die Bewohner Kathmandus und vielleicht sogar aller Dörfer und Städte der Welt.

»So ist das Leben, Chungchung«, sagte sie zu der Hündin und gab ihr die letzten der köstlichen Schokoladenkekse, die Shimi ihr geschenkt hatte. Die Hündin stürzte sich hastig darauf. »Manchmal gibt es Schokoladenkekse, aber im Übrigen lebt man einfach weiter und hofft, dass nichts Schlimmes geschieht. Sieh zu, meine Kleine, dass du als Mensch wiedergeboren wirst und Erleuchtung erlangst.«

Sie konnte ihre Mutter nicht mehr fragen, wie sie ihren Vater kennengelernt und wie ihre Ehe begonnen hatte. Der Gedanke, ihre Mutter könne eine ähnliche ekstatische Erfahrung gemacht haben, wie Sönam sie in ihr ausgelöst hatte, blitzte auf, doch sie schob ihn schnell beiseite. Das konnte nichts miteinander zu tun haben. Das war etwas ganz anderes, Außergewöhnliches, Einmaliges, mit nichts zu vergleichen und von niemand anderem zu verstehen. Oder doch?

Am Abend des folgenden Tages ging Maili zur Disziplinarin. Sie klopfte an die halb geöffnete Tür und fragte: »Ani-la, kann ich mit dir sprechen?«

Urgyen Ani saß auf ihrem Bett und hatte einen tibetischen Text vor sich aufgeschlagen, unverkennbar in seiner Form mit den breiten, losen Blättern.

»Komm herein, Maili. Setz dich.«

Urgyen Ani schlug einen Zipfel des Tuchs, auf dem das Buch lag, über die offenen Seiten. Maili ließ sich vor dem Bett auf einer Matte nieder.

»Wie kommst du mit deinem Tibetisch-Studium voran?«, fragte Urgyen Ani.

»Ganz gut«, erklärte Maili. »Shimi spricht jetzt oft Tibetisch mit mir. So geht es schneller.«

»Hast du Shimi gern?«

»O ja, natürlich. Alle haben Shimi gern.«

»Sie ist deine Freundin, ja?«

»Ja«, sagte Maili ein wenig erstaunt. »Ich bin froh, dass ich eine Freundin gefunden habe.«

»Ist alles in Ordnung?«, fragte die Disziplinarin mit ungewohntem Zögern.

»Aber ja. Was sollte nicht in Ordnung sein?«

Urgyen Ani antwortete nicht.

Maili wartete ein wenig und sagte dann: »Ich möchte über eine Erfahrung mit dir sprechen. Rinpoche hat gesagt, es sei wichtig, alle Erfahrungen als relativ zu betrachten. Das habe ich von Ani Wangmo gehört. Aber ist es nicht auch wichtig, dass wir unsere Erfahrungen verstehen?«

»Das schließt einander nicht aus«, erklärte Urgyen Ani.

»Diese eine Erfahrung war sehr wichtig für mich.«

Einen Augenblick lang fragte sich Maili, ob sie gut daran getan hatte, zu Urgyen Ani zu kommen.

»Erzähle«, sagte die Disziplinarin sanft.

Maili holte tief Luft. »Es war so: Ich schaute in den Himmel und hatte das Gefühl, dass ich mich auflösen wollte. Ich meine, ich wäre dann alle, eins mit allen – ich wäre du und Shimi und der

Rinpoche und Chungchung und so weiter. Und dann hatte ich das Gefühl, als sei ich eine Flamme, und alle anderen Wesen seien auch Flammen, und wir bildeten alle zusammen eine einzige Flamme oder eine Art flammenden Raum.«

Urgyen Ani sah sie lange und forschend an. »Wie kamst du darauf?«

Maili versuchte, ihre Hände ruhig zu halten, die an ihrem Tuch zupfen wollten. »Es fiel mir ein. Es fiel mir auch ein, dass ich dann eins mit den Mördern meiner Eltern wäre. Es war eigenartig. Ich fühlte, dass sie mit dem Mord an meinen Eltern ungeheuer großes zukünftiges Leiden für sich erzeugt hatten. Ich hoffte so sehr, dass sie nicht noch mehr Schlimmes tun.«

»Hast du diese Erfahrung in oder nach einer Meditation gemacht?«, fragte Urgyen Ani.

Maili zögerte. »Ich habe in den Himmel geschaut.«

Urgyen Ani lächelte. »Ich denke, es ist eine gute Erfahrung, Maili. Aber es ist nicht nötig, darüber nachzudenken. Lass es, wie es ist. Und versuche nicht, diese Erfahrung absichtlich wieder zu erzeugen.« Sie dachte ein wenig nach. »Vielleicht solltest du mit Rinpoche darüber sprechen. Ich werde ihn fragen.«

Maili erschrak. Sie befürchtete, dass der Rinpoche sie durchschauen würde. Mit einer trotzigen kleinen Bewegung richtete sie sich auf. Es gab nichts zu durchschauen. Sie durfte denken und fühlen, was sie wollte. Das war ihr gutes Recht.

Urgyen Ani lächelte vielsagend. »Fürchtest du dich vor Rinpoche?«

»Nein – ja. Ich meine, er ist doch nicht zum Fürchten.«

Urgyen Ani lachte laut auf. »Er sieht so viel. Das kann schon ein bisschen zum Fürchten sein.«

Maili richtete sich noch weiter auf. »Ich habe eine Menge Fehler, aber die kennt sowieso jeder. Ich mache meine Aufgaben nicht immer ordentlich, und ich träume, und manchmal habe ich eine Stinkwut auf Ani Wangmo, und außerdem habe ich ein großes

Mundwerk, das hat meine Mutter schon immer gesagt, und das weiß auch jeder. Ich meine, es wird sich herumsprechen. Denn bis jetzt konnte ich ja nicht auf Nepali sagen, was ich denke. Aber jetzt kann ich es.«

Urgyen Ani klatschte in die Hände. »Bravo, Maili, du hast wirklich viel gelernt.«

»Ich habe noch eine Bitte«, sagte Maili.

Urgyen Ani hob ihre schönen Augenbrauen.

»Ich möchte, dass du Ani Wangmo sagst, sie soll mir mehr Zeit für die Meditationspraxis geben. Sie verlangt, dass ich ständig lerne, und sie sieht es nicht gern, wenn ich dasitze und nichts tue. Sie sagt, ich träume nur.«

Urgyen Ani wiegte bejahend den Kopf. »Ich werde mit ihr reden. Aber glaube mir, Ani Wangmo ist nicht dumm.«

Maili ging nachdenklich den Weg zu Ani Wangmos Zimmer zurück. Sie würde sich Mühe geben mit der Meditation. Sie würde Urgyen Ani nicht enttäuschen und Ani Wangmo keinen Grund geben, sie der Träumerei zu bezichtigen.

Ani Wangmo lag auf ihrem Bett, als Maili zurückkam. Das war ungewöhnlich, denn es war die Zeit der Abendmeditation.

»Ich musste mit Urgyen Ani sprechen«, sagte Maili, »darum konnte ich meine Lektion noch nicht fertig lernen.«

»Schon gut«, antwortete Ani Wangmo mit matter Stimme. Ihr Gesicht sah grau aus im Schein der trüben Glühbirne.

»Bist du krank, Ani-la?«, fragte Maili.

»Nein, nein. Ich bin nur in letzter Zeit oft müde.«

»Wir sollten den Langnasen-Amchi holen.«

»Nenne ihn nicht Langnasen-Amchi, Maili. Das sagen nur die Kinder. Man sagt Doktor-aus-Amerika oder Doktor Bob.«

»Urgyen Ani hat gesagt, wir sollen es dem Komitee melden, wenn eine von uns krank ist.«

»Ich bin nicht krank«, murmelte Ani Wangmo.

Maili seufzte. Sie empfand es als beunruhigend, dass Ani Wangmo jetzt nicht Nepali mit ihr sprach, wie sie es sich zur Gewohnheit gemacht hatte, sondern in ihrer Muttersprache. Sie goss Tee aus der Thermoskanne in eine Tasse und reichte sie Ani Wangmo.

»Urgyen Ani hat gesagt, du sollst mir mehr Zeit für die Meditation lassen, die sie mir aufgegeben hat.«

»Ja, mach nur«, sagte Ani Wangmo kraftlos und drehte den Kopf zur Seite.

Maili setzte sich auf ihr Bett und begann mit der Übung des Ausatmens. Ani Wangmo schnarchte leise. Auf dem Berg schrie ein Nachtvogel. Maili bemerkte nicht, wie ihre Augen zufielen. Sie ging wieder mit Sönam den Pfad zur Straße hinunter. Er ergriff ihre Hände. Ihre Blicke hielten einander fest. Sie spürte seine Nähe und die kaum erträgliche Wonne des Gemischs von Sehnsucht und Scheu.

Als sie wieder aus ihrer Träumerei aufwachte, war sie ärgerlich auf sich selbst. Ani Wangmo hat recht, schalt sie sich, Maili Ani meditiert nicht, sondern verträumt nur ihre Zeit. Doch Urgyen Ani hatte gesagt, man solle einfach immer wieder von neuem beginnen. Ich werde einfach immer wieder von neuem beginnen, dachte Maili und lächelte vor sich hin, dann bleibt alles immer frisch.

Am nächsten Tag ging es Ani Wangmo noch immer schlecht. Aus ihren häufigen Gängen zum Klohäuschen schloss Maili, dass sie Durchfall hatte. Gelegentlicher Durchfall war im Kloster an der Tagesordnung. Maili überlegte, ob sie vielleicht das Wasser nicht lange genug hatte kochen lassen, doch sie war sich keiner Nachlässigkeit bewusst. Die Klosterleiterin betonte immer wieder, wie wichtig das lange Abkochen des Wassers sei, aber nicht alle Nonnen nahmen die Warnung ernst.

Maili gedachte, Ani Wangmos Unpässlichkeit zu genießen, denn so mild war ihre unfreiwillige Gefährtin sonst nie. Sie beschloss, ihre Zeit gut einzuteilen zwischen Lernen, Meditieren und

Träumen. Wenn sie sich ein gewisses Maß an Träumerei erlaubte, würde sie vielleicht die Meditation davon freihalten können.

Doch es wurde Maili schnell deutlich, dass der Drang zum Träumen stärker war als ihre guten Absichten. Und selbst wenn sie sich alle abschweifenden Gedanken verbot, befand sie sich doch zumeist in einem schlafwandlerischen Zustand, als habe sie eine berauschende Substanz in sich, die ihre Konzentration auseinanderfallen ließ wie Mehl ohne Wasser.

»Ani Tsültrim schickt dir diese Medizin«, sagte Maili und legte eine kleine Schachtel mit Tabletten auf Ani Wangmos Bett. Sie füllte eine Tasse mit Tee.

Ani Wangmo sah alt und müde aus. Sie schob die Tabletten weg. »Ich will keine westliche Medizin«, sagte sie.

»Sie hilft«, erklärte Maili nachdrücklich und presste zwei Tabletten aus der Folie. »Du möchtest doch auch, dass es dir bessergeht.«

Ani Wangmo wehrte ab, doch schließlich schluckte sie die Tabletten widerstrebend. Maili gefiel es, die Überlegene zu sein, doch zugleich stieg ein ungewohnt liebevolles Gefühl für die traurige, einsame Nonne, mit der sie dieses lange, schwere Jahr verbracht hatte, in ihr auf.

Nicht ohne Verwunderung hörte sie sich sagen: »Gibt es noch etwas, das ich für dich tun kann, Ani-la?«

Ani Wangmo sah sie lange an.

»Du bist ein gutes Mädchen«, sagte sie, und plötzlich verzog sich ihr Gesicht, als würde sie gleich zu weinen beginnen.

Maili sah erschreckt zur Seite. Ein Streifen der Nachmittagssonne fiel über die Steinplatten des Fußbodens und quer über Ani Wangmos Bett, ohne zu wärmen.

»Ich muss jetzt gehen«, erklärte Maili. »Wir üben den Tanz.«

An der Tür warf sie einen Blick auf Ani Wangmo zurück. Die Nonne schaute mit starrem Blick zur Decke.

»Gute Besserung, Ani-la«, sagte Maili.

Ani Wangmo gab nicht zu erkennen, dass sie es gehört hatte.

Die Nonnen holten die großen Handtrommeln aus der Kammer hinter dem Lhakang. Seit Wochen hatten die Novizinnen nun die Gesänge, die langsamen Tanzschritte und die Rhythmen der Trommeln geübt. Nun durften sie sich zum ersten Mal in den Kreis der Nonnen einreihen und mittanzen. Bald fügten sich Gesang, Tanzschritte und Trommelrhythmus so leicht und mühelos ineinander, dass sich Maili als natürlicher Teil der inneren Dramaturgie des Rituals fühlte.

Wieder breitete sich das Gefühl des Nicht-Getrenntseins in ihr aus, verbunden mit der Gewissheit großer innerer Kraft. Sie sah Shimi neben sich, und es war nicht die runde, lustige Shimi, die tanzte, sondern eine ernste junge Frau mit großer Anmut und Würde. Ein Blick in die Runde der Nonnen bot das gleiche Bild von Würde und berührender Schönheit. Urgyen Ani tanzte wie eine Königin, mit einer selbstvergessenen Vollkommenheit der Bewegungen. Maili überließ sich dem Zauber der langsamen Drehung des Kreises, dem sich viele andere, unbenennbare Wesenheiten anschlossen, unsichtbar, aber wahrnehmbar mit den inneren Sinnen, die gegenüber den äußeren Sinnen mehr und mehr die Oberhand gewannen, je tiefer sich die Sonne senkte. Im Zwielicht wurden die Nonnen zu Schatten am hellen Himmel, schwebende Himmelstänzerinnen, getragen von den Wellen ihrer Trommelrhythmen.

»Du tanzt so gut, als hättest du dein Leben lang nichts anderes getan«, sagte Urgyen Ani zu Maili, als sie die Trommeln wieder aufräumten. »Das hast du wohl aus deinem früheren Leben mitgebracht.«

Maili lächelte beglückt. »Eines Tages möchte ich tanzen können wie du.«

Urgyen Ani legte Maili leicht den Zeigefinger auf die Nasenspitze. »Keine Vergleiche, Maili. Lässt sich die eine Hingabe mit der anderen vergleichen? Hingabe ist Hingabe.«

In der Nacht schreckte Maili auf. Ani Wangmo sprach im Schlaf.

»Meine Kinder«, murmelte sie mit jammernder Stimme. »Gebt mir meine Kinder wieder.«

»Ani-la«, sagte Maili laut. Sie zündete eine Kerze an und setzte sich an den Rand von Ani Wangmos Bett.

Ani Wangmo schlug die Augen auf. Groß und glänzend lagen sie in dunklen Schattenkreisen.

»Du hast im Schlaf gesprochen, Ani-la. Du hast von deinen Kindern gesprochen.«

»Meine Kinder«, flüsterte Ani Wangmo. »Ach, meine Kinder. Ich war eine schlechte Mutter, und ich war eine gute Mutter. Immer liebten sie mich.«

Maili versuchte vergebens, den Sinn dieser Wort zu verstehen. Ani Wangmos Blick wirkte klar, und doch klang es, als spräche sie im Traum.

»Brauchst du etwas, Ani-la?«

»Mein Leben«, flüsterte Ani Wangmo. »Ich habe mein Leben gesucht.«

»Ani-la, bist du krank?«

»Hör mir zu, Kind. Träume nicht. Träume sind gefährlich. Sie stehlen dir dein Leben. Sie fangen dich ein und lassen dich nicht mehr los, und sie rauben dir die Kraft.«

Ani Wangmo schloss die Augen. Maili fühlte eine Welle von Panik in sich aufsteigen. Sprach hier die Hellsichtigkeit einer Sterbenden?

»Ani-la, was meinst du damit?«

Ani Wangmo antwortete, ohne die Augen zu öffnen. »Du weißt es, Maili. Du weißt es.«

Maili wartete noch eine Weile, doch Ani Wangmo schien wieder zu schlafen. Maili kehrte in ihr Bett zurück. Suche ich mein Leben in Träumen? fragte sie sich.

# 5

Am Morgen des ersten freien Tages stürzte Shimi in Ani Wangmos Zimmer. »Maili, komm schnell. Wangyal nimmt uns mit dem Jeep in die Stadt hinunter. Wir könnten unten übernachten.«

Maili legte den Finger auf den Mund, doch Ani Wangmo war bereits aufgewacht.

Shimi legte um Verzeihung bittend die Hände vor der Brust zusammen. »Namasté, Ani-la. Habe ich dich aufgeweckt? Es tut mir leid.«

Ani Wangmo hob leicht die Hand. »Ich liege zurzeit oft nutzlos herum«, sagte sie in ihrer üblichen flachen Tonart.

»Ani-la ist krank und will den Arzt nicht holen«, erklärte Maili. »Ich möchte sie nicht allein lassen.«

Ani Wangmo stützte sich auf den Ellenbogen. »Unsinn, Maili. Du gehst mit in die Stadt. Ihr habt nicht viele freie Tage.«

Shimi warf Maili, die unschlüssig in der Mitte des Zimmers stand, einen erstaunten Blick zu.

Ani Wangmo ließ sich zurückfallen. »Dann habe ich das Zimmer einmal für mich allein.«

Shimi drängte: »Wangyal und die anderen sind schon auf der Straße unten. Kommst du?«

Maili nahm ihr Tuch und ihre Umhängetasche und folgte Shimi nach draußen. Auf der Türschwelle blieb sie noch einmal stehen. »Brauchst du mich wirklich nicht, Ani-la?«

Ani Wangmo gab keine Antwort.

Shimi lief eilig den steilen Pfad zur Straße hinunter. Maili folgte ihr trotz aller hoffnungsvollen Vorfreude auf die Möglichkeit, Sönam zu begegnen, mit einem Gefühl leiser Bedrückung.

»Ich mache mir Sorgen um Ani Wangmo«, sagte sie.

»Ani Wangmo ist kein kleines Kind«, rief Shimi über die Schulter zurück und tänzelte in ihren Plastiksandalen waghalsig über die groben, in den Lehm geschnittenen Stufen des Trampelpfads, die der Monsunregen bald wieder auswaschen würde.

»Aber sie will einfach nicht einsehen, dass sie krank ist, und sie will auch keine Medizin nehmen.«

»Es tut ihr sichtlich gut, krank zu sein«, sagte Shimi lachend und schwenkte übermütig ihre Tasche. »Sie ist fast menschlich geworden.«

»Man soll niemandem etwas Schlechtes wünschen«, sagte Maili und zog an Shimis Tuch.

Shimi schrie fröhlich auf: »Maili Ani, du wirst so eine perfekte, tugendhafte Nonne sein, das Vorbild aller und unerträglich langweilig.«

»Und du, Shimi Ani, kommst in die Hölle-für-einen-Tag, wenn du deinen Mund nicht halten lernst.«

In Wangyals Jeep saßen bereits mehrere Nonnen. Shimi zwängte sich dazu, nahm Maili auf den Schoß und drückte sie an sich.

Ich habe eine Freundin, dachte Maili glücklich, eine richtige beste Freundin. Und ich fahre in die Stadt, und bei der Khora um die Stupa werde ich Sönam treffen, und ich werde in Ohnmacht fallen vor Freude.

Vorher würde sie Schokoladenkekse und Granatäpfel für Ani Wangmo kaufen und Wolle für den Webrahmen, den der alte Schreiner des Klosters für sie zusammengefügt hatte. Einen kleinen Teppich für Sönam wollte sie weben, so dass er immer an sie dachte, wenn er sich daraufsetzte. Er würde ihm gefallen. Alle im Dorf hatten ihre Teppiche gelobt.

»Morgen fahren keine Busse«, erklärte Wangyal, als die Nonnen am Eingang zur Stupa ausstiegen. »Seht zu, dass ihr frühzeitig aus der Stadt herauskommt. Es ist Streiktag, da wird es ungemütlich werden.«

Shimi traf bei der Khora wie immer viele Bekannte, mit denen sie plauderte, während Maili ihre Runden drehte und bei jeder Gruppe junger Mönche, die auftauchte, nach der schlanken Gestalt Sönams Ausschau hielt. Doch Sönam war nirgendwo zu sehen, und schließlich konnte sie den Aufenthalt bei der Stupa mit keiner Ausrede mehr hinauszögern.

Die beiden Freundinnen fuhren mit dem Bus zu Shimis Verwandten. Diesmal waren deren Männer, die auswärts arbeiteten, zu Hause. Alle redeten fröhlich durcheinander, so dass Mailis Schweigen nicht auffiel. Maili, dein Geist ist so unberechenbar wie der Schwanz einer Kuh, sagte sie zu sich selbst. Vorher noch jubelnd vor Vorfreude, jetzt ganz welk vor Trauer. Maili, zähme deinen Geist!

Nach dem Essen schaltete eine der Frauen den Musikapparat an, und sie hörten Musik, die so ähnlich klang wie die Musik aus Tserings kleinem Apparat mit den Ohrstöpseln. Alle außer den beiden Nonnen tranken Chang. Maili erzählte Shimi flüsternd von ihrem letzten Tag vor dem Eintritt ins Kloster, den sie im Haus der Tante des Schullehrers verbracht hatte.

»Du bist voller Überraschungen, Maili Ani«, sagte Shimi und brach in schallendes Lachen aus. »Ich glaube, du bist die einzige Nonne in unserem Kloster, die mit einem Kater angetreten ist.«

Sie richteten sich wie beim letzten Besuch auf der Bettbank in der Küche für die Nacht ein. Es war stickig in dem kleinen Raum, und Maili rümpfte die Nase über die schweren Gerüche der Stadt. Sie faltete ihre Kleider zusammen, schlüpfte unter das Leintuch und rollte sich zu ihrer Schlafstellung zusammen. Shimi legte sich hinter sie. Maili spürte die vollen Brüste der kleinen Nonne an ihrem Rücken. Eine Hand strich sanft über ihre Hüfte und ihren Bauch.

»Was machst du?«, fragte Maili beunruhigt.

»Streicheln«, sagte Shimi leise lachend. »Das ist doch schön, oder nicht?«

Maili war nicht sicher, ob sie es schön fand. Auf jeden Fall war es verwirrend. Die Hand wanderte tiefer.

»Nicht«, sagte Maili und schob Shimis Hand weg.

»Warum nicht?«, flüsterte Shimi an ihrem Hals. »Du machst es doch auch allein. Warum sollen wir es nicht zu zweit machen?«

»Nein, das will ich nicht.«

»Aber du machst es doch allein, nicht wahr?«

»Manchmal«, gestand Maili widerwillig ein. »Aber es ist nicht gut.«

Shimi lachte leise. »Gut oder nicht gut – alle tun es. Es ist natürlich.«

Maili wandte sich Shimi zu. »Machen es wirklich alle?«

Shimi unterdrückte ein Auflachen. »Was glaubst du? Dass du die große Ausnahme bist?«

»Aber es ist nicht gut für die Energie«, sagte Maili, obwohl sie nicht genau wusste, was das bedeutete. Sie hatte es gehört, und sie hatte es geglaubt.

»Das gilt nur für Männer«, erklärte Shimi und streichelte Mailis Brust.

»Aber die Regeln ...«, warf Maili ein und schob Shimis Hand wieder weg.

»Ach Maili, wer alle Regeln einhält, ist geisteskrank.«

»Ich weiß nicht. Wir sind doch Nonnen – ich meine, ich bin es bald.«

»Und was heißt das?«

»Ich verstehe dich nicht, Shimi.«

Die kleine Nonne strich sanft über Mailis Wange. »Wir sind im Kloster, damit wir nicht heiraten müssen und unsere Zeit für Studium und Meditation verwenden können, anstatt für einen Haushalt und Kinder zu sorgen und einem Mann als Spielzeug zu dienen. Ich möchte mein Leben damit verbringen, meinen Geist zu befreien. Deshalb bin ich Nonne geworden. Aber unsere Regeln wurden nicht von Frauen für Frauen gemacht, sondern von Männern, und sie haben uns noch einen Sack voller Regeln mehr gegeben als sich selbst.«

Maili schwieg. Das hatte sie nicht gewusst. Und es gefiel ihr nicht.

Shimi fügte hinzu: »Unser Rinpoche hat oft gesagt, dass Einsicht letztlich wichtiger ist als äußeres Verhalten. Nur das Wissen um die reine Natur des Geistes geht über das Relative hinaus. Verhalten ist relativ. Ich meine, Verhaltensregeln sind schon in Ordnung. Aber es ist nötig, dass man ihre Relativität erkennt.«

Ani Wangmo hatte Maili ein wenig Unterricht in buddhistischer Philosophie gegeben, und so wusste Maili um die zwei Seiten der einen Wahrheit, die relative Wahrheit und die grundlegende Wahrheit. Doch Shimis Anwendung dieser Lehre empfand sie als sehr beunruhigend.

»Ich kann mir nicht vorstellen, dass alle so denken wie du.«

Shimi stützte sich auf den Ellenbogen. »O nein, gewiss nicht«, sagte sie. »Nur ich und Ani Pema. Ani Pema ging lange zur Schule und spricht die Sprache der Westler. Sie sagt, die haben ein Wort für solche wie uns: Dissidenten.«

»Wer ist Ani Pema? Ich kenne sie nicht.«

»Sie ist gerade in Amerika. Freunde ihrer Familie, die dort leben, haben sie eingeladen.«

»Machst du das mit Ani Pema – streicheln?«

»Nein, Maili, in Ani Pema bin ich nicht verliebt.«

»Frauen verlieben sich doch in Männer.«

»Nicht alle. Von zweien unserer Anis aus Manang weiß ich sicher, dass sie ein Paar sind. Niemand spricht darüber. Aber ich weiß es.«

»Woher willst du das wissen?«

»Ich sehe es. Ich spüre es. Ich bin eine von ihnen.«

»Du bist doch nicht aus Manang.«

»Nein, Dummerchen, aber ich gehöre zu denen, die sich in Frauen verlieben.«

Maili setzte sich auf. Im schwachen Schein einer Straßenlampe sah sie die Umrisse der Freundin, die vor ihren Augen immer deutlicher wurden und sich dabei seltsam verwandelten. Die Gestalt der Nonne verschob sich, als zwinge sie eine unerklärliche Kraft in ständig neue Formen. Sie wurde zu Gestalten einer unerklärlichen Erinnerung, mit deren Erscheinung sich ganze Leben verbanden, die sich vor Maili in einem einzigen Augenblick entfalteten. Ein tiefes Verstehen breitete sich in ihr aus, ein Wissen ohne Worte, warum die kleine Nonne so war, wie sie war.

»Gib acht, dass du nicht in deinem Spiegelbild verlorengehst«, sagte Maili unvermittelt, und in ihrer Stimme lagen Klarheit und Festigkeit. Plötzlich waren die Rollen vertauscht. Shimi verlangte nicht nach einer Erklärung. Sie schwieg im Bann der sonderbaren Ausstrahlung, die von Maili ausging. Maili beugte sich vor und berührte mit ihrer Stirn die Stirn der Freundin – die traditionelle Geste respektvoller Intimität. Dann richtete sie sich wieder auf und begann leise das Mantra der Tara zu singen. Über ihnen entfaltete sich im strahlenden Raum das Bild der Gottheit und hüllte sie ein in ihr weiches, grünes Licht. »OM TARA TUTTARE TURE SVAHA«, sang Maili, und wie ein stiller See breitete sich Zärtlichkeit aus über dem Schmerz des Getrenntseins.

Als sie morgens erwachten, versenkten sie die Erlebnisse der vergangenen Nacht in Schweigen und rührten nicht mehr daran.

Der Morgen zog sich in die Länge. Die beiden Frauen aus Shimis Verwandtschaft hatten viel zu erzählen und zu klagen, und Shimi war eine offene, aufmerksame und liebevolle Zuhörerin. Maili war gerührt von der Erkenntnis, dass ihre Freundin die Tugend der Großzügigkeit in ganz unmittelbarer Weise lebte. Shimi schien sich selbst völlig zu vergessen im Zuhören. Gleichzeitig teilte sich den Frauen etwas von der aufmerksamen, urteilsfreien und freundlichen Ausstrahlung mit, die von der kleinen Nonne ausging. Die Art, wie sie erzählten und ihre Lage darstellten, veränderte sich. Was als Klagelitanei alleingelassener Frauen begonnen hatte, entwickelte sich zu einer überlegteren Betrachtung ihrer Situation und der Möglichkeiten, etwas Gutes aus ihr zu machen.

Erst als Maili und Shimi zur Bushaltestelle gingen, erinnerten sie sich an Wangyals Warnung. Anstatt des üblichen starken Verkehrs herrschte eine bedrohliche Stille in den Straßen. Die Läden waren geschlossen und durch heruntergelassene Rollläden oder durch Tür- und Fensterläden gesichert. An den Straßenecken standen Trauben von Männern im Schatten der Häuser, rauchend, wartend, angespannt. Keine Frau war zu sehen.

Maili zog den Kopf zwischen die Schultern und hielt Shimis Hand ganz fest. »Ich hab Angst«, flüsterte sie.

»Drüben über dem Fluss ist es sicher besser«, sagte Shimi.

Doch zunächst wurde es schlimmer. Sie mussten zu Fuß quer durch die Stadt gehen, und ihr Weg führte über eine Brücke, auf der ihnen eine Woge demonstrierender Männer mit Spruchbändern und Plakaten entgegenkam. Maili und Shimi verließen schnell die Brücke und flüchteten in einen Hauseingang, um die Demonstranten vorbeizulassen.

»Was schreien sie denn?«, fragte Maili. »Ich verstehe es nicht.«

»Sie schreien: Sieg der Kommunistischen Partei«, sagte Shimi. »Sie wollen sich mit den Chinesen verbünden. Wie schrecklich dumm sie sind.«

Maili hatte noch nie so viele Menschen auf einmal gesehen. Es ging eine Bedrohung von der Masse aus, die sie zutiefst erschreckte. Sie drückte sich neben Shimi gegen die Haustür und zupfte am Tuch der Freundin. »Gibt es keinen anderen Weg?«

»Nein, das würde zu lange dauern. Außerdem können wir hier nicht mehr weg. Die Polizei ist hinter uns.«

Shimi trat einen halben Schritt zur Straße vor und winkte einem der demonstrierenden Männer zu. »Warum wollt ihr diese Partei?«, rief sie. »Was ist gut daran?«

Der Mann rief im Vorbeilaufen zurück: »Sie gibt uns Häuser und Autos.«

»O ihr Götter!«, sagte Shimi seufzend. »Ich sagte es ja – sie sind entsetzlich dumm.«

Maili wollte fragen, was es mit dieser Partei auf sich habe, doch der Tumult auf der Straße lenkte sie ab. Sie hörte wildes Geschrei, und einige Männer machten kehrt und rannten über die Brücke zurück. Shimi griff nach Mailis Arm und zog sie mit sich ebenfalls auf die Brücke.

»Komm schnell!«, rief sie. »Sonst dauert es noch ewig.«

Maili packte mit der einen Hand ihre Tasche und hielt mit der anderen ihren Rock hoch. So schnell sie konnten, folgten sie den fliehenden Demonstranten. Die Brücke schien kein Ende zu nehmen. Maili hatte das Gefühl, als würde ihr Kopf vor Panik bersten. Sie hörte ein entsetzliches, pfeifendes Geräusch und dann einen gewaltigen Donner. Sie sah Häuser in Flammen aufgehen. Ein Bombenangriff! Aus einem brennenden Haus rannten brennende Menschen. Einige warfen sich aus den Fenstern und schlugen auf dem Gehsteig auf. Eine Mutter lief laut weinend mit ihrem toten Kind auf dem Arm die Straße entlang. Maili wusste ganz tief innen, das war der Krieg.

Doch plötzlich befand sie sich am Ende der Brücke. Nirgendwo waren brennende Häuser zu sehen. Die Demonstranten auf der anderen Seite hielten ihre Stellung. Wieder brüllten sie ihren Spruch im Takt.

Shimi wandte sich Maili zu und blieb erschreckt stehen. »Was ist los, Maili?«, fragte, sie. »Geht es dir nicht gut?«

Maili öffnete und schloss den Mund, ohne ein Wort herauszubringen. Shimi zog sie weiter, bis sie sich auf einer kleinen Straße befanden, die am Fluss entlangführte. Sie setzten sich an den staubigen Straßenrand, von wo aus sie den Fluss und die Brücke überblicken konnten. Die Brücke war leer. Die Demonstranten waren weitergezogen. Nur noch von fern hörte man Geschrei.

»Ich habe etwas Furchtbares gesehen«, sagte Maili und begann zu weinen.

Shimi legte den Arm um sie und wiegte sie hin und her. Von Schluchzen unterbrochen versuchte Maili, ihren Alptraum auf der Brücke zu beschreiben. »So etwas habe ich einmal bei Ani Pema im Fernsehen gesehen«, sagte Shimi. »Pema hat gesagt, es gibt ständig Krieg auf der Welt.«

»Warum sehe ich so etwas?«, fragte Maili.

Shimi hob die Schultern. »Das kommt vor. Aber nicht bei mir; ich hab ein dickes Fell.«

Shimi fuhr über Mailis Haare, die bald wieder dem Rasiermesser zum Opfer fallen würden. »Lass uns gehen, sonst dauert unser Heimweg bis heute Abend.«

Ein Lastwagen nahm die beiden jungen Nonnen mit zur Ortschaft am Fuß des Klosterberges. Während des langen Weges hinauf zum Kloster erzählte Shimi alles, was sie von Ani Pema über die politische Weltlage wusste. Sie beschrieb die Annexion Tibets durch die Chinesen, die Zerstörung der Klöster, die Morde an den Klosterinsassen, die Qualen und den langsamen Tod in den Arbeitslagern, die Foltern in den Gefängnissen von Lhasa, die Zwangsabtreibungen und Zwangssterilisierungen.

»Ich wusste das alles nicht«, sagte Maili fassungslos. »Ich hab gesehen, wie man tibetische Flüchtlinge gefangen nahm. Aber ich hab nicht weiter nachgefragt. Ich bin so selbstsüchtig.«

»Wir können nicht ununterbrochen an alles Leiden in der Welt denken«, sagte Shimi. »Ich glaube, das wäre ungesund. Nimm sie alle mit in deine Meditation. Das hilft.«

Maili seufzte. O Arya Tara, dachte sie, du wirst viel zu tun bekommen in der nächsten Zeit.

Der Monsun stand bevor, und noch immer war Sönam nicht auf den Berg gekommen. Die tägliche Hoffnung, er möge erscheinen, und die Enttäuschung, wenn wieder ein Tag ergebnislosen Wartens vergangen war, hatte Mailis Erinnerung an das qualvolle Erlebnis auf der Brücke gnädig überlagert. Eine Weile waren die Schreckensbilder in ihren Träumen wiedergekehrt, doch immer hatte Maili während des Träumens daran gedacht, Arya Tara zu rufen, und mit dem Erscheinen der Gottheit waren die grauenvollen Szenarien verschwunden.

Das Warten auf Sönam hatte sogar ihre Ordination in den Schatten ihres Bewusstseins gedrängt. Es war keine großartige Angelegenheit gewesen. Sie hatte vor den versammelten Nonnen das Einhalten der Regeln gelobt, und dann wurde gefeiert – und das hieß, es wurde viel gegessen. Üblicherweise war es die Aufgabe der Familie einer Neuordinierten, alle Nonnen zu bewirten und zu beschenken, doch da Maili, wie so viele andere, nichts besaß, hatte das Kloster für das Fest gesorgt.

Maili arbeitete an ihrem Webrahmen und ließ ihre Gedanken zurückwandern – waren es sieben Tage oder zehn oder elf? – zu dem Ritual, das ihr zukünftiges Leben festgelegt hatte. Jetzt müssen alle Ani zu mir sagen, dachte sie. Aber ich fühle mich nicht im Geringsten anders als zuvor. In Wirklichkeit wurde ich Nonne an dem Tag, als ich mich entschloss, hierherzukommen. Und vielleicht war das schon früher, im vorigen Leben …

»Lies mir bitte aus der Übersetzung von Shantideva vor, die Sönam dir gebracht hat«, bat Ani Wangmo. »Ich hab so viel von dem Studienkurs verpasst.«

Maili legte ihren Webrahmen beiseite und holte den Text aus dem Regal.

»Ich weiß nicht, woher diese Müdigkeit kommt«, seufzte Ani

Wangmo. »Selbst das Lesen fällt mir schwer. Es wird die Hitze sein.«

Maili zog eine Sitzmatte zur Tür hin, um den Rest des Tageslichts auszunützen, und fragte: »Was soll ich lesen, Ani-la?«

»Das Kapitel über Geduld«, antwortete Ani Wangmo.

Maili suchte das Kapitel und begann vorzulesen:

Was immer wir an guten Handlungen
– wie Verehrung der Buddhas oder großzügiges Verhalten –
in tausend Zeitaltern angehäuft haben,
ein einziger Augenblick des Zornes wird ihn zerstören.

Es gibt kein Übel, das schlimmer ist als Hass,
und keine Geisteskraft, die größer ist als Geduld.
So sollte ich in jeder Weise
lernen, Geduld zu entfalten.

Mein Geist wird keinen Frieden finden,
wenn er Gedanken des Grolls nährt.
Weder Freude noch Glück werde ich erfahren;
die Unruhe wird mich um den Schlaf bringen.

Ein Meister, der Hass in sich trägt,
läuft Gefahr, durch diejenigen
sein Leben zu verlieren,
deren Wohl und Glück von seiner Gnade abhängen.

Maili hielt inne und fragte: »Ani-la, warum ist in diesem Text so viel von Zorn und Hass die Rede? Ich habe ihn bis zu Ende gelesen. Es geht dauernd so weiter.«

»Es gibt so viel davon auf dieser Welt«, seufzte Ani Wangmo, »darum.«

»Aber das weiß doch jeder, dass es nicht gut ist, zornig und gehässig zu sein. Ich möchte gern richtige Lehren kennenlernen.«

»Du meinst, das seien keine richtigen Lehren?«

»Ich meine, richtige Lehren erklären, warum man sich so oder so verhält, und sagen genau, was man mit seinem Geist tun kann – und nicht nur, was man tun und lassen soll.«

»Ach, Maili, junge Menschen sind so ungeduldig ... Lies noch etwas vor.«

»Was möchtest du hören?«

»Schlage irgendwo auf. Wo du willst.«

Maili ließ die Blätter auseinanderfallen und las:

Da Geringschätzung, rohe Sprache
und unfreundliche Worte
meinem Körper keinerlei Schaden zufügen,
warum, Geist, wirst du so zornig?

Weil andere mich nicht mögen, antwortet er.
Doch da mir dies weder in diesem
noch in einem anderen Leben schaden wird,
weshalb leide ich daran?

Es ist besser, dass ich heute sterbe,
als ein langes Leben voll schlechten Tuns zu verbringen;
denn auch wenn ich lange lebe,
werde ich dem Leiden des Todes nicht entgehen.

Nehmen wir an, jemand erwacht aus einem Traum,
in dem er hundert Jahre Glückseligkeit erfuhr,
und nehmen wir an, ein anderer erwacht aus einem Traum,
in dem er nur einen Augenblick des Glücks erfuhr:

Für beide, die aufgewacht sind,
wird dieses Glück niemals zurückkehren.
Ebenso gilt: Ob ich ein langes oder kurzes Leben hatte,
im Tode ist es ausgelöscht.

Maili hielt inne. »Ani-la, ist es denn nicht gut, glücklich zu sein? Der Buddha hat doch gelehrt, wie man Leiden überwinden kann – und dann ist man glücklich. Ist es nicht so?«

Ani Wangmo sah Maili eindringlich an. »Es heißt: ›Die Natur des Geistes ist reines Glück.‹ Doch wir suchen ein Glück, das davon abhängig ist, dass unsere Wünsche erfüllt werden. Diese Art von Glück ist immer die andere Seite des Leidens – wie die zwei Seiten einer Münze. Und wie eine Münze nie nur eine Seite haben kann, kann dieses Glück nie ohne Leiden sein.«

»O ja«, sagte Maili eifrig, »das verstehe ich. Wenn ich hoffe, dass meine Wünsche erfüllt werden, muss ich auch befürchten, dass sie nicht erfüllt werden.« Sie dachte an die letzte Fahrt in die Stadt und an ihre Enttäuschung, als sie Sönam nicht begegnete. »Hoffnung und Furcht sind so mächtig!« Maili war so sehr im Bann dieser Erinnerung, dass sie sich des Nachdrucks nicht bewusst war, mit dem sie sprach.

Sie hörte ein leises Seufzen aus dem Halbdunkeln. »Ja, sie sind mächtig.«

Ani Wangmo schwieg, doch Maili zögerte weiterzulesen. Sie wollte das Gespräch fortsetzen. Endlich erfuhr sie etwas von Buddhas Lehren.

»Und was kann man dagegen tun?«, fragte sie.

»Die Natur des Geistes erkennen. Meditieren.«

»Hast du die Natur des Geistes erkannt, Ani-la?«, fragte Maili arglos.

Ani Wangmo schwieg. Es war ein lastendes, schmerzhaftes Schweigen. Was für eine gedankenlose Frage, dachte Maili, ärgerlich auf sich selbst. Wenn sie die Natur des Geistes wirklich erkannt hätte, wäre sie glücklich und nicht so eine traurige und mürrische alte Nonne.

»Ich weiß es hier«, sagte Ani Wangmo schließlich mit schwacher Stimme und deutete auf ihren Kopf, »aber nicht hier.« Ihre kraftlose Hand legte sich auf ihre Brust. »Es ist ein langer Weg. Einmal kurz erkennen reicht nicht. Man muss dabeibleiben können. Deshalb meditieren wir. Und jetzt lass mich schlafen.«

Maili sah Sönam mit dem alten Khenpo die Treppe heraufkommen, als sie nach der Morgen-Puja mit den anderen Nonnen den Lhakang verließ. Mit der Ruhe, die der Sicherheit langer Planung entspringt, zog sie sich unauffällig hinter den Lhakang zurück. Von dort aus konnte sie beobachten, wie Sönam den Khenpo zu dem Häuschen nahe dem Hauptgebäude begleitete, in dem der Lehrer immer wohnte. Dann wandte sich Sönam dem Eingang an der Seite des Tempelgebäudes zu. Schnell schlüpfte Maili in das dunkle Treppenhaus. Sönam, die Augen noch voller Sonne, erkannte sie nicht und wollte ihr Platz machen.

»Ich warte unten beim Jeep auf dich«, flüsterte Maili hastig.

Er blieb stehen, und mit einer spontanen Geste hob er die Hand und berührte ihre Wange. Einen glühenden Augenblick lang legte Maili ihre Hand auf die seine. Dann lief sie eilig hinaus und rannte vor Aufregung zitternd über den Klosterhof. Nichts durfte jetzt dazwischenkommen, niemand durfte sie aufhalten. Sie wählte den kleinen Weg am Haus der westlichen Schüler vorbei und zwängte sich dann durch die Büsche zu dem kaum sichtbaren Trampelpfad, der durch die häufigen Gänge zu ihrem Versteck entstanden war. Den geeigneten Abstieg vom Versteck zur Straße hatte sie gründlich erkundet. Mehrfach war sie hinunter- und wieder hinaufgeklettert, um sich den Weg genau einzuprägen. Der Einstieg lag weit unten am Pfad, der von der Straße zur langen Treppe des Klosters führte.

Hinter Büschen verborgen wartete sie. Es dauerte nicht lange, bis sie Sönam in sichtlicher Eile den Pfad herabkommen sah. Sie trat ihm mit angehaltenem Atem entgegen. Ihre Blicke stürzten ineinander.

»Lass uns hier weggehen«, sagte Maili. Sie lief voran und kletterte behende zu ihrem Versteck empor, wo der Baum seinen kühlenden Schatten auf den Stein warf. Einen der dichten Büsche, die den Platz einsäumten, hatte Maili beseitigt, um freien Ausblick auf das Tal zu haben.

»Hier habe ich mein eigenes Zimmer«, sagte sie und breitete die Arme aus. »Es gehört nur mir und den Leoparden.«

Sönam trat auf sie zu, legte sanft die Arme um sie und zog sie an sich. Sie umfing ihn mit derselben Zartheit und ließ ihre Hände still auf seinem Rücken ruhen. Sie spürte die straffe Haut seines Halses unter ihren Lippen. Seine Brust hob und senkte sich wie die ihre im schnellen Atem. Unwillkürlich passte sich ihr Atemrhythmus dem seinen an. So standen sie lange bewegungslos, im Gleichklang atmend.

Sehr langsam, doch ohne Zögern lösten sie sich voneinander und setzten sich auf den großen Stein. Sie wagten einander nicht anzusehen. Ihre Hände glitten vorsichtig tastend ineinander. Maili ließ ihren Kopf auf Sönams Schulter sinken, und er lehnte seine Wange dagegen. All dies geschah in einer einfachen, fließenden Weise, wie das Wasser eines ruhigen Flusses ohne Hast der Form seines Bettes folgt.

Maili überließ sich der Seligkeit der Auflösung. Sie sah sich als einen anderen, lichteren Körper, der zwar ihre Form, jedoch keine festen Grenzen hatte, und dieses Licht verschmolz mit dem Licht, das Sönam war. Dieser gemeinsame Körper ging in das Licht des Baumes über, unter dem sie saßen, und so setzte es sich weiter fort als ein unendliches, strahlendes Ausdehnen in die klingende, ekstatische Stille des frühen Tages.

Ein Rascheln im Gebüsch ließ Mailis Geist in die Begrenzung

ihres Körpers zurückschlüpfen. Unvermittelt blickte sie in die kleinen starren Augen eines Vogels.

Sönam drückte ihre Hand und richtete sich auf. »Unten wartet man auf mich«, sagte er. »Ich habe die Zeit vergessen.«

»Ich habe mich selbst vergessen«, flüsterte Maili.

Sönam hob ihre Hand und führte sie an seine Stirn, eine anmutige Geste der Wertschätzung.

»Ich trage dich in meinem Herzen«, sagte er.

»Ich trage dich in meinem Herzen«, erwiderte Maili.

Der junge Mönch wandte sich um und verschwand zwischen den Büschen, die den Abhang bedeckten. Maili unterdrückte den Impuls, ihm zu folgen. Ein verlängerter Abschied hätte Schmerz erzeugt. Sie wollte die Begegnung in ihrem Geist bewahren wie einen Kristall, dem das Spiel der Natur eine vollkommene Form verliehen hat.

Der verborgene kleine Platz leuchtete. Maili setzte sich wieder auf den Stein und blickte in den Himmel. Er schien fern und nah zugleich, so ungreifbar und durchdringend in seiner Weite wie Mailis Glück, dem sie keinen Namen zu geben vermochte.

Den ganzen Nachmittag lang lernte Maili mit großer Leichtigkeit ihre tibetische Lektion. Ani Wangmo hatte sich wieder hingelegt und wollte nichts essen, auch nicht die teuren Schokoladenkekse, die Maili ihr gekauft hatte. Maili löste Mineraltabletten in Wasser auf und reichte Ani Wangmo die Tasse.

Die Nonne legte eine trockene, heiße Hand auf Mailis Arm. »Du bist ein gutes Mädchen, Maili«, sagte sie. »Ich wünsche, dass du glücklich bist.«

»Ich wünsche, dass du gesund wirst, Ani-la«, entgegnete Maili und strich über Ani Wangmos Hand.

»Ich habe nie so gut gelernt wie du«, sagte Ani Wangmo, und ihre Stimme, wenngleich schwach, hatte mehr Leben als je zuvor. »Deshalb habe ich dich wohl mit so viel Härte angetrieben. Ich wollte, dass du nicht so träge wirst, wie ich es war.«

Maili stand auf. Sie nahm die Nachmittags-Puja, die bald beginnen würde, zum Vorwand, um das Zimmer zu verlassen. Die unerwartete Veränderung in der Frau, neben der sie ein Jahr lang gelebt hatte und die ihr in all ihrer Misslaunigkeit so beruhigend vertraut geworden war, bedrängte und verwirrte sie. Erleichterung, alter Groll und Mitgefühl verbanden sich zu einer Schwere in ihrem Herzen, mit der sie nicht umzugehen wusste.

Sie legte ihr zusammengefaltetes Tuch auf den Kopf und lief zu dem Zimmer, das Shimi mit einer anderen jungen Nonne teilte. Shimi tänzelte in einem Hemd mit roten und weißen Streifen und weißen Sternen auf blauem Grund in dem kleinen Raum herum. Die andere Nonne, ein spitznasiges Mädchen aus Bhagdapur, saß auf ihrem Bett und schaute fasziniert zu.

»Das hat mir Ani Pema aus Amerika mitgebracht«, verkündete Shimi fröhlich lachend. »Und das auch.« Sie schwenkte eine rote Schirmmütze mit demselben Muster und setzte sie keck auf den Kopf. Nun sah sie aus wie einer der Jungen, die in Kathmandus Straßen Türkise und Tigerbalsam an die Fremden verkauften.

Vom Lhakang erklangen die ersten Trommelschläge, die zur Puja riefen.

»Los, los, Mahakala wartet nicht«, sagte Shimi übermütig, legte den Arm um Mailis Hüfte und schob sie aus der Tür. Maili zog ihr die Mütze vom Kopf und setzte sie sich selbst auf. Mit einer koketten kleinen Drehung ließ sie ihr Spiegelbild im Fenster lebendig werden. Maili sieht hübsch aus, dachte sie, mit Mütze und ohne Mütze. Maili ist hübsch. Maili ist Sönams Freude.

In einer überwältigenden Welle des Erinnerns spürte sie seine Hand an ihrer Wange, seinen Hals unter ihren Lippen, den feinen Geruch seiner Haut, so zart wie ein nächtlicher Windhauch im Sommer, der den Duft wilder Kräuter vom Berg herunterweht.

Sie fühlte Shimis Blick auf sich ruhen. Er war scharf und glänzend vor schmerzvoller Sehnsucht.

Mit einem schnellen Griff nahm die kleine Nonne die Mütze wieder an sich. »Das passt nicht zu dir. Du siehst aus wie eine Königin mit einem Kochtopf auf dem Kopf.« Schwungvoll setzte sie die Mütze auf und wandte sich der Treppe zu. Maili ergriff im Gehen ihre Hand. Sie wechselten einen Blick, der alle zwiespältigen Gefühle und Gedanken in liebevoller Vertrautheit auflöste.

Ani Pemas Geschenk aus Amerika wanderte von einem Nonnenkopf zum nächsten und löste prustendes Gelächter aus. Die Mädchen reichten die Mütze der Klosterleiterin, die den Schirm zum Vergnügen der Nonnen tief in die Stirn zog. Sie ergriff einen Stock, der zum Vertreiben der Kuh am Küchenschuppen lehnte, und vollführte damit eine weit ausholende Bewegung in einer so wunderlichen Fußstellung, dass alle Nonnen in lautes Gelächter ausbrachen.

»Das nennen die Westler Golf«, sagte sie fröhlich. »Man schlägt einen kleinen Ball durch die Gegend, bis er in ein Loch fällt, und das kostet sehr viel Geld.«

Während die letzten schnellen Schläge der großen Trommel zur Puja riefen, stülpte Shimi die Mütze auf den Kopf der kleinen Deki. Beglückt setzte sich das Mädchen in die offene Tür des Lhakang und blieb dort bis zum Ende der Puja sitzen, den Stock auf den Knien. Von Zeit zu Zeit fasste sie an den Schirm der Mütze und lächelte zufrieden.

»Komm herein, Maili. Setz dich zu mir.«

Maili erhob sich. Sie hatte im schwachen Schein des halben Mondes auf der Türschwelle gesessen und zu den Sternen hinaufgeschaut. Die Nächte kühlten nicht mehr ab in dieser heißen Zeit vor dem Monsun.

»Brauchst du etwas, Ani-la?«, fragte sie die bewegungslose Gestalt auf dem Bett.

»Ich möchte dir etwas erzählen«, sagte Ani Wangmo mit ihrer neuen, schwachen, aber so viel lebensvolleren Stimme. »Ich habe so viele Geschichten in mir eingeschlossen, dass man ganz Jambudvipa damit füllen könnte. Und ich habe mich selbst in meine Geschichten eingeschlossen, bis ich keinen Ausgang mehr fand.«

Die Nonne verfiel in Schweigen. Maili nahm an, dass sie eingeschlafen war, und wollte sich vom Bett erheben, als Ani Wangmo wieder zu sprechen begann: »Es war ein junges Mädchen mit einem breiten Gesicht und einem eckigen, schwerfälligen Körper in einem Dorf, das nicht weit von deinem Heimatdorf entfernt lag. Sie hatte zwei recht hübsche jüngere Schwestern. Als älteste Tochter war sie die Erste, die verheiratet werden sollte. Die Eltern fanden in einem Nachbardorf einen Mann für sie. Da er nicht mehr jung war – seine erste Frau war gestorben –, konnte er nicht allzu hohe Ansprüche stellen. Er war ein freundlicher Mann, und das Mädchen mochte ihn. Doch der Mann begegnete einem anderen Mädchen, in das er sich sehr verliebte und das er zur Frau nahm.«

Ani Wangmo schwieg wieder. Maili glaubte ein leises Schluchzen zu hören. Vielleicht war es auch nur ein Seufzer.

»Es war schrecklich«, fuhr Ani Wangmo fort. »Ich hatte von der Ehe mit diesem Mann geträumt, von den Kindern, die ich mit ihm haben wollte, von dem Haus, das ich schön einrichten würde. Mein Vater war wütend, denn der Mann hatte versprochen, mit unserer Familie zusammenzuarbeiten, und dann wäre es uns bessergegangen. Mein Vater ließ die Wut an mir aus. Obwohl er mir keinen Vorwurf machen konnte, versäumte er keine Gelegenheit, hässliche Andeutungen zu machen, dass so eine wie ich nie einen Mann finden würde. Meiner Mutter war ich eher gleichgültig. Als meine Schwestern verheiratet waren, gefiel es ihr ganz gut, dass sie mich für die Arbeit hatte.

Meine Mutter wurde krank, und ich pflegte sie, bis sie starb. Dann war ich mit meinem Vater allein, aber ich hielt es bei ihm nicht aus. Eine Familie, die ich kannte, war nach Kathmandu gezogen, und ich folgte ihr. Sie verschafften mir eine Putzarbeit in einem Hotel. Dort putzte ich den ganzen Tag, und am Abend fiel ich todmüde ins Bett. Am nächsten Tag war es dasselbe, und so ging es jeden Tag, ohne Unterbrechung. Alle sagten, es sei ein großes Glück, dass ich im Hotel arbeiten könne. Man behielt mich dort, weil ich schneller und gründlicher arbeitete als alle anderen. Ich lebte bei der Familie und teilte ein Zimmer mit den Töchtern. Das kostete den größten Teil der paar Rupien, die ich verdiente.

Ich lebte nicht – ich überlebte nur. Ich war eine hässliche Frau, und ich war nicht einmal mehr jung. Dann kam der Sommer, in dem die Cholera umging. Ich dachte, es wäre am besten, ich bekäme die Cholera und würde sterben. Es liege am Wasser, sagten sie, also trank ich das schlechte Wasser. Ich trank sogar Wasser vom Fluss, aber ich bekam nur ein wenig Durchfall. Viele Leute starben damals an der Cholera. Doch mein Karma war nicht reif für den Tod.

Als die Cholera vorbei war, hatte ich einen Unfall. Ein Taxi fuhr mich an. Ich hatte alles Mögliche gebrochen, einige Rippen, eine Schulter und den Arm. Ein Paar aus Deutschland saß in dem Taxi, und sie brachten mich in die westliche Klinik und bezahlten alles. Der Mann arbeitete in der Botschaft, und sie sprachen Nepali. Und sie kannten unseren Rinpoche. Diese beiden gaben mir den Mut, neu anzufangen.

So kam ich hierher, und Rinpoche war gütig und nahm mich auf. Aber ich lernte nicht gut. Ich hatte natürlich Nepali gelernt, aber mein Wortschatz war so gering wie der meiner Umgebung. Tibetisch konnte ich nicht, und niemand gab mir richtigen Unterricht. Sie erwarteten, dass ich es von selbst lernen würde. Aber ich wusste nicht, wie man lernt. Mein Tibetisch ist noch heute sehr schlecht. Anstatt zu lernen, träumte ich. Irgendwann hörte ich auf zu träumen. Ich versuchte auch, nicht mehr zu denken. Ich lebte, ohne zu leben. Bis du gekommen bist. Dann hatte ich eine Aufgabe und begann wieder zu leben. Doch ich fürchte, ich war nicht mehr recht in der Übung.«

Ani Wangmo schwieg.

Nach einer Weile stand Maili auf. »Du solltest schlafen und dich ausruhen, Ani-la«, sagte sie ruhiger, als sie sich fühlte.

Ich habe geglaubt, Ani Wangmo sei ein ganz gewöhnlicher Dämon, dachte Maili. Doch sie ist ein ganz gewöhnlicher Mensch. Arya Tara, hilf ihr!

Mit dem Tara-Mantra und dem Bild der Gottheit über einer unglücklichen jungen Frau mit einem vierschrötigen Körper und einem plumpen Gesicht, aus dem sehnsüchtige Augen blickten, schlief sie ein.

Ani Wangmo war zum Studienkurs des Khenpo in den Lhakang hinaufgegangen, und Maili genoss es, allein im Zimmer zu sein. Manchmal wurde sie des Pflegens ein wenig überdrüssig. Es war eine Erlösung, dass es Ani Wangmo wieder besser ging. Maili fegte den Boden und sang, nur mit ihrem Rock und einem dünnen Hemdchen mit schmalen Trägern bekleidet, das Shimi ihr geschenkt hatte.

Ein Schatten fiel über den Steinboden. Sie schaute zur Tür und ließ den kurzen Besen fallen. Sönam hielt sie in den Armen, kaum dass sie sich aufgerichtet hatte. Ohne Zögern überließ Maili sich der Kraft, die sie zueinander drängte. Es gab keinen Raum für eine Entscheidung dafür oder dagegen. Die Kraft war da, und sie war unendlich viel stärker als alle Überlegungen.

Sönams Lippen berührten die ihren. Es war eine zarte, tastende Berührung, in der Art, wie ihre Hände vorsichtig ineinandergeglitten waren, früher, in einer fernen Vergangenheit, lange vor dieser gewaltigen, alles überflutenden Gegenwart. Maili beantwortete den sanften Druck auf ihrem Mund, der sich in Wellen seliger Wärme in ihrem Körper fortsetzte und ausbreitete. Schwebend leicht war dieses Begegnen und Lösen und Wiederbegegnen ihrer

Lippen, und zugleich war es wie der machtvolle Atem des Himmels, der über Leben und Tod entscheidet.

Maili hob die Hände und legte sie um Sönams Gesicht. Eine überwältigende Zärtlichkeit schien sie aufzulösen und ihr Herz zu einem Raum hin zu öffnen, in dem es nichts anderes gab als strahlende Klarheit, die in einem einzigen, alle Zeit umfassenden Augenblick vollkommener Leidenschaft aufstrahlte. Zugleich sah sie die Andeutung der Grübchen zu beiden Seiten seines Mundes, auf dem sich das Lächeln seines Herzens spiegelte.

Rechtzeitig hörten sie die Schritte.

Als Ani Wangmo das Zimmer betrat, saß Maili auf dem Bett, und Sönam stand in der Mitte des Zimmers und kramte in seiner Umhängetasche.

»Namasté, Ani-la«, sagte er und reichte Ani Wangmo eine kleine Schachtel. »Ani Tsültrim hat mir den Auftrag gegeben, Ihnen diese Medizin zu besorgen. Sie sollen jeden Tag eine Tablette in einer Tasse Wasser auflösen.«

Ani Wangmo nahm die Schachtel und lächelte ein ungeschicktes Lächeln. Sie hat das Lächeln verlernt, dachte Maili mit einem Anflug tiefer Zärtlichkeit für die vor Schwäche gebeugte Frau.

»Der Amchi aus unserem Kloster kommt in den nächsten Tagen herauf«, erklärte Sönam.

Ani Wangmo setzte sich auf ihr Bett. Ihr Gesicht war grau und eingefallen.

»Ich brauche keinen Arzt, ich bin nicht krank, nur ein bisschen müde« sagte sie.

»Der Amchi kommt gern«, entgegnete Sönam und wandte sich der Tür zu. Maili blieb sitzen. Sie wusste, dass sie ihm jetzt nicht folgen durfte.

»Ich muss Ani Tsültrim in die Stadt bringen«, sagte er beiläufig. »Tashi delek.«

»Tashi delek«, antwortete Maili und lächelte. Viel Glück – das wünschte sie ihm aus tiefstem Herzen. All mein Glück soll deines sein, dachte sie. Es dir zu geben macht mich glücklicher als alles auf der Welt.

Ani Wangmo legte sich auf ihr Bett.

»Du musst dich noch schonen«, sagte Maili und löste eine der Tabletten aus der Schachtel in Wasser auf.

Ani Wangmo murmelte mit geschlossenen Augen: »Ich war nie krank. Ich wollte immer stark sein, und ich war immer stark. Aber vielleicht war das meine größte Schwäche.«

»Trink das, Ani-la«, sagte Maili sanft und drückte Ani Wangmo die Tasse in die Hand. »Es wird dir helfen.«

Maili stellte den Besen, der noch immer in der Mitte des Zimmers lag, in eine Ecke. Angestrengt suchte sie nach einem Vorwand, um allein sein zu können.

»Ich habe versprochen, beim Kochen zu helfen«, sagte sie und nahm ihr Tuch. »Ruhe dich aus, Ani-la.«

Anstatt zum Kochschuppen zu gehen, schlug Maili den Weg zu ihrem Versteck ein. Es war heiß, und Wolken ballten sich am Himmel zusammen. Bald würde der Monsunregen einsetzen und ihr den einzigen Zufluchtsort nehmen, an dem sie mit Sönam allein sein konnte.

»Denke erst an die Zukunft, wenn sie zur Gegenwart geworden ist«, lautete ein Spruch, den ihr Onkel oft wiederholt hatte. Und wann immer er ihn zitierte, hatte sie fröhlich mit eingestimmt, ohne zu ahnen, wie weise dieser Spruch tatsächlich war. Entschlossen schob sie ihre unruhigen Gedanken beiseite. Sie wollte die Köstlichkeit der Begegnung mit Sönam noch einmal erleben, sie ausdehnen, in ihr verweilen und ihr selige Dauer verleihen. Mit erhobenen Armen tanzte sie in wiegenden Bewegungen den Pfad entlang. Sie nahm ihren Körper auf eine Weise wahr, wie sie es nie zuvor erlebt hatte. Sie spürte die Biegsamkeit ihres Rückens, das kraftvolle Federn in ihren Beinen, ihren langen, aufgerichteten Hals. Sie strich mit den Händen über ihre Brüste und den flachen Bauch, und sie fühlte ihre Formen mit ungewohntem, lustvollem Vergnügen.

Plötzlich drängte sich ihr die Vorstellung auf, dass es Sönams Hände seien, die sie auf diese Weise berührten. Erschrocken hielt sie inne. Sie durfte nicht weiterdenken. Sie wollte nicht weiterdenken. Der Gedanke musste sofort durchgeschnitten, abgewürgt, zertreten werden.

»Ich bin eine Nonne!«, sagte sie atemlos vor sich hin. »Ich bin eine Nonne, ich bin eine Nonne, ich bin eine Nonne!«

In ihrer Verwirrung bemerkte sie die Schlange auf dem Stein in ihrem Versteck erst, als sie unmittelbar vor ihr stand. Die bräunliche Farbe unterschied sie kaum von den überall herumliegenden trockenen Ästen. Maili sah sich einem kleinen, starren Schlangengesicht gegenüber, erschreckt wie sie selbst, und die gespaltene Zunge schnellte aufgeregt hin und her. Maili blieb still stehen; eine große Ruhe breitete sich in ihr aus. Sie war nicht nur Maili, sie war auch das angstgebannte Wesen auf dem Stein vor ihr. Sie fühlte die Ausweglosigkeit einer Wahrnehmung, die nur unterscheiden konnte zwischen Beute, Angreifer und dem, was keines von beiden und damit bedeutungslos war. Sie sah eine kleine Erscheinung der Arya Tara über der Schlange schweben, wie der Splitter eines Regenbogens. Ohne sich dessen bewusst zu sein, hatte sie das Mantra der Gottheit angestimmt.

Mit einer schnellen, anmutigen Bewegung glitt der matt glänzende Schlangenkörper ins Gebüsch.

»Du bist stark, Maili. Die Mutter aller Buddhas wird dich begleiten.«

Wer hatte dies gesagt? Es mochte die Gottheit gewesen sein, die sich der Stimme der alten Yogini bediente. Oder vielleicht hatte es der flüsternde Wind herangetragen.

Maili seufzte und setzte sich auf ihren Stein, und ihr Geist begann, sie wieder in das Netz des bittersüßen Zaubers der Erinnerung einzuweben.

Die Tasche war schwer, die Maili an einem frühen Morgen vor der Hitze des Tages zur Yogini in die Höhle hinauftragen sollte. Flaschen mit ausländischen Ettiketten waren darin, wie Maili bei einer oberflächlichen Untersuchung des Inhalts festgestellt hatte. Der Aufstieg schien länger als sonst zu sein. Gern hätte sie Deki auf den beunruhigenden Weg in Richtung des Tigerfelsens mitgenommen, doch das kleine Mädchen war nicht aufzufinden.

Maili hatte Angst. Der Tiger war zwar schon längere Zeit nicht mehr gesehen worden, doch er war in Mailis Geist, und deshalb hatte sie Angst. Ihr Herz klopfte laut, und jedes Härchen an ihrem Körper schien sich aufzustellen, wenn sie einen Blick zum Tigerfelsen hinaufwarf.

Sie hielt sich vor Augen, dass auch ihr geheimer Platz am Steilhang zwischen den Büschen gefährlich war, denn er lag in einem Bereich, in dem es angeblich viele Leoparden gab. Doch wusste sie, dass Leoparden nur in der Dämmerung jagen, Tiger hingegen auch bei Tag.

Sie sagte zu sich selbst mit schlichter Vernunft: Der Tiger ist nicht da, er ist nur in deinem Geist. Also atme den Tiger aus und gehe weiter.

Maili atmete den Tiger aus und ging weiter. Ein kleines Stück des Hangs kletterte sie unbehelligt von furchtsamen Gedanken hinauf. Doch dann war der Tiger wieder gegenwärtig, und die vernünftige Stimme in ihr sagte erneut: Maili, der Tiger ist nur in deinem Geist, atme ihn aus.

So kletterte Maili weiter und atmete immer wieder den Tiger aus. Schließlich stellte sie fest, dass sie während der Übung des Ausatmens den Tiger völlig vergessen hatte. Doch wenn er jetzt hinter dem nächsten Gebüsch hervorkommt, werde ich schreien wie am Spieß, dachte Maili. Und dann wollen wir sehen, ob er vor mir nicht ebenso viel Angst hat wie vor Ani Tsültrim.

Schon von fern hörte Maili den Klang der Knochentrompete. Sie kletterte die steile Treppe zur Höhle empor und setzte sich in den Schatten vor die geschlossene Tür, um das Ende von Ani Nyimas Meditation abzuwarten. Auf dem Nachbarhang ragte einsam der Tigerfelsen empor. Unter ihr erstreckte sich das Dickicht des Bergdschungels, von nackten Felsen und geröllgefüllten Rinnen unterbrochen. Klein wie Ameisen erschienen die Frauen aus den Dörfern, die auf den Hängen verstreut emsig trockenes Laub sammelten, bevor der Monsunregen begann.

Sie hörte die klare Stimme der Yogini Worte singen, die sie nicht verstand. Es klang schön und ein wenig bedrohlich.

Maili dachte an Sönam. Sie wunderte sich, dass die Sehnsucht, ihn wiederzusehen, nicht stärker war als der Wunsch, die Schönheit der letzten Begegnung unangetastet zu lassen. Denn sie fühlte die Gewissheit, dass dies nicht wiederholbar war. Jeder Augenblick stirbt, dachte Maili, und dann wird ein neuer, anderer Augenblick geboren, und auch dieser stirbt und führt so zu einem weiteren Augenblick. Und doch leben alle diese Augenblicke in meiner Erinnerung weiter. Und die Zukunft hat so viele Möglichkeiten. Ich kann sie träumen, und eine davon wird vielleicht wahr werden.

Eine sonderbar aufgeregte Stimmung erfasste sie. Plötzlich fühlte sie sich als die alte Yogini, sah sich im Innern der Einsiedelei, blies die Knochentrompete, und die vertraute Vision der Auflösung begann sich in ihr auszubreiten. Der durchdringende Ton des Instruments ließ die Luft erzittern, und dieses Zittern war die Bewegung von Wesen, die Maili fühlen, aber nicht sehen konnte. Als die Trommel einsetzte, wurde sie von einer fremdartigen Kraft aufgerichtet. Ihr innerer, lichter Körper erhob sich und wiegte sich in unbekannten und doch zutiefst vertrauten Figuren. Die Hände formten starke, anmutige symbolische Gesten, das rechte Bein hob sich und verharrte angewinkelt in vollkommener Balance. Dann begann Mailis Geist, in einem strahlenden roten Raum zu tanzen. Sie tanzte ihre Kraft und ihre Offenheit. Sie tanzte ihre Liebe und ihr Mitgefühl. Sie tanzte ihre Freude und ihre Furchtlosigkeit, ihre Hingabe und ihre Freiheit.

Hinter ihr öffnete sich knarrend die Tür aus rohem Holz. Maili sprang auf. Vor sich sah sie eine schöne, majestätisch wirkende, in ein schimmerndes Tuch aus roter Seide gehüllte Frau. Das helle, lange Haar fiel ihr über die Schultern; erst beim zweiten Blick erkannte Maili, dass es graues, fast weißes Haar war. Die Frau hatte den Blick der Yogini, doch sonst erinnerte nichts an dieser königlich wirkenden Gestalt an die wilde alte Einsiedlerin, der sie zuvor begegnet war.

»Komm herein«, sagte die Yogini. Der Stoff ihres Tuchs funkelte bei jeder Bewegung.

Maili riss irritiert die Augen auf. Sie betrat eine ummauerte Terrasse, die von außen nicht zu sehen war. Eine schmale Tür führte in die Einsiedelei, deren Dach und Rückwand von einem Felsen gebildet wurde. Das Fenster war mit einem Fliegengitter verkleidet. Stacheldraht schützte die kleine, wie ein Adlernest am Steilhang hängende Festung an allen zugänglichen Stellen gegen wilde Tiere.

Maili stellte die schwere Tasche ab und machte drei Verbeugungen, wie es sich gehörte.

Die Yogini deutete auf eine Matte im Schatten eines ausgespannten Tuchs. »Setz dich!«, forderte sie Maili auf.

Während Maili sich niederließ, holte die Yogini eine Thermoskanne aus dem Höhlenzimmer und schenkte Tee in zwei Tassen.

Maili sammelte ihren Mut und atmete tief ein. »Ich fürchte mich vor dir, Ani-la«, sagte sie.

Ani Nyima lachte. »Das ist gut. Wer sich fürchtet, ist wach.«

Sie setzte sich Maili gegenüber und legte ihre dunklen, kräftigen Hände im Schoß ineinander. Maili wandte ihre Aufmerksamkeit zögernd der Verwirrung zu, die sich in ihr ausbreitete. Irgendetwas stimmte nicht. War es die Wirklichkeit, die nicht stimmte, oder war es ihre Wahrnehmung?

»Es ist wie in einem Traum«, sagte sie hilflos.

»Das ist es immer«, erwiderte die Yogini trocken.

»Aber es gibt doch die Wirklichkeit.« Maili umklammerte mit beiden Händen ihre Tasse.

»Wirklich?« Ani Nyima lächelte. Mit einer schnellen Bewegung öffnete sie einen Fächer. Als mache die Zeit einen Sprung rückwärts, erlebte sich Maili wieder tanzend in ihrem anderen, lichten Körper. Sie fühlte sich als Spiegelbild der Yogini, doch es gab keine Gewissheit darüber, wer von beiden wen spiegelte.

Sie begann ihren gewöhnlichen Körper wieder zu spüren, als sie die Tasse absetzte. Sie sah zu, wie sich ihre Hand langsam senkte und die Tasse auf den Boden stellte. Die Tasse war leer. Wann hatte sie den Tee ausgetrunken?

Sie fühlte die Augen der Yogini auf sich gerichtet mit einem Blick, der aus den Tiefen des Alls zu kommen schien. Mailis Denken verharrte in furchtsamer Bewegungslosigkeit. Es war, als stünde sie vor einer verschlossenen Tür. Nach welcher Seite mochte sie aufgehen?

Ich kann meine Träume nicht zeigen, dachte sie. Ich kann nicht. Sie ahnte, dass es Räume im Haus ihrer Träume gab, die sie nicht kannte und nicht kennen wollte. Noch immer hielt der Blick der Yogini den ihren fest. Maili begann zu zittern. Sie schloss die Augen vor dem Blick, der ihr den Boden unter den Füßen zu rauben schien. Das Gefühl unerbittlicher Ausweglosigkeit steigerte sich zu greller Panik. Es spielte keine Rolle, was der Grund für diese Panik war. Sie war da, und sie erfüllte Mailis gesamten inneren Raum, verdunkelte ihn mehr und mehr, bis es nichts anderes mehr gab als unendliche Schwärze.

»Gib nach«, hörte sie die Stimme der Yogini sagen.

»Ich kann nicht«, keuchte Maili.

Sie kämpfte um ihr Leben. Sie glaubte zu ersticken, zu ertrinken, endlos zu fallen. Plötzlich erschien sehr klar der Gedanke: Wogegen wehrst du dich? Sie atmete aus, ein langes, langes Ausatmen, und mit dem Atem verflog alle Panik. Sie überließ sich dem schwarzen Raum, und dann war es, als breche der Morgen an, und strahlendes goldenes Licht erschien am Horizont.

»Geh jetzt«, sagte die Yogini.

Maili öffnete die Augen und stellte fest, dass sie noch immer Ani Nyima gegenübersaß. Abwesend nahm sie ihr Tuch auf, das ihr von den Schultern geglitten war. Beim Aufstehen knickten die Beine fast unter ihr ein. Erschöpft wie nach einer schweren Anstrengung stand sie leicht schwankend vor der Yogini, die sich ebenfalls erhoben hatte. Sie wusste nicht, wie sie sich verhalten sollte. Sie fühlte sich ebenso sehr von ihr angezogen, wie sie sich vor ihr fürchtete. Eine Ausstrahlung von Unberechenbarkeit und Macht umgab die seltsam alterslose Frau, neben der sich Maili sehr jung und zutiefst unerfahren fühlte.

»Komm nächste Woche wieder«, sagte die Yogini.

Die Tür schloss sich hinter Maili, und sie kehrte in die verlässliche Welt einfacher, vertrauter Dinge zurück. Während sie langsam die verwitterten Steinstufen vor der Höhle hinunterstieg, fragte sie sich, ob es nicht vorzuziehen wäre, dem Tiger zu begegnen, einer schlichten Kreatur mit Kopf, Bauch, Schwanz, vier Beinen und langen Zähnen, als der alten Yogini.

Nach und nach sammelten sich ihre Kräfte wieder, als sei sie ganz leer gewesen und würde nun mit neuem Leben erfüllt. Mit jedem Schritt spürte sie mehr von diesem neuen Leben, das ihre Sinne schärfte und ihre Bewegungen immer fließender werden ließ. In unvermuteter Ausgelassenheit hüpfte sie den von Bäumen überdachten Trampelpfad entlang, der von der Höhle zum Steilhang führte.

»Hallo, Tiger!«, rief sie und warf die Arme hoch. »Komm, Tiger, in meinem Geist, tanz mit mir!«

# 6

Der Monsunregen prasselte mit solcher Gewalt vom düsteren Himmel, dass Maili die Stimme von Ani Wangmo kaum hörte.

Nach einer kurzen Zeit der Besserung war die Nonne plötzlich zusammengebrochen und schwächer denn je. Dennoch bestand sie darauf, nicht krank, sondern nur müde zu sein. Der Amchi vom Kloster in der Stadt war gekommen und hatte Ani Wangmos Puls gefühlt. Das sei ein Fall für den Doktor aus Amerika, hatte er gesagt und kleine braune Kügelchen dagelassen, die Ani Wangmo einnehmen sollte.

»Brauchst du etwas, Ani-la?«, fragte Maili und erhob sich von der Türschwelle. Ihr Rock war nass geworden, doch sie liebte ihren Platz auf der Schwelle zu sehr, als dass sie bereit gewesen wäre, dem Regen zu weichen.

»Komm her, Maili.« Ani Wangmo hatte sich mühsam aufgerichtet.

Maili setzte sich an den Rand des Bettes. Das Gesicht der kranken Nonne war im Laufe der letzten Wochen hager geworden. Doch zugleich hatten sich ihre Züge in einer Weise verändert, die sie für Maili weit weniger hässlich erscheinen ließ als früher.

»Ich möchte dir von meinem anderen Leben erzählen«, sagte Ani Wangmo und streckte sich wieder aus. »Ich möchte alle meine Leben aus ihrem Käfig lassen, damit sie davonfliegen können.«

Maili füllte zwei Becher mit warmem Wasser aus der Thermoskanne. Einen Becher stellte sie neben Ani Wangmo und wischte ihr dann mit einem Tuch den Schweiß von der Stirn.

»Ich träumte mir ein schönes Gesicht zurecht und eine zierliche Figur«, begann Ani Wangmo zu erzählen, während Maili sich bequem auf ihrem eigenen Bett niederließ. »Ein junger Mann aus einem entfernteren Dorf verliebte sich in mich, und mir gefiel er auch sehr gut. Er hatte eine aufrechte Haltung wie ein Prinz. Mein Vater war sehr stolz auf seine schöne älteste Tochter, und er wollte mich dem jungen Mann nicht geben. Der sei ein Habenichts, so einer komme nicht in unsere Familie, sagte mein Vater. Doch er konnte uns nicht trennen. Wir trafen uns heimlich. Das war die schönste Zeit in meinem Leben. Immer wieder traf ich ihn, und manchmal vergaß ich fast, dass ich hier im Kloster lebte.

Schließlich lief ich davon und heiratete den Mann, den ich haben wollte. Seine Eltern und Geschwister waren freundliche Leute und nahmen mich liebevoll auf, obwohl ich lediglich einigen Schmuck mitbrachte. Es war solch ein großes Glück. Wir waren arm, aber wir konnten leben, und wir bekamen einen Sohn. Ein so schönes kleines Kind! Auch diese Zeit träumte ich immer und immer wieder.«

Ani Wangmo atmete schnell. Maili sah ein junges Mädchen mit einem Baby an der Brust, und neben ihr stand ein junger Mann, dessen Arm sie umfing. Maili lächelte. Wie oft hatte sie selbst dieses Bild geträumt, früher, als ihre Eltern noch lebten und die Zukunft einfach und ohne jede Bedrohung erschienen war.

»Und dann folgte eine kleine Tochter«, erzählte Ani Wangmo weiter. »Wir lebten so ruhig und ungestört, und die Kinder wuchsen heran. Aber Träume sind ebenso unberechenbar wie das Leben. Mein Mann wurde von einem Steinschlag erfasst und starb an seinen Verletzungen. Da war mein Sohn zwölf Jahre alt und meine Tochter zehn. Es war ein solch großes Leid. Die Kinder und ich versuchten einander zu trösten. Aber es gab keinen Trost. Niemand konnte meinen Mann mehr lebendig machen. Er war das Wichtigste in meinem Leben gewesen, wichtiger noch als meine Kinder. Und nun gab es ihn nicht mehr. Ich wollte aufhören zu träumen, doch meine Kinder hielten mich fest. Sie erlaubten nicht, dass ich einfach wegging. Sie standen nachts hier an meinem Bett und sagten: Ama-la, komm wieder zu uns, lass uns nicht allein ...« Ani Wangmos Stimme brach.

Maili standen Tränen in den Augen. Sie sah die in ihrem Schmerz erstarrte Mutter und die beiden unglücklichen Kinder, die wie vor einer verschlossenen Tür standen. Es ist doch nur eine Art von Traum, dachte sie. Ani Wangmo hat sich das ausgedacht. Dennoch war es Erfahrung – Glück und Leid, Hoffnung und Furcht, Leben und Tod.

Ani Wangmo sprach weiter: »Ich wollte das Glück meiner Kinder träumen, aber ich konnte es nicht. Ich versuchte, ihnen meine Liebe zu geben, aber ich war wie ausgetrocknet. Ich saß im Lhakang bei der Puja und weinte um meine Kinder. Der Sohn ging in die Stadt, um eine gute Arbeit zu finden. Mein Herz ging ihm nicht nach. Ich wollte sein Schicksal nicht wissen. Ich wollte nicht noch mehr leiden. Er war ein hübscher junger Mann, mit den schönen Augen seines Vaters. Einmal ging ich unten in der Stadt an einem Taxi vorbei, darin saß ein junger Mann, der sah so ähnlich aus. Er hätte es sein können. Ich fragte ihn nach seinem Namen. Mein Sohn hieß Lobsang. Aber der Taxifahrer hieß nicht so.« Ani Wangmo lachte ein dünnes, bitteres Lachen. »Eine hässliche alte Nonne sucht ihren Sohn, den es nie gegeben hat.«

»Ani-la, du bist nicht hässlich, und alt bist du auch nicht«, sagte Maili.

Ani Wangmo ging nicht darauf ein. »Meine Tochter wurde von den Eltern meines Mannes verheiratet. Es war eine gute Partie. Das Mädchen war hübsch, und die Familie des Mannes war wohlhabend. Nein, ich wollte nicht wissen, wie es ihr erging. Manchmal sehe ich sie mit einem kleinen Kind auf dem Arm, so jung und glücklich. So habe ich sie in die Zeit eingeschlossen. Mehr wollte ich nicht sehen. Aber ich weiß, sie hätte mich gebraucht. Ich war keine gute Mutter.«

»Ani-la, bitte nicht«, sagte Maili. »Sprich nicht schlecht über dich.«

Ani Wangmo seufzte tief. »Ich habe mich bemüht, die Meditation des Mitgefühls zu lernen. Aber ich habe sie nicht wirklich gelernt. Ich tat nur, was man mir sagte. Ich hatte nie Mitgefühl mit mir selbst. Ich fütterte mich mit Träumen, um nicht zu verhungern. Aber sie hielten nicht, was sie versprachen. Sie halten nie, was sie versprechen.«

Ich träume von Sönam, dachte Maili. Aber ich lasse dem Traum nicht die Zügel locker. Ich träume nur rückwärts, nicht vorwärts. Ani Wangmo hatte nichts erlebt, was es wert gewesen wäre, rückwärts geträumt zu werden. Doch auf die Träume ist kein Verlass. Ani Wangmo hat recht. Die Yogini hat recht. Ich muss achtgeben.

»Ich wollte dich vor dem Träumen bewahren«, sagte Ani Wangmo leise.

»Ich verstehe dich«, erwiderte Maili sanft. »Du hast recht. Ich werde vorsichtig sein.«

»Vorsichtig sein genügt nicht«, sagte Ani Wangmo. »Man muss darauf verzichten. Du bist eine Träumerin, oder du bist keine Träumerin. Es ist eine grundsätzliche Entscheidung.«

»Aber ein bisschen träumt man doch immer. Das tut doch jeder. Ich meine, wenn ich über eine Situation nachdenke, wenn ich sie beurteile …«

»So ist es, mein Kind. Auch das ist Träumen.«

Maili schüttelte verwirrt den Kopf. War Ani Wangmos Geist vielleicht ein bisschen außer sich? Oder sprach sie mit der Weisheit eines Menschen, der nicht mehr an das Leben verhaftet ist?

Ani Wangmo hatte die Augen geschlossen, und Maili nahm den leeren Becher aus ihrer Hand. Der Regen trommelte auf das

Dach und auf die Erde vor der Tür. Mailis Rock war inzwischen getrocknet, und sie setzte sich auf ihr Bett, um nicht erneut nass zu werden. Der Ausblick von der Türschwelle lohnte sich nicht: Der gesamte Berg war von Wolken umhüllt, und das Tal verlor sich im Nebel.

Wie sehr sich die Atmosphäre in diesem Zimmer verändert hat, dachte Maili. Sie ist so ruhig und friedlich geworden. Es ist schön, in diesem Frieden zu sitzen und durch die Tür in die konturlose Welt hinauszuschauen, die nur aus einem Regenvorhang zu bestehen scheint. Es ist, als würde Ani Wangmos Geist Flügel entfalten und zu fliegen versuchen.

Mit dem Beginn des Monsunregens hatte der Studienkurs geendet und das Sommer-Retreat begonnen. Nachmittags lief Maili, so oft sie Ani Wangmo allein zu lassen wagte, zu Shimis Zimmer, um sich von ihr bei den Tibetisch-Lektionen helfen zu lassen. Oft gesellte sich Shimis Zimmergenossin dazu, wenn sie nicht irgendwo mit den anderen Nepali-Nonnen zusammensaß.

Maili schüttelte das Wasser von ihrem verbeulten Schirm und schlüpfte aus den Plastiksandalen. Um den Blutegeln zu entgehen, hatte sie den Umweg über den ausgetretenen Pfad genommen, anstatt die Abkürzung durch die Büsche zu wählen. Shimis Tür stand offen, doch das Zimmer war leer. Auf dem Rückweg hörte sie die kleine Nonne von der langen Treppe her rufen: »Maili! Maili! Ani Pema ist zurück! Komm mit!«

Shimi schwenkte heftig ihren Schirm. Maili folgte ihr die Treppe hinunter und dann noch ein Stück weiter bergab, bis sie auf einem überwachsenen kleinen Weg zu einem versteckten Häuschen gelangten.

»Pema hat ein eigenes Haus«, erklärte Shimi. »Das hat ihr Vater für sie gebaut, als er noch lebte. Es gehört natürlich dem Kloster, aber Pema kann darin bis an ihr Lebensende wohnen.«

Ani Pemas Häuschen hatte vorn eine kleine überdachte Terrasse und bestand aus zwei Räumen zu beiden Seiten eines winzigen Flurs. Eine schlanke junge Nonne mit einem kantigen, klugen Gesicht ließ sie ein und führte sie in eines der Zimmer. Darin stand ein grob gezimmertes Bettgestell wie in jedem Nonnenzimmer, doch ein schimmernder Seidenteppich bedeckte es anstelle des üblichen billigen Tuchs, und es gab außerdem ein Regal mit Büchern, ein paar hübsche dicke Sitzpolster auf einem weichen Teppich und einen hohen Tisch mit seltsamen Apparaten, wie Maili sie noch nie gesehen hatte.

»Kommt herein und setzt euch«, sagte Ani Pema.

Shimi warf sich in eines der Polster und rieb die nassen Füße mit einem Zipfel ihres Rocks trocken. Maili ließ sich auf einem weiteren Polster nieder. Ani Pema stellte drei Tassen mit Tee auf ein Tablett mit kleinen Beinen und setzte sich vor das Bett.

»Ich freue mich, dass ich dich endlich kennenlerne«, sagte Ani Pema zu Maili. »Ich habe etwas für dich mit heraufgebracht.«

Sie nahm ein in Zeitungspapier eingewickeltes Päckchen aus dem Regal und reichte es Maili. »Ein Mönch unseres verwandten Klosters in der Stadt hat es mir gegeben.«

Das Päckchen war fest verschnürt. Maili nahm es an sich und stammelte einen Dank. Sie war überrascht und verwirrt und bemühte sich vergeblich, nicht überrascht und verwirrt auszusehen.

»Oh, es ist gewiss die Übersetzung, um die ich gebeten habe. Weil ich doch noch nicht Tibetisch kann …«

Ani Pema lächelte. »Ich habe gehört, du bist ein Sprachenwunder.«

Maili machte eine Grimasse. »Zumindest sind meine Fehler manchmal recht wunderlich.«

Shimi lachte. »Und ihr Mundwerk ist bestimmt ebenso groß wie meines.«

»Dann sind wir drei«, sagte Ani Pema heiter.

Maili deutete auf die Apparate auf dem Tisch, die ihren Blick immer wieder anzogen. »Was ist das?«

»Ein Computer«, antwortete Ani Pema.

»Darauf kann man schreiben«, fügte Shimi hinzu.

Ani Pema ging zum Tisch und klappte einen der Apparate auf. Maili verfolgte gespannt, wie ein blaues, leeres Bild entstand und Ani Pema dann tibetische Buchstaben darauf zauberte.

»Pema hilft der Übersetzerin«, sagte Shimi stolz, als sei sie selbst es, der diese Ehre zuteilwurde. »Sie beherrscht die Langnasen-Sprache so gut, dass sie Bücher lesen kann.«

»Und Shimi beherrscht die Kindersprache«, lachte Ani Pema. »Wann wirst du dir endlich diese alberne Bezeichnung abgewöhnen?«

»Dann, wenn die Langnasen keine langen Nasen mehr haben«, kicherte Shimi.

»Ani Wangmo weist mich auch immer zurecht«, sagte Maili. »Ich habe es von Deki gelernt. Wahrscheinlich habe ich eine Menge unpassender Wörter von Deki gelernt.«

Ani Pema ließ Zeichen auf dem Bild entstehen, die Maili nicht kannte.

»Das ist Englisch«, erklärte Shimi. »Ich kann meinen Namen in diesen Buchstaben schreiben.«

Sie drückte auf verschiedene Tasten des Apparats, und auf dem Bild erschien ein Wort in der fremden Schrift.

Für Maili war es ein Nachmittag wie im Märchenland. Ani Pema erzählte Geschichten von ihrer Reise nach Amerika. Sie erzählte von Flugzeugen und von Häusern so groß wie Berge, von kleinen Kinokästen, die alle Leute in ihren Häusern hatten und die man Fernseher nannte, und von Straßen in großen Städten, in denen Kinder Krieg führten.

Als Maili sich schließlich losriss, um nach Ani Wangmo zu sehen, fühlte sie sich, als hätte sie Chang getrunken. Es war so aufregend, was Ani Pema zu erzählen hatte. Ani Pema war klug und erfahren und hatte in einer Stadt namens Singapur viele Jahre lang die Schule besucht. Maili würde offen mit ihr sprechen können.

Neue Hefte würde sie kaufen und viele neue Wörter hineinschreiben. Sie hatte bereits festgestellt, dass Ani Wangmos Nepali-Wortschatz bei weitem nicht groß genug war für alles, was Maili denken und sagen wollte.

Ani Wangmo war seit dem Beginn des Monsunregens nicht mehr zu Kräften gekommen. Sie musste viel liegen und konnte nur selten zur Puja gehen.

»Es ist der Monsun«, sagte Ani Wangmo, »und das Alter.«

»Aber du bist noch nicht alt«, erwiderte Maili.

Ani Wangmo deutete ein Lächeln an. »Aber ja. Schau doch, wie viele Leben in diesem einen ich schon gelebt habe.«

Sie schlief, als Maili in das Zimmer zurückkehrte. Maili öffnete vorsichtig ihr Päckchen. Es war tatsächlich ein Text darin, handgeschrieben, und zudem ein Brief von Sönam in einem verschlossenen Umschlag. Er schrieb:

Meine Himmelstänzerin,
wir werden uns sehr lange nicht mehr sehen. Man schickt mich mit ein paar anderen jungen Mönchen zu besonderen Studien in ein Kloster nach Indien. Ich wollte, ich hätte weniger gelernt und die Prüfungen nicht so gut bestanden.
Es wird wieder Monsun sein, wenn ich zurückkomme.
Ich habe Gesänge von Milarepa für Dich abgeschrieben und übersetzt. Du kannst sie zum Studieren und zum Tibetisch-Lernen verwenden.
Ich trage Dich in meinem Herzen.
Sönam

Maili legte den Brief zusammen und steckte ihn in den Umschlag zurück. Sie saß still da, den Brief im Schoß, und es war, als wären alle ihre Gedanken in einem plötzlichen Stillstand der Zeit erstarrt. Dann begann sich ein Gefühl so qualvollen Verlustes in ihr auszubreiten, dass es wie ein Fallen in einen nicht enden wollenden Abgrund war. Sie erinnerte sich, wie ihr Geist nach dem Tod ihrer Eltern ganz taub geworden war. Doch das konnte und wollte sie nicht mehr zulassen. Sie wusste, dass sie nun erwachsen war und die Verantwortung für ihre Gefühle und Gedanken übernehmen musste. Der nächste Monsun kommt bald, sagte sie sich. Der nächste Monsun kommt bald, der nächste Monsun kommt bald!

Schließlich lösten sich Tränen und fielen in dicken Tropfen auf ihre Hände und auf den Brief, ohne dass sie es bemerkte. Sie weinte lange.

Erst viel später nahm sie den Text zur Hand. Sönam hatte jeweils einen Vers auf Tibetisch aufgeschrieben und dann die Übersetzung in Nepali daruntergesetzt. Sie nahm ein Blatt heraus und las:

> Diese Bergeinsamkeit, frei von Festlegungen und engem Geist, ist das, was Führung gibt und Nahrung, das, was die Erfahrungen der Versenkung unterstützt.
> Gibt es jemanden, der auf diesem Pfad bleiben und ihn bis zum Ende gehen kann?
> Wer erkannt hat, dass der Körper selbst das Kloster ist, der ist glücklich.
> Dieser ursprüngliche Geist ist so rein und klar wie der Raum.
> EMAHO.

Sie legte das Blatt zurück und wählte ein anderes.

> Frei von Festhalten ist die Sichtweise gut.
> Frei von Unterbrechung ist die Meditation gut.
> Frei von Blockierung ist das Handeln gut.
> Frei von Hoffnung und Furcht sind die Früchte gut.
> Dies ist die Art und Weise, den Geist anzuleiten.

Nicht mehr hoffen, dass ich Sönam wiedersehe? dachte Maili voller Abwehr gegen dieses Ansinnen. Das kann ich nicht. Das will ich nicht. Dennoch las sie weiter:

> Unveränderlich und frei von Gedanken entfaltet sich das stahlende Licht gut.
> Im Reich der reinen großen Glückseligkeit geht es mir gut.
> Im Raum, der offen ist für ungehindertes Entstehen, geht es mir gut.
> Dies ist ein kleines Lied des völligen Wohlbefindens.

Plötzlich erinnerte sich Maili an die klare Weite des Einsseins, das sie erlebt hatte – mit Sönam und ohne Sönam, doch immer durch Sönam. Schnell ergriff sie einen Stift und schrieb ohne Zögern die Zeilen eines Liedes nieder, das in ihr aufstieg, als habe es irgendwo gelegen und gewartet, sich zeigen zu dürfen.

> Trauer tragen die Wolken heran,
> Ich kann nicht anders, ich nehme sie an.
> Mein kostbarer Liebster ist fern, so fern
> von mir, als wär'n
> wir durch Welten getrennt.
>
> Die Mutter der Buddhas sagt: Sorge dich nicht,
> ihr seid für immer vereint.
> Doch mein dummes Herz weint
> und singt sein Lied
> von Liebe und Hoffnung und Furcht.

Leise sang sie das Lied mit den Tönen ihrer Heimat, und es tröstete sie.

»Was singst du da?«, fragte Ani Wangmo. »Es klingt hübsch.«

»Oh, ein Lied von daheim«, sagte Maili. »Willst du jetzt essen, Ani-la?

Maili hatte am Morgen gekocht und für Ani Wangmo ein Gericht aus Reis und Gemüse bereitet. Inzwischen empfand sie der kranken Nonne gegenüber nahezu mütterliche Gefühle, und es erschien ihr völlig natürlich, dass sie ihr, wenn sie einen ihrer Schwächeanfälle hatte, beim Essen und beim Waschen half und ihren Nachttopf leerte.

»Ich habe eine Übersetzung von Milarepas Gesängen bekommen«, sagte Maili. »Möchtest du, dass ich dir daraus vorlese?«

»Später«, sagte Ani Wangmo schwer atmend von der Anstrengung des Essens. »Vorher möchte ich dir noch eine Geschichte erzählen.«

Maili setzte sich auf ihr Bett, und Ani Wangmo begann: »Ich war das schöne Mädchen aus dem anderen Leben, doch diesmal ging ich nach Kathmandu.

Ich war also die Didi eines Mädchens mit reichen Eltern und lebte in einem schönen Haus mit einem großen Garten ganz in der Nähe eines großen Hotels. Vom oberen Stock des Hauses aus konnte man das Schwimmbad des Hotels sehen. Ich hatte nicht viel zu tun. Kesang, so hieß das reiche Mädchen, war damit beschäftigt, schön zu sein, westliche Kleider zu kaufen und große bunte Hefte mit vielen Bildern anzuschauen. Ich begleitete sie und war ihre Vertraute, und sie schenkte mir wunderschöne Kleider, derer sie überdrüssig war.

Sie hatten einen jungen Chauffeur, Krishna. Wir verliebten uns und heirateten. Krishna verdiente gut, und wir lebten in einem Haus am Stadtrand. Es war von einer Mauer umgeben, und nachts wurde die Eisentür verschlossen. Wir hatten einen Kühlschrank und einen Fernseher.«

»Oh, du meinst, ihr hattet so ein kleines Kino zu Hause?«, fragte Maili.

Ani Wangmo lachte leise. »So etwas Ähnliches, ja. Wir hatten auch schöne Möbel aus dunklem Holz, und wir besaßen sogar ein Telefon. Es war ein schönes Leben. Und dann wollten wir natürlich ein Kind. Krishna sprach immer von seinem Sohn, als hätten wir ihn bereits. Aber ich konnte keine Kinder bekommen. Ich versuchte die Vorstellung zu erzwingen, doch dann starb das Baby bei der Geburt, oder es starb kurz danach. Ich versuchte es so lange, bis ich dieses ständige Sterben nicht mehr ertragen konnte. Und zudem kamen nachts immer wieder meine Kinder aus dem anderen Traum an mein Bett und sagten: Komm zu uns zurück, Ama-la.

Für Krishna war es ganz furchtbar. Er sehnte sich so sehr nach einem Sohn. Er war seine Zukunft. Ohne einen Sohn hatte Krishna keine Zukunft. Wir waren nicht mehr glücklich. Krishna begann zu trinken. Es ging immer mehr bergab mit uns. Wann immer ich mir etwas Schönes auszudenken versuchte, wurde etwas Trauriges daraus. Schließlich brach ich auch diesen Traum ab. Ich wollte den betrunkenen, verzweifelten Mann nicht mehr sehen. Ich wollte den Vorwurf in seinen Augen nicht mehr sehen, denn er war überzeugt, dass die Schuld bei mir lag.

Ich wagte keinen neuen Traum zu beginnen. Jahre hatte ich damit verbracht, einen schönen Traum aufzubauen, und immer gab es ein schlimmes Ende. Es ist mein Karma. Wie viel sinnvoller wäre es gewesen, zu studieren und zu meditieren und so mein Karma zu verbessern, als es ständig zu wiederholen. Nun habe ich so lange gebraucht, um zu verstehen, was die Lehren sagen.

Ich habe nie etwas wirklich gut gemacht. Ich wollte wenigstens die Aufgabe, dich zu unterrichten, gut machen.«

Ani Wangmo schwieg wieder. Maili hätte die Unterbrechung gern genutzt, um aufzustehen und das Zimmer zu verlassen.

Doch Ani Wangmo spürte ihre Unruhe und sagte: »Warte, Maili. Hör mir zu. Ich war nicht freundlich zu dir. Ich war zu niemandem freundlich. Ich konnte es nicht. Und dann war da die schreckliche Geschichte mit deinen Eltern. Ich wollte diese Geschichte nicht wissen. Ich wollte diesen Schmerz nicht wissen. Ich konnte keinen Schmerz mehr ertragen. Verstehst du – ich schloss mich ein, damit der Schmerz nicht zu mir hereinkam. Ich konnte nicht. Ich konnte nicht …« Ani Wangmos Worte verloren sich in einem trockenen Schluchzen.

In Mailis Augen sammelten sich Tränen. Es war, als schnüre ein enger Ring ihre Brust ein, und sie wusste, dass es Ani Wangmos Gefühl war, das sie teilte. Ineinander verkrampft lagen ihre Hände in ihrem Schoß.

Öffne deine Hände, sagte eine Stimme in ihr. Maili öffnete ihre Finger, bis ihre Hände wie kleine Schalen auf ihren Knien lagen. Der Ring löste sich, und ihrem Herzen entstieg das Bild der Arya Tara. Die Gottheit schwebte über Ani Wangmo und tauchte ihre Gestalt in sanftes, grünliches Licht. Ani Wangmos Augen waren weit geöffnet, und langsam breitete sich ein Lächeln auf ihrem Gesicht aus. Maili hatte Ani Wangmo nie so lächeln gesehen. Es mochte das Lächeln des Kindes sein, das die Nonne einmal gewesen war, bevor jemand gesagt hatte, dass sie hässlich sei.

»OM TARA TUTTARE TURE SVAHA«, murmelte Ani Wangmo lächelnd und schloss die Augen. Maili blieb noch lange sitzen und verlor sich in der Anwesenheit der Gottheit, während Ani Wangmo schlief, einen Hauch des Lächelns über ihrem breiten Gesicht.

Die Regenzeit neigte sich dem Ende zu, als Doktor Bob aus Amerika auf den Berg kam. Er war ein großer Mann mit dunklem Haar, das mit grauen Fäden durchzogen war. Er musste sich bücken, um durch die Tür in Ani Wangmos Zimmer treten zu können, und seine breite Gestalt verdunkelte den Raum. Urgyen Ani folgte ihm.

Ani Wangmos Bettgestell gab knarrende Töne von sich, als Doktor Bob sich auf den Bettrand setzte. Seine große schwarze Tasche stellte er neben sich.

»Wie geht es, Ani-la?«, fragte er mit wunderlichem Akzent. »Immer müde, ja?«

Ani Wangmo nickte. Doktor Bob fühlte ihr Handgelenk, dann steckte er Stöpsel mit Schnüren daran in die Ohren und legte eine Kapsel am Ende der Schnüre an Ani Wangmos Brust. Danach sprach Doktor Bob mit Urgyen Ani in einer fremden Sprache.

»Doktor Bob sagt, dass du sehr krank bist, Ani-la«, sagte Urgyen Ani zu Ani Wangmo.

Die kranke Nonne lächelte, als habe Urgyen Ani einen Witz gemacht, dessen Pointe sie längst kannte.

»Du musst ins Krankenhaus, Ani-la.«

Ani Wangmo hob die Hand. »Nein«, sagte sie, »ich werde hier sterben. Ich weiß es. Ich habe immer wieder geträumt, dass ich ins Dunkel gehe. Und ich bin auf dem Tiger den Berg hinabgeritten. Ich weiß es.«

Als Doktor Bob und Urgyen Ani das Zimmer verließen, folgte Maili ihnen nach. Sie zupfte den Arzt am Ärmel. »Doktor Bob, wird Ani Wangmo sterben?«, fragte sie.

Der große Mann schaute mit gelassenem Blick auf sie herunter. »Es sieht so aus.«

»Kann man nichts tun? Es gibt doch Medikamente.«

»Sie hat die Zeichen des Todes gesehen«, sagte Urgyen Ani.

Doktor Bob nickte. »Ich würde sie trotzdem ins Krankenhaus holen, wenn ich mir etwas davon verspräche. Aber es sieht nicht gut aus. Es würde sie nur quälen, und erreichen würde man nichts. Es ist zu spät.«

»Aber sie sagte immer, sie sei nicht krank«, sagte Maili unglücklich.

Urgyen Ani legte Maili die Hand auf den Arm. »Du hast getan, was du konntest, Maili. Wir werden jetzt mit dem Rinpoche sprechen. Er entscheidet, was wir tun sollen.«

Maili lief zu Shimis Zimmer, doch die kleine Nonne war nicht zu Hause. Vom Lhakang erklangen die ersten Trommelschläge, die zur Nachmittags-Puja riefen. Entschlossen eilte Maili zu Ani Pemas Häuschen hinunter. Unversehens begann ein heftiger Regenschauer auf den Berg niederzuprasseln. Maili hatte in ihrer Aufregung die zusammengeballten Wolken nicht beachtet und keinen Schirm mitgenommen.

Ani Pema war gerade dabei, ihre Tür abzuschließen, als Maili triefend nass ihr Häuschen erreichte.

»Pema, warte, kann ich mit dir reden?«, keuchte Maili und rieb den Regen aus ihren Augen. »Bitte.«

Ani Pema schloss die Tür wieder auf. »Komm herein. Zieh deine nassen Sachen aus und lass sie im Badezimmer. Nimm den Kimono, der an der Tür hängt.«

Während Maili sich umzog, hatte Ani Pema aus einer Thermoskanne Tee in zwei bunte Tassen gegossen. Sie ließ sich auf dem Bett mit dem schönen Seidenteppich nieder.

»Setz dich zu mir«, sagte sie und klopfte mit der Hand neben sich.

Maili setzte sich neben Ani Pema. Dabei konnte sie nicht vermeiden, dass der Kimono ihre Beine teilweise unbedeckt ließ. Das war ungewohnt, und sie fühlte sich sehr verletzlich.

»Ani Wangmo stirbt«, sagte sie unvermittelt. »Und ich bin schuld daran. Ich hätte es vielleicht verhindern können.«

»Ich habe gehört, dass Ani Wangmo schon längere Zeit krank ist. Alle wussten es. Was hättest du tun können?«

Maili krampfte ihre Hände ineinander. »Am Anfang war ich froh, dass sie so schwach war. Ich dachte nur an mich. Sie war nicht mehr so unfreundlich. Sie war einfach zu schwach zum Unfreundlichsein. Und ich war froh darüber.«

»Wer könnte das nicht verstehen«, sagte Ani Pema. »Ani Wangmo stand nicht gerade im Ruf, ein umgänglicher Mensch zu sein.«

Ein Bündel unklarer Gefühle lag schwer in Mailis Herz. Sie wusste nicht, ob der Schmerz, den sie empfand, eher Schuldgefühl oder eher Mitgefühl war. Eines war sicher: Sie wollte nicht, dass sich die Dinge veränderten. Immer und immer wieder gab es Veränderungen und Verluste. Sie wollte, dass das Leben verlässlich war, doch es erwies sich ständig als das Gegenteil.

»Doktor Bob sagt, er hätte ihr helfen können, wenn man sie rechtzeitig ins Krankenhaus gebracht hätte. Jetzt ist es zu spät. Urgyen Ani sagt, dass Ani Wangmo die Zeichen des Todes gesehen hat.«

»Offenbar hat niemand ihre Krankheit rechtzeitig erkannt«, sagte Ani Pema beruhigend.

»Sie sagte immer, sie sei nur müde. Aber ich glaube, dass sie sterben wollte.«

»Wie kommst du darauf?«

»Sie hat mir Geschichten erzählt, Leben, die sie sich ausgedacht hat. Männer, mit denen sie verheiratet war, Kinder, die sie hatte – so etwas.«

Ani Pema schaute Maili aufmerksam an. »Dann hat sie viel Vertrauen zu dir. Ani Wangmo ließ nie jemanden an sich heran.«

»Am Anfang war sie schrecklich. Ich hatte das Gefühl, in der Hölle zu sein. Aber sie hat sich geändert. Ich hätte mich besser um sie kümmern sollen.«

Ani Pema legte Maili den Arm um die Schulter. »Quäle dich nicht. Es geht nur darum, was du jetzt für sie tust. Wenn sie die Zeichen gesehen hat, ist es ihre Zeit zu sterben, und kein Arzt der Welt könnte das ändern.«

»Was soll ich tun?«

»Hilf ihr dabei.«

»Wie?«, fragte Maili erschrocken. Zum ersten Mal wurde ihr klar, dass sie diesem Sterben nicht ausweichen konnte. Es würde vor ihren Augen geschehen, und sie würde nicht weglaufen können.

»Indem du da bist, ihr zuhörst, mit ihr meditierst.«

»Es macht mir Angst.«

Ani Pema drückte ihre Schulter. »Tod muss dir keine Angst machen.«

»Meine Eltern wurden von Räubern ermordet. Sie haben ihnen die Köpfe abgeschnitten.«

»Das habe ich gehört. Aber, Maili, nur die Gewaltsamkeit und Grausamkeit dieses Todes ist erschreckend; der Tod selbst nicht. Er ist Veränderung. Alles ist immer in Veränderung. Nichts bleibt, wie es ist – kein Augenblick, kein Ding, kein Wesen.«

Maili nickte. »Ja, nichts bleibt, wie es ist.« Und sie dachte an Sönam, der irgendwo in einem Kloster in Indien saß. Auch dies würde sich ändern, wenn der nächste Sommer kam. Und wie würde diese Veränderung aussehen, die wiederum von weiteren Veränderungen abgelöst würde? Es war besser, es nicht zu wissen, entschied Maili.

Ani Pema holte die Thermoskanne und goss Tee nach. Dann setzte sie sich auf die Bettkante und sah Maili eindringlich an. »Es heißt, dass jeder Tag, an dem man nicht an den Tod denkt, ein verlorener Tag ist. Dann sind wir gefangen in unseren Illusionen. Nur vom Standpunkt des Todes aus erkennst du, wie relativ alles ist. Das ist die Tür zur Freiheit.«

Maili dachte nach. »Frei von Festlegungen und engem Geist?«

Ani Pema schien erstaunt. »Woher hast du das?«

»Von Milarepa«, antwortete Maili. Sie musste ein wenig lächeln, denn fast hätte sie gesagt: von Sönam. Das Bedürfnis, zu irgendjemandem von Sönam zu sprechen, wurde immer größer. Doch es war noch nicht die richtige Zeit dafür.

»Es regnet nicht mehr«, sagte Maili. »Ich gehe jetzt.«

Sie zog ihre feuchten Kleider wieder an und ging mit leichterem Herzen, als sie gekommen war. Diesen Spruch wollte sie in sich festhalten: Jeder Tag, an dem du nicht an den Tod denkst, ist ein verlorener Tag. Es fiel ihr auf, dass sie in den vergangenen Monaten, seit Ani Wangmo krank geworden war, den Gedanken an den Tod stets zu vermeiden gesucht hatte. Man muss so dumm sein wie ich, um das Offensichtliche nicht zu sehen, dachte sie. Oder so feige.

Die Klosterleiterin saß bei Ani Wangmo, als Maili zurück in das Zimmer kam. »Ab morgen wird dir eine der älteren Nonnen bei Ani Wangmos Pflege helfen«, sagte sie. »Es ist schön, dass du es bis jetzt so gut gemacht hast.«

Maili sah Ani Wangmo an. Die Nonne lächelte ihr hölzernes Lächeln, das ihre Züge, die des Lächelns ungewohnt waren, in Aufruhr brachte. Das zarte, strahlende Kinderlächeln angesichts der Arya Tara hatte sich wieder in ihrem tiefsten Innern versteckt.

»Du hast es wirklich sehr gut gemacht, Maili«, sagte Ani Wangmo.

Maili schwieg und zog trockene Kleider an. Das Lob machte sie verlegen. Es schien ihr nicht gerechtfertigt, da sie sich nicht hatte anstrengen müssen, um das Nötige für die kranke Nonne zu tun.

»Ich habe Ani Tsültrim gesagt, dass du meinen Schrein bekommen sollst und was ich sonst noch habe«, sagte Ani Wangmo.

Die Klosterleiterin stand auf. »Morgen früh wird jemand zu deiner Entlastung kommen«, sagte sie. Maili ging mit ihr vor die Tür.

»Wie lange wird es noch dauern?«, fragte sie leise.

»Das kann man nicht sagen«, antwortete Ani Tsültrim.

»Ich glaube, sie will sterben«, sagte Maili.

Ani Tsültrim legte ihr wortlos die Hand auf den Arm. Als sie wegging, schaute Maili ihr nach, bis sie verschwunden war. Nie zuvor wäre sie auf den Gedanken gekommen, dass sie sich jemals der strengen Ani Tsültrim so nah würde fühlen können.

Die Stimmung in dem kleinen Zimmer hatte sich verändert. Es war ein furchterregender Friede, der sich darin ausgebreitet hatte, so klar und ausweglos. Ani Wangmo lag still da, die Augen zur Decke gerichtet. Maili setzte sich auf ihr eigenes Bett und nahm die Gedichte Milarepas vor, um den tibetischen Text zu entziffern und auswendig zu lernen.

»Stört es dich, wenn ich laut lerne?«, fragte sie Ani Wangmo. Die Nonne wandte ihr das eingefallene Gesicht zu. »Nein, natürlich nicht«, sagte sie. »Ich bin froh, dass du da bist, Maili. Was lernst du?«

»Lieder von Milarepa. Sönam hat sie abgeschrieben und übersetzt.«

»Sönam«, sagte Ani Wangmo leise.

Maili hielt den Atem an. Sie fürchtete sich vor der Hellsichtigkeit der sterbenden Nonne.

»Er leidet mehr als du«, sagte Ani Wangmo. »Es ist schwer, eine Frau zu sein. Aber ich denke, es ist noch schwerer, ein Mann zu sein.«

Im Mailis Augen sammelten sich Tränen. »Was soll ich tun, Ani-la?«

»Nimm sein Leiden und gib ihm deine Freude«, antwortete Ani Wangmo mit einer Stimme, die nicht die ihre zu sein schien, so wenig spröde war sie, wie die Stimme eines jungen Mädchens.

»O ja, ich kenne diese Meditation«, sagte Maili.

»Nähre deine Freude, Maili, Wenn du trauerst, kannst du ihm keine Freude schicken … Lies das Lied vom glücklichen Ende. Bitte!«

Maili suchte das »Lied vom glücklichen Ende« und las, so gut sie konnte, den tibetischen Text.

»Lies auch Sönams Übersetzung«, sagte Ani Wangmo. »Mein Tibetisch ist nicht so großartig.«

Maili lächelte vor sich hin und las:

Möge dieses Lied seinen Weg zu dir finden, mein Lama.
In deiner Gegenwart sollen sie es singen.
Segne diesen Bettler, ich bitte darum,
auf dass er in der Bergeinsamkeit verweilen möge.

Möge mein Glück unbemerkt bleiben
von denen, die mich lieben.

Möge mein Leiden unbemerkt bleiben
von denen, die es nicht tun.
In der Bergeinsamkeit zu sterben –
das würde dieses Yogis Wunsch erfüllen.

Wenn ich alt bin, möge ich mich unbemerkt
von Freunden und denen, die ich liebe, davonmachen.
Und wenn ich krank bin, möge meine Schwester es nicht
beachten.
In der Bergeinsamkeit zu sterben –
das würde dieses Yogis Wunsch erfüllen.

Wenn der Tod kommt, möge ich unbemerkt
von menschlichen Wesen dahinscheiden.
Möge mein verwesender Körper ungesehen
von den Vögeln des Himmels davongetragen werden.
In der Bergeinsamkeit zu sterben –
das würde dieses Yogis Wunsch erfüllen.

Mögen keine Trauernden kommen
und bei meinem Leichnam wachen.
Möge es kein Jammern und Klagen geben,
wenn der Tod eingetreten ist.
In der Bergeinsamkeit zu sterben –
das würde dieses Yogis Wunsch erfüllen.

Wie dieser Bettler zum Tode steht,
das hat mein Gesang verkündet.
In einer Höhle in den Felsen eines Tals,
wo kein menschliches Wesen weilt,
dort möge die Kraft entstehen
für aller Wesen Wohl.
Wenn es so kommt, sind meine Wünsche wahrlich erfüllt.

»Ein schönes Lied«, sagte Ani Wangmo.

Maili berührte mit dem Text ihre Stirn. »Ani-la, hast du Angst vor dem Sterben?«

»Das frage ich mich immer wieder«, antwortete Ani Wangmo. »Je mehr ich mich an alles erinnere, was ich gelernt habe, desto weniger fürchte ich mich. Als ich hierher ins Kloster kam, fragte mich der Rinpoche, warum ich Nonne werden wollte. Mir fiel nichts anderes ein als die Wahrheit. Ich sagte, dass ich habe sterben wollen, aber immer noch am Leben sei. Und dass ich nicht wisse, wie ich noch anders leben könne. Der Rinpoche lachte damals und sagte, ich würde bestimmt sterben, dessen dürfe ich ganz sicher sein. Das sei zwar keine Lösung, aber zumindest eine Sicherheit. Und dann lachten wir, der Rinpoche und ich, bis uns die Tränen herunterliefen. Von da an dachte ich nicht mehr, dass ich sterben wollte. Erst jetzt – aber jetzt ist es anders. Ich will nur mitgehen, wohin ich geführt werde.« Ani Wangmo hielt schwer atmend inne.

»Das Sprechen strengt dich an«, sagte Maili. »Ruhe dich aus.«

Ani Wangmo hob ungeduldig die Hand. »Ich habe nicht mehr viel Zeit, Kind. Ich möchte, dass du dich nicht fürchtest. Mein Sterben soll keine Last für dich sein. Ich habe es gut getroffen. Mein Lama begleitet mich.«

»Wohin begleitet er dich, Ani-la?«

»Durch die Welt meines Geistes. Durch die Welt meiner Gedanken und Träume, meiner Ängste und meiner Hoffnungen. Er wird mich vor mir selbst schützen. Vielleicht kann ich mich ihm aber auch so sehr anvertrauen, dass ich den Tod sehe wie er, als die große Befreiung, das klare Licht …«

»Oh, das Licht«, sagte Maili eifrig. »Du meinst, wenn alles Licht wird, ohne Grenzen?«

»Ja, wenn alles Licht wird, ohne Grenzen. Was weißt du davon, Maili?«

»Ich hab es gesehen.«

Ani Wangmos Blick ruhte lange auf ihr. »Du bist ein ungewöhnliches Mädchen. Geh zu Ani Nyima.«

»Warum?«

»Sie kann dir helfen.«

Vor Mailis innerem Auge erschien das bizarre Bild der Yogini. »Sich fürchten macht wach«, murmelte sie. »Das hat Ani Nyima gesagt.«

Ani Wangmo lachte. Es begann mit einem glucksenden Kichern, und schließlich lachte sie so fröhlich und ausgelassen, dass Maili mit einstimmen musste, bis sie sich verschluckte und verzweifelt hustete, um wieder Luft zu bekommen.

»Ich nehme alles zurück«, keuchte Ani Wangmo heiter. »Du wirst eine gute Tantra-Schülerin. Fürchte dich ungehemmt.«

Maili lag erschöpft auf ihrem Bett. »Ani-la, gib acht, sonst wirst du lachend sterben.«

»Wer weiß«, kicherte Ani Wangmo. »Wer weiß.«

Maili wachte auf. Es war dunkel. Nur am äußersten Horizont war ein winziger Lichtstreifen zu sehen. Das Muschelhorn hatte noch nicht zur Morgenmeditation gerufen. Es war das rasselnde Geräusch von Ani Wangmos schwerem Atem, das sie geweckt hatte. Maili sprang auf, zündete eine Butterlampe an und beugte sich über die Nonne. Sie berührte ihre Hand und spürte, dass sie ungewöhnlich kalt war.

»Ani-la«, sagte sie aufgeregt.

Ani Wangmo antwortete nicht. Ihre Augen, die tief in ihren Höhlen lagen, schauten in eine andere Welt.

Maili lief durch die Dunkelheit zu Urgyen Anis Zimmer und klopfte heftig gegen die Tür.

»Ani-la! Ani-la! Ani Wangmo stirbt!«

Urgyen Ani folgte ihr zu Ani Wangmos Zimmer, warf einen Blick auf die Nonne und schickte Maili los, Ani Tsültrim, Ani Pema und einige der älteren Nonnen zu holen. Sie sollten die Texte des Totenbuchs mitbringen, trug sie ihr auf. Und sie sollten den alten Rinpoche benachrichtigen, der krank war und sein Zimmer nicht verlassen konnte.

Ani Wangmo starb sehr sanft. Urgyen Ani beobachtete aufmerksam ihre Züge und flüsterte ihr immer wieder etwas ins Ohr.

Maili saß still auf ihrem Bett, während die anderen Nonnen murmelnd den Text des »Von-Angesicht-zu-Angesicht-Setzens« lasen, mit denen die Toten in den Zwischenzustand begleitet werden. Die Nonnen wechselten einander beim Lesen ab. Urgyen Ani schickte Maili am Abend dieses Tages zu Ani Pema, um dort zu übernachten.

»Wo ist Ani Wangmos Geist jetzt?«, fragte Maili auf dem Weg zum Häuschen der Nonne.

Ani Pema nahm ihre Hand. »Ich hoffe, sie findet den Weg in Buddha Amitabhas Reines Land«, sagte sie. »Dann kann sie dort ein Bodhisattva werden. Mach dir keine Sorgen. Rinpoche hilft ihr.«

»Wie kann er das?«

»Man kann es lernen. Rinpoche ist ein Meister in dieser Kunst. Vor einiger Zeit ist etwas Seltsames geschehen. Eine Schülerin aus dem Westen war hier, und deren Vater starb gerade zu dieser Zeit. Sie rief jeden Tag zu Hause an. Und dann sagte ihre Mutter, der Vater sei gerade gestorben. Die Schülerin kam herauf ins Kloster und bat Rinpoche, er möge dem Vater helfen. Unser Rinpoche kann helfen, dass die Geistenergie in das Reine Land kommt oder wenigstens eine gute Wiedergeburt auf der Erde hat.

Nun, Rinpoche versuchte, dem Vater der Schülerin zu helfen. Dann ließ er sie rufen und sagte, es gehe nicht. Der Vater sei noch gar nicht tot. Die Schülerin rief zu Hause an, und es war tatsächlich so. Die Mutter hatte sich getäuscht. Im Westen kennt man die wahren Zeichen des Todes nicht. Der Vater lebte noch. Das hat Rinpoche gesehen.«

»Das verstehe ich alles nicht.«

»Ich auch nicht, oder jedenfalls nicht ganz«, sagte Ani Pema und drückte Mailis Hand.

In der Nacht wachte Maili auf. Sie hatte nur kurz geschlafen. Im Traum hatte sie mit Ani Wangmos Geist gesprochen, doch sie erinnerte sich nicht mehr an den Inhalt. Sie setzte sich auf und nahm ihre Mala zu Hand. Halb wach begann sie das Mantra der Arya Tara zu singen. Ein Schauer des endenden Monsunregens trommelte auf das Dach und begleitete ihren Gesang. Eine Ahnung des Bildes der Gottheit erschien, doch es löste sich sogleich wieder auf. Die Weite öffnete sich, eine glückselige Weite ohne Zeit und Raum, und in dieser Weite spürte Maili auch Ani Wangmo, die nicht getrennt war von ihr.

Der Klang des Muschelhorns weckte Maili auf. Sie war im Sitzen eingeschlafen, und sie saß noch immer völlig aufrecht und locker auf dem Bett in Ani Pemas Arbeitsraum. Mit einem Gefühl großer Sanftheit und Ruhe zog sie sich an und ging mit Ani Pema zurück zum Totenzimmer. Drei Tage lang würde nun der Körper Ani Wangmos unberührt in ihrem Bett bleiben, während die Nonnen abwechselnd die Texte des Totenbuchs für sie lasen.

»Ihr Herz ist lange warm geblieben«, sagten die Nonnen verwundert. »Wer hätte das gedacht.«

»Ich vielleicht«, sagte Maili leise zu Ani Pema. »Ani Wangmo hat sich in den vergangenen Wochen von der Puppe zum Schmetterling verwandelt.«

»Ani-la«, sagte sie im Stillen zu der Toten. »Ich werde mich ordentlich fürchten. Ich verspreche es dir.«

# 7

Mit einer vorsichtigen Bewegung zog Maili die Tür zu. Sie hatte sich noch nicht daran gewöhnt, dass es nicht mehr nötig war, auf Ani Wangmo Rücksicht zu nehmen. Und noch immer war es für sie Ani Wangmos Zimmer, obwohl sie nun Alleinherrscherin darin war.

»Maili, warte!« Eine von Tränen und Panik erstickte Stimme rief nach ihr. Zwischen den Beeten kam die kleine Deki mit weit aufgerissenen Augen und verzerrtem Gesicht auf sie zugerannt. Sie warf sich gegen Maili, krallte die Hände in ihr Tuch und schluchzte: »Ich sterbe! Hilf mir, Maili, ich sterbe!«

Maili fasste nach den verkrampften Händen, die an ihrem Tuch zerrten. »Was ist, Deki? Hat dich eine Schlange gebissen?«

»Nein«, stieß Deki hervor, drückte die Tür auf und zog Maili hinter sich her. In der Mitte des kleinen Zimmers blieb sie zitternd stehen. Sie hob ihren vielfach geflickten und an einigen Stellen zerrissenen roten Rock hoch, und Maili sah kleine Rinnsale von Blut an der Innenseite ihrer Beine herablaufen.

»Ach, du armes Kind,« sagte Maili beruhigend, mit einem kaum hörbaren Lachen in der Stimme. »Hat dir niemand etwas gesagt?« Sie legte die Arme um das Mädchen. »Du siehst so klein aus. Ich hätte auch nicht gedacht, dass du schon so weit bist.«

Deki riss sich los und schrie außer sich: »Was soll das heißen, so weit? Ich bin krank. Siehst du das nicht? Ich blute!«

»Du bist nicht krank«, sagte Maili. »Du bist nur kein Kind mehr.«

Sie ging zu ihrem Regal und holte ein gefaltetes Tuch heraus. Dann nahm sie Deki an der Hand, führte sie zur Quelle, wusch ihr die Beine ab und zeigte ihr, wie sie das Tuch zu verwenden hatte.

»Das wird jetzt jeden Monat so sein«, sagte Maili. »Es ist schnell wieder vorbei.«

Zurück im Zimmer, zog sie das Kind neben sich auf ihr Bett. Deki zitterte noch immer. Maili erinnerte sich daran, wie ihre Mutter ihr das Mondgeheimnis erklärt hatte, und versuchte, es Deki in derselben sanften, poetischen Weise zu vermitteln.

»So habe ich es von meiner Mutter gelernt«, schloss sie.

Deki saß steif auf dem Bett. »Ich will das alles nicht«, sagte sie.

Maili legte den Arm um ihre Schulter. Doch Dekis Haltung gab nicht nach.

»Ich kann mich an meine Mutter erinnern«, sagte Deki gepresst.

»Woran kannst du dich erinnern?«, fragte Maili.

»Dass sie mich im Arm hielt.« Fast flüsternd fügte sie hinzu: »Als ich noch ganz klein war. Aber dann wollte sie mich nicht mehr.«

»Wer sagt das?«

»Sonst hätte sie mich nicht weggegeben.«

»Deki, hier weiß niemand etwas über deine Familie. Deine Mutter ist wahrscheinlich gestorben.«

»Jemand hat eine Frau und einen Mann gesehen, damals, als man mich gefunden hat. Und manchmal erinnere ich mich an sie.«

»Das können Verwandte gewesen sein.«

»Es waren meine Eltern«, sagte Deki mit angespanntem Gesicht. »Ich weiß es.«

Maili legte kurz ihre Wange an Dekis frisch geschorenen Kopf.

»Ich bin ganz sicher, dass deine Mutter dich nicht freiwillig weggegeben hat«, sagte sie. »Vielleicht ist sie gestorben, als du noch sehr klein warst, und Verwandte haben dich übernommen. So war es bei mir – nur war ich älter.«

»Meine Mutter hat mich geschlagen«, murmelte Deki.

»Es muss nicht deine Mutter gewesen sein.«

»Ich weiß es«, flüsterte Deki kaum hörbar.

Maili drückte das kleine Mädchen fest an sich. »Es ist lange vorbei. Jetzt sind wir deine Familie.«

Deki schluchzte heftig auf. »Ich gehöre zu niemandem. Und du hast deine Shimi.«

Eine schnelle, zurechtweisende Antwort lag Maili auf der Zunge. Doch dann besann sie sich. Deki hat recht, dachte sie. Ich habe sie nahezu vergessen. Sie war nur wichtig für mich, solange ich niemand anderen hatte. Danach habe ich kaum mehr an sie gedacht. Wie schmerzhaft muss es für dieses verlassene Kind gewesen sein, wieder verlassen zu werden.

Maili traten Tränen in die Augen. »Lass mich deine große Schwester sein.«

Deki wischte über ihr Gesicht, wodurch es noch schmutziger wurde, als es zuvor schon gewesen war. »Das sagst du nur.«

»Bitte glaub mir, ich meine es ernst. Ich möchte mich um dich kümmern. Vielleicht darfst du in meinem Zimmer schlafen. Ich werde Ani Tsültrim fragen.«

Deki warf ihr einen schnellen Blick zu, in dem sich Hoffnung und Ungläubigkeit mischten.

»Würdest du das wollen?«, fragte Maili.

Deki nickte mit gesenktem Blick. Sie wohnte mit den zwei anderen Kindern in einem winzigen, dunklen Zimmerchen, in dem nicht genug Platz für Bettgestelle war, so dass sie auf Matten auf dem kalten Steinfußboden schlafen mussten. Und Maili wusste, dass Deki mit den beiden Sherpa-Mädchen nicht gern zusammen war.

»Dann könnten wir gemeinsam lernen«, sagte Maili.

Deki hob den Kopf. »Bekomme ich dann ein richtiges Heft?«

»Und Bücher«, antwortete Maili.

»Und du zeigst mir, wie man die Uhr liest?«

Maili lachte verlegen. »Das muss ich selbst erst lernen. Ich hab keine Uhr, und Ani Wangmo hatte auch keine. Ich hab nur gelernt, die Sonne zu lesen.«

Deki brachte eine schiefes Lächeln zustande. »Dann zeigst du mir eben, wie man die Sonne liest.«

Maili ergriff die Hand des Mädchens. »Abgemacht, kleine Schwester.« Deki schwieg. Maili drückte die feste kleine Hand, und Deki erwiderte den Druck.

Am Abend ging Maili zum Zimmer der Klosterleiterin, das sie seit ihrer Ankunft vor mehr als einem Jahr nicht mehr betreten hatte. Sie schlug den Vorhang zur Seite. Ani Tsültrim saß auf ihrer Matte und war mit Papieren beschäftigt.

»Kann ich hereinkommen, Ani-la?«, fragte Maili.

Weder das Zimmer noch Ani Tsültrim hatten sich verändert. Maili sah sich schüchtern an der Wand sitzen, von Übelkeit gepeinigt, ausgeliefert in ihrer Sprachlosigkeit.

Ani Tsültrim winkte sie mit einer Handbewegung auf die Sitzmatte. »Wie geht es dir, Maili?«

»Mir geht es gut«, antwortete Maili und setzte sich. »Aber Deki geht es nicht gut.«

Ani Tsültrim hob fragend den Kopf.

»Sie ist ein einsames und trauriges Kind. Sie hat niemanden, der sich um sie kümmert.«

»Wir alle kümmern uns um sie.«

»Aber nicht genug«, sagte Maili ungeduldig. »Nicht so, wie eine Mutter es tun würde.«

»Und?«

»Ich möchte mich um sie kümmern. Ich möchte sie zu mir nehmen.«

Ani Tsültrim schob die Papiere vor ihr auf dem kleinen Tisch von einer Seite auf die andere. »Das geht nicht, Maili. Eines der neuen Mädchen kommt zu dir ins Zimmer.«

»Aber Deki braucht mich«, fuhr Maili auf. »Die Kinder sind in einem winzigen Zimmer zusammengepfercht und haben nicht einmal richtige Betten. Und die Sherpa-Mädchen mögen Deki nicht.«

»Maili, ich weiß nicht, ob du mit unserer Lage genügend vertraut bist«, sagte Ani Tsültrim kühl. »Nur den älteren Nonnen steht ein eigenes Zimmer zu. Du hast dein Zimmer mit einer anderen Nonne zu teilen. Außerdem haben wir viel zu wenig Platz. Die Kinder sollten gar nicht hier sein. Dies ist kein gewöhnliches Kloster, sondern ein Retreat-Kloster. Wir sind nicht für Kinder eingerichtet. Sie sind nur hier, weil sie sonst auf der Straße leben müssten.«

»Wenn Eltern mehr Kinder bekommen, als sie haben wollen, sorgen sie dennoch gut für sie«, murrte Maili.

»Wir sorgen so gut für sie, wie wir können.«

»Nein«, sagte Maili aufgebracht. »Das stimmt nicht. Deki ist unglücklich. Sie könnten ihre Lage verbessern, wenn Sie wollten. Aber Sie wollen nicht.«

»Maili, benimm dich«, sagte Ani Tsültrim unbewegt. »Du wirst dich unseren Regeln anpassen wie alle anderen auch.«

Maili sah, wie sich der Türvorhang bewegte, und erhob ihre Stimme noch ein wenig mehr. Alle sollten hören, was sie zu sagen hatte. »Und wenn die Regeln nicht gut sind? Wenn sie nicht mitfühlend sind? Wenn sie nur unglücklich machen?«

Ani Tsültrim schlug mit der Hand auf den kleinen Tisch. »Jetzt reicht es, Maili. Verlasse bitte das Zimmer.«

Maili sprang auf. An der Tür blieb sie stehen, wandte sich der Klosterleiterin zu und schrie wütend: »Ihnen ist das Unglück anderer gleichgültig. Sie wollen nur Ihre Regeln durchsetzen. Sie selbst haben ja ein schönes Zimmer.« Maili hielt erschrocken inne.

»Entschuldigung«, murmelte sie und lief hastig hinaus, wobei sie in der Eile den Vorhang nur ungenügend zurückschlug.

Sie rannte gegen die Nonne, die lauschend dahinterstand, und beide fielen mit lautem Gepolter gegen einen Schrank im Vorraum. Zwei weitere Nonnen, die sich ebenfalls im Vorraum eingefunden hatten, um das Drama in Ani Tsültrims Zimmer zu genießen, versuchten vergebens, ihr Lachen zu unterdrücken, das sich in lautem Prusten Luft machte.

Maili sah zu, dass sie wieder auf die Beine kam, und stürmte ins Treppenhaus. Es war ihr zum Lachen und Weinen zugleich zumute, und beides setzte sich wie ein dicker Pfropfen in ihrem Hals fest, so dass sie kaum atmen konnte. Sie rannte, ohne nach rechts oder links zu schauen, in ihr Zimmer und warf sich auf ihr Bett. Die Spannung befreite sich mit einem wilden Gelächter, das bald in wütendes Schluchzen und schließlich in erschöpftes Weinen überging.

»Ani Stinkdämon«, flüsterte Maili.

Am nächsten Mittag nützten die Nonnen in der Puja-Pause das schöne Wetter, um nach dem langen Monsun wieder ungestört von plötzlichen Regengüssen im Schatten der Bäume und Häuser gemeinsam zu essen. Das Gras war satt und weich, und die Welt schien in funkelndes Grün getaucht.

Maili setzte sich mit Shimi und Ani Pema unter einen kleinen Baum. Die Hündin Chungchung tobte mit ihrem Jungen auf der Wiese herum, als sei sie ein junger Hund und nicht eine von vielen Schwangerschaften und Krankheiten ausgezehrte Mutter. Der kommende Herbst mit seiner milder werdenden Sonne und den abkühlenden Nächten heiterte alle Gemüter auf. Nur Maili biss noch auf ihrem Zorn über die Klosterleiterin herum.

Deki lief mit ihrem vollen Teller zu dem Grüppchen. »Maili, ich darf zu dir umziehen«, krähte sie schon von weitem. Sie warf sich neben Maili auf den Boden, verschüttete dabei die Hälfte aus ihrem Teller und begann ungerührt den herabgefallenen Reis zwischen dem Gras herauszupicken.

»Wer hat das gesagt?«, fragte Maili.

»Ani Tsültrim hat es gesagt.«

»Oho! Ani Tsültrim muss eine kleine Erleuchtung gehabt haben«, sagte Shimi. »Oder sie ist krank. Sie würde doch lieber einen Zahn opfern, als eine ihrer geliebten Regeln überschreiten.«

»Übertreibe nicht«, sagte Ani Pema. »Sie macht ihre Sache recht gut.«

»Jedenfalls lässt sie mich zu Maili«, erklärte Deki mit vollem Mund. Ihr ganzer Körper zitterte vor Glück.

Maili lächelte ein halbes Lächeln. »Und diese Maili wird dir gleich nach dem Essen beibringen, wie man sich und seine Kleider wäscht«, sagte sie in trockenem Ton.

Innerhalb weniger Sekunden war sie in ihre Mutterrolle gefallen wie in ein klaffendes Loch. Denn neben der Freude über Ani Tsültrims Meinungsänderung empfand sie bereits die Last der Verantwortung, die sie auf sich geladen hatte. Sie erinnerte sich, wie Ani Tsültrim ein Jahr zuvor von der Hündin gesprochen hatte und von der Verpflichtung, die Zuneigung mit sich bringt. Beschämt musste Maili sich eingestehen, dass sie kaum jemals an Chungchung gedacht hatte. Man konnte die Entscheidung der Klosterleiterin von mehreren Blickwinkeln aus betrachten. Ani Tsültrim mag weiser sein, als eine dumme Maili mit großem Mundwerk einsieht, dachte Maili mit zwiespältigem Gefühl.

Nach dem Essen brachte Deki ihre Habseligkeiten zu Mailis Zimmer, das nun wirklich »Mailis Zimmer« und nicht mehr »Ani Wangmos Zimmer« war. Ein paar Hefte, die Maili ihr geschenkt hatte, ein Zeichenblock und Malstifte von Shimi, ein Bilderheft mit Sprechblasen, ein Topfputzer, der als Ball dienen musste – das umfasste den gehüteten Besitz des Mädchens. Ihre wenigen Kleider waren völlig abgetragen. Maili beschloss, das Komitee aufzuscheuchen, das für Kleidung zuständig war.

Deki bekam Mailis früheres Bett, und Maili wechselte zu Ani Wangmos Seite. So konnte sie vor Ani Wangmos Schrein mit der schönen kleinen Statue der Arya Tara sitzen. Sie hatte plötzlich das Bedürfnis, das Zimmer umzugestalten. Es sollte nicht mehr das alte Zimmer sein. Mailis Leben als Ani Wangmos Schützling war vorbei. Es war das Leben einer unsicheren, hilfslosen Schülerin gewesen. Jetzt war sie Maili Ani, wie alle sie nannten, und sie hatte Freundinnen und Aufgaben und durfte morgens das Muschelhorn blasen. Sie war ein Teil des Klosters. Zum ersten Mal seit ihrer Ordination hatte sie das Gefühl, wirklich eine Nonne zu sein.

Ani Pema steuerte den Jeep in der herbstlich warmen Mittagssonne über die vom Monsunregen ausgewaschene Straße den Berg hinunter. Mehr denn je glich die Straße einem trockenen Flussbett. An manchen Stellen war der unbefestigte Straßenrand abgerutscht, und der Jeep musste so nah an der Bergseite fahren, dass die Zweige der Büsche ins Wageninnere schnellten. Der Berg fiel so steil ab, dass Maili das Gefühl hatte, am Rand der Straße ende die Welt. Sie konzentrierte sich auf das Mantra der Arya Tara, so gut sie vermochte. Ihre Bewunderung für Ani Pema wuchs ins Grenzenlose. Sie hatte nie daran gedacht, dass auch Sönam jedes Mal auf dieser entsetzlichen Straße fahren musste, wenn er herauf ins Kloster kam. An ihre Fahrt mit ihm konnte sie sich kaum mehr erinnern. Ihr Magen hatte allzu viel Aufmerksamkeit verlangt. Später war sie immer zu Fuß die Straße hinuntergelaufen, zuerst mit Ani Wangmo, dann mit Shimi.

Seit der Nacht in der Stadt hatte Shimi mit keinem Wort und keiner Geste mehr an die untergründige Seite ihrer Beziehung gerührt. Maili bewunderte sie für diese Disziplin und war ihr dankbar dafür. Es ist Shimis Geschenk, das sie mir um unserer Freundschaft willen macht, dachte sie, und mit einem wärmenden Gefühl der Dankbarkeit streckte sie die Hand aus und legte sie auf die Schulter der Freundin, die vor ihr neben Ani Pema saß.

Shimi wandte sich nach ihr um. »Lebst du noch, Maili? Hinten ist es schlimmer als vorn.«

Ein weiteres heftiges Holpern ließ Maili mit dem Kopf gegen den Fensterrahmen stoßen. Die so unbedacht von der Lehne des Vordersitzes gelöste Hand suchte eilig nach neuem Halt.

»Ich lebe – aber wie lange noch!«, stöhnte Maili.

»Das ist die Bergstraßen-Aufwach-Meditation!«, schrie Shimi vergnügt beim nächsten wilden Aufbäumen des Jeeps.

»Die Angesichts-des-Todes-Meditation«, ergänzte Ani Pema lachend und wich mit einer ruckartigen Bewegung des Steuerrads einem Felsbrocken aus.

»Die Vollkommene-Panik-Meditation«, jubelte Shimi.

»Die Augen-zu-Meditation«, murmelte Maili und kniff bei der nächsten engen Kehre, in der man sehen konnte, dass der Steilhang ohne Unterbrechung bis zur Talsohle abfiel, die Augen zu. Der kurze Blick aus dem Fenster hatte ihren Herzschlag noch schneller werden lassen. Panik schlug ihre Krallen in Mailis Magen. Mit aller Kraft konzentrierte sie sich auf das Bild der Arya Tara und hüllte den Jeep in den grünen Schein, der von der Gottheit ausging. OM TARA TUTTARE TURE SVAHA. Mailis Blickwinkel verschob sich. Arya Tara schwebte über dem Berg, und der Jeep bewegte sich wie ein kleines Insekt die gewundene Straße hinunter. Eine große, beruhigende Stille lag über allem. Es gab nichts zu fürchten.

»Maili!«

Shimis Stimme schreckte sie auf. Sie öffnete die Augen und stellte verwundert fest, dass sie auf der geraden Straße, die nach Kathmandu führte, im Schatten hoher Bäume entlangfuhren.

»Maili, schläfst du?«

»Ich weiß nicht. Jetzt nicht mehr.«

Was bin ich doch für eine Träumerin, dachte sie. Die Erinnerung war sehr lebendig, und es fiel ihr schwer, wieder im Jeep anzukommen. Hatte sie sich von der Angst weggeträumt? War das so einfach?

Es war, als wäre sie weggeflogen, als hätte sich ihr körperloser

Körper erhoben, um innerhalb eines Augenblicks an einem anderen Ort zu sein. Es war ein schöner Ort, obwohl man ihn nicht wirklich »Ort« nennen konnte, denn es gab keine klaren Grenzen, nur Raum und in diesem Raum Anwesenheiten. Diese Anwesenheiten strahlten große Klarheit und Macht aus, und sie waren zutiefst freundlich, so überwältigend liebevoll, dass Maili sich schmelzen fühlte in dieser durchdringenden Wärme.

»Ich glaube, ich habe geträumt«, sagte sie benommen. »Es war schön.«

»Ich habe noch niemanden gesehen, der es fertiggebracht hat, auf dieser grässlichen Straße einzuschlafen und dabei nicht einmal vom Sitz zu fallen«, sagte Ani Pema voll heiterer Anerkennung.

»Maili ist ein Vögelchen«, kicherte Shimi. »Sie krallt sich fest, und dann wirft sie nichts mehr um.«

Die Stadt war in der Verkehrsruhe des Kukur-Tika-Festes begraben. Es war das Hundefest, an dem man allen Hunden bis hinab zum räudigsten Straßenköter Blumenkränze um den Hals legte, einen roten Punkt auf die Stirn malte und ihnen Futter gab. Ani Pema lenkte den Jeep über die breite, fast leere Ringstraße, in der sich an einem gewöhnlichen Werktag eine Lastwagen- und Taxilawine durch dichten Auspuffnebel wälzte, und dann ins Innere der Stadt hinein. Wie angenehm war es, im Jeep die Stadt an sich vorbeigleiten zu sehen. Maili fühlte sich privilegiert und überlegte, ob es wohl schlechtes Karma erzeuge, wenn man mit solch unbeherrschtem Wohlgefühl aus einem Autofenster auf die Fußgänger herabsah.

Ani Pema hupte vor einem eisernen Tor. Ein Diener öffnete es und schloss es wieder hinter dem Jeep.

Maili betrat eine Welt der Wunder. Ani Pemas tibetische Familie war wohlhabend; ein Teil des Klans hatte schon vor der Annexion Tibets durch die Chinesen in Nepal gelebt. Ani Pemas Vater war Professor an der Universität von Singapur gewesen. Eine Universität, so Ani Pemas Erklärung, war eine besondere Schule, ähnlich wie die Hochschulen der Mönchsklöster, und dorthin durfte man erst gehen, wenn man schon während der ganzen Kindheit und Jugend in die Schule gegangen war und viele Prüfungen bestanden hatte. Wie Sönam, hatte Maili dabei gedacht, er ist jetzt auf einer Hochschule, und ein Hauch von Stolz auf ihn streifte sie, wie eine Mutter stolz ist auf ihren klugen Sohn.

Im Wohnzimmer des Hauses lagen dicke Teppiche auf dem Boden und den niederen Sitzbänken. Die Möbel waren aus schönem Holz und mit bunt lackierten Schnitzereien verziert. In einer Ecke stand ein Apparat mit einer grauen Glasscheibe, ähnlich wie Ani Pemas Apparat.

»Das ist der Fernseher«, flüsterte Shimi in Mailis Ohr, »du weißt schon, das Haus-Kino.«

Ani Pemas Mutter war eine schwere Frau, die aussah, als sei sie es gewohnt zu befehlen. Sie nannte ihre Tochter Bomo-la und redete aufgeregt in tibetischer Sprache auf sie ein.

»Pemas Tante, die Schwester ihrer Mutter, muss ins Krankenhaus gebracht werden«, sagte Shimi leise zu Maili. »Sie fahren gleich hin. Wir warten hier auf sie.«

Die nepalesische Didi brachte Tee und Kekse, und Shimi drückte Knöpfe an dem Kino-Apparat. Das Gesicht einer Frau erschien und sprach sehr schnell auf Nepali. Es kamen viele Wörter vor, die Maili nicht kannte. »Was sagt sie?«

Shimi suchte etwas in einem Regal voller kleiner Schachteln und erklärte: »Das sind nur Nachrichten. Etwas über die Regierung. Wir schauen uns einen Film an.«

Shimi steckte eine der Schachteln aus dem Regal in das Haus-Kino. Die Frau auf dem Bild verschwand, und stattdessen erschien ein Bild mit einem seltsam gestalteten Tempel und einem schwarz gekleideten Mönch.

»Das ist ein chinesischer Film aus Hongkong auf Nepali«, sagte Shimi und legte sich in die Kissen auf der Sitzbank zurück. »Er wird dir gefallen.«

»Warum auf Nepali? Ich denke, es ist ein chinesischer Film«, wunderte sich Maili.

Shimi lachte. »Sonst versteht man ihn doch nicht. Wer kann denn hier Chinesisch?«

Maili versuchte, der Geschichte zu folgen, doch die Bilder wechselten so schnell, dass sie bald nicht mehr wusste, worum es ging. Wenn sie eine Person genauer betrachten wollte, war sie schon wieder weg, und eine andere Person erschien. Das Bild blieb nie lange genug da, um ihr die Möglichkeit zu geben, alles aufzunehmen, was es zeigte. Das war sehr ermüdend, und nach einiger Zeit fielen ihr die Augen zu.

»Maili hat heute ihren Schlaftag«, sagte Shimi in Mailis Ohr und kitzelte sie an der Nase.

Maili wachte verwirrt auf. Das Bild des Apparats war wieder grau. Shimi blätterte in einem großen Heft mit vielen bunten, glänzenden Bildern.

Maili gähnte und streckte sich. »Wann kommt Pema wieder heim?«, fragte sie.

Shimi legte das Heft beiseite. »Irgendwann. Langweilst du dich?«

»Ich weiß nicht, was ich tun soll. Oben im Kloster weiß ich immer, was ich tun soll.«

»Nichtstun ist eine besondere Kunst«, lachte Shimi. »Aber da du so gerne lernst – lass uns lernen. Pema hat ein schönes Buch, das ganz wunderbar zum Lernen geeignet ist.«

Shimi führte Maili in Ani Pemas Zimmer. Es war ähnlich ausgestattet wie ihr Häuschen im Kloster, abgesehen von einem riesigen Regal voller tibetischer und westlicher Bücher. Maili zog ein kleines westliches Buch heraus, auf dem ein fliegender Kranich abgebildet war. Die Schrift konnte Maili nicht lesen. Sie zog fragend die Augenbrauen hoch. Shimi schlug eine Seite auf, die mit tibetischer Schrift bedruckt war. Auf der anderen Seite stand etwas in der fremden Schrift.

»Das sind Lieder des sechsten Dalai Lama«, sagte Shimi, »mit englischer Übersetzung. Du versuchst zu lesen, und dann können wir den tibetischen Text zusammen übersetzen.«

Sie ließen sich nebeneinander auf den Sitzmatten nieder, und Maili machte sich daran, den Text eines Lieds zu entziffern. Shimi holte Papier und Stift und ließ Maili die einzelnen Wörter und ihre Bedeutungen aufschreiben. Maili machte sich mit großem Eifer ans Werk. Sie wollte so gern bald die Sprache beherrschen, in der sie die Lehren des Buddha hören könnte.

»Was heißt dieses Wort?«, fragte sie und deutete auf eine Stelle des Textes.

»Geliebte.«

»Was?«

»Ja.«

»Oh.«

»Jetzt fasse den Text zusammen«, sagte Shimi und lächelte erwartungsvoll.

»›Ich möchte den Unterweisungen meines Lama zuhören.‹ Stimmt das?«

»Gut. Weiter.«

»›Aber mein Herz flieht heimlich …‹ Stimmt das auch?«

»Gewiss.« Shimis rundes Gesicht rundete sich noch mehr. »Weiter!«

»›Aber mein Herz flieht heimlich zu den Gedanken an …‹ o nein.«

»O doch.«

»Shimi, das kann nicht stimmen.«

»Es stimmt. Glaube mir. Vergiss nicht, Tibetisch ist meine Muttersprache. Bring es zu Ende.«

»›Aber mein Herz flieht heimlich zu den Gedanken an meine Geliebte.‹ Das ist doch kein Lied eines Dalai Lama!«

»Doch. Des sechsten. Lied Nummer sechzehn.«

»Ach du lieber Himmel. Er hatte eine Geliebte?«

»Nicht nur eine, soviel man weiß.«

»Aber er war doch ein Dalai Lama.«

Shimi lachte. »Sei beruhigt – er ließ sich nicht ordinieren. Keine Mönchsgelübde. Er weigerte sich einfach. Hast du denn noch nie etwas von dem berühmten sechsten Dalai Lama gehört?«

Maili schüttelte den Kopf.

»Er war ein Freigeist, ein Dissident. Er mochte den Pomp des Klerus nicht. Und er tat alles, was er nicht tun sollte. Er ist ein würdigenswertes Vorbild.« Shimi kicherte. Sie beugte sich vor und blätterte weiter. »Nächste Strophe. Lies.«

Maili plagte sich durch den Text, schrieb die Wörter auf und fasste zusammen:

Auch wenn ich in der Meditation
das Antlitz meines Lamas herbeirufe, sehe ich es nicht.
Doch ständig sehe ich das lächelnde Gesicht
meiner Geliebten vor mir.

Könnte ich so eifrig über den Dharma meditieren,
wie ich von meiner Geliebten träume,
würde ich gewiss
die Erleuchtung in diesem Leben erlangen.

Maili ließ das Buch sinken. »Ich kann es nicht glauben.«

»Was kannst du nicht glauben?«, fragte Ani Pema, während sie den Vorhang an der Tür hochschlug.

»Dass diese wunderschönen Liebeslieder von einem Dalai Lama geschrieben wurden«, sagte Shimi kichernd.

»Oh, in Lhasa singen die Musikanten seine Lieder im Park. Wenn du möchtest, erzähle ich dir von ihm nach dem Essen«, sagte Ani Pema und setzte sich zu den beiden Mädchen.

Die Didi brachte drei Tabletts mit Schälchen, die ein reichhaltiges Abendessen enthielten, viel üppiger, als die Nonnen es gewohnt waren. Doch Maili stocherte lediglich mit den Essstäbchen ein wenig im Reis herum. Die Liebeslieder des sechsten Dalai Lama hatten ihre Gedanken mit Macht zu Sönam zurückgeführt. Den ganzen Sommer über hatte sie es sich verboten, an ihn zu denken, und sich auf ihre Studien konzentriert. Wann immer sein Bild vor ihr aufgetaucht war und sie in einem Taumel der Sehnsucht hatte ziehen wollen, hatte sie eine Formel dagegengesetzt: »Der nächste Monsun ist nicht jetzt. Sönam ist nicht jetzt.« Doch nun drängte sich die Erinnerung mit doppelter Macht auf und schnürte ihr die Kehle zu.

Ani Pema schob ihr Tablett mit den leeren Schälchen zur Seite. »Also gut«, sagte sie, »ich werde dir die Geschichte des sechsten Dalai Lama erzählen: Es war lange nach dem Tod des fünften Dalai Lama, der den Potala in Lhasa erbauen ließ. Seinen Tod verschwiegen sie aus politischen Gründen fünfzehn Jahre lang, und so mussten sie natürlich auch die sechste Inkarnation geheim halten, obwohl der Dalai Lama drei Jahre nach seinem Tod wiedergeboren worden war. Es war das Jahr 1697, glaube ich, als sie den zwölfjährigen Jungen in den Potala brachten und inthronisierten. Dort lebte er und wurde ausgebildet, aber einsperren ließ er sich nicht.

Er muss ein sehr hübscher Junge gewesen sein. Und er war außerordentlich klug und begabt. Aber er brachte den Regenten ständig aus der Fassung, weil er sich so unkonventionell benahm. Zum Beispiel mochte er keine Diener. Er kochte seinen Tee selbst, und wenn Leute zur Audienz kamen, empfing er sie zu jeder Tageszeit und holte sie in sein Wohnzimmer. Alles steife Getue und die Arroganz des Klerus gingen ihm auf die Nerven.

Der Regent schaltete den Panchen Lama vom Kloster in Shigatse ein, der sollte den Jungen ordinieren, damit er Ruhe gäbe. Da war er siebzehn, unser hübscher, eigenwilliger, mutiger Tsangyang Gyatso. Aber er lehnte die Ordination ab, zog die Robe aus und kleidete sich von da an nur noch in Seide und Brokate. Und er ließ sein Haar ganz lang wachsen und trug aufregende Ringe, die er selbst entwarf. Aber das Allerschlimmste waren natürlich seine Ausflüge in die Kneipen und sein Gefallen an Mädchen. Und die hatten nicht alle den besten Ruf.

Politisch war es eine schwierige Zeit. Die Allianz mit den Mongolen, die damals auch China beherrschten, war nicht einfach. Schließlich marschierten Mongolentruppen nach Lhasa ein und entführten den jungen Dalai Lama. Sechsundzwanzig Jahre war er damals alt, und angeblich starb er auf der Reise nach China. Wie und warum, weiß niemand. Es gibt aber noch eine andere Quelle, nach der er durch Tibet und bis nach Nepal pilgerte und dann in der Mongolei ein sehr aktiver Dharma-Lehrer wurde. Und zudem heißt es, dass er imstande war, seinen Körper an verschiedenen Orten zugleich zu manifestieren. Aber das gibt es ja öfter.«

Ani Pema nahm das kleine Buch zur Hand, blätterte darin und fuhr fort: »Seine Lieder haben meistens einen herausfordernden Ton. Aber manchmal sind sie einfach nur traurig. Wie dieses hier:

Yama, Spiegel meines Karma,
der du im Reich des Todes weilst,
urteile du und lass mir Gerechtigkeit widerfahren.
Hier, in diesem Leben, gab es keine Gerechtigkeit für mich.«

Shimi schlug die Hände zusammen. »Es ist nicht einfach, ein Dissident zu sein.«

»Bis jetzt mussten wir deshalb nicht leiden, Shimi.«

»Sie reden über uns im Kloster.«

Ani Pema lachte. »Alle reden über alle. Das ist immer so.«

Shimi reckte die Faust hoch. »Buddha hat die Freiheit des Denkens gewährt!«, rief sie.

»Dann denke«, erwiderte Ani Pema, »und halt den Mund.«

»Wenn ich das könnte, wäre ich jemand anderer. Die älteren Nonnen sagen immer, es gehöre sich nicht für eine Nonne, den

Mund aufzumachen. Aber Mönche dürfen studieren und sich im Disputieren austoben. Es ist ungerecht.«

»Du hast recht«, sagte Ani Pema, »und du hast nicht recht. Kennst du den Spruch des Buddha über das Scheren des Kopfes, das Tragen der Robe, das Reinigen mit Wasser und Hungern am Abend? Er sagte: ›Schere das Haar des Konzepte schaffenden Denkens mit dem Messer des unterscheidenden Wissens. Schütze dich vor der Qual störender Emotionen mit dem Gewand der Leerheit. Wasche deine Ignoranz mit dem Wasser der Weisheit weg. Vertreibe den Hunger des Verlangens mit der Nahrung der Meditation.‹«

»Und erkenne, dass dein Körper das Kloster ist«, fügte Maili triumphierend hinzu. »Das sagte Milarepa.«

»So sei es!«, sagte Ani Pema.

»So sei es!«, wiederholten Maili und Shimi mit verschwörerischem Lächeln.

Die herbstlichen Nächte wurden immer kühler. Ani Pema hatte Maili einen dicken Teppich für ihr Zimmer geschenkt und für Deki eine warme Jacke mitgebracht. Maili nahm ihre Verantwortung für Deki sehr ernst. Sie hatte einen regelmäßigen Schulunterricht erzwungen, so dass Deki und die anderen Kinder ordentlich lesen und schreiben lernten, um die nötige Grundlage für den Tibetischunterricht zu schaffen. Deki genoss ihren Wissensvorsprung über alle Maßen und bot großzügig Nachhilfe an. Von Tag zu Tag wurde ihre Veränderung deutlicher. Sie wuchs schneller, seitdem Maili für sie kochte, und Maili hatte keine Scheu, zum Komitee zu gehen und um Geld für Dekis Bedürnisse zu bitten. Ani Wangmo hat es für mich getan, nun tue ich es für Deki, dachte sie mit einem zärtlichen Gefühl der Dankbarkeit für die unglückliche Nonne, die so ungeschickt die Mutterrolle für sie übernommen hatte.

Sie nahm sich vor, mit den hunderttausend Niederwerfungen

im Laufe des Winters fertig zu werden und ihre vorbereitenden Übungen noch vor dem nächsten Monsun zu beenden.

Nach dreißigtausend Niederwerfungen sagte sie zu Urgyen Ani: »Ani-la, die Niederwerfungen sollen doch dazu verhelfen, dass man nicht mehr so stolz ist. Aber ich werde immer stolzer.«

Urgyen Ani zog die Augenbrauen hoch. »Worauf bist du stolz, Maili?«, fragte sie mit unterdrücktem Lächeln.

»Ich weiß nicht. Ich habe das Gefühl, dass mein Kopf so hoch oben sitzt.«

Urgyen Ani lachte laut. »Da sitzt er doch gut.«

»Ich weiß nicht ...«

»Frage Ani Nyima, wenn du wieder zu ihr geschickt wirst«, sagte Urgyen Ani und nahm vergnügt die Unterlippe zwischen die Zähne.

Da der Weg zur Höhle bei den jungen Nonnen nicht beliebt war, konnte sich Maili bei der nächsten Gelegenheit den Auftrag sichern, der Yogini ihre Lebensmittel zu bringen. Die Mittagssonne war noch sehr warm, und sie verzichtete darauf, ihr Tuch mitzunehmen. Sie packte die Tasche auf den Kopf und hielt sie mit einer Hand in Balance, während sie über die Felsbrocken des steilen Pfades kletterte. Jetzt kann ich meinen Kopf so hoch tragen, wie ich will, dachte Maili heiter. Die Last darauf rechtfertigt es.

Als sie die kleine, steile Treppe zur Einsiedelei hinaufstieg, öffnete sich oben die Tür, noch bevor sie läuten konnte, als habe Ani Nyima sie erwartet. Die Yogini empfing sie in einem kostbaren geblümten Gewand, das ähnlich aussah wie Ani Pemas Kimono. Das zarte braune Gesicht war von hell strahlendem, langem Haar umrahmt. Maili hatte fast vergessen, dass es auch diese Ani Nyima gab. Der Dienst, die Yogini zu versorgen, den sie mit den anderen jungen Nonnen teilte, war seit dem Sommer ereignislos gewesen. Eine Ani Nyima, die lediglich eine alte Nonne mit grauem Haarknötchen war, hatte ihr wortlos die Tasche abgenommen, und Maili hatte sich unter dem scharfen Blick geduckt und sich schnell wieder davongemacht.

»Komm herein, Prinzessin«, sagte die Yogini.

Maili durfte sich wieder auf die Matte unter dem aufgespannten Tuch setzen. Ani Nyima brachte ein rundes, schwarz lackiertes Tablett herbei, auf dem ein Holzlöffel, eine Schöpfkelle und ein kleiner Besen neben einer lackierten Büchse und einer schönen Schale lagen. Dann holte sie einen Topf mit kochendem Wasser und stellte ihn daneben.

Ani Nyima forderte Maili auf, die gleiche Haltung wie sie selbst einzunehmen: kniend und auf den Fersen sitzend, sehr gerade aufgerichtet, die Hände auf den Knien. Dann verbeugte sie sich tief, beide Handflächen auf dem Boden, und wies Maili mit einer Handbewegung an, es ihr gleichzutun. Daraufhin begann sie mit einer seltsamen Zeremonie. Mit anmutigen, rituellen Gesten löffelte sie ein grünes Pulver aus der Dose in eine der Tassen, schöpfte dampfendes Wasser darauf und schlug das Gebräu mit dem kleinen Besen, bis es schäumte.

Es lag eine so gewaltige Stille und Aufmerksamkeit in diesem Tun, dass Maili den Atem anhielt. Ani Nyima richtete sich auf, hielt die Schale hoch und drehte sie langsam, um sie schließlich mit einer Geste großer Würde Maili zu reichen. Maili ahmte selbstvergessen die Yogini nach. Ebenso langsam und gesammelt, wie sie ihr gereicht wurde, ergriff sie mit beiden Händen die Schale. Ani Nyima deutete mit einer leichten Handbewegung an, dass sie die Schale drehen und dann trinken solle. Maili schaute in die grüne, sich klärende Flüssigkeit und sah auf den Grund der Schale, auf dem eigenartige Muster in der Glasur sichtbar wurden. Sie drehte die Schale, bis ihr das Muster besonders gut gefiel, und trank dann von dem heißen, bitteren Tee. Mit einer fließenden Bewegung stellte sie die Schale vor sich nieder und richtete sich wieder auf.

Ani Nyima saß still und aufgerichtet da, den Blick leicht gesenkt. Sie erinnerte Maili an die Mohnblumen in einem der Gärten, die auf ihren zarten Stängeln der Sonne entgegenstrebten, die seidigen Blüten weit geöffnet. Sie erinnerte sich an die Gesichtchen ihres kleinen Bruders und des Babys ihrer Tante. Über Ani Nyimas Zügen lag derselbe blütenhafte Hauch.

Mit einer Handbewegung wies Ani Nyima auf die Schale vor Mailis Knien. Maili hob die Schale mit beiden Händen auf wie zuvor, drehte sie, trank und stellte sie wieder ab. Erneut nahm sie die Haltung ein, die sie bei Ani Nyima sah. Die Stille begann zu klingen.

Schließlich erhob sich Ani Nyima. Wortlos blieb sie stehen und wartete. Maili begriff, dass sie nun gehen sollte, und stand ebenfalls auf. Ani Nyima verbeugte sich. Maili verbeugte sich. Dann öffnete Ani Nyima die Tür zur Treppe.

Als Maili hinausging, sagte die Yogini: »Halte den Kopf und die Schultern gerade.«

Maili stieg langsam und wie berauscht von Wachheit den Berghang hinunter. Beiläufig warf sie einen Blick zum Tigerfelsen hinüber. Dort lag das gewaltige Tier, den Kopf ihr zugewandt. Obwohl der Tiger weit entfernt war, hatte sie den deutlichen Eindruck, dass sein Blick auf sie gerichtet war. Sie blieb stehen, legte die Hände zusammen und verbeugte sich. Ich grüße dich, Tiger, sagte sie im Stillen.

Ohne Eile kletterte sie zum Kloster hinunter. Der Blick des Tigers folgte ihr. Sie spürte ihn im Genick, ohne dass sie dabei Angst empfand. Sie fühlte sich mit dem Tiger verbunden, auf eine respektvolle Weise, voller Wertschätzung.

Am nächsten Tag, als das Gefühl der Verzauberung, das der Besuch bei der Yogini in ihr hinterlassen hatte, ein wenig gewichen war, ging sie zu Urgyen Ani und fragte: »Ani-la, hast du mit Ani Nyima über mich gesprochen?«

»Nein,« antwortete die Disziplinarin, »Wie kommst du darauf?«

»Sie muss gewusst haben, weshalb ich kam.«

»Was sagte sie?«

»Nichts. Fast nichts. Sie machte Tee – auf ganz seltsame Weise, als wäre es eine Puja.«

»Ani Nyima benimmt sich oft seltsam.«

»Und dann sah ich den Tiger auf dem Tigerfelsen und hatte keine Angst.«

Urgyen Ani sah sie mit dem langen, forschenden Blick an, der ihr eigen war. Maili hatte sich ohne Absicht in der knienden Haltung der Yogini niedergelassen, gerade aufgerichtet, die Hände auf den Knien.

»Hat sie deine Frage beantwortet?«

»Ich habe nicht gefragt. Aber sie hat geantwortet. Sie hat gesagt, ich solle Kopf und Schultern gerade halten. Das war alles.«

»Und?«

»Ich halte Kopf und Schultern gerade. Es gefällt mir.«

Es war das erste Mal, dass sich Maili angesichts der schönen Disziplinarin nicht ungelenk und hässlich fühlte.

»Gut«, sagte Urgyen Ani und lächelte ihr sanftes, anmutiges Lächeln. »Dann kannst du ja nun ungestört deine Niederwerfungen zu Ende bringen.«

Maili verbeugte sich aus der knienden Haltung und stand auf, ohne sich dabei mit den Händen abzustützen, so, wie sie es bei Ani Nyima gesehen hatte. Mit einer kleinen, wortlosen Verbeugung verließ sie Urgyen Anis Zimmer.

Diese Art des schweigenden Ausdrucks gefiel Maili ungemein gut. Die Maili Ani mit dem großen Mundwerk wird gar noch lernen, freiwillig auf das Plappern zu verzichten, dachte sie und lachte leise vor sich hin.

Als Ani Pema, die sich um die Angelegenheiten ihrer Mutter kümmern musste, wieder ins Kloster heraufkam, erzählte ihr Maili von dem eigenartigen Erlebnis mit der alten Nonne.

»Verstehst du das?«, fragte sie.

Ani Pema lachte. »Ani Nyima ist in Hongkong aufgewachsen, als Tochter eines berühmten chinesischen Künstlers und einer adeligen tibetischen Mutter. Sie hat dir eine japanische Teezeremonie vorgeführt.«

»Sie ist manchmal sehr alt und manchmal sehr schön«, sagte Maili. »Sie verwirrt mich.«

Ani Pema nickte. »Sie war berühmt für ihre Schönheit. Niemand weiß, wie alt sie ist. Sie war einmal die Gefährtin unseres Rinpoche. Danach ging sie in die Höhle. Sie spricht selten. Du musst eine besondere karmische Verbindung mit ihr haben.«

»Alle scheinen sich vor ihr zu fürchten. Ich fürchte mich auch manchmal vor ihr. Warum nur?«

»Vielleicht deshalb, weil ihr Geist so frei ist«, sagte Ani Pema. »Sie ist eine große Dakini.«

Vor Mailis inneres Auge trat das Rollbild der nackten, tanzenden Dakini, das im Lhakang hing. Sie trug eine Krone aus Totenköpfen, und um ihren Hals hing eine lange Totenkopfgirlande. Eine Kette von Knochenschmuck lag um ihre Hüften. Sie trank Blut aus einer Schädelschale, und mit der anderen Hand schwang sie ein gebogenes Messer. Ein Kranz von Flammen umgab die Gestalt, die auf einer Leiche tanzte. Maili hatte das Bild immer wieder mit einer Mischung aus Begeisterung und Grausen angeschaut. Sie wusste, dass all die zornvollen Gottheiten, männliche wie weibliche, nicht böse und zerstörerisch waren und dass die Leiche, auf der sie tanzten, den Tod der Gier, der Aggression und der Ignoranz verkörperte. Dennoch ging etwas Bedrohliches von ihnen aus.

»Du lieber Himmel. Meinst du das ernst?«, fragte sie.

»Dynamische weibliche Weisheitsenergie«, entgegnete Ani Pema. »Ja. Das ist die Bedeutung der Dakinis.«

»Oh«, sagte Maili und rollte die Augen, »sehr dynamisch. Wenigstens sieht Ani Nyima nicht so aus wie die Dakini im Lhakang.«

Erst zu Beginn des Winters war Maili wieder an der Reihe, der Yogini Lebensmittel zu bringen. Warm eingepackt in ihren Ziegenfellmantel, an den Füßen feste Sportschuhe, die eine westliche Besucherin hinterlassen hatte, stieg sie den vom eiskalten Regen schlüpfrigen Steilhang hinauf. Die Wolken hingen seit vielen Tagen über dem Berg, und Maili fühlte eine unbestimmte, bohrende Traurigkeit. Sie wurde oft von der Erinnerung an Sönam überfallen und versuchte sich vorzustellen, wie es wäre, wenn sie wüsste, dass er nie wiederkäme. Mein Leben hier würde weitergehen wie immer, dachte sie. Aber ich hätte nichts, worauf ich mich freuen könnte. Worauf sollte ich mich sonst freuen? Auf Erleuchtung kann man sich nicht freuen. Es ist vielleicht wunderbar, aber ich kann es mir nicht vorstellen. Wie halten die anderen es aus? Sie haben keinen Sönam. Worauf hat sich Milarepa gefreut? Man könnte meinen, er hat sich auf den Tod gefreut. Das ist seltsam. Und worauf freut sich Ani Nyima? Freut sie sich auf den Tod? Sie sieht nicht aus, als ob sie sterben wollte. Sie sieht aus, als liebte sie das Leben. Wie kann man ganz allein in einer Höhle das Leben lieben?

Als sie sich den Stufen näherte, die zur Höhle hinaufführten, verlangsamte sich ihr Schritt immer mehr. Schließlich blieb sie stehen, um herauszufinden, was sie fühlte. Es war ein wildes Gemisch von Aufregung, Anziehung und Furcht. Das Bedürfnis umzukehren und wegzulaufen war fast ebenso groß wie der Drang, die beunruhigende, überwältigende Welt der Yogini zu betreten. Maili hob den Kopf noch ein wenig höher. Wenn schon fürchten, dachte sie, dann mit Würde.

Vor der Tür blieb sie stehen und lauschte. Sie hörte nichts. Die Einsiedelei, von der man nur die umgebende Mauer und das obere Stück des überhängenden Felsens sehen konnte, sah völlig unbewohnt aus. Nichts wies darauf hin, dass seit vielen Jahren ein menschliches Wesen hier lebte.

Sie zog am Draht und hörte die Glocke laut anschlagen. Nichts rührte sich. Maili läutete noch einmal. Vergeblich. Als sie gegen die Tür drückte, stellte sie fest, dass sie nicht verschlossen war. Mit einem kreischenden Reiben von Metall gegen Metall öffnete sie sich. Unsicher betrat Maili die kleine Terrasse. Auf Zehenspitzen ging sie bis zum Eingang das Höhlenzimmers. Auch diese Tür ließ sich öffnen. Von heftiger Neugier getrieben, schlüpfte Maili aus ihren Schuhen und betrat den Raum. Dicke Teppiche bedeckten den Boden, und an den Wänden hingen Wandbehänge, Felle und Rollbilder. Ein dichter brauner Pelz lag auf dem Bett, der wohl einmal einen Bären bekleidet hatte. An der Wand stand ein Schrein mit einer großen, prächtigen Statue des Weisheitsbuddha Vajrasattva. Decke und Rückwand des Zimmers wurden von der Schräge des überhängenden Felsens gebildet.

Erstaunlicherweise wirkte der Raum warm, obwohl Maili keine Kohlenschale entdecken konnte. Sie stellte die Tasche mit den Lebensmitteln neben einem Tisch mit einem Gaskocher ab, setzte sich auf den einladenden Pelz und wartete. Es erschien ihr vollkommen selbstverständlich, dass sie nicht gehen konnte, bevor sie Ani Nyima gesehen hatte.

Die dunklen Wolken wurden noch dunkler, und immer weniger Licht fiel durch das Fenster in den Höhlenraum. Schließlich zündete Maili eine große Butterlampe an. Die flackernde Flamme erhellte ein Rollbild an der Wand. Es stellte dieselbe rote, tanzende Dakini dar, die Maili vom Lhakang kannte.

Maili bemerkte, dass sie müde war. Wann würde Ani Nyima endlich kommen? Wo mochte sie sein? Die Dakini auf dem Bild tanzte, rollte die großen Augen und fletschte das Gebiss mit den spitzen Eckzähnen. Das grelle Licht eines Blitzes fuhr durch den Raum und blieb in den Augen der Dakini haften. Unmittelbar folgte der Donner. Du lieber Himmel, dachte Maili, ein Wintergewitter. Ich werde im Eisregen den Berg hinunterklettern müssen.

Plötzlich flog die Tür mit einem lauten Krachen auf. Im Türrahmen stand der Tiger, von einem Kranz wild lodernder Flammen umgeben. Er riss das Maul mit den langen Reißzähnen auf, schüttelte seinen großen Kopf und lachte tief und dröhnend. Er schien zum Sprung anzusetzen, doch dann gab es keinen Tiger mehr. Es donnerte noch einmal. Das Lachen hatte sich in die unirdischen Töne der Knochentrompete verwandelt. Mit seinem tiefen Röhren umtanzte der Donner die hellen Töne der Trompete, umarmte sie, bettete sie in seinen ohrenbetäubenden Weltatem, und beide wurden fortgerissen von überwältigender, ekstatischer Leidenschaft, hinaus in einen strahlenden Raum ohne Grenzen. Und Maili ließ sich mitreißen. In diesem Augenblick gab es nichts in der Welt der Dinge, das großartig genug gewesen wäre, um sie zu halten.

Im dämmrigen Raum flackerte die Butterlampe plötzlich hell auf. Am anderen Ende des Betts saß, in eine dicke Decke gehüllt, die alte Yogini und schaute Maili unverwandt an.

»Oh, Ani-la, Namasté«, sagte Maili verwirrt. Sie hatte nicht das Gefühl, aus dem Schlaf zu erwachen. Dennoch musste sie wohl geträumt haben.

»Habe ich geträumt?«

»Ich weiß nicht«, sagte Ani Nyima. »Hast du geträumt?«

»Es war wie in einem Traum.«

»Das ist es immer.«

»Ich habe gewartet«, erklärte Maili.

»Worauf hast du gewartet?«

»Auf …«

Worauf habe ich gewartet? dachte Maili verwirrt. Dass ich frei bin? Dass nichts mich mehr hält? Die Sehnsucht nach Sönam war wie ein Kindermärchen aus einer fernen Vergangenheit.

»Wer bist du?«, fragte die Yogini unvermittelt.

»Eine Flamme«, antwortete Maili, ohne nachzudenken. »Und Töne.«

Die Yogini lachte in sich hinein.

Maili schaute zum Fenster. Jetzt erst wurde sie des trommelnden Geräusches gewahr, das der Regen auf der kleinen Terrasse machte. Es konnte Nachmittag oder schon Abend sein. Das graue Licht erlaubte keine Bestimmung der Zeit.

Die Yogini zündete eine Kerosinlampe an und hockte sich vor den Gaskocher. Nach sehr kurzer Zeit, wie es Maili erschien, stellte sie das runde Tablett mit zwei dampfenden Schalen auf das Bett. Es war eine heiße, sehr scharf gewürzte Suppe, die Maili Tränen in die Augen trieb und herrliche Hitze in ihr aufsteigen ließ.

»Ani-la«, sagte Maili, »darf ich etwas fragen?«

»Frage«, antwortete die Yogini.

»Der sechste Dalai Lama – was war er für ein Mensch?«

Ani Nyima lächelte ein junges Lächeln. »Ein großer Liebender. Ein Dharma-Krieger. Ein sehr sanfter, mutiger Mensch.«

Die Abendsonne warf einen roten Rand an die Wolkendecke, als Maili den Berg hinunterstieg. Es war wie ein riesiges rotes, geschlitztes Auge, das sie herausfordernd ansah.

Maili hob die Arme. »Hoh!«, rief sie. »Hoh!« Und sie wusste nicht, warum sie sich so einverstanden mit dem Leben fühlte wie noch niemals zuvor.

# 8

Pema hat schönes Fleisch mitgebracht!«, rief Shimi von weitem über die Beete hinweg.

Ani Pema folgte ihr und schwenkte eine Plastiktüte. »Hurra! Festessen!«

Maili richtete sich auf. Sie hatte die Sitzmatten vor die Tür geholt, um die Mittagswärme der noch winterlichen Sonne auszunützen. Seit vielen Tagen hatte es nicht mehr geregnet, und es war herrlich, aus der feuchten Kälte des Zimmers fliehen zu können.

»Schäle ein paar weitere Kartoffeln«, sagte sie zu Deki.

Maili, Shimi und Ani Pema waren Dekis Familie geworden, in deren Schutz sie sich von einem schmutzigen, halb verwilderten Kind fast schon zu einem wohlerzogenen jungen Mädchen entwickelt hatte. Ihre Anfälle von Eifersucht, weil sie Maili mit den anderen teilen musste, waren manchmal dramatisch, gingen jedoch stets schnell vorüber.

Shimi begann das Fleisch klein zu schneiden, während Ani Pema Gemüse putzte und Maili Reis aufsetzte.

»Die alte Ani Palmo ist gestern Abend wieder nackt herumgerannt«, berichtete Shimi fröhlich. »Es ist ein Wunder, dass sie sich nicht erkältet.«

Deki kicherte. »Sie ist doch nur noch ein Gerippe. Ein Gerippe erkältet sich nicht.«

»Sprich nicht so respektlos über Ani Palmo«, sagte Ani Pema ohne großen Nachdruck und wandte sich dann an Shimi.

»Was sagt Rinpoche dazu?«

Shimi krauste vergnügt ihre kleine Nase. »Dass man sie wieder anziehen soll, wenn sie sich ausgezogen hat.«

Maili hatte die alte Ani Palmo einmal bei einem ihrer nackten Auftritte gesehen. Mit großen, erstaunlich sicheren Sprüngen war die dürre Gestalt die Treppe zum Lhakang hinaufgerannt und hatte einen wilden Tanz auf dem Vorhof aufgeführt. Wenn man sie einzufangen versuchte, lief sie davon und war dabei so behende, dass sie ihren Verfolgerinnen fast immer entkam. Nur Ani Tsültrim konnte sie dazu bewegen, in ihr Zimmer zurückzukehren und sich wieder ankleiden zu lassen.

»Warum macht sie das?«, fragte Maili.

»Sie sagt danach immer, sie wisse nichts davon«, erklärte Shimi. »Wahrscheinlich fährt irgendeine Gottheit in sie.«

»Jemand hat sie durch eine Wand gehen sehen«, verkündete Deki.

»Wie praktisch«, sagte Ani Pema. »Ich habe noch nie eine Nonne durch die Wand gehen sehen. Wahrscheinlich hat sie viel Traum-Yoga geübt.«

Deki riss die Augen auf. »Kann man dann durch Wände gehen?«

»Manche können es«, sagte Ani Pema lachend, »wenn sie die Ausdauer haben, lange und eifrig genug zu üben.«

Nach dem Essen beschlossen die drei Freundinnen, den Abend nach der Puja vor Ani Pemas kleinem Heizstrahler zu verbringen und einen tibetischen Text zu lesen, den Ani Pema aus der Stadt mitgebracht hatte. Es sei ein besonderer Text aus dem sechzehnten Jahrhundert, hatte sie schmunzelnd erklärt, einer der großen Dissidententexte der tibetischen Tradition.

Sie trafen sich in Ani Pemas Häuschen, setzten sich auf die dicken Sitzmatten und ließen sich vom Öfchen anstrahlen. Ani Pema legte einen Stapel bedruckten Papiers bereit.

»Das ist eine Kopie«, sagte sie. »Eine Kostbarkeit. Die englische Übersetzung kann man in einem Buchladen in Kathmandu kaufen, aber ihr würdet lange suchen müssen, um das Original in einer Klosterbibliothek zu finden. Es ist die geheime Biographie des großen Yogi Drukpa Künleg.«

Shimi lachte laut auf. »Oho!«, sagte sie und schnalzte mit der Zunge.

Ani Pema blätterte und legte dann zwei Textblätter obenauf. »Hier ist ein Gesang, der mir besonders gut gefällt.«

Maili schrieb die Wörter heraus, die sie nicht kannte, und versuchte dann, mit Hilfe der beiden anderen den Text zu übersetzen. Sie feilten ein wenig an den Sätzen herum und schrieben schließlich die Übersetzung nieder, auf die sie sich geeinigt hatten:

Als wandernder Yogi besuchte ich ein Kagyü-Kloster.
Dort schwenkte jeder Mönch einen Becher voll Chang.
Da ich befürchtete, ein Trunkenbold zu werden, machte ich mich davon.
Als wandernder Yogi besuchte ich ein Sakya-Kloster.
Dort spalteten die Mönche aufs feinste die Haare der Lehre.
Da ich befürchtete, den wahren Weg des Dharma zu verlassen, machte ich mich davon.
Als wandernder Yogi besuchte ich das Gelugpa-Kloster Ganden.
Dort suchte jeder Mönch nach einem Freund.
Da ich befürchtete, meinen Samen zu verlieren, machte ich mich davon.
Als wandernder Yogi besuchte ich eine Schule von Einsiedlern.
Dort sehnte sich jeder Einsiedler nach einer Geliebten.
Da ich befürchtete, ein Vater und Haushaltsvorstand zu werden, machte ich mich davon.
Als wandernder Yogi besuchte ich ein Nyingma-Kloster.

Dort wollte jeder Mönch einen Maskentanz aufführen.
Da ich befürchtete, ein Berufstänzer zu werden, machte ich mich davon.
Als wandernder Yogi besuchte ich Friedhöfe und Schädelstätten.
An diesen verlassenen Orten dachten die Geisterbeschwörer nur an ihrem Ruhm.
Da ich befürchtete, mich an die Götter und Dämonen zu fesseln, machte ich mich davon.
Als wandernder Yogi saß ich zu Füßen eines inkarnierten Lamas.
Dessen einzige Sorge war sein Schatz an Opferspenden.
Da ich befürchtete, ein Gierkropf und Geizhals zu werden, machte ich mich davon.
Als wandernder Yogi besuchte ich die heilige Stadt Lhasa.
Dort hofften die Wirtinnen auf Geschenke und die Gunst ihrer Gäste.
Da ich befürchtete, ein Schmeichler und Lebemann zu werden, machte ich mich davon.
Als wandernder Yogi, der durch das Land zieht,
fand ich nur von Selbstsucht Gequälte, wohin ich auch blickte.
Da ich befürchtete, nur an mich zu denken, machte ich mich davon.

»Ui«, sagte Shimi, »das ist hart.«

Ani Pema fügte die Blätter wieder an der richtigen Stelle des Textes ein. »Es scheint sich um zeitlose Wahrheiten zu handeln«, sagte sie gelassen.

»Was hätte er gesagt, wenn er in unser Kloster gekommen wäre?«, fragte Maili nachdenklich.

»O ja«, fiel Shimi angeregt ein, »was hätte er gesagt? Ich sag es euch. Er hätte gesagt:

Als wandernder Yogi besuchte ich das Nonnenkloster auf
dem Berg.
Dort hingen die Nonnen um einen elektrischen Ofen herum.
Da ich befürchtete, ein Weichling zu werden, machte ich
mich davon.«

»Oder er hätte gesagt«, schloss sich Ani Pema an:

»Als wandernder Yogi besuchte ich das Nonnenkloster auf
dem Berg.
Dort dachten die Nonnen ständig nur an köstliche
Fleischspeisen.
Da ich befürchtete, ein Vielfraß zu werden, machte ich mich
davon.«

»Nein, das ist ungerecht«, lachte Shimi. »Man wird sich doch ein bisschen nach Fleisch sehnen dürfen, wenn man es so selten bekommt.«

»Shimi Ani«, sagte Ani Pema mit gespieltem Ernst, »du hast nicht die richtige Einstellung. Gedenke der Bitte an die Vorväter: ›Diesem Meditierenden, der nicht an Nahrung und Reichtum hängt, gewährt euren Segen.‹«

»Ich hänge nicht daran, ich freue mich daran«, entgegnete Shimi mit erhobenem Zeigefinger. »Das ist ein großer Unterschied.«

Ani Pema sprang auf, stellte sich vor das Bett und nahm die Haltung des Debattierens ein. »Wenn du sagst: ›Ich freue mich daran‹, so bedeutet dies das Gegenteil von: ›Ich freue mich nicht daran‹ oder: ›Es ist mir gleichgültig‹ oder: ›Ich leide daran.‹ Jedenfalls ist es ein Gegenteil. Es ist demnach eine dualistische Fixierung! Was kannst du dagegenhalten?«

Sie klatschte vor Shimis Gesicht in die Hände und zog mit der linken Hand die Mala hoch, die von ihrem Handgelenk baumelte, wie es die Mönche beim Debattieren tun.

»Ich freue mich daran, wenn ich es habe«, erwiderte Shimi, »und wenn ich es nicht habe, ist es auch gut. Dann kann ich es sogar vergessen. Das ist keine Fixierung.«

»Sie hat recht«, rief Maili. »Das ist keine Fixierung.«

»Ich kenne dich«, wandte Ani Pema lachend ein. »Du bist wild auf Fleisch.«

»Nur wenn es vor meiner Nase liegt«, schrie Shimi dagegen an.

»Und wer hat gesagt, wir brauchten mehr Spenden, damit es endlich besseres Essen gibt?«, fuhr Maili dazwischen.

»Das war eine sachliche Aussage. Auch dies ist keine Fixierung«, wandte Shimi ein.

Ani Pema hob beide Hände. »Gut! Ich gebe auf. Maili, was würde der wandernde Yogi deiner Meinung nach über uns sagen? Leg los!«

Maili dachte nach. Dann richtete sie sich auf und sagte mit tiefer Stimme:

»Als wandernder Yogi besuchte ich das Nonnenkloster auf dem Berg.
Dort beißen sich die Nonnen an den Regeln fest wie die Blutegel an Mailis Füßen.
Da ich befürchtete, heilig zu werden, machte ich mich davon.«

Shimi schrie auf vor Vergnügen. »Das hätte Drugpa Künleg niemals gesagt, wenn er uns dreien begegnet wäre.«

Ani Pema hob die Hand. »Wäre er uns begegnet, hätte er vielleicht gesungen:

Als wandernder Yogi besuchte ich das Nonnenkloster auf dem Berg.
Dort haben die Nonnen lose Zungen und reden zu viel.
Da ich befürchtete, in die Hölle der Geschwätzigkeit zu kommen, machte ich mich davon.«

»Man kann an allem etwas aussetzen«, sagte Shimi, griff nach dem Text und blätterte darin. »Drugpa Künleg hätte uns gut gefunden, das steht außer Frage.«

Sie hielt ein Blatt hoch und übersetzte schnell und sicher:

Dieser wandernde Bettler
hat sich vom gierigen Verlangen abgewandt.
Er lässt seinen Worten und Gedanken freien Lauf.
Alles lässt er geschehen, ohne sich einzumischen,
und was auch immer geschieht, ist für ihn der Pfad zur
Befreiung.

»Hier steht, mit diesen Worten habe er eine Naga-Dämonin bezwungen. Sie wurde seine Geliebte und Schülerin.«

An diesem Nachmittag ging Maili nachdenklich zu ihrem Zimmer zurück. Der Satz: »Was auch immer geschieht, ist der Pfad zur Befreiung«, hatte sich in ihr festgesetzt, und ihre Gedanken umkreisten ihn immer wieder. Es war wohl leichter, die ruhigen Ereignisse eines Klosters zum Pfad zur Befreiung zu machen, als die bedrohlichen und schmerzlichen Dinge, die einem im gewöhnlichen Leben widerfuhren. Maili dachte an die traurigen Lebensträume der Ani Wangmo, an das Leiden der geflohenen tibetischen Familie, an die Frau mit dem toten Kind auf dem Arm zwischen brennenden Häusern, an die von Lepra verkrüppelten Bettler auf der Straße um die große Stupa.

Sie beschloss, mit der Disziplinarin zu sprechen, und machte sich augenblicklich auf den Weg zu ihr.

Urgyen Ani saß in ein warmes, fleckenloses Tuch gehüllt auf ihrem Bett und sang mit ihrer sanften Stimme eine Rezitation. Wie bringt sie es fertig, dass bei ihr immer alles aussieht, als wäre es gerade frisch gewaschen worden, fragte sich Maili und dachte daran, wie schwierig es im Winter war, mit dem eiskalten Wasser zu waschen, und dass die Kleider tagelang nicht trocken wurden.

Urgyen Ani lud Maili ein, sich auf den Teppich zu setzen, der das Bett bedeckte.

»Ani-la, wie macht man es, dass alles, was geschieht, zum Pfad wird?«, fragte sie, nachdem sie sich – gut eingepackt in ihren Fellmantel – niedergelassen hatte.

Urgyen Ani strich ihr Tuch glatt und dachte ein wenig nach. »Nun ja, wir reagieren auf alles, was geschieht, indem wir es haben wollen, es nicht haben wollen oder gleichgültig sind. Aber wir wissen, dass die Natur unseres Geistes frei von diesen Beurteilungen ist. Also können wir unsere Reaktionen als etwas nehmen, das uns ständig an die Freiheit unseres Geistes erinnert.«

»Wenn wenig geschieht und wir wenig Reaktionen haben, werden wir dann weniger an die Freiheit unseres Geistes erinnert?«

Urgyen Ani lachte. »Maili, du wärst gewiss gut im Debattieren. Es ist zwar folgerichtig, was du sagst, aber nicht realistisch. Wir sind im Allgemeinen viel zu sehr mit unseren Beurteilungen und Reaktionen beschäftigt, um uns an den reinen Geist zu erinnern.«

Maili wiegte bejahend den Kopf. Wenn sie traurig war über Sönams Abwesenheit, hatte nichts anderes in ihrem Geist Platz als die Traurigkeit. Wenn sie zornig auf Deki war, hatte nichts anderes in ihrem Geist Platz als ihr Zorn.

»Deshalb brauchen wir sehr viel Geisteszähmung, und dabei hilft uns das Kloster, weil es uns vor Ablenkung schützt«, fuhr Urgyen Ani fort.

»Mein Geist ist sehr ungezähmt«, sagte Maili. »Ich lasse mich so leicht davon einfangen, wenn ich traurig oder zornig bin.«

Die Disziplinarin lächelte beruhigend. »Das Zähmen geht nicht so schnell, Maili. Aber an das Wohl anderer zu denken ist eine gute Möglichkeit, um nicht so gefangen zu sein. Doch das weißt du ja selbst.«

»Ich hätte gern Ani Wangmo mehr geholfen. Sie hatte solch ein schweres Leben. Doch jetzt ist es zu spät.«

»Es ist nicht zu spät.«

»Aber man kann doch ihr Leiden nicht ungeschehen machen.«

»Du kannst mit der Meditation des Mitgefühls auch vergangenes Leiden lindern. Deine Wünsche und Gebete sind nicht an Zeit gebunden.«

»Ich würde so gern helfen. Aber es gibt viel zu viel Leiden, und ich kann so wenig tun.«

»Das stimmt nicht, Maili. Du wirst lernen, das zu verstehen. Dein Geist ist unendlich groß.«

Maili schwieg. Das ebenmäßige Gesicht der Disziplinarin wirkte wie das Gesicht einer Statue, so ruhig und klar.

»Ani-la, wie alt bist du?«, fragte sie unvermittelt.

Die Disziplinarin sah sie überrascht an. »Fünfunddreißig Jahre.«

»So alt?«, entschlüpfte es Maili.

»Ja, so alt«, bestätigte Urgyen Ani lachend.

»Ich meine nicht alt,« sagte Maili. »Ich meine nur, dass du jünger aussiehst.«

»Ich bin mit sechzehn Jahren, nachdem ich die Schule beendet hatte, Nonne geworden. Es kommt mir vor, als sei ich schon unzählige Jahre hier. Manchmal fühle ich mich sehr alt. Angenehm alt.«

»Ich wäre gern älter«, seufzte Maili.

»Warum?«

»Weil ich dann mehr wüsste und mehr verstehen könnte. Ich weiß noch so wenig. Und ich möchte die Texte, die ich rezitiere, auch verstehen können.«

»So geht es allen. Sei ein bisschen geduldig. Es ist ein Stufenweg. Geh einfach immer weiter, Stufe um Stufe.«

»Wolltest du nicht studieren?«

»Doch. Aber ich konnte nicht beides haben – studieren und Nonne sein.«

»Warum dürfen Nonnen nicht studieren wie die Mönche?«

Urgyen Ani antwortete nicht. Ihre Mundwinkel zuckten. »Es ist unsere Tradition«, sagte sie schließlich.

»Aber gerecht ist es nicht.«

Urgyen Ani schwieg.

»Ani-la, warum bist du Nonne geworden?«

»Wahrscheinlich deshalb, weil meine Mutter diesen Weg einschlug. Sie war lange meine Lehrerin. Sie ist es noch.«

»Wo lebt sie?«

»In der Höhle.«

»Oh.« Maili schlug die Hand vor den Mund, als habe sie sich durch ihre Frage einer Ungehörigkeit schuldig gemacht. Urgyen Ani lächelte.

»Ist das ein Geheimnis?«, fragte Maili.

»Nein.«

»Aber ich hab nie davon gehört.«

»Man spricht nicht darüber.«

Maili hatte den Eindruck, dass die Botschaft hinter den Worten lautete: Sprich auch du nicht darüber. Es ist kein Thema.

Sie stand auf und neigte mit tiefer empfundenem Respekt als je zuvor den Kopf zur kleinen Abschiedsverbeugung.

Zu Beginn des Losar-Fests, das zwei Wochen lang gefeiert wurde, nahm Ani Pema die beiden Freundinnen mit in die Stadt. Sie waren am Abend bei einer tibetischen Frau und ihrem westlichen Mann eingeladen, reichen Freunden von Ani Pemas Familie, die alljährlich viel Geld für das Kloster spendeten.

»Es wird Zeit, dass du die Langnasen kennenlernst«, hatte Ani Pema zu Maili gesagt. »Irgendwann wirst du auch ihre Sprache lernen. Du hast großes Talent für Sprachen.«

Es war ein prächtiges Haus mit viel Holzschnitzereien und Glas, alt und neu zugleich, vor dem Ani Pema den Jeep parkte. Hinter ihnen hatte ein Diener das große Eisentor wieder verschlossen. Jeeps und Limousinen standen entlang der Einfahrt, und zwei große graue Tibet-Mastiffs begrüßten Ani Pema mit freundlichem Wedeln des langhaarigen Schwanzes.

Eine Dienerin im Sari begrüßte sie an der breiten Eingangstür und führte sie ins Haus. Ani Pema hatte ihr schönstes Tuch aus rotvioletter Seide umgelegt und sah sehr hoheitsvoll aus. Maili reckte ihren Hals ein wenig mehr, um einen würdevollen Eindruck zu machen. Ani Pema hatte ihr eine festliche, traditionelle Bluse mit breit gepaspelten Rändern geliehen. Ihr eigenes einziges gutes Stück war so abgetragen, dass sich sich nicht damit sehen lassen konnte.

Einer Nonne sollten solche Äußerlichkeiten gleichgültig sein, dachte Maili, aber sie sind mir nicht gleichgültig. Ich möchte nicht wie eine Bettlerin aussehen. Der Buddha sieht auf den Bildern und Statuen nie abgerissen aus, obwohl er ein Bettelmönch war. Sie dachte an die Geschichten, die Ani Pema ihr über Milarepa erzählt hatte. Milarepa war berühmt dafür, dass ihm nichts weniger wichtig war als sein Aussehen. Unterwegs hatte er einmal ein paar Mädchen getroffen, die auf dem Weg zum nächsten Marktfest waren und sich schön herausgeputzt hatten. Sie sahen den Mann in Lumpen und lachten über ihn. Milarepa sagte freundlich zu ihnen. »Ach, ihr Mädchen, nur minderem Karma erscheint die Ehe das Höchste.« Da lachten sie nicht mehr.

Der westliche Hausherr begrüßte die drei Nonnen in fließendem Nepali und stellte ihnen seine junge Frau Dölma vor, die von einer tibetischen Mutter und einem westlichen Vater stammte. Dölma war groß und sehr dünn und trug ein bläulich schimmerndes weißes Kleid, das sie umfloss wie ein eisiger Wasserfall. Die Haut ihres ausdrucksvollen, kantigen Gesichts war straff gespannt, ihre dunklen Augen kunstvoll schwarz umrandet. Ihr Haar lag glatt am Kopf an und war im Nacken zu einem Knoten geschlungen. An ihren Ohrläppchen hingen lange, glitzernde Ohrringe.

»Sie war ein Model«, flüsterte Shimi in Mailis Ohr.

»Was ist ein Model?«, flüsterte Maili zurück.

»Sie führen Kleider vor, damit die reichen Frauen sie kaufen.«

Ob alle reichen Frauen so unterernährt sind, überlegte Maili. Sie hätte eher das Gegenteil vermutet. An den Wänden des großen Flurs hingen riesige schwarzweiße Bilder, die eine sehr junge Dölma in verschiedenen Kleidern zeigten.

»Sie haben uns zum neuen Jahr ja eine Schönheit mitgebracht, Ani-la«, sagte der Hausherr zu Ani Pema und sah Maili an. Maili fragte sich verwirrt, wen er wohl meinte. Dölma drängte sich zwischen Maili und Shimi und führte sie in einen großen Raum, in dem einige Leute auf seltsame Weise zu wilder Musik tanzten und andere an kleinen Tischen in Sesseln saßen und aßen oder tranken.

»Ich hole euch etwas zu essen«, sagte Dölma und verschwand.

Maili sah sich um. Von ihrem Platz aus konnte sie den Apparat sehen, aus dem die Musik kam. Es war ein Kino-Kasten, und das Bild zeigte ebenfalls Menschen, die tanzten. Doch die Leute auf dem Bild tanzten alle im gleichen Schritt; sie hoben die Beine oder Arme zugleich hoch, und ihre Bewegungen waren sehr schnell und abgehackt. Der Vortänzer bewegte sich schlangenhaft und fasste immer wieder zwischen seine Beine. Das erinnerte an Bauern in ihrem Dorf, die sich manchmal sehr ausdauernd an dieser Stelle kratzten.

Die Leute, die in dem großen Raum tanzten, bewegten sich nicht so geschickt wie die Tänzer auf dem Bild. Sie hüpften voreinander herum, meistens ein Mann und eine Frau, wie manche Vögel beim Balzen. Bei den Vögeln tanzen nur die Männchen, dachte Maili vergnügt. Hier machen sich beide die Mühe.

Einige junge Frauen schwenkten wild die Arme, als würden sie ein Orakel nachahmen. Vielleicht hofften sie, dadurch eine Gottheit anzulocken. Doch Maili entschied, dass dies nicht der richtige Platz sei, um eine Gottheit einzuladen. Höchstens eine Naga-Dämonin würde auf diesen Ruf hören, und solch eine Einladung konnte sehr gefährlich werden.

Die Musik wurde langsamer, und einige Paare umarmten sich, wobei sie jedoch weitertanzten. Maili wandte sich ab. Es war ihr unangenehm, Zuschauer solcher Intimität zu sein. Sie versuchte, die eng umschlungenen Gestalten nicht zu sehen. Die asiatische Sitte, andere nicht zum Publikum intimer Kommunikation zu machen, erschien ihr als Ausdruck verfeinerter Kultur, die den Westlern fehlte. Sie hatte das Gefühl, als würde das Wunder, das mit ihr und Sönam geschehen war, durch solche Zurschaustellung entwertet und seiner Tiefe beraubt.

Sie wechselte einen verständnisinnigen Blick mit Shimi, und beide machten sich auf die Suche nach Ani Pema. Dölma kam ihnen mit zwei gefüllten Tellern entgegen und drückte sie ihnen in die Hand.

»Es war so laut«, sagte Shimi.

Dölma lächelte verständnisvoll. »Ihr mögt Michael Jackson nicht?«

Sie ging voran in ein Zimmer, in dem drei von vier Wänden mit Regalen voller westlicher Bücher bedeckt waren. Der Hausherr, Ani Pema, ein älterer nepalesischer Mann und – Maili hielt den Atem an – der rote Riese aus dem Haus der westlichen Schüler standen plaudernd beieinander.

Dölma erklärte, dass den jungen Damen die Musik zu laut sei.

»Wer hat diese Musik aufgeschrieben?«, fragte Maili. Ani Pema hatte ihr erzählt, dass westliche Musik seit vielen Jahrhunderten aufgeschrieben wurde und dass gebildete Leute genau hören konnten, von wem eine Musik stammte.

Ani Pema lachte. »Maili, diese Musik gehört nicht zu der Musik, die aufgeschrieben wird. Das ist moderne Musik zum Tanzen. Und der Mann, der dazu singt und tanzt, heißt Michael Jackson.«

»Aha«, sagte Maili. »Aber zu der Musik von dem Herrn Mozart kann man doch sicher auch tanzen.«

Der Hausherr lachte schallend. »Erkläre das bitte den Leuten da drinnen«, sagte er.

Maili hob abwehrend die freie Hand. In der anderen hielt sie noch immer den Teller, von dem sie sich gern befreit hätte, aber nicht wusste, wie.

»Von Tanzen verstehe ich nichts«, sagte sie. Es war ihr unangenehm, plötzlich der Mittelpunkt der Gruppe zu sein. »Ani Pema versteht sicher mehr davon.«

Es war ihr nicht klar, warum alle so laut lachten. Ani Pema kannte die Welt der Westler. Sie musste etwas davon verstehen.

»Ich habe gehört«, sagte Dölma zu Ani Pema, »dass du in den Staaten gründliche Informationen über dieses Thema gesammelt hast.«

Maili dachte, dass sie Shimi nachher fragen musste, was die Worte »Informationen« und »Staaten« bedeuteten. Es war so schwierig, mit Menschen außerhalb des Klosters zu sprechen. Sie benützten so viele Wörter, die sie nicht gelernt hatte.

Sie fühlte den Blick des roten Riesen auf sich ruhen. Erkannte er sie wieder? Sie hielt sich sehr gerade und versuchte, einen Gesichtsausdruck aufzusetzen, den sie sich als erwachsen und überlegen vorstellte. Nichts sollte an die vorwitzige Göre erinnern, die in sein Fenster gestarrt hatte. Unauffällig bewegte sie sich ein wenig von der Gruppe weg, pickte mit den Fingern an den unbekannten Dingen auf ihrem Teller herum und schaute durch die geschlossenen Glastüren in den beleuchteten Garten.

»Sie sind neu im Kloster, Ani-la?« Es war der rote Riese, der diese Frage mit einem besonderen Akzent, anders als demjenigen der Leute aus Amerika, gestellt hatte. Maili sah seine große, breite Gestalt in der Glastür gespiegelt. Sie selbst wirkte klein wie ein Kind neben ihm.

»Ja«, antwortete sie. Mit der Kürze der Antwort hoffte sie auszudrücken, dass sie nicht mit ihm sprechen wollte.

»Ich bin auch hin und wieder oben«, sagte er.

Maili antwortete nicht. Geh weg, dachte sie, geh bitte weg! Plötzlich wurde ihr klar, dass sie keinen Grund hatte, unfreundlich zu diesem Mann zu sein. Sie war unfreundlich, weil sie unsicher war und sich ertappt fühlte. Doch sie selbst war es, die sich in eine unangenehme Lage gebracht hatte, indem sie zu seinem Fenster hinaufgeklettert war. Beschämt wandte sie sich dem Riesen ein wenig zu.

»Und dann hören Sie Musik«, sagte sie. Es war allzu schnell gesagt und hing in der Luft wie ein Schwert, bereit, auf sie zu herabzusausen. In der Eile ihrer überstürzten Überlegungen war ihr nichts Besseres eingefallen, um das Gespräch höflich weiterzuführen.

Der große Mann lachte verlegen. »Hat man Ihnen das erzählt?«, fragte er. »Kein Ruhm für mich, so viel Krach zu machen, fürchte ich. Die Nonnen waren sehr geduldig.«

Er hat mich nicht wiedererkannt, dachte Maili erleichtert. Das Gefühl der weichenden Spannung war so wohltuend, dass sie in einen kleinen Taumel des Wiedergutmachens geriet.

»Die Musik war schön«, sagte sie. »Ich habe sie gehört. War sie von Herrn Mozart?«

»Dieser Herr hieß Beethoven«, antwortete der Riese leise lachend. »Aber die beiden lebten zur gleichen Zeit. Sie überraschen mich, Ani-la.«

»Ani Pema hat mir Musik von Herrn Mozart vorgespielt«, sagte Maili mit bemühtem Eifer. »Sie gefällt mir sehr gut.«

»Setzen wir uns und sprechen wir über Musik«, sagte der Riese. »Darf ich mich vorstellen? Ich heiße Willi.« Er legte die Hände zusammen und verbeugte sich.

»Und mich nennt man Maili Ani«, erwiderte Maili und verbeugte sich leicht. Endlich würde sie ihren Teller abstellen können.

Der Riese Willi holte für Maili eine Limonade und für sich zwei Dosen mit westlichem Chang.

»Ich schäme mich noch heute wegen des Lärms, den ich gemacht habe«, sagte er, als sie sich in geflochtenen Sesseln mit bunten Polstern niedergelassen hatten. Maili schämte sich auch. Sie würde ihn niemals wissen lassen, dass sie zu seinem Fenster hochgeklettert war.

»Es ging mir schlecht, als ich damals im Kloster oben war. Meine Frau hatte mich gerade verlassen.«

»Oh, das tut mir leid«, sagte Maili. »Sie haben sich in Musik begraben, um das Leiden nicht zu spüren. Ist es so?«

Willi nickte. »Leider hilft es nicht viel.« Seine großen roten Hände lagen verschränkt in seinem Schoß, als gehörten sie nicht zu ihm.

»Ich habe mich einmal in Schweigen begraben«, sagte Maili. »Das half auch nicht.«

»Weshalb haben Sie sich in Schweigen begraben?«

»Weil meine Eltern ermordet wurden.«

Willi hob eine Hand, ließ sie jedoch wieder fallen. Maili fragte sich, ob die Geste daher rührte, dass er ihr Leiden an diesem Mord hatte abwehren wollen, oder ob es ihn zu einer tröstenden Berührung gedrängt hatte.

»Sind Sie aus diesem Grund Nonne geworden?«

»Ich weiß nicht«, antwortete Maili und dachte an die innere Gefangenschaft ihrer Eltern. Wie sollte sie ihre Beweggründe erklären? Würde es dem Riesen helfen, sie zu verstehen? Sie warf einen schnellen Blick auf die große rote Landschaft seines Gesichts. Unter den graublauen Augen hingen Wülste, und der Mund war schwer und breit. Ein ungeschlachtes Kind, dachte Maili. Ein trauriges Kind; vielleicht auch ein gefährliches Kind.

»Was ist Ihr Beruf, Willi-la?«, fragte sie.

»Ich helfe armen Ländern wie Nepal, ein besseres Leben zu entwickeln. Oder sagen wir: Das ist zumindest meine persönliche Absicht. Man nennt es Entwicklungshilfe. Die reichen westlichen Länder geben das Geld dafür.«

»Das ist gut.« Maili stellte sich die turmhohen gläsernen Häuser vor, die sie bei Ani Pema in den bunten Heften gesehen hatte, und die Straßen mit den vielen glänzenden Autos. Und alle Kinder durften nicht nur, sondern mussten in die Schule gehen, hatte Ani Pema erzählt, auch die Mädchen.

»Haben Sie Kinder, Willi-la?«

»Ja. Zwei.«

Willi hatte plötzlich eine kleine flache Ledertasche in der Hand und zog ein paar Bilder heraus. Sie zeigten einen Jungen auf einem glänzenden blauen Fahrrad und ein kleines Mädchen mit dünnen, langen Haaren und großen, träumerischen Augen.

»Das heißt, meine Frau hat sie.«

Im großen Gesicht des Riesen hingen die Züge noch ein wenig mehr herab als zuvor.

»Warum ist sie weggegangen?«, fragte Maili und gab die Bilder zurück. Sie würde Willi und die Kinder in ihre Meditation des Mitgefühls mit einbeziehen, nahm sie sich vor.

»Sie hat einen anderen Mann gefunden«, sagte er und stand schnell auf. »Ich hole uns noch etwas zu trinken.«

Maili sah sich nach Shimi und Ani Pema um. In diesem Augenblick näherte sich Dölma und ließ sich auf dem freien Sessel nieder.

»Hat Willi Ihnen seine traurige Geschichte erzählt?«, fragte sie.

»Dass seine Frau ihn verlassen hat? Ja.«

»Er erzählt sie jedem«, seufzte Dölma. »Er hat kein anderes Thema.«

»Der arme Mann«, sagte Maili.

»Ja, gewiss«, erwiderte Dölma mit einer Stimme, die mehr Ungeduld und Gereiztheit ausdrückte als Mitgefühl. »Er trinkt.«

Maili schaute die Gastgeberin groß an.

»Er ist ein Trinker«, sagte Dölma und verzog das Gesicht. »Man sagt, das sei eine Krankheit. Ich würde eher sagen, er ist ein Schwächling.«

»Hat ihn seine Frau deshalb verlassen?«

»Vermutlich. Hoffen wir, dass er sich heute anständig benimmt.«

»Haben Sie Kinder, Dölma-la?«, fragte Maili unvermittelt.

Dölma lächelte. »Wir haben eine Tochter. Sie ist in Indien im Internat. Wir sind häufig unterwegs.«

Dölma begann von ihrer Tochter zu erzählen. Maili hörte nur halb zu. Sie dachte an Willi, den unglücklichen Riesen, der sich nicht nur in Musik begrub, sondern auch in Chang ertränkte. Es machte sie traurig. Als Willi mit den Getränken erschien, sah sie seinen Blick mit leiser Abwehr auf Dölma ruhen. Er stellte mit einem kurzen Lächeln das Glas Limonade vor Maili auf den Tisch und suchte sich einen anderen Platz. Die Gruppe hatte sich inzwischen auf die Sessel verteilt.

Maili wurde aus ihren Gedanken gerissen, als sie Dölma sagen hörte: »Pema erzählte, dass Sie noch nicht sehr lange im Kloster sind. Sie sind eine schöne junge Frau. Fällt es Ihnen nicht schwer, auf die Liebe zu einem Mann und auf Kinder zu verzichten?«

Maili verschränkte die Hände so fest, dass die Knöchel weiß wurden. »Man denkt an etwas anderes, wenn man im Kloster lebt«, sagte sie. »Unser Leben ist mit Studium und Meditation ausgefüllt.«

»Aber Sie sind ein menschliches Wesen, Ani-la. Sie haben Gefühle.«

»Ja, natürlich«, entgegnete Maili leise. »Ich habe ja auch nicht gesagt, dass es immer leicht ist. Aber das Leben in der Welt ist auch nicht leicht. Ich glaube, es ist schwerer. Sind Sie glücklich?«

»Meistens«, sagte Dölma und strich ihr Kleid glatt. »Ich hatte immer sehr viel Glück.« Sie lachte. »Ich muss wohl aufpassen. Es heißt ja, wenn die Devas ihre im letzten Leben gesammelten Verdienste abgelebt haben, fallen sie in die Hölle. Ich hoffe, das geschieht nicht mit mir.«

»Können Sie sich vorstellen, alt zu sein, nicht mehr schön, oder krank und hilflos – und dennoch nicht unglücklich?«, fragte Maili.

Dölma senkte den Kopf. Ihr Körper machte eine kleine Bewegung, als wiche er zurück.

Maili griff nach Dölmas Hand. »Üben Sie Mitgefühl. Dann werden Sie nie in die Hölle fallen.«

Dölma schwieg. Maili zog ihre Hand wieder zurück.

Mit einer anmutigen Geste warf Dölma den Kopf zurück. »Ich könnte das nicht – im Kloster leben«, sagte sie. »Ich möchte auf nichts verzichten müssen, das ich haben kann. Nun denken Sie sicher, dass ich eine sehr schwache und oberflächliche Person bin.«

»Es ist nicht sehr wichtig, was ich denke. Aber was Sie von sich selbst denken, Dölma-la, das ist wirklich wichtig, finde ich.«

Dölma stand auf und legte Maili kurz die Hand auf die Schulter. »Ich muss mich um meine Gäste kümmern, Ani-la. Es war schön, mit Ihnen zu plaudern.«

Maili sah der Gastgeberin nach, die mit so gleitenden Bewegungen davonschritt, dass ihr Oberkörper völlig ruhig blieb.

»Sie bewegt sich wie eine Blüte, die im Wasser treibt«, sagte Shimi, die neben Mailis Sessel getreten war.

»Das hast du nett gesagt«, lächelte Maili und schaute zu ihr hoch.

Shimi legte mit übertriebener Geste beide Hände auf ihr Herz und stöhnte: »Sie ist unglaublich schön.«

Maili zog die Augenbrauen hoch.

Shimi ließ ihre Hände fallen und beugte sich zu Mailis Ohr hinunter. »Ich werde mich nicht verlieben, keine Sorge.« Sie setzte sich auf den leeren Sessel neben Maili und zog die Füße hoch. »Diese Sessel sind schrecklich. Ich habe schon ganz dicke Beine. Und dicke Ohren. Der Hausherr und der Sekretär des Ministers reden dauernd über Politik. Es scheint die Lieblingsbeschäftigung der Männer zu sein.«

»Was ist Politik?«, fragte Maili.

»Das, was die Männer der Regierung machen. Gesetze verordnen, Demonstrationen verbieten, Kriege führen …«

»Wer will Krieg führen?«

»Oh, Maili, du nimmst alles immer so wörtlich. Hier will natürlich niemand Krieg führen. Hoffentlich nicht.«

»Ich komme mir manchmal so schrecklich dumm vor«, sagte Maili seufzend.

Shimi beugte sich vor und berührte Mailis Nase mit dem Zeigefinger. »Ich glaube nicht, verehrte Maili Ani, dass du die Erleuchtung schneller erlangen wirst, wenn du weißt, was Politik bedeutet.«

Maili kicherte. »Oder ›Staaten‹. Was bedeutet es, dass Pema Wissen vom Tanzen in den Staaten erwarb? So hat doch Dölma gesagt, nicht wahr?«

»Die Staaten, das ist Amerika. Ihre Freunde haben sie dort zum Tanzen mitgenommen.«

»Oh! Pema hat …?«

Shimi legte den Finger auf den Mund. »Ja. Pema hat.«

»Ob ich die Erleuchtung schneller erlange, wenn ich das Wissen vom Tanzen erworben habe?«, flüsterte Maili.

»Versuche es«, flüsterte Shimi zurück und lachte.

Auf der Heimfahrt fragte Maili: »Pema, hast du wirklich getanzt in Amerika?«

Ani Pema lachte vergnügt. »Gewiss. Es war lustig.«

»In den Regeln steht, dass wir nicht tanzen dürfen«, sagte Maili unsicher.

»Im Kloster tanze ich ja nicht«, erwiderte Ani Pema. »Genau genommen sonst auch nicht. Es war ein einziges Mal. Lustig war es, aber ich kann darauf verzichten.«

Sie ließ den Jeep mit einem Tritt aufs Gaspedal vorschnellen. Die nächtlichen Straßen waren menschenleer. Auf den Gehsteigen schliefen die Straßenhunde im Müll. In der Mitte einer Kreuzung lagen zwei magere Kühe. Kathmandu schien den Atem anzuhalten.

Als die Sommerhitze den kurzen Frühling abzulösen begann, hatte Maili ihre Niederwerfungen und die übrigen dreimal hunderttausend vorbereitenden Übungen beendet.

Sie fiel Shimi in die Arme und rief: »Ich habe es geschafft! Ich habe es geschafft! Ich kann es noch nicht glauben. Ich habe es geschafft!«

Die kleine Shimi hob Maili hoch und schwenkte sie im Kreis, was dazu führte, dass beide lachend und kreischend umfielen und über die trockene Wiese vor Shimis Zimmer rollten.

»Und du bist immer noch nicht erleuchtet«, keuchte Shimi fröhlich. »Erleuchtete wälzen sich nicht am Boden.«

»Woher willst du das wissen?«, rief Maili und warf sich auf den Rücken, die Arme weit ausgebreitet.

Shimi beugte sich vor und küsste sie leicht auf den Mund. Die Berührung war zart wie ferne Töne in klarer Luft. Bevor Mailis Hand die Schulter der Freundin erreicht hatte, um sie wegzuschieben, war Shimi bereits zurückgewichen.

»Ich habe auch eine schöne Neuigkeit«, sagte sie. »Ich darf Rinpoche bedienen.«

Maili hob den Kopf. Es war ein besonderes Glück, den Rinpoche bedienen zu dürfen.

»Wie hast du das fertiggebracht? Erzähle!«

»Ich wollte es schon so lange«, erklärte Shimi. »Immer wieder habe ich es Ani Tsültrim gesagt, aber nichts geschah. Heute Morgen, als Ani Tsültrim weg war, bin ich zu Rinpoche hinaufgeschlichen. Ich bin vor Aufregung fast gestorben. Die alte Ani Söpa war zwar in der Küche, aber sie hat mich nicht gesehen. Also streckte ich den Kopf durch den Vorhang vor Rinpoches Tür und fragte ihn, ob ich mit ihm reden dürfe. Er winkte mich herein und – oh, es war unglaublich. Ich war noch nie vorher allein bei ihm, immer nur mit den anderen. Stotternd brachte ich meine Bitte vor, und dann musste ich weinen, weiß der Himmel, weshalb. Und er sagte ja. Er sagte ganz einfach ja. Und dann fragte er mich, wie es mir gehe und ob ich genug zu essen habe und ob es mir an nichts fehle.«

Shimi saß mit großen Augen da, in denen sich Tränen sammelten. »Jetzt fange ich gleich wieder an zu weinen«, sagte sie leise. »Vielleicht, weil ich so glücklich bin.«

Als Maili mit den anderen nach der Nachmittags-Puja den Lhakang verließ, trat die Disziplinarin auf sie zu und sagte: »Maili, ich möchte mit dir reden.«

Sie wandte sich dem großen Baum zu, und Maili folgte ihr. Die Abendsonne zeichnete lange Schatten und legte einen weichen, goldgelben Schein über die trockene Erde. Von dem erhöhten Sockel aus, auf dem der Baum stand, hatte man freie Sicht über das ganze westliche Ende des Tals. Urgyen Ani ließ sich unter dem Baum nieder, und Maili setzte sich neben sie.

»Maili, ich muss dir eine Frage stellen. Es ist mir unangenehm, aber ich muss es tun.«

Maili hob die Brauen.

»Man hat euch gesehen, Shimi und dich.«

»Was?« Maili bemerkte, dass ihre Stimme sehr hoch klang.

»Ich muss dich fragen, was für eine Beziehung ihr habt.«

In Maili schoss eine heiße, helle Flamme des Zorns hoch. Ohne zu überlegen, entschied sie sich für Angriff anstatt für Verteidigung. »Du meinst, weil Shimi Frauen mag?«

»Ja.«

»Sie mag mich.«

Die Disziplinarin machte eine unwillkürliche Bewegung der Abwehr.

»Aber ich mag nicht Frauen – nicht so«, sagte Maili mit hoch erhobenem Kopf. »Wir sind Freundinnen. Ist dagegen etwas einzuwenden?«

Urgyen Ani hob leicht die Hand. »Ich sagte dir, dass es mir nicht angenehm ist, dich zu fragen. Aber es ist meine Aufgabe, einer Beschuldigung nachzugehen.«

»Wer hat uns beschuldigt?«

»Das kann ich dir nicht sagen.«

»Eine unberechtigte Beschuldigung fällt auf diejenige zurück, die beschuldigt«, sagte Maili mit Schärfe.

»Das mag so sein.«

»Findest du es richtig, dieses Anschwärzen, Ani-la?«

»Betrachte es von einer anderen Seite, Maili. Es geht nicht um Anschwärzen, sondern um Hilfe. Wenn neben dir jemand verunglückt, solltest du helfen oder Hilfe holen. Dasselbe gilt, wenn sich jemand in eine ungute Situation verwickelt.«

»Wäre es eine ungute Situation, wenn ich genauso fühlen würde wie Shimi?«

»Wir sind Nonnen geworden, weil wir unsere Emotionen und unsere Sexualität zähmen und transformieren wollen, Maili. Wir sind angehalten, auch unsere Freundschaften nicht allzu sehr zu vertiefen, um nicht abhängig zu werden. Deshalb sind wir hier – weil diese Lebensweise im Kloster eher möglich ist als in der Welt draußen. Das verstehst du doch.«

Maili nickte. »Natürlich verstehe ich das. Aber das Anschwärzen, das war nicht in Ordnung. Es gab keinen Anlass.«

»Manchmal gibt es einen Anlass«, sagte die Disziplinarin. »Ich bin verpflichtet, jeder Meldung nachzugehen.«

Maili betrachtete ihr vollkommenes Profil, das die Abendsonne mit einem goldenen Rand versah. Urgyen Anis Schönheit berührte sie immer wieder von neuem. Sie ist so wunderschön, dachte Maili. Aber ich habe nicht den Wunsch, sie zu umarmen und an mich zu drücken. Ich möchte Sönam umarmen. Ich möchte, dass Sönam mich küsst. Doch Urgyen Ani möchte ich nur anschauen. Es wäre schön, das Zimmer mit ihr zu teilen und sie ständig anschauen zu können.

»Ani-la, bist du gern Disziplinarin?«

Urgyen Ani lächelte. »Wenn es mir gefiele, hätte man mich wahrscheinlich nicht dazu bestimmt.«

»Ich bin froh, dass du es bist«, sagte Maili leise. »Niemand könnte es besser machen.«

Ein paar Tage später wurde Maili zum Rinpoche gerufen. Mit großen Sprüngen lief sie die Stufen zum Lhakang hinauf. Sie wusste nicht genau, worauf sie sich freute, doch eine beglückte Aufregung hatte sie erfasst. Auf ihre Frage, wie es nun weiterginge, nachdem die vorbereitenden Übungen beendet waren, hatte Shimi trocken erklärt, das sei unterschiedlich.

Selbst die Disziplinarin hatte keine befriedigende Antwort gegeben. »Du bekommst deine persönliche Praxis«, hatte sie gesagt. Nach und nach war in Maili eine erwartungsvolle Unruhe gewachsen.

»Du hast deine Übungen schnell beendet«, sagte der Rinpoche freundlich. »Das ist gut. Von jetzt an wird Ani Nyima deine Ausbildung übernehmen.«

Maili starrte ihn mit offenem Mund an. Schließlich stieß sie hervor: »Warum?«

»Ich denke, es ist gut für dich«, antwortete der alte Rinpoche.

»Aber …«, stotterte Maili, »…ich fürchte mich vor ihr.«

»Ja? Ist das so?« In den Augen des Rinpoche lag ein leises Lächeln.

Maili schwieg. Wovor fürchte ich mich, dachte sie. Was macht die Yogini so bedrohlich? Und warum fühle ich mich gleichzeitig so sehr von ihr angezogen?

»Sie verwirrt mich; ich verstehe sie nicht«, erklärte sie unsicher.

Der Rinpoche lachte fröhlich. »Verstehst du dich selbst?«

Maili dachte nach. »Nicht immer.«

»Und wenn du meinst, dich oder jemand anderen verstanden zu haben – hast du dann wirklich das Richtige verstanden?«

Maili musste lachen. »Wahrscheinlich nicht.«

»Gut.«

»Das heißt, ich bin so oder so verwirrt?«

Der Rinpoche schnippte zustimmend mit den Fingern.

»Und«, fuhr sie fort, »Ani Nyima macht mir das deutlich?«

Der Rinpoche schnippte noch einmal mit den Fingern.

»Das habe ich jetzt wirklich verstanden«, sagte sie erleichtert.

Der Rinpoche lachte wieder. »Du hast also nichts dagegen, dass Ani Nyima dich ausbildet?«

»Nein. Ich glaube nicht.«

Der Rinpoche winkte sie heran und streute einige Brösel Lama-Medizin in ihre Hand. »Ani Nyima wird dir sagen lassen, wann du zu ihr kommen sollst.«

Er neigte sich vor, und sie berührte seine Stirn mit der ihren. Sie wunderte sich, warum sie noch ein paar Augenblicke zuvor der Meinung gewesen war, sich vor Ani Nyima zu fürchten. Vielmehr empfand sie plötzlich eine so innige Nähe zu der alten Yogini, dass ihr Tränen in die Augen traten. War dies nicht die Mutter, die sie sich immer gewünscht hatte? Jene Mutter, die ihr Kind bedingungslos und über alle eigenen Vorstellungen hinaus liebt und es mit dem eigenen Leben ernährt? Die verwirrenden Begegnungen mit Ani Nyima zogen in ihrer Erinnerung vorbei und schienen weit weniger verwirrend als zuvor.

»Ich freue mich, Rinpoche-la«, sagte Maili und verabschiedete sich mit drei Verbeugungen, glühend vor Dankbarkeit.

# 9

Die Erde dampfte nach einem der ersten Regengüsse des Monsuns, und die Abendsonne fiel in langen gelben Streifen über den Boden. Maili saß auf der Türschwelle und vernähte den Rand ihres Wandteppichs, für den sie ein Jahr lang wenig Zeit gehabt hatte.

Deki drängte sich an ihr vorbei. »Ich gehe zu den anderen«, sagte sie kurz und schlüpfte in ihre Plastiksandalen.

Die »anderen« waren ihre früheren Zimmergenossinnen, mit denen sie sich, von der allzu großen Nähe erlöst, im Unterricht angefreundet hatte.

Maili griff nach ihrem Rock und hielt sie fest. »Hast du die Lektion fertig?«, fragte sie. »Du weißt, sonst kannst du nicht gehen.«

Deki riss sich mit einer heftigen Geste los. »Lass mich in Frieden mit deinen Lektionen.«

»Wir haben eine Abmachung«, sagte Maili scharf.

Deki stemmte die Fäuste in die Seiten. »Du hast gar nichts zu bestimmen, du bist keine Disziplinarin«, sagte sie triumphierend.

Maili sprang auf und ließ dabei den Teppich fallen. »Glaube nicht, dass du dich weiterhin so schlecht benehmen kannst. Ich beginne zu bereuen, dass ich dich zu mir geholt habe.«

»Dann wirf mich doch wieder hinaus«, schrie Deki wütend, wandte sich um und rannte mit klatschenden Sohlen den nassen Weg entlang, ohne Ani Pema zu beachten, die ihr entgegenkam.

Maili hockte sich wieder auf die Schwelle, nahm den Teppich auf und drückte ihn an die Brust. Ich werde wie Ani Wangmo, dachte sie unglücklich. Seit dem ersten Regenfall war sie immer unruhiger und gereizter geworden. Sie hatte Bauchschmerzen, und ihre Träume waren wirr und lastend.

»Mal wieder Streit?«, fragte Ani Pema und ging neben ihr in die Hocke.

»Ich habe Deki angeschrien«, sagte Maili.

Ani Pema lachte. »Das ist doch nicht das erste Mal.«

»Ich mache es nicht richtig«, sagte Maili. »Ich bin gereizt und ungeduldig, fast wie Ani Wangmo es war, als ich hierherkam. Es ist schrecklich. Ich will nicht so sein.«

Ani Pema legte die Hand auf ihren Arm und sagte beschwichtigend: »Deki hat es nicht leicht mit sich. Das weißt du. Sie vertraut dir, und sie braucht dich.«

»Ich weiß. Ich sagte ja, ich will nicht so sein.«

Sie schwiegen beide. Ani Pema sah Maili aufmerksam an. »Was ist mit dir, Maili?«

Maili hob die Schultern. »Ich weiß es nicht. Vor kurzem hat Rinpoche gesagt, Ani Nyima werde mich ausbilden. Aber sie lässt mich nicht rufen. Vielleicht bin ich zu ungeduldig.«

»Oho«, sagte Ani Pema, »Ani Nyima wird dich ausbilden? Das ist ungewöhnlich.«

»Hat sie nicht auch Urgyen Ani ausgebildet?«

»Das ist etwas anderes.«

»Warum spricht man nicht darüber?«

»Es ist kein interessantes Thema.«

»Ich finde, es ist ein sehr interessantes Thema.«

»Vom Standpunkt des Respekts ist es kein interessantes Thema.«

»Seit wann bist du so brav, Pema?«, knurrte Maili. »Das bin ich von dir nicht gewöhnt.«

Ani Pema stand auf. »O weh, Maili Ani hat wirklich schlechte Laune.«

Maili schwieg und senkte den Kopf in die Hände. Ani Pema ging wortlos weg. Maili war so gereizt, dass sie in den Teppich in ihren Händen biss. Sie musste sich eingestehen, dass sie die Freundin verletzt und ihrer Loyalität die gebührende Achtung verweigert hatte. Sie fühlte sich beschämt und hilflos. Ich werde verrückt, wenn Sönam nicht bald kommt, dachte sie. Der Monsun hat begonnen. Ein ganzes Jahr lang habe ich auf diesen grässlichen Monsun gewartet. Bald werde ich nicht nur Teppiche, sondern auch Nonnen beißen.

Die Sonne hing über dem Rand des Tals. Maili stand auf, ging in ihr Zimmer und setzte sich in Meditationshaltung auf ihr Bett. Die Lehren haben recht, dachte sie. Ich bin vergiftet. Die Emotionen sind Gift. Es ist schrecklich. Ich will das nicht. Es soll aufhören.

Sie begann zu weinen, und sie wusste, dass es Tränen der Wut waren, weil sie sich so gefangen fühlte.

»Arya Tara, schicke ihn mir«, flüsterte sie, »bitte, schicke ihn mir.« Sie begann mit der Arya Tara-Meditation, doch ihre Gedanken wanderten immer wieder zu Sönam und zu Szenen der ersehnten Begegnung. Verzeih mir, Tara, dachte sie, aber es geht mir wie dem sechsten Dalai Lama. Und es war, als höre sie die Stimme der Gottheit: Du wirst dir wohl selbst verzeihen müssen, Maili.

Die Tage vergingen in qualvoller Länge. Maili entschuldigte sich halbherzig bei Ani Pema. Sie fühlte nichts mehr, weder Beschämung noch Bedauern. Wann immer es ging, zog sie sich zurück, und sie sprach so wenig wie möglich. Sie tat alles, was von ihr erwartet wurde, doch es war, als habe sich ihr Geist in einen düsteren Winkel zurückgezogen und überlasse es ihrer Hülle, flach und kalt die Rolle der Maili Ani zu spielen. Shimi war selten zu sehen. Sie hielt sich meistens in der Etage des Rinpoche auf. Maili vermisste die Freundin nicht. Deki kam nur zum Schlafen nach Hause; die übrige Zeit verbrachte sie mit den anderen Mädchen. Maili schwieg dazu. Sie fand kein Mittel, um sich selbst aus der qualvollen Gleichgültigkeit zu erlösen, die sie umfing wie die erbarmungslose Umklammerung hohen Fiebers.

An einem heißen, sonnigen Mittag, als die schweren Wolken an der Spitze des Berges festhingen und ein tiefblauer Himmel sich über dem Tal öffnete, hatte Mailis kleine Hölle ein Ende. Als sie nach der Vormittags-Puja mit den anderen Nonnen den Lhakang verließ, sah sie seine unverwechselbare, anmutig aufgerichtete Gestalt wartend im Vorhof stehen.

Mailis Herz begann donnernde Trommelwirbel zu schlagen. Sie wagte nicht, zu ihm hinzusehen. Aus den Augenwinkeln nahm sie wahr, dass er auf Ani Tsültrim zuging und ihr ein Paket übergab, das er offenbar aus der Stadt heraufgebracht hatte. Ihre Gedanken rasten. Wie konnte sie mit ihm sprechen, ohne dass es bemerkt wurde? Was sollte sie tun? Sie musste sich zu etwas entschließen, einen Plan fassen, ihm ein Zeichen geben. Der innere Aufruhr bannte sie auf die Stelle, machte sie unfähig zu jeder Bewegung. Erstarrt stand sie vor dem Eingang des Lhakang und behinderte die herausströmenden Nonnen, verloren in der panischen Hektik ihrer Gedanken.

»Geht es dir nicht gut, Maili?«

Neben ihr stand Shimi und blickte sie mit besorgter Miene an.

»Ich weiß nicht«, antwortete Maili, und sie spürte, dass ihre Lippen zitterten. »Vielleicht bin ich krank. Ich werde mich hinlegen.«

Sie ließ Shimi stehen und ging in Richtung der Treppe. Dabei versuchte sie, so nah an Sönam vorbeizugehen, dass er sie sehen musste. In unauffälligem Gang, nicht zu langsam und nicht zu schnell, stieg sie die Treppe hinunter und verbarg sich hinter einem der Häuser, von wo aus sie den oberen Teil der Treppe beobachten und ihn abfangen konnte.

Sie musste lange warten. Endlich sah sie ihn kommen und winkte ihm vorsichtig zu. Er deutete den Weg hinunter und dann zum Hang hinüber, an dem sich ihr geheimer Platz befand, und ging weiter. Dank der Streifzüge, die sie in ihrem ersten Jahr mit Deki um das Kloster herum unternommen hatte, war sie fast mit jedem Stein des unwegsamen Geländes vertraut. Geschickt suchte sie einen Weg durch das Gestrüpp, der sie weiter unten zum Klosterpfad führen würde. Sie sah Sönam an der Stelle stehen, von der aus ihr geheimer Platz zu erreichen war. Wie ein roter Schatten verschwand er zwischen den Büschen. Außer Sichtweite des Pfads wartete er auf sie.

Maili wollte sich in seine Arme werfen und sich an ihn klammern, doch ein Gefühl plötzlicher Fremdheit ließ sie zögern. Er schien größer und älter geworden zu sein, und der frisch geschorene Kopf gab seinen Zügen eine unvertraute Strenge.

Mit einer schnellen, heftigen Bewegung zog er sie an sich, hielt sie einen Augenblick lang fest und schob sie dann wieder weg. »Gehen wir weiter«, sagte er.

Maili, die den Weg besser kannte, ging schnell voran. Es war erleichternd, ihm jetzt nicht in die Augen schauen und mit ihm sprechen zu müssen. Sie hatte das Gefühl, kein Wort durch die qualvolle Enge in ihrer Kehle bringen zu können.

Beim Klettern über die Felsen des Steilhangs fühlte sie sich plötzlich an ihrem Rock festgehalten. Sie wandte sich um. Sönam stand auf einer tiefer liegenden Felsstufe, so dass sein Kopf nur bis zu ihrer Mitte reichte. Mit einer heftigen Bewegung griff er nach ihren Hüften und drückte sein Gesicht gegen ihren flachen Bauch. Maili hielt den Atem an, erschreckt von der Direktheit, mit der ihr Körper antwortete.

»Sönam, nicht«, flüsterte sie und drückte die Hände gegen seine Schultern.

Erst als er sie losließ, wurde ihr klar, dass es auch die Geste eines Kindes gewesen war, das im Schoß der Mutter Schutz sucht vor der Gewalt der Welt. Verwirrt und mit einem undeutbaren Schmerz in der Brust ging sie weiter.

Der geheime Platz lag im Schatten des Baumes, der die Hitze der Sommersonne ein wenig milderte. Sie legten ihre Tücher zur Seite und setzten sich auf den Stein, ohne einander zu berühren. Sönam verschränkte die Hände auf den Knien und schaute in die Weite. Maili sah ihn von der Seite an. Um seine Nasenflügel lagen winzige glitzernde Schweißperlen.

»Ich bin froh, dass du wieder da bist«, sagte sie.

Sönam löste seine Hände voneinander und legte eine Hand kurz auf die ihre. »Ich habe mich darauf gefreut, und ich habe mich davor gefürchtet«, sagte er. »Es ist so schwierig.«

»Warum? Was hat sich geändert?«

Der Schmerz in ihrer Brust steigerte sich zu wildem Brennen, als ginge ihre Sehnsucht in Flammen auf wie trockenes Laub. Warum verlief dieses Wiedersehen so ganz anders, als sie es erträumt hatte? Warum war es so traurig und beschwert?

Sönam holte tief Atem. »Im letzten Jahr waren wir wie Kinder.«

»Und jetzt?«

»Jetzt müssen wir mit der Wahrheit leben, dass wir keine Kinder mehr sind.«

»Was meinst du damit?«

Sönam schwieg. Dann wandte er sich ihr zu, nahm ihre Hände und sah sie eindringlich an. »Während ich weg war, hing ich an den schönen Erinnerungen. Das tat manchmal weh, aber es war nicht so schlimm. Doch seitdem ich wieder zurückgekommen bin, habe ich ständig an dich gedacht. Ich konnte an nichts anderes mehr denken. Und – auch mein Körper hat an dich gedacht.«

Maili wollte erschreckt ihre Hände zurückziehen, doch er hielt sie fest.

»Maili, du musst mir zuhören«, sagte er eindringlich. »Ich weiß nicht, wie es weitergehen soll. Es ist nicht mehr wie im letzten Jahr.«

In Mailis Augen sammelten sich Tränen und rollten über ihre Wangen. Sönam streifte sie sanft mit den Fingerspitzen weg.

»Bitte, sei nicht traurig«, sagte er.

Maili sah das glatte, mattbraune Gesicht mit den fein gezeichneten Lippen so nah vor sich, dass sie die schwarzen Härchen auf der Oberlippe unterscheiden konnte. Sie neigte sich vor, bis ihr Mund den seinen berührte, und schloss die Augen. So sollte es bleiben. Es sollte nichts anderes geben als diesen einen, unendlich süßen Augenblick. Keine Worte. Keine Gedanken. Keine Vorstellungen. Eine strahlende Helligkeit breitete sich in ihr aus.

»Schöne Maili«, flüsterte Sönam an ihrem Mund.

»Warum kann es nicht so bleiben, Sönam?«, fragte sie.

Er zog sich ein wenig zurück, doch konnte sie noch seinen Atem auf ihren Lippen spüren, als er sprach.

»Wir tun etwas, das verboten ist. Man wird uns irgendwann entdecken.«

»Wir tun nichts Schlimmes«, sagte Maili.

»Maili, wir tun etwas, das für uns nicht gut ist. Es bringt die Gefühle in Aufruhr. Du kannst ein Feuer nicht zähmen, indem du Öl hineingießt.« Sönam richtete sich auf und schaute über das Tal, über dem sich schwere Wolken zusammenzogen.

Maili dachte an die vergangenen Tage und Wochen, an das Warten, das Sehnen, die Gereiztheit, die Unruhe, den Schmerz, die Erstarrung. Sönam hatte recht.

»Ich ging so weit«, fuhr er fort, »mir vorzustellen, dass wir die Gelübde zurückgeben würden. Ich stellte mir vor, dass wir zusammenleben würden.«

Maili presste ihre ineinandergefalteten Hände in den Schoß. Sie wollte nicht, dass er aussprach, was zu denken sie sich verboten hatte. Sie wollte nicht, dass er ihre Verbindung in die Nähe zu Tsering, zu ihren Eltern, zu Ani Wangmos Unglück brachte.

Doch Sönam sprach weiter. »In der Welt leben hieße, dass wir nicht mehr wie jetzt studieren und meditieren könnten. Wir hätten keine Zeit mehr für den Dharma. Ich lebe seit meinem neunten Lebensjahr im Kloster. Der Dharma ist alles, was ich habe –

und etwas anderes will ich nicht. Ein anderes Leben könnte ich nicht leben wollen.«

»Ich habe nie an so etwas gedacht«, sagte Maili unglücklich.

Sönam legte sanft den Arm um sie. »Ich weiß. Aber solche Gedanken können kommen. Es ist besser, sich ihnen zu stellen, als zu hoffen, man könne ihnen ausweichen … Ich nehme an, dass du deine Gelübde ernst nimmst.«

»Natürlich nehme ich sie ernst.«

»Bitte versuche mich zu verstehen. Ich habe das Gefühl, dass ich dich vor mir schützen muss – und auch, dass ich mich vor mir selbst schützen muss. Ich weiß, dass es Mönche und Nonnen gibt, die ihr Zölibatsgelübde brechen. Aber man lebt nicht gut damit.«

»Daran habe ich nie gedacht«, fuhr Maili auf.

»Hast du früher daran gedacht, dass du ins Kloster gehen und dich dann in einen Mönch verlieben würdest?«

»Nein.«

»Ich habe auch nicht an so etwas gedacht, Maili. Aber es ist geschehen. Und wenn wir uns weiterhin sehen, wird vielleicht noch mehr geschehen.«

»Du meinst«, sagte sie stockend, »dass wir uns nicht mehr sehen sollten?«

»Ja.«

Maili schwieg. Da war es, das Fallen in den Abgrund. Fallen, immer tiefer fallen, Dunkelheit und Fallen. Sie hatte es geahnt, aber nicht wissen wollen. Das Nichtwissenwollen macht alles noch viel schlimmer, dachte sie. Wie klar alles ist. Habenwollen. Nichthabenwollen. Nichtwissenwollen. Leiden.

»Ich möchte sterben«, sagte sie.

»Daran dachte ich auch«, erwiderte Sönam. »Das werden wir tun müssen.«

Maili riss die Augen auf. Sönam lächelte leicht.

»Du weißt doch – etwas loslassen ist Sterben. Die kleinen Tode.«

Maili seufzte. »Ich bin nicht so weise. Ich kann das nicht.«

Sönam stand auf. »Wir werden beide lernen müssen, viel Geduld zu haben. Verzeih mir! Durch mich musst du leiden. Es tut mir sehr leid.«

Maili wollte aufspringen, ihn festhalten und ihn beschwören, seinen Entschluss rückgängig zu machen. Ein Wunder sollte geschehen, das ihn umstimmte. Ihr Wunsch sollte so machtvoll sein, dass er seine Bedenken zerstreute. Die verzweifelte Einsicht, dass sie nichts tun konnte, war lähmend.

Langsam erhob sie sich. Sönam zögerte. Dann schloss er sie in die Arme und drückte sie an sich. Nie zuvor hatte sie ihn so deutlich in seiner Körperlichkeit wahrgenommen. Und nie zuvor hatte sie der Wunsch so sehr überwältigt, sich an ihn zu drängen, in den Geruch seines Körpers einzutauchen, sich vom schnellen Rhythmus seines Atems davontragen zu lassen.

Mit einem kleinen, hilflosen Aufstöhnen küsste er ihren Hals und schob sie zurück. »Du bist in meinem Herzen« sagte er. »Das hat sich nicht geändert.«

Er nahm sein Tuch, hängte die Tasche über die Schulter und verschwand zwischen den Büschen.

Maili setzte sich wieder auf den Stein. Sie hob ihre Hände – sie zitterten. Und sie dachte: Er leidet mehr als du, hat Ani Wangmo gesagt. Ich bin nicht auf den Gedanken gekommen, dass seine Erfahrung anders sein könnte als die meine. Ich war so gefangen in mir selbst.

Diese Einsicht war schmerzhafter als alles andere, was sie innerhalb der vergangenen Stunde erlebt hatte. Sie öffnete sich für die Meditation des Mitgefühls und atmete die quälende Spannung, die sie in Sönam gespürt hatte, ein. Die schwerelose, lichte Zärtlichkeit, die sie mit ihren Gedanken an ihn verband, atmete sie aus und schickte sie ihm. Gib mir dein Leiden, wünschte sie, und nimm meine Freude.

Als sie sich schließlich auf den Weg zurück zu ihrem Zimmer machte, sang sie getröstet ihr Lied:

Ich will die Sonne sein, die dir Wärme gibt.
Ich will die Erde sein, die dich nährt.
Ich will der Regen sein, der dich wachsen lässt.
Ich will der Wind sein, der dich streichelt mit zärtlichen Fingern …

»Wo warst du?«, fragte Deki, die im Zimmer ihre Lektion lernte. Der Raum wirkte dunkel und fast kühl im Verhältnis zur Hitze des Tages, die durch die Wolken kaum gemildert wurde. »Warum warst du nicht beim Essen? Ich habe dich überall gesucht. Ani Tsültrim hat gesagt, du sollst heute Nachmittag zu Ani Nyima kommen. Ich meine, jetzt – es ist ja schon Nachmittag.«

Maili warf sich erschöpft auf ihr Bett. Eine Minute später stand sie wieder auf und setzte sich auf das Bettende vor Ani Wangmos Schrein. Die Regeln verlangten, dass sie Deki ein gutes Beispiel gab. Wie oft hatte sie gegen diese Regel verstoßen. Es gab wohl wenige Regeln, die sie nicht missachtet hatte.

»Deki, bin ich sehr unerträglich?«, fragte sie plötzlich, ohne das Mädchen anzusehen.

»Manchmal«, antwortete Deki.

»Es tut mir leid«, sagte Maili. »Verzeihst du mir?«

Deki stand auf und setzte sich auf den Bettrand neben Maili. »Ich bin auch manchmal scheußlich«, sagte sie.

Maili nahm sie in den Arm und legte den Kopf auf ihre Schulter. Deki erwiderte die Umarmung, und so blieben sie eine Weile sitzen, einander sanft wiegend, ohne zu sprechen.

Mit einem kleinen Klaps auf Dekis Rücken richtete sich Maili auf. »Dann werde ich jetzt zu Ani Nyima gehen«, sagte sie und stand auf. Sie legte das gefaltete Tuch über ihre Schulter und machte sich auf den Weg. Das Wolkenband, das vom Berg hergezogen war, hatte sich in eine dichte, dunkle Decke verwandelt, die bis zu den Bergen am gegenüberliegenden Rand des weiten Kathmandu-Tals reichte. Die Luft war heiß und still. Maili kehrte um und holte den Regenschirm, den Ani Wangmo ihr zu Beginn des ersten Monsunregens geschenkt hatte.

Warum ließ Ani Nyima sie ausgerechnet heute rufen? In Maili regte sich eine leise Unruhe angesichts der möglichen Hellsichtigkeit der Yogini. Doch ihre Gefühle und Gedanken waren so erschöpft, dass sie sich nicht weiter damit befassen mochte. Es gab nichts, das noch der Aufregung wert erschien. Hieß es nicht, alles Geschehen sei relativ?

Ich fühle mich so relativ wie ein zehnmal gekochtes Stück Yakfleisch, dachte Maili und wischte mit einem Zipfel ihres Tuchs den Schweiß vom Gesicht, nicht ohne darauf zu achten, dass sie es dabei nicht zerknitterte. Sie war nicht mehr die nachlässige Maili von früher. Zwar hatte sie noch nicht die Makellosigkeit der Disziplinarin erreicht, doch selten war ein Fleck auf ihrem Rock zu sehen, und die Blusen legte sie nach dem Waschen gut gefaltet unter die Matratze, damit sie schön glatt wurden.

Während sie den Steilhang hinaufkletterte, streiften ihre Gedanken leicht über die zwei vergangenen Jahre im Kloster hin. Zwei Jahre, die ihr gesamtes erwachsenes Leben waren und in denen Liebe und Tod sie ganz nah berührt hatten. Sönam! Sie schlug die Hände vor die Augen, als könnte sie damit den schmerzhaften Gedanken an ihn ausblenden. Das führte dazu, dass sie stolperte und auf das Geröll fiel. Mit der freien Hand versuchte sie sich abzufangen und schürfte sich dabei die Handfläche auf. Sie rappelte sich hoch und schaute verwirrt auf ihre Hand. Es war, als hätte sie in der Zeit einen Sprung zurück gemacht. Das zittrige Gefühl nach dem Changgenuss bei der Familie der Tante des Schullehrers – die ängstliche Erwartung der unbekannten neuen Welt des Klosters – der Schmerz der Wunde in der Handfläche und die erste, zutiefst beunruhigende Begegnung mit Sönam – sie erlebte es fast als lebendige Gegenwart.

Und was habe ich gelernt von Buddhas Lehren? dachte sie. Was habe ich gelernt über das Beenden des Leidens? Habe ich nicht eher leiden gelernt? Nun gut, es heißt, man muss das Leiden als Leiden erkennen, als Leiden an sich selbst. Vielleicht habe ich wenigstens das gelernt.

Sie war so sehr in ihre Gedanken vertieft, dass sie nicht daran dachte, einen Blick zum Tigerfelsen zu werfen. Erst als sie die Treppe zur Höhle hinaufstieg, schaute sie hinüber. Der Felsen war leer. Schon lange hatte niemand mehr das Tier gesehen. Es gibt Schlimmeres als den Tiger, dachte Maili und zog am Glockendraht.

Die Tür zur Höhle öffnete sich mit dem vertrauten Knarren.

»Was willst du?«, fragte die zierliche Frau im schlichten roten Gewand mit dem hoch geknoteten grauen Haar. Allen Buddhas sei Dank, dachte Maili erleichtert. Heute ist sie einfach nur Ani Nyima.

»Was willst du?«, fragte Ani Nyima noch einmal.

Maili machte große Augen. »Ich sollte doch kommen.«

»Ich habe dich gefragt, was du willst.«

Maili stand auf der Treppe und schaute verwirrt zu der alten Yogini hoch. Warum wurde sie gefragt, was sie wollte? Sie wollte Sönam. Doch das konnte sie nicht sagen.

»Was willst du, Maili Ani?«

Ich will Sönam, schrien Mailis Gedanken. Ich kann an nichts anderes denken. Ich will ihn! Ich will nur ihn!

Verzweifelt schwieg sie. Das konnte sie nicht sagen. Und sie konnte nicht lügen.

»Denke darüber nach, was du willst«, sagte die Yogini, »und dann komm wieder.« Die Tür schloss sich vor Maili mit kühler Endgültigkeit.

Sie hatte kaum die unterste Treppenstufe erreicht, als die ersten Blitze über den Himmel zuckten. Es war innerhalb weniger Minuten so dunkel geworden, dass die dichten Bäume unterhalb der Höhle tiefe, unheimliche Schatten warfen. Schwach vor Angst stolperte sie den Pfad entlang, bis sie den Steilhang erreicht hatte. Das Gefühl der Bedrohung steigerte sich mit jedem Blitz. Die Donnerschläge folgten mit zunehmender Schnelligkeit und ließen die lastende Hitze erbeben. Maili wiederholte im Klettern fieberhaft das Mantra der Arya Tara. Die Panik trieb sie an, doch sie versuchte aufmerksam zu bleiben und ihre Füße in den lockeren Plastiksandalen vorsichtig zu setzen.

Sagte ich nicht, ich wolle sterben? dachte sie pötzlich. Sie hielt inne und setzte sich auf das Felsstück, über das sie gerade geklettert war. Ich sagte, ich wolle sterben, und jetzt renne ich panisch wie eine Maus um mein Leben. Ani Nyima scheint es darauf abgesehen zu haben, mich mit Gewittern zu belehren. Wilde Gewitter für Maili Anis wilden Geist.

Sie begann zu lachen, und je mehr sie lachte, desto grotesker erschien ihr das aus den Fugen geratene Spiel ihrer Gefühle und Gedanken.

»Maili Ani weiß nicht, was sie will!«, schrie sie zu den tobenden Wolken hinauf. »Wer kann bitte Maili Ani sagen, worum es geht?«

Als sei dies das Stichwort, raste die erste Sturmbö heran, trocken und heiß, und zerrte an ihrem Schultertuch. Sie stand auf und kletterte weiter, immer wieder von kleinen Lachanfällen geschüttelt.

»Ich will erkennen lernen, dass alles zum Lachen ist!«, schrie sie aus vollem Hals. »Hörst du, Ani-la? Ich möchte lernen, mich nicht mehr ernst zu nehmen.«

Der Sturm und der Donner rissen ihr die Worte aus dem Mund. Sie eilte den kleinen, tief eingeschnittenen Trampelpfad entlang, der vom Steilhang zum Klosterbereich führte. Mit einem fürchterlichen Donnerschlag brach der Regen los und durchnässte sie innerhalb weniger Augenblicke. Den Schirm aufzuspannen wäre sinnlos gewesen.

»Ich werde neu anfangen!«, rief sie dem Regen und dem Sturm entgegen. »Ich werde ganz neu anfangen!«

Triefend nass erreichte sie ihr Zimmer. Während sie sich auszog und abtrocknete, ließ das Gewitter nach, und bald trieb der Regen nur noch in milchigen Schleiern über den Berg. Sie ergriff ihren Schirm und lief zielstrebig zu Ani Pemas Häuschen hinunter.

»Pema, darf ich dich stören?«, fragte Maili, während sie die Tür öffnete.

Ani Pema saß in ihrem Wohnzimmer und arbeitete an ihrem Computer. »Komm herein«, antwortete sie.

Maili setzte sich auf eine Matte und fuhr mit den Händen über das noch feuchte, kurze Haar. Sie schloss kurz die Augen und atmete tief ein. Der Tag schien unendlich lang zu sein. Das Licht in dem kleinen Raum war dämmrig, als wäre es Abend. Doch der Abend war noch fern.

»Ich möchte dir ein Geheimnis anvertrauen«, sagte Maili. »Wirst du es bei dir behalten?«

Ani Pema wiegte bejahend den Kopf.

»Ich liebe einen Mönch«, sagte Maili fast flüsternd. »Und er liebt mich.«

»Sönam?«, fragte Ani Pema.

»Oh!« Maili schlug die Hände vor den Mund und starrte Ani Pema an.

»Keine Sorge, Maili, ich glaube nicht, dass es jemand weiß. Ich hatte nur so ein Gefühl. Schon im vergangenen Jahr.«

»Er sagt, wir dürfen uns nicht mehr treffen. Er sagt, sonst brechen wir unser Gelübde.«

»Und nun?«

»Ich weiß es nicht. Er war ein Jahr lang weg und ist zurückgekommen. Und jetzt ist alles anders, als es früher war. Pema, ist es schlimm, dass wir uns getroffen haben? Wir haben nichts getan.«

»Wie schlimm ist es jetzt für dich?«

»Sehr schlimm.«

»Nun ja. Da hast du die Antwort.«

»Ich meine – schlimm, was die Regeln betrifft.«

»Die Regeln haben ihre guten Gründe.«

»Aber Menschen und Situationen sind doch so verschieden. Kann man sie denn mit Regeln messen?«

Ani Pema schwieg. Sie schaute aus dem Fenster zum Himmel, der nach dem Gewitter grau und erschöpft tief über dem Tal hing.

»Wir brauchen die Regeln«, sagte sie schließlich. »Sie geben uns die Form für unser Leben. Regeln gibt es immer und überall. Unsere Klosterregeln gestalten die Art und Weise, wie wir leben wollen. Doch eines ist wahr: Sie sind ein relativer Maßstab. Unser Rinpoche weiß das. Deshalb haben wir hier so viel Freiheit. Der Geist unseres Lehrers schützt uns besser als starre Regeln. Er hilft uns, die Regeln von innen zu sehen. Auch Sönam sieht die Regeln von innen. Er hat recht.«

»Du meinst auch, wir sollten uns nicht mehr sehen?«

Pema lächelte leicht. »Ich meine, ihr solltet zumindest nicht allein miteinander sein.«

»Und wie soll das gehen?«

»Willst du Shimi einweihen? Wir könnten alle vier ganz offen beieinandersitzen. Das würde niemand auffällig finden.«

Maili senkte den Kopf und dachte nach. Es wäre weniger schmerzhaft, als ihn gar nicht mehr zu treffen. Sie würden einander nicht berühren dürfen. Doch sie konnte ihn mit ihren Blicken streicheln, mit ihren Worten das unsichtbare Band flechten.

»Gut«, sagte sie. »Wenn Sönam das auch will …«

»Möchtest du, dass ich mit ihm spreche?«

Maili nickte. Würde er ihr verzeihen, dass sie das Geheimnis preisgegeben hatte? Würde er diese Lösung annehmen können? Oder würde er sich ganz und gar von ihr abwenden?

Sie seufzte. »Es ist so schwer, Pema.«

»Ich weiß.«

Maili hob überrascht den Kopf. Hatte sie in Ani Pemas Stimme ein kleines Echo ihres eigenen Seufzers gehört?

»Ich habe es auch erlebt«, sagte Ani Pema leise. »Ich weiß, wie weh es tut.«

»War es – ein Mönch?«, fragte Maili vorsichtig.

»Nein.« Ani Pema senkte den Blick. Maili fand ihr schmales, ein wenig kantiges Gesicht in diesem Augenblick sehr schön.

»Es war ein Schüler unseres Rinpoche aus Amerika.«

Maili schwieg abwartend. Ani Pema rieb mit einer unvermutet unsicheren Geste ihre Hände an ihrem Rock. »Es ist schon lange her«, sagte sie dann zögernd. »Aber jedes Mal, wenn ich ihn sehe, zittert mein Herz. Er kommt jedes Jahr. Inzwischen hat er geheiratet. Jetzt ist seine junge Frau immer dabei. Ich sehe sie und denke: Das ist es, was er von mir erwartet hat – dass ich nur noch zu Besuch hierherkomme. Er dachte, dass ich meine Gelübde zurückgeben und mit ihm gehen würde.«

»Hast du daran gedacht, das zu tun?«, fragte Maili.

Ani Pema schüttelte den Kopf. »Nicht ernsthaft. Ich habe versucht, es mir vorzustellen. Aber ich wusste, dass ich erst dann von hier weggehen werde, wenn mein Geist genügend reif dafür ist. Vielleicht, wenn ich in einem Kloster leben würde, in dem die Disziplin zu wenig Raum ließe, oder wenn Ani Tsültrim ein Dämon wäre …«

Maili lachte.

Ani Pema fuhr fort: »Ich denke, dass es nur eine Art von ›richtiger‹ Entscheidung gibt. Sie beruht darauf, dass du wirklich weißt, was du willst. Solange man es noch nicht weiß, sollte man dabei bleiben, den Geist zu klären. Und das ist es schließlich, was wir hier tun.«

»In meinem Geist ist noch nicht viel Klarheit entstanden«, sagte Maili. »Ani Nyima hat mich gefragt, was ich will, und ich konnte ihr keine Antwort geben. Alles, was mir einfiel, war, dass ich Sönam will.«

Ani Pema lachte leise.

»Aber jetzt«, fuhr Maili fort, »weiß ich nicht einmal mehr, ob das stimmt. Ich wollte Sönam nicht so, wie er heute war. Ich wollte den anderen Sönam von vor einem Jahr. Ich wollte, dass alles so bleiben sollte, wie es damals war. Natürlich ist es unsinnig, das zu wollen. Genau genommen will ich die Augenblicke, in denen wir zusammen waren und ich in meinem Geist nur Licht sah und fühlte und es keine Trennung mehr gab.«

Sie dachte ein wenig nach und fuhr fort: »Will ich in Wirklichkeit gar nichts anderes als meinen eigenen Geist? Bei Ani Nyima habe ich Augenblicke erlebt, in denen mir alle meine Gefühle kindisch erschienen und es nichts gab, was ich festhalten wollte. Es ist, als wäre ich zwei verschiedene Personen. Das ist sehr verwirrend.«

»Du bist ein erstaunliches Mädchen«, sagte Ani Pema.

»Ein verwirrtes Mädchen«, sagte Maili. »Verwirrt und verliebt und manchmal unausstehlich.«

Nach ein paar Tagen beschloss Maili, wieder zu Ani Nyima zu gehen. Sie hatte lange nachgedacht, bis sie genau wusste, was sie antworten wollte. Es war eine ausgefeilte Antwort, die sie sogar aufgeschrieben hatte.

Ein sanfter, trüber Morgen versprach einen Tag ohne Sturm oder Gewitter. Maili stieg heiter den Berg hinauf. In ihre Befriedigung über das Ergebnis ihres Nachdenkens mischte sich lediglich ein leiser Hauch von Unruhe. Sie dachte an die Unberechenbarkeit der Yogini. Doch diesmal fühlte sie sich gewappnet. Niemand konnte verlangen, dass sie mehr wusste, als man ihr beigebracht hatte – und das war nicht viel. Doch sie hatte gut über die Zähmung des Geistes nachgedacht. Sie hatte darüber nachgedacht, wozu sie sich verpflichtet hatte. Sie wusste, was sie wollte.

Aus Ani Nyimas Höhle erklangen die Töne der Knochentrompete. Maili setzte sich auf die oberste Treppe und wartete. Müßig blickte sie zum Tigerfelsen hinüber. Das Felsstück ragte schwarz gegen den trüben Morgenhimmel. Von hier oben konnte man sehen, dass es nach hinten eine Plattform bildete, auf der sich die große Katze gemütlich ausstrecken konnte.

Die Yogini sang die Melodie des Chöd-Sadhana in klaren, durchdringenden Tönen. Maili versuchte dem tibetischen Text zu folgen, doch ihre Kenntnisse der Sprache waren zu gering. Sie gab es auf und schaute in das Grau des Himmels.

Plötzlich hörte sie aus der Tiefe des Raums klar verständliche Worte: »Götter und Dämonen, versammelt euch wie die Wolken am Himmel, fallt wie der Regen durch den leeren Raum, stürmt herein wie der Sandsturm über die Ebene. Ich opfere euch diesen Körper. Esst ihn roh. Kocht ihn, backt ihn ... Gebt euren Segen, dass ich befreit werde vom Festhalten an diesem Körper, der aus den vier Elementen zusammengesetzt ist ... Möge ich erkennen, dass Existenz nichts anderes ist als das magische Spiel des Geistes ...«

Maili sah, wie der Wind das Fleisch ihrer Hände und Arme ablöste. Sie spürte, wie er ihre Kopfhaut davontrug, wie ihre Lippen verwehten und das Fleisch von den Zähnen fiel. Ihre Augen sanken in sich zusammen wie Asche. Alles Berührbare wurde vom Wind weggetragen, aufgelöst in winzige Partikel. Sie verstreute sich in undenkbare Weiten, und alle diese winzigen Botschaften, die Maili waren, drangen als reine Freude in unzählige Wesen ein.

»Namasté, Maili Ani.«

Maili fuhr von ihrem Sitz auf der Treppe hoch. »Oh, Namasté, Ani-la.«

Ani Nyima lächelte. »Komm herein.«

Die Yogini ging voraus in die Höhle und wies auf eine Matte. Die Flammen der Butterlampen auf dem Schrein tauchten den Raum in wohliges gelbes Licht. Maili verbeugte sich dreimal und setzte sich. Sie überlegte, wie viel Zeit wohl vergangen sein mochte. Der trübe Tag gab keinen Hinweis.

Ani Nyima ließ sich Maili gegenüber nieder und reichte ihr einen Becher Tee. »Erzähle mir von deinen Eltern«, sagte sie.

»Sie sind tot«, erwiderte Maili.

»Ich weiß«, sagte Ani Nyima sanft. »Erzähle mir von ihnen.«

In Maili schoss das Bild ihrer Eltern in der Liebesumarmung hoch, in der sie gezeugt wurde. Sie sah sich selbst und Sönam, so hilflos aneinandergeklammert im Augenblick der Trennung. Sie sah Ani Pema in den Armen eines Mannes aus dem Westen.

»Sie erwarteten so viel voneinander«, sagte sie. »Das konnten sie nicht geben. Sie gaben einander mich und meinen kleinen Bruder. Ich glaube, es reichte nicht, um sie glücklich zu machen.«

»Und du?«, fragte die Yogini.

»Ich suche einen Weg.«

»Wohin?«

Maili schwieg verwirrt. Die Antwort, die sie sich zurechtgelegt hatte, kam ihr künstlich und bedeutungslos vor. Es war ungeheuer wichtig, die richtige Antwort zu finden. Denn dies bedeutete nicht nur, Ani Nyima zufriedenzustellen, sondern sich selbst, Maili, zu antworten, sich selbst den Weg zu weisen.

Sie hob langsam die Hände und legte sie auf ihre Brust. »Dahin«, sagte sie.

Ani Nyima sah sie forschend an.

»Zum grenzenlosen Raum meines Herzens«, sagte Maili. Wo hatte sie das gehört? Wer hatte es gesagt? Woher kam die Erinnerung?

Ani Nyima nickte. Sie holte ein tibetisches Buch, schlug es auf und las sehr schnell einen tibetischen Text, den Maili nicht verstand. Dann vollzog sie das kleine Ritual der Einweihung, übersetzte den Text und erklärte, wie Maili die Meditation, die zu diesem Text gehörte, vollziehen sollte.

»Ich werde dir auch die Methode erklären, wie du deine monatlichen Blutungen verhindern kannst«, sagte Ani Nyima. »Du musst sie sehr diszipliniert anwenden, sonst nützt sie nichts. Und sobald du damit aufhörst, stellt sich dein Körper wieder um.«

Maili riss die Augen auf. »Oh, das kann man machen?«

Ani Nyima lächelte. »Es ist gut für dich. Du brauchst jetzt diese

Energie für deine Meditation. Wenn es nicht mehr nötig ist, werde ich es dir sagen.«

Sie beschrieb, was Maili zu tun hatte, nahm dann ein kleines Beutelchen mit einem Band daran von ihrem Schrein und knüpfte es ihr um den Hals. »Du wirst von jetzt an außerordentlich achtsam sein müssen bei allem, was du tust, sagst und denkst. Jede Nachlässigkeit wird sehr unangenehme Folgen haben oder dich gar in große Gefahr bringen. Halte die Regeln ein, sie schützen dich. Geh jetzt! Tu das, was ich dir gesagt habe!«

Als Maili ihre drei Niederwerfungen beendet hatte, zog Ani Nyima sie leicht an sich und verabschiedete sie mit der Berührung von Stirn zu Stirn. Tränen stiegen in Mailis Augen und hörten nicht auf zu fließen, während sie den Berg hinunterkletterte. Sie hatte das Gefühl, aufgerissen zu sein, im Innersten bloßgelegt, unendlich verletzlich und dennoch unzerstörbar. Sie spürte eine Kraft in sich, von der sie bisher nichts geahnt hatte; und sie wusste, dass es keine leichte Aufgabe sein würde, mit dieser Kraft zu leben.

Wenige Tage später kam Willi, der rote Riese, auf den Berg. In der Nachmittags-Puja saß er hinten im Lhakang, und beim Hinausgehen drängte er sich an Mailis Seite. Er begrüßte sie und stellte höfliche, bedeutungslose Fragen. Maili blieb stehen und sah ihn aufmerksam an. Sein großer Körper schien auseinanderfallen zu wollen, zusammengehalten allein von einer gewaltigen, schmerzhaften Spannung.

»Werden Sie wieder Musik hören, Willi?«, fragte sie sanft.

Er antwortete mit einem kleinen, künstlichen Lachen und zog die Hände aus den Hosentaschen, in denen sie Zuflucht gesucht hatten.

»Ich möchte mit Ihnen reden, Ani-la«, sagte er, »haben Sie Zeit für mich?«

Maili fühlte sich versucht zu sagen, sie habe keine Zeit.

Die dunkle Spannung, die von ihm ausging, bedrängte sie. Doch sie wusste nicht, wie sie sich entziehen sollte, ohne unhöflich zu sein.

»Setzen wir uns da drüben unter den Baum«, sagte Maili und zeigte auf den großen Baum der örtlichen Geister neben dem Lhakang. »Vielleicht bekommen wir dort ein bisschen kühlen Wind.«

Der große Mann ging hinter ihr her und setzte sich ungelenk neben sie unter den Baum. Maili schwieg abwartend. Willi schien nur schwer einen Anfang zu finden. »Ich habe Vertrauen zu Ihnen, Ani-la«, sagte er schließlich. »Sie haben mir so freundlich zugehört. Ich gehe allen Leuten auf die Nerven mit meiner Geschichte. Aber bitte, glauben Sie nicht, dass ich keine Hemmungen habe, Sie zu belästigen, nur weil Sie freundlich waren.«

Er holte tief Luft und schüttelte den Kopf, als wollte er die Schleier der Verwirrung abschütteln.

»Ich weiß nicht recht, was ich rede, verzeihen Sie. Es fiel mir plötzlich ein, heraufzukommen. Ich erinnerte mich an Sie.«

»Willi-la, vielleicht sollten Sie mit jemand anderem reden. Rinpoche ist im Retreat, aber Ani Tsültrim oder Urgyen Ani haben viel Weisheit.«

»Nein, nein«, sagte Willi hastig. »Ich würde mich Rinpoche nicht unter die Augen wagen. Solch ein schlechter Schüler wie ich ... Sie brauchen nicht weise zu sein, Ani-la. Sie sind gut. Ich denke immer an Sie, wenn ich versuche, mich an etwas Gutem im Leben zu halten. Ich bin ein schwacher Mensch. Ich habe so viel in meinem Leben falsch gemacht. Es ist schwer, mit dieser Summe zu leben. Manchmal denke ich, dass ich sterben möchte.«

»Dann tun Sie es«, sagte Maili.

»Oh«, erwiderte Willi erschreckt. »Das darf man doch nicht. Selbstmord bringt einen in den Höllenbereich.«

»Ich spreche nicht von Selbstmord«, sagte Maili. »Der Mann, der jammert und sich selbst bemitleidet und sich an alte Geschichten klammert, soll sterben. Der Mann, der mutig und frei ist und an andere denkt statt an sich selbst, soll leben.«

»Wo ist dieser mutige, freie Mann?«, fragte Willi. »Ich finde ihn nicht in mir.«

Maili schwieg nachdenklich. »Waren Sie schon einmal oben auf dem Berg?«, fragte sie dann.

»Nein«, sagte Willi. »Man hat mir gesagt, dass es gefährlich sei, allein hinaufzugehen. Wegen der Wildschweine.«

»Ich gebe Ihnen einen Rat«, erklärte Maili. »Gehen Sie hinauf und bleiben Sie eine Nacht lang oben. Atmen Sie die Wildschweine und die Leoparden und den Tiger aus. Atmen Sie Ihr vergangenes Leben aus. Schauen Sie, was dann übrig bleibt.« Sie stand auf. »Sagen Sie es mir, wenn Sie sich dazu entschlossen haben.«

Mit einer kleinen Verbeugung verabschiedete sie ihn.

Auf dem Weg zu ihrem Zimmer wurde ihr klar, dass sie ohne jede Überlegung gesprochen und dabei eine große Verantwortung auf sich genommen hatte. Sie machte entschlossen kehrt und ging zu Urgyen Anis Häuschen. Die Disziplinarin winkte sie ins Zimmer und bot ihr Tee an.

»Ani-la, ich brauche deine Hilfe«, sagte Maili. »Kennst du den westlichen Riesen Willi?«

»Ich sah dich mit ihm unter dem Baum sitzen«, antwortete Urgyen Ani.

»Weißt du, dass er ein Trinker ist?«

»Das wissen alle.«

Maili versuchte, ihr Gespräch mit Willi wortgetreu wiederzugeben. »Ich habe nicht nachgedacht«, sagte sie. »Ich weiß nicht, warum mir die Idee kam, ihn auf den Berg zu schicken.«

»Du hast voreilig gehandelt.«

»Aber ich habe das Gefühl, dass es gar nicht meine Entscheidung war. Es ist passiert.«

»Denkst du, er wird es tun?«

»Vielleicht«, sagte Maili unsicher. Sie hatte plötzlich selbst große Zweifel daran, ob es richtig war, sich in dieses fremde Leben einzumischen. »Er ist verzweifelt. Er hat genug von sich selbst. Ich meine: ›Abscheu ist der Fuß der Meditation‹, wie es heißt.«

Urgyen Ani schwieg lange. »Du hast viel Kraft, Maili«, sagte sie schließlich. »Aber du bist jung und unerfahren. Es ist gut, dass du helfen möchtest. Doch wir sind hier, um eine andere, größere Ebene des Helfens zu erreichen.«

Maili knetete bedrückt ihre Finger. »Was soll ich tun, Ani-la? Was ist richtig?«

»Bitte Arya Tara, dir den Zugang zur Einsicht zu öffnen. Im Übrigen bezweifle ich, dass dieser Mann den Mut haben wird, auf den Berg zu gehen. Er ist sehr krank.«

Willi war am nächsten und an den darauffolgenden Tagen nicht zu sehen. Er sei längst von einem Jeep abgeholt worden, erklärte Deki auf Mailis Frage. Sie wusste stets, was im Kloster vor sich ging.

Maili war erleichtert und enttäuscht zugleich. Willi war kein angenehmer Mensch, dennoch mochte sie ihn. Und er hatte sich um Hilfe an sie gewandt. Damit war eine Verbindung entstanden, die sie nicht leugnen konnte. Sie dachte an ihr Bodhisattva-Gelübde: »Alle Wesen waren meine Mütter. Ich will alles tun, um ihnen zur Buddhaschaft zu verhelfen.« Sie würde ihre Kraft für Willi einsetzen.

In ihrem Zimmer setzte sie sich vor den Schrein und begann mit der Meditation des Mitgefühls. Sie dachte an Willi, Sönam, ihre Eltern und ihren kleinen Bruder, die tibetische Familie, die Familie der Tante des Schullehrers, die Bettler, die kranken Hunde, Ermordete und ihre Mörder, Geschlagene und Schläger, Kriegsopfer und Kriegführende, Kranke, Sterbende.

»Aus dem stürmischen Meer des Samsara möge ich alle Wesen befreien! OM TARA TUTTARE TURE SVAHA!« Als sie die Anrufung der Arya Tara anstimmte, entfaltete sich das Bild der Gottheit so lebendig, dass Maili jegliche Beunruhigung vergaß. Arya

Tara schwebte vor ihr, und sie selbst war Arya Tara, und der Raum des Zimmers dehnte sich aus zu einem unendlichen Universum, das erfüllt war von der Ausstrahlung der Gottheit des Mitgefühls.

»Arya Tara, sag mir, was ich tun soll«, bat Maili.

»Folge deinem Herzen«, antwortete die Gottheit.

# 10

Ein großer Teil der jungen Nonnen war schon früh am Morgen aufgebrochen, um in die Stadt zu gehen. Ein reicher Geschäftsmann aus Taiwan hatte am letzten großen Feiertag viel Geld verteilt, und nun konnten es sich alle leisten, ihre kleinen Wünsche zu erfüllen. Maili hatte sich vorgenommen, den ersten freien Tag nach dem Sommer-Retreat zum Waschen zu verwenden, denn der Morgen war klar und versprach einen sonnigen Vormittag.

Gegen Mittag zu wurde sie immer unruhiger. Viele Tage hatte sie fast nur sitzend verbracht. Sie brauchte viel Zeit für ihre neue Meditation und die Übungen, die Ani Nyima ihr aufgetragen hatte, und die Tibetisch-Lektionen wurden immer anspruchsvoller. Sie beschloss, sich ein wenig Bewegung zu verschaffen, indem sie trotz der Hitze zur Ortschaft am Fuß des Berges hinunterwanderte, um neue Hefte und Stifte zu kaufen.

Sie hörte den Jeep, bevor sie ihn sah. Und sie wusste, dass Sönam ihn fuhr. Sie wunderte sich, dass sich keines der vertrauten Zeichen der Aufregung zeigte. Ihr Herz schlug nicht schneller. Ihre Hände zitterten nicht. Ihre Stimmung war sanft und friedlich. Seit Wochen war sie mit der Vorstellung eingeschlafen, ihn ihm Arm zu halten, wie eine Mutter ihr Kind hält, um es zu beruhigen und zu trösten. Manchmal schien es mehr als nur eine Vorstellung zu sein. Dann spürte sie tatsächlich seinen Kopf an ihrer Schulter, und sie sah die feinen nachwachsenden Haare auf seiner Wange, die schön modellierten Backenknochen, die hohe, glatte Stirn. Sie spürte die zarte Haut der Augenlider unter ihren Lippen, und der unverwechselbare Geruch seiner Haut verband sich mit ihrem Atem. Dann schlief sie stets heiter und mit leisem Lächeln ein.

Der Jeep hielt vor ihr an, und Sönam beugte sich aus dem Fenster. »Namasté«, sagte er in zögerndem, beunruhigtem Ton.

Maili ging zur Beifahrertür, öffnete sie und stieg ein. »Sönam«, sagte sie lächelnd und ergriff seine Hand. »Wie geht es dir?«

Seine Hand lag regungslos in der ihren. Maili bewegte sanft streichelnd ihren Daumen.

»Es ist keine sonderlich glückliche Zeit«, antwortete Sönam.

»Ich wünsche mir so sehr, dass du nicht leidest«, sagte Maili.

Sönam brachte ein halbes Lächeln zustande. »So schlimm ist es nicht. Ich studiere sehr viel.«

»Was studierst du?«, fragte Maili.

Sönams Lächeln vertiefte sich. »Oh, es ist sehr interessant. Wir studieren den Mittleren Weg. Du weißt – dass alles zwei Seiten hat: eine relative Seite und eine Seite, die über das Relative hinausgeht.«

»Ja. Wie Tag und Nacht.«

Sönam entspannte sich. Er lachte. »Das ist ein gutes Beispiel, ja. Wir leben irgendwie ständig in der Nacht. Wie in einem Traum. Aber nachts ist es auch Tag. Ich meine, die Sonne ist immer noch da, auch wenn wir sie nicht sehen. Die relative Wirklichkeit ist die Wirklichkeit, von der wir meinen, sie sei wirklich. Die tatsächliche Wirklichkeit ist jenseits aller Vorstellungen.«

Maili hob die Augenbrauen. »Habt ihr bei all eurem Studium denn noch Zeit für Meditation?«

»Ein bisschen«, erwiderte Sönam. »Wahrscheinlich nicht genug.«

»Weißt du, ich habe lange gedacht, es sei ungerecht, dass Nonnen nicht studieren dürfen. Ich meine, ich finde es immer noch ungerecht. Doch jetzt hat die Yogini in der Höhle meine Ausbildung übernommen. Ich glaube, ich habe großes Glück.«

Sönam sah sie überrascht an. Er schwieg, hielt jedoch ihren Blick fest. »Du bist ein sehr ungewöhnliches Mädchen«, sagte er schließlich.

Maili rümpfte die Nase. »Nun ja, meistens komme ich mir ziemlich dumm vor.«

»Dein Herz ist sehr klug«, sagte Sönam.

Maili atmete lange aus. Sie atmete ihren Wunsch, ihn zu umarmen, aus. Sie atmete ihren Wunsch, seine Lippen zu berühren, aus. Sie saß ganz still und atmete aus. Dann sagte sie: »Fahr weiter. Ich komme mit hinauf. In dem Jahr, in dem du nicht hier warst, habe ich einen Teppich für dich gemacht. Den möchte ich dir geben.«

Schweigend fuhren sie den Berg hinauf. Mailis Blick ruhte auf Sönams schmalen Händen mit den anmutigen, langen Fingern, die das Steuerrad hielten. Wie wunderlich das ist, dachte sie, dass es so beglückend sein kann, nur die Hände eines geliebten Menschen anzuschauen.

Als sie den steilen Pfad hinaufkletterten, ging Sönam in einigem Abstand voraus. Er sah sich nicht nach ihr um. Erst vor der Tür zu ihrem Zimmer holte sie ihn ein. Er blieb in steifer Haltung draußen stehen.

Sie reichte ihm das Geschenk und legte dann kurz ihre Hände um sein Gesicht. »Ich habe viele gute Wünsche mit hineingewebt«, sagte sie.

Sönam senkte den Kopf. Er setzte zum Sprechen an, doch dann wandte er sich zum Gehen. »Es tut mir so leid«, sagte er leise, während er sich abwandte.

Maili hielt seinen Arm fest. »Sönam, warte. Du machst es dir zu schwer.«

»Was soll ich tun?«, entgegnete er. »Denkst du, ich finde es schön, vor deiner Tür stehen zu bleiben, anstatt …? Ich fühle mich so einsam, als sei ich völlig allein auf der Welt.«

»Ich bin immer bei dir«, sagte Maili.

Sönam hob seine freie Hand, als wolle er sie an sich ziehen, doch ließ er sie wieder fallen.

»Bitte, sprich mit Ani Pema«, sagte Maili. »Ich – ich habe ihr von uns erzählt.«

Sönam runzelte die Stirn.

»Ich musste mit jemandem sprechen«, sagte Maili schnell, »und sie hat Verständnis. Sie hat etwas Ähnliches erlebt. Ihr Rat war, dass wir uns weiterhin sehen können, aber nicht allein. Sie will uns helfen.«

Sönam hielt den Blick gesenkt. »Danke für den Teppich«, sagte er und ging.

»Bitte, sprich mit Ani Pema!«, rief Maili ihm nach.

Wenige Tage später kam Ani Pema, die gleich nach dem Sommer-Retreat in die Stadt gefahren war, wieder zum Kloster herauf, und nach der Nachmittags-Puja zogen sich die drei Freundinnen in Ani Pemas Häuschen zurück. Vor den Fliegengittern an den geöffneten Fenstern trommelte der Regen spitze, schnelle Schläge auf das Vordach. Ani Pema bereitete kostbaren Nescafé mit Milchpulver zu, einen seltenen Luxus, den sie sich nur dank der Großzügigkeit ihrer Mutter gönnen konnte.

»Ich habe mit Sönam gesprochen«, sagte Ani Pema, während sie ein kleines Tablett mit den vollen Tassen vor Maili und Shimi auf den Boden stellte.

»Oh, wirklich?«, entgegnete Maili unschlüssig. Bis zu diesem Augenblick hatte sie es vor sich hergeschoben, mit Shimi über den jungen Mönch zu sprechen. Sie sah Shimis fragenden Blick auf Ani Pema gerichtet.

»Ich traf ihn an der Stupa«, sagte Ani Pema und setzte sich zu den beiden auf das Bett. »Ich glaube, er wäre am liebsten davongelaufen.«

»Warum?«, fragte Shimi.

Ani Pema warf Maili einen auffordernden Blick zu.

Maili zog die Schultern hoch. »Wir haben etwas vor«, sagte sie verlegen. »Ich meine, Ani Pema hat etwas vor. Und ich dachte, du könntest mitmachen. Wir – ich … Oh, es ist schrecklich. Maili mit dem großen Mundwerk weiß nicht, was sie sagen soll.«

»Du liebst ihn«, sagte Shimi.

»Er hat Angst«, sagte Maili nach einer langen Pause. »Er will, dass wir uns nicht mehr sehen. Aber Pema meint, wir könnten uns alle gemeinsam treffen.«

»Wilde Idee«, sagte Shimi.

»Gefällt sie dir nicht?«, fragte Ani Pema.

Shimi hielt Mailis Blick fest. »Wenn es Maili glücklich macht – warum nicht?«

Maili ergriff Shimis Hand und drückte sie. Eine bittersüße Welle der Rührung stieg in ihr auf und brachte Tränen zum Fließen.

Shimi legte ihr den Arm um die Schultern. »Gefällt Sönam die Idee?«, fragte sie.

»Er musste erst lange nachdenken«, antwortete Ani Pema. »Dann meinte er, wir könnten es einmal versuchen. Ich habe ihn gefragt, ob er mit irgendjemandem über sein Geheimnis gesprochen habe. Er sagte nein. Der arme Junge. Er wagte mich kaum anzuschauen. Ich bot ihm an, mit mir darüber zu reden. Er nahm das Angebot weder an, noch lehnte er es ab. Er war verwirrt. Die Jungs sind es nicht gewohnt, über ihre Gefühle zu sprechen.«

»Höchste Zeit, dass sie es lernen«, sagte Shimi.

Maili wischte ihre Tränen ab und richtete sich auf. »Ich weiß nicht, was ich denken soll. Es heißt, dass alle Gefühle in Wirklichkeit leer sind. Ich meine, wie in der Herz-Sutra: ›Gefühl, Wahrnehmung, Gestaltung und Bewusstsein sind Leerheit. Es gibt kein Leiden, keinen Ursprung des Leidens, kein Aufhören des Leidens …‹ Manchmal ist es sogar so, dass ich das weiß und spüre. Aber meistens ist es anders. Dann kann ich nicht einfach sagen, meine Gefühle sind leer. Ich kann nicht so tun, als seien sie nicht da. Das ist so, wie wenn der Tiger vor mir steht und ich die Augen zumache und behaupte, er sei nicht mehr da.«

Ani Pema lachte. »Nun ja, Augen zumachen reicht nicht. Aber wenn du nicht mehr da bist – ist der Tiger dann noch da?«

»Natürlich nicht«, erklärte Shimi. »Aber solange wir das noch nicht können – das Nicht-da-Sein –, werden wir als relative Leute mit der relativen Existenz des Tigers vernünftig umgehen müssen, sonst frisst er uns.«

»Was heißt vernünftig umgehen?«, fragte Maili.

»Ihn kennenlernen«, antwortete Shimi. »Seine Gewohnheiten beobachten. Ihn verstehen. Ihn zähmen. Und dann mit ihm tanzen. Nicht mehr seine Beute sein …«

»… sondern sein Herr«, fiel Maili ein.

»Seine Frau«, korrigierte Shimi.

»Das klingt einladend«, lachte Ani Pema. »Die Frau des Tigers.«

Maili drehte abwesend ein Stück der Kordel, die ihren Rock hielt, um einen Finger. »Also ist das Kloster dazu da, uns vor dem Tiger zu schützen. Jedenfalls so lange, bis wir aufmerksam und mutig genug sind, dass wir ihn beobachten und zähmen können. Ist das so? Doch wenn der Tiger ins Kloster kommt, was machen wir dann? Es lässt sich wohl nicht vermeiden.«

»Nein«, sagte Shimi und hob keck den Kopf, »Es lässt sich nicht vermeiden. Wir sind der Beweis.«

»Andererseits«, fuhr Maili fort, »besteht die Gefahr, dass man ein Leben lang mit geschlossenen Augen im Kloster sitzt und so tut, als gebe es weit und breit keine Tiger. Bei Ani Wangmo kam der Tiger durch die Hintertür, aber niemand sah ihn, nur sie.«

»Pech für Urgyen Ani«, sagte Shimi. »Die Arme muss mit dem Besen herumrennen und anderer Leute Tiger verscheuchen. Eine undankbare Aufgabe.«

»Sie macht es nicht gern«, entgegnete Maili. »Ich vertraue ihr.«

»Würdest du ihr von Sönam erzählen wollen?«, fragte Shimi.

Maili sah die schöne Disziplinarin in ihrer makellosen Robe vor sich. Sie erinnerte sich an den leisen Schatten von Qual über ihren Zügen, als sie Maili nach ihrer Beziehung zu Shimi befragt hatte.

»Ich würde sie nicht damit belasten wollen, solange ich selbst damit fertig werden kann«, antwortete sie.

»Du musst nicht allein damit fertig werden«, sagte Shimi.

»Maili lächelte leicht. »Ja, das ist gut. Ich bin euch sehr dankbar.«

»Drei Kriegerinnen gegen einen Tiger«, schnurrte Shimi. »Svaha!«

Die Monsuntage flossen ineinander, und es schien keine aufregenderen Ereignisse zu geben als die gelegentlichen nackten Auftritte der Ani Palmo oder die Attacken einer bösartigen heiligen Kuh, die ihre Wanderschaft unterbrochen und sich im Kloster niedergelassen hatte.

Das alte, hinkende Tier war eines Tages aufgetaucht, und da niemand weggejagt wurde, der ins Kloster kam, sei es Mensch oder Tier, sah man sie bald einträchtig mit der Klosterkuh und deren Kalb zwischen den Häusern weiden. Die neue Kuh zeigte zwei Eigenarten: Sie liebte es, im Müll zu wühlen, und sie ging auf Kulis und gelegentlich auch auf westliche Besucher los. Die Nonnen übersah sie. Eines Tages führte eine der Nonnen die Kuh den Berg hinunter in die Ortschaft, wo im Umkreis eines Hindu-Heiligtums eine kleine Herde heiliger Kühe lebte, in der Hoffnung, dass die alte Kuh sich in diesem Kreis wohl fühlen und dort bleiben würde. Ein paar Tage später sahen Maili und Shimi, die im Schatten des großen Baumes vor dem Lhakang saßen, die Kuh gemächlich den seitlichen Steilhang am Berg heraufklettern.

»Die Kuh bleibt uns erhalten«, lachte Shimi. »Wenn wir schon keine bösen Nonnen haben, brauchen wir zumindest eine böse Kuh.«

Als die Kuh den Platz vor dem Lhakang erreicht hatte, rief Shimi ihr zu: »Hallo, Kuh, komm her!«

Die Kuh hob den Kopf und schaute die beiden Nonnen lange an. Shimi stand auf und hielt ihr ein paar zerkrümelte Kekse hin, die sie aus der Tasche ihres Rocks geholt hatte. Die Kuh hinkte heran und fraß die Kekse. Ihre Augen rollten nervös, und ihre Flanken zuckten heftig.

»Die alte Sherpa Ani hat gesagt, in der Kuh stecke ein böser Geist«, erklärte Shimi.

Maili schüttelte sich unwillkürlich. »Kann denn niemand ihn austreiben?«, fragte sie.

»Sherpa Ani hat gesagt, es sei besser, ihn in der Kuh zu lassen, da könne er nicht so viel anstellen.«

»Was könnte er denn anstellen?« Maili hatte wenig Erfahrung mit bösen Geistern.

»Er könnte in ein menschliches Wesen fahren«, erklärte Shimi. »Das wäre gefährlicher.« Sie streichelte den Kopf der Kuh an der schmalen Stelle über der Nase. Die von Fliegen besetzten Augen unter den langen, hellen Wimpern wurden ruhiger.

»Sie hat kranke Augen, ich werde sie auswaschen«, sagte Shimi und packte die Kuh an einem Horn. »Komm mit, Kuh«, sagte sie sanft. Die Kuh blieb stehen. Shimi ließ das Horn los, ging voran und winkte, und die Kuh folgte ihr zu einer Wasserstelle in der Nähe des Lhakang. Mit einem Ende ihres Tuchs säuberte Shimi vorsichtig die Augen der Kuh. Das Tier bewegte sich nicht. Maili schaute aus sicherer Entfernung zu, sowohl wegen des bösen Geistes als auch wegen ihrer mangelnden Erfahrung mit Kühen. Sie hatte ihre Kindheit und Jugend mit Ziegen und Schafen verbracht. Doch Kühe waren zum Fürchten groß.

»Wenn ein böser Geist in ihr ist, dann leidet er«, sagte Maili sinnend. »Er weiß es nur nicht.«

In der folgenden Nacht wachte sie auf und sah die Kuh in der Tür stehen. Das Fliegengitter davor sollte geschlossen sein, doch es stand weit offen. Die Augen der Kuh leuchteten glühend rot, und ihr Gebiss war das eines Raubtiers. Maili schrie auf. Die Kuh zischte ärgerlich. Plötzlich verdeckte Dekis Gestalt die Kuh, die sich in den Raum drängte. Maili versuchte das Mädchen zu warnen, doch ihr war, als habe sie sämtliche Wörter vergessen. In ihrem Geist stieg die Gestalt des Schwarzen Beschützers auf, und sofort wich die Kuh zurück.

»Du hast Fieber«, sagte Deki.

Maili vergaß die Kuh und überlegte, ob der Schwarze Beschützer wirklich Fieber hatte. Die Kuh war plötzlich in ihrem Bauch und wühlte mit den Hörnern in ihren Eingeweiden.

»Bring die Kuh hinaus«, sagte sie zu Deki. »Sie ist ein böser Geist.«

»Ich hole Shimi«, sagte Deki nah an ihrem Ohr. »Hörst du mich? Ich hole Shimi.«

Die Kuh in Mailis Bauch wurde immer kleiner, bis sie fast ganz verschwunden war. Maili wollte schlafen, doch sie befürchtete, dass die Kuh dann wieder wachsen würde.

Ganz von fern hörte sie Shimis Stimme nach ihr rufen. Erstaunt stellte sie fest, dass sie sich an der Decke des Zimmers befand und auf ihren Körper auf dem Bett hinunterschaute. Shimi und Deki standen über sie gebeugt, und Maili fühlte dichte Wolken von Besorgnis und Panik zu sich heraufdringen. Macht euch keine Sorgen, wollte sie sagen, mir geht es gut hier oben. Doch es gab keine Stimme, mit der sie hätte sprechen können.

Dann kamen Urgyen Ani und Ani Tsültrim, und Maili schwebte über ihnen und bemühte sich, die Situation zu verstehen. Sie war oben, und die anderen waren unten, und es gab keine Möglichkeit, sich mit ihnen zu verständigen. Das machte ihr ein wenig Kummer. Gleichzeitig empfand sie ein starkes Bedürfnis wegzugehen. Sie wusste, dass sie die Möglichkeit hatte, sich in eine Welt zu begeben, in der sie nicht durch den Körper beengt sein würde. Das Festgehaltensein im Körper erschien ihr als sehr wenig wünschenswert im Vergleich zu der ekstatischen Freiheit, von der sie sich gerufen fühlte.

»Komm zurück, Maili!«, sagte eine Stimme mit sanfter, aber durchdringender Autorität. Es war eine große, ihren Geist ausfüllende Stimme, in der sich der alte Rinpoche und die Yogini zu einer untrennbaren Einheit verbanden.

»Es ist noch nicht Zeit«, sagte die Stimme, und Maili empfand eine so innige Nähe, dass sie ihr folgen wollte wie ein Kind, das die Mutter verloren und wiedergefunden hat. Ihr leichter, lichter Körper gab sich dieser Stimme hin, schwebte in den Wellen ihres Klangs, ließ sich widerstandslos treiben und ziehen, bis die Form sich wieder um sie zu schließen begann, schwer und pochend und heiß.

Sie öffnete die Augen und sah mehrere Nonnen um ihr Bett sitzen. Helles Sonnenlicht zeichnete silberne Linien in den Raum.

»Sie ist wieder da!«, rief Shimi und küsste Mailis Stirn.

Die Köpfe der Nonnen drängten sich zusammen, Hände streichelten sie, man richtete sie auf, und eine Tasse wurde an ihre Lippen gehalten. Maili streckte die Arme aus und versuchte alle zugleich zu umarmen. Es war so schön, wieder bei den vertrauten Menschen zu sein. Sie fühlte sich geborgen und wohlig von Zuneigung eingehüllt. Warum hatte sie weggehen wollen?

Sie schlief ein und wachte nur gelegentlich halb auf, wenn Shimi oder Ani Pema sie versorgten. Irgendwann begegnete sie ihren Eltern. Sie fand sie an der Stelle, an der sie ermordet worden waren, mit dem Unterschied, dass auch der kleine Bruder tot neben ihnen lag. Sie nahm den Kopf ihrer Mutter und setzte ihn fest auf den Hals. Augenblicklich kam Leben in den Körper, und die Mutter stand auf. Ebenso verfuhr sie mit dem Kopf des Vaters. Den kleinen Bruder nahm sie in den Arm.

»Das hast du gut gemacht, Tochter«, sagte der Vater und lächelte sein unsicheres Lächeln, das Maili Tränen in die Augen trieb. Die Mutter nickte. Der kleine Bruder schaute sie mit großen Augen an.

»Maili ist eine Heilerin-Lama«, sagte das Kind.

»Wisst ihr, wohin ihr gehen müsst?«, fragte Maili.

Die Eltern schwiegen.

»Zum Buddha des grenzenlosen Lichts«, sagte der kleine Junge nachdrücklich.

»Ich zeige euch den Weg«, erklärte Maili.

Die Mutter hob abwehrend die Hände. »Können wir nicht hier bei dir bleiben? Bitte! Die Dunkelheit war schrecklich. Wir fürchten uns so sehr.«

Ein Nebel von Angst hüllte die beiden Eltern ein, und Maili strengte sich an, damit sie ihr Bild nicht verlor.

»Geht einfach«, sagte sie sanft beschwörend. »Lasst euch führen. Eine wunderschöne Welt wartet auf euch. Hier gibt es nichts mehr für euch zu tun. Klammert euch nicht fest – ihr würdet nur zu leiden haben. Bitte geht!«

Sie hielt ihren Geist still und überließ sich ihrem Wunsch zu helfen, bis sich dieser Wunsch in die Unendlichkeit eines roten, strahlenden Raums ausdehnte. Die Formen ihrer Eltern und des kleinen Bruders verschwammen immer mehr, und ihre Körper begannen zu leuchten und sich zu einem rot strahlenden Feld zu verbinden. Bald waren dieses rote Feld und der rote Raum nicht mehr voneinander zu unterscheiden.

»Hoffentlich können sie dort bleiben«, sagte Maili.

»Wer?«, fragte Shimi.

»Meine Eltern«, antwortete Maili halb im Traum. »Ich habe ihnen den Weg gezeigt.«

Shimi wischte Mailis schweißnasses Gesicht mit einem kühlen, feuchten Tuch ab. »Das ist gut«, sagte sie.

»Was ist hier los?«, fragte Maili verwirrt.

»Du bist krank«, antwortete Shimi gelassen. »Seit vier Tagen. Mach dir keine Sorgen. Doktor Bob war da. Er sagte, du wirst bald wieder gesund sein.«

»Oh! Ja, gut.« Maili konnte sich keine Vorstellung von vier Tagen machen. Ihre Eltern und ihr kleiner Bruder waren gerade über die Schwelle gegangen. Sie selbst war an einem Ort gewesen, von dem die Yogini und der Rinpoche sie zurückgeholt hatten. Jenseits der Schwelle konnte man sich überall in der Zeit bewegen, und man konnte auch aus der Zeit herausgehen. Sie wollte Shimi dies erklären, doch die Brücke zu dieser Welt hatte sich wieder aufgelöst.

Der Klang der Muschelhörner weckte Maili auf. Es war noch dunkel, doch sie wusste augenblicklich, dass sie in ihrem Bett in Ani Wangmos früherem Zimmer lag und dass sie krank gewesen war. Sie fühlte sich nicht mehr krank. Ihr Körper war leicht und kühl, und ihr Geist war von ruhiger Heiterkeit erfüllt.

»Maili?« Shimis Stimme wurde vom Rascheln der Bettdecke begleitet. Der Schattenumriss der Freundin neigte sich über sie.

»Brauchst du etwas?«

»Nein«, antwortete Maili und setzte sich auf. »Mir geht es wunderbar. Es ging mir nie besser.«

Shimi nahm sie in die Arme und drückte sie an sich. Maili erwiderte die Umarmung und spürte ein krampfartiges Zucken in Shimis Schultern und Rücken. Shimi weinte.

»Was ist? Was hast du?«, fragte Maili überrascht. Nie zuvor hatte sie die kleine, tapfere Nonne beim Weinen überrascht.

»Ich habe mir so große Sorgen um dich gemacht«, schluchzte Shimi. »Ich bin einfach nur glücklich.«

Bald kamen auch Ani Pema und Urgyen Ani.

Maili umarmte die beiden Nonnen und sagte immer wieder: »Ihr seid so gut zu mir. Ich bin so dankbar.« Sie war von einer hellen, klaren Ekstase der Dankbarkeit erfüllt, die sie fast verstummen ließ. Sie suchte nach Worten, doch keines schien geeignet zu sein, das mitzuteilen, was ihr Geist wahrnahm. Sie lag mit leuchtenden Augen da und spürte dem Leben nach, das in ihr tanzte.

»Ich fühle, was ich sehe, und ich höre, was ich fühle, und ich sehe, was ich rieche, verstehst du das?«, sagte sie zu Urgyen Ani. »Es ist das wunderbare Ist-Sein dessen, was ist.«

Urgyen Ani lächelte. »Warm und kühl.«
Maili lächelte zurück. »Ja. Warm und kühl.«

Maili war noch zu schwach, um aufzustehen. Sie nahm die Medizin, die Urgyen Ani von der Yogini gebracht hatte, und sie begann wieder ein wenig zu essen. Tagelang lag sie still und friedlich im Bett. Ihre Gedanken trieben langsam dahin, wie ein Fluss durch eine flache Landschaft mäandert. Oft verlor sie sich im Horchen auf die unauffälligen Geräusche des Tages oder der Nacht – das Trommeln des Regens, Vogelstimmen, das Schreien der Affen oben im Dschungel der Berge. Shimi zog wieder in ihr Zimmer zurück, und Deki übernahm die kleinen Pflegedienste, die noch nötig waren.

Sönam kam an einem sonnigen Mittag, als Maili mit einer zusammengerollten Decke unter dem Kopf so lag, dass sie zu Tür und Fenster hinaus in den Himmel schauen konnte. Auf dem Teppich saß Deki und lernte.

Sönam blieb in der Tür stehen.

»Oh, Sönam, komm herein«, sagte Maili heiter. Und mit ruhiger Bestimmtheit wandte sie sich an Deki: »Lerne deine Lektion später und lass uns allein.«

Das Mädchen warf ihr einen erstaunten Blick zu und stand auf. Mit ungewohnter Höflichkeit legte sie die Hände zusammen und machte eine kleine Verbeugung, bevor sie ging.

Sönam legte eine Tüte mit Mangos neben Mailis Bett und blieb dann unschlüssig stehen.

Lächelnd klopfte Maili mit der Hand auf das Bett. »Setz dich zu mir«, sagte sie. »Es ist schön, dass du da bist.«

Er stellte umständlich seine Tasche auf den Boden und setzte sich auf den Bettrand. »Ani Pema hat mir gestern erzählt, dass du sehr krank warst«, sagte er. »Ich wollte sofort kommen, aber du weißt …«

»Ja, ich weiß«, sagte Maili und ergriff seine Hand. »Es ist gut, dass du es erst jetzt erfahren hast. Jetzt kann ich mich darüber freuen, dass du da bist. Ein paar Tage lang war ich gar nicht da. Niemand konnte mich erreichen.«

»Wo warst du?«

»Außerhalb meines Körpers. Dort, wo es keine Form gibt. Rinpoche und Ani Nyima haben mich zurückgeholt.«

Sönam nahm ihre Hand und drückte sie an seine Brust. Mailis Blick blieb an den Schweißtröpfchen hängen, die sich im Schatten der feinen Haare auf seiner Oberlippe sammelten. Die Andeutung der Grübchen in seinen Wangen war wie das schwache Licht des frühen Morgens, ein Versprechen der Sonne in der feuchten Kühle der vergehenden Nacht.

»Wie geht es dir?«, fragte Maili.

»Ich war auch ein wenig krank«, antwortete Sönam. »Mein Geist war krank. All das Studieren erschien mir so sinnlos. Ich konnte nichts davon anwenden, als es wirklich nötig gewesen wäre.«

»Das stimmt nicht«, sagte Maili. »Du hast versucht, Verantwortung für uns beide zu übernehmen. Das war weise und mitfühlend. Du sollst nicht traurig sein.«

Maili lächelte, und Sönam erwiderte zögernd ihr Lächeln.

Nach einer langen Pause, in der ihre Blicke still ineinander ruhten, sagte er: »Ani Pema hat mit mir gesprochen. Mir wurde klar, dass es nicht gut ist, alles in sich zu verschließen.«

Maili hob die Hand und berührte sein Gesicht. »Wir können Freunde sein. Das ist das Wichtigste.«

Er legte seine Hand auf die ihre, nahm sie und küsste ihre Handfläche. »Ja. Das ist das Wichtigste.«

Maili schloss die Augen und ließ sich auf dem langsamen Fluss dahintreiben. Ihre Hand ruhte lange in Sönams beiden Händen.

»Mein Hand fühlt sich wie ein Vogel im Nest«, sagte sie schließlich lächelnd, ohne die Augen zu öffnen.

Sie hörte das leise Knistern des Gewands. Dann spürte sie seine

Lippen auf ihrem Mund, sanft und kühl. Es war wie Vogelschwingen und die Weite des Himmels.

»Werde gesund«, flüsterte er und stand auf.

Maili ließ die Augen geschlossen. Ihr Geist begleitete ihn zur Tür hinaus, zwischen den satten grünen Beeten hindurch, die Treppe hinunter, bis seine Gestalt sich langsam auflöste. Ihre Gedanken kreisten gemächlich, suchten nach einem Ausdruck, und schließlich hingen sie wie eine Kalligraphie am Horizont ihres Bewusstseins:

Der Liebste ging.
Mein Herz trägt noch
den Abdruck seines Lächelns.

Maili wartete ohne Ungeduld darauf, dass sie wieder zu Kräften kam und aufstehen konnte. Es war ihr, als riefe Ani Nyima nach ihr, obwohl niemand eine Botschaft von der Höhle brachte. Jegliche Furcht vor der Yogini war leidenschaftlichem Vertrauen gewichen. Mit Verwunderung erkannte sie, dass das aufgerührte Gefühl in ihrer Brust Sehnsucht war. Es war eine Sehnsucht, die sich mit der Yogini verband, und doch war sie ganz anderer Art als die Sehnsucht nach Sönam, die sie stets in Unruhe und Aufregung versetzt hatte. Es war die Macht und Unabhängigkeit des Geistes der Yogini, nach der sie sich sehnte.

Schließlich machte sie sich an einem Nachmittag, nachdem die Wolken sich entladen hatten und der Rest des Tages klar zu werden versprach, auf den Weg. Der Tiger war seit zwei Tagen immer wieder auf dem Felsen gesehen worden. Deki hatte durch das Fernglas einer westlichen Besucherin schauen dürfen und ehrfürchtig von der Schönheit und Größe des Tiers berichtet.

»Genau in dem Augenblick, in dem sie mir das Fernglas gab«, hatte sie atemlos erzählt, »stand der Tiger auf und gähnte. Diese Zähne! Unglaublich. Er ist sehr hell und hat ganz dicke schwarze

Streifen. Und dann streckte er sich und sprang vom Felsen herunter, und ich sah seinen langen schwarzen Schwanz. Er sah aus wie Mahakala persönlich.«

Wer weiß, dachte Maili, als sie auf einem Stein Rast machte und zum leeren Tigerfelsen hinüberschaute. Sind die Erscheinungen das, was wir meinen zu sehen? Wir sagen Tiger. Wer ist Tiger? Ich sah ihn als Jäger. Ich sah ihn als Verbündeten. Voreilige Schlüsse sind Sache der Dummen. Habenwollen. Nichthabenwollen. Nichtwissenwollen. Diese ganze Welt ist das Produkt voreiliger Schlüsse.

Maili lachte vor sich hin. Bin ich nicht selbst das Produkt voreiliger Schlüsse? Meine Eltern machten Liebe und zeugten mich und hofften auf das Glück durch mich.

Sie fühlte sich als Baby in den Armen ihrer Mutter. Wie wundervoll war diese Wärme, die vom Körper der Mutter ausging. Sie war geborgen. Von dieser schützenden Wärme aus konnte sie ihre Augen erproben, ihre Ohren, ihr Spüren der Welt. Ich liebe dich, meine Mutter, die mich nährt und schützt, sang ihr Blut.

Sie fühlte sich als kleines Mädchen auf dem Schoß ihres Vaters, der ihr erzählte, wie die Schildkröte die Erde auf ihrem Panzer trug und die sechs Eier der Seinswelten legte. Ich liebe dich, mein Vater, der mich das Verstehen der Welt lehrte, sang ihr Verstand.

Ihre Erinnerung kreiste weiter.

Sie ging mit ihrem Onkel in die Berge, um die Ziegen und Schafe zu hüten und Kräuter zu sammeln, und der Onkel sagte: »Dein großes Mundwerk ist gut, Maili. Zu fragen ist ein Zeichen von Klugheit. Höre nie auf zu fragen. Du hast ein Recht auf Antworten. Du hast das Recht zu denken. Sei neugierig. Der Buddha hat gesagt, neugierig sein und prüfen ist wichtig.« Und Maili dachte: Ich danke dir, mein Onkel, der mich das Wagnis des Geistes lehrte.

Langsam kletterte sie weiter. Die Sonne war noch heiß, und trotz des schützenden Schirms spürte Maili kleine Rinnsale von

Schweiß über ihr Gesicht und an ihrem Körper herablaufen. Der Weg zur Yogini erschien ihr länger als je zuvor. Zum ersten Mal in ihrem Leben wurde sie der Zerbrechlichkeit und Vergänglichkeit ihres Körpers gewahr, den sie bisher immer als stark, sehnig und fast unzerstörbar in seiner jungen Kraft und Beweglichkeit erlebt hatte.

Am Tor zur Höhle angekommen, lehnte Maili schwer atmend ihren Kopf an das Holz. Ich bin da, Ani-la, dachte sie. Sie steuerte ihre Botschaft durch das Holz hindurch in die Einsiedelei. Einen Augenblick später ging die Tür auf.

»Verschwende deine Verdienste nicht für Spielereien«, sagte Ani Nyima kühl. »Du wirst sie für Wichtigeres benötigen.«

Maili begann mit den drei Niederwerfungen, doch die Yogini wies sie mit einer Handbewegung an aufzuhören.

»Maili Ani, lass das!«, sagte sie. »Wir haben zu arbeiten.«

Sie winkte Maili in das Innere der Höhle. Maili ließ sich erschöpft auf eine Matte fallen, und Ani Nyima reichte ihr eine Tasse mit rotem Tee und setzte sich ihr gegenüber.

»Ich war krank«, sagte Maili unsicher.

»Ich weiß«, erwiderte Ani Nyima.

»Ich wäre gern dort geblieben, wo ich hinging, als ich krank war.«

»Es ist noch nicht Zeit.«

»Das habe ich gehört. Sie haben es gesagt, Ani-la. Und Rinpoche.«

»Und weißt du, warum?«

Maili zögerte. »Ich glaube, ich habe noch viel zu tun. Ich möchte nützlich sein. Vielleicht kann ich heilen.«

»Vielleicht«, sagte die Yogini. »Aber verwechsle die Idee nicht mit der Fähigkeit.«

»Worauf beruht die Fähigkeit?«

»Dass du die Idee vergessen kannst.«

»Unterwerfung?«, fragte Maili und warf den Kopf hoch.

»Unterwerfung«, sagte Ani Nyima. »Doch dafür musst du sehr, sehr stark sein.«

Maili richtete sich noch mehr auf. »Gut«, sagte sie.

Die Yogini kicherte in sich hinein und ergriff ihre Knochentrompete. Sie setzte sie an und blies einen langgezogenen, durchdringenden Ton, der Maili erschauern ließ. Der Ton hörte nicht auf. Die Yogini schien nicht Luft holen zu müssen. Der Ton dauerte immer weiter an. Er erfüllte die Höhle, das Tal, den Himmel, das Weltall.

Plötzlich hatte Maili das Gefühl, hintenüberzufallen. Ausgestreckt mit ausgebreiteten Armen lag sie da, und riesige, dämonische Wesen stürzten sich auf sie und rissen sie in Stücke. Sie sah zu, wie sie ihre Reißzähne in ihren Körper schlugen und daran zerrten, bis sich Glied um Glied löste, ihr Brustkorb und ihre Bauchhöhle aufgerissen wurden und krallenbewehrte Hände ihre Organe und Eingeweide herauszogen. Spitze Schnäbel hackten die Augen aus ihren Höhlen und rissen die weichen Knorpel der Ohren und der Nase ab. Gierige Mäuler sogen das Mark aus ihren Knochen. Schwere Kiefer zermalmten krachend ihre Hände und Füße. Plötzlich fiel ihr Entsetzen auseinander, wie ein Stein in großer Hitze birst, und sie sah den verzweifelten Hunger in den Gesichtern der Dämonen, die sich ihrer bemächtigt hatten, die Gier, aus unendlicher Not geboren, und sie sagte: »Ihr könnt das alles haben, ich gebe es euch. Wir gehören zusammen. Ich bin für euch da. Kommt, meine Dämonen, und feiert dieses Fest.«

Mit Befriedigung sah sie zu, wie die Dämonen sie verzehrten. Es war, als seien es ihre hungrigen Kinder, denen sie Nahrung gab, und sie war glücklich, sie satt zu wissen.

»Trink deinen Tee«, sagte Ani Nyima.

Maili stellte fest, dass sie noch immer der Yogini gegenübersaß. Ani Nyima hatte einen tibetischen Text vor sich liegen.

»Höre die Worte Guru Rinpoches an seine Gefährtin Yeshe Tsogyal«, sagte sie. »›O Yogini, die du Meisterin des Tantra geworden bist: Der menschliche Körper ist die Grundlage der Verwirklichung von Weisheit. Die groben Körper der Männer und Frauen sind gleichermaßen begabt. Doch wenn eine Frau die tiefe Kraft des Strebens entwickelt, hat sie das stärkere Potenzial.‹ Vergiss das nicht, Maili Ani.«

Maili legte die Hände zusammen und verneigte sich. Sie erhob sich im gleichen Augenblick wie Ani Nyima. Wieder hielt die Yogini sie davon ab, die drei Niederwerfungen zu machen. Maili streckte ihre Hände aus und ergriff die rechte Hand der Yogini. Sie neigte sich vor und drückte die trockene, feingliedrige Hand zuerst an die Stirn und dann an ihre Brust.

»Sie sind in meinem Herzen, Ani-la«, sagte sie.

»Du bist in meinem Herzen, mein Kind«, erwiderte die Yogini.

Mit den letzten Schauern des Monsuns kam der Riese Willi ins Kloster zurück. Maili begegnete ihm am Nachmittag nach der Puja vor dem Lhakang, wo er auf sie wartete. Das schwere Fleisch hing kraftlos an seinem Körper, und die Wülste in seinem großen Gesicht schienen dicker als je zuvor.

»Ani-la«, sagte er, »ich habe mich entschlossen. Ich werde tun, was Sie gesagt haben.«

Nein, nicht! wollte Maili rufen. Tu das nicht! Ich war voreilig, ich kann die Verantwortung dafür nicht übernehmen. Doch in dem wässrigen Blick des westlichen Riesen lag eine so herausfordernde Mischung von Hoffnungslosigkeit und Hoffnung, dass sie unfähig war, etwas zu sagen.

»Ich müsse sterben, haben Sie gesagt«, fuhr er fort. »Sie haben recht.«

Maili berührte leicht seinen Arm und wandte sich dem großen Baum zu.

Willi sprach eifrig im Gehen weiter. »Ich habe mich verloren, Ani-la. Ich muss mich wiederfinden. Ich habe mich plötzlich daran erinnert, dass ich einmal ein Kind war, das in der Gegenwart lebte. Ich kann nicht mehr in der Gegenwart leben. Ich komme mir vor wie meine eigene, verzerrte Erinnerung. Ich möchte mich wiederfinden. Ich dachte, ich sei nichts wert, aber ich habe erkannt, dass das gar nicht ich bin. Das verdanke ich Ihnen, Ani-la. Dadurch, dass Sie mir ohne Urteil zuhörten, haben Sie mir meinen Wert wiedergegeben. Ich werde alles tun, was Sie sagen. Wenn Sie von mir verlangen, vom Berg zu springen, werde ich es tun.«

Glücklicherweise hatten sie den Baum erreicht, und Maili konnte Zeit gewinnen, indem sie sich umständlich niederließ, ihr Tuch faltete und ihren Rock um sich drapierte. Der Vorbote eines Weinens hatte sich in ihrer Kehle eingenistet, und in ihrer Brust war ein heftiges Brennen, Schmerz und Freude zugleich.

»Gehen Sie gleich«, sagte sie schließlich, »dann haben Sie noch genug Licht. Es wird heute nicht regnen. Nehmen Sie Wasser mit und gehen Sie zur Weide hinauf.«

Die Weide war ein mit kurzem, hartem Gras bewachsener Platz, der wie ein kahler Scheitel aus dem umgebenden Bergwald ragte. Maili beschrieb dem Riesen den zwei Stunden währenden Aufstieg über den Ziegenpfad. Dann verabschiedete sie ihn, holte aus ihrem Zimmer ein Säckchen mit getrocknetem Wacholder, um Lhasang, den »heiligen Rauch«, zu entzünden, und versteckte sich in den Büschen nahe dem Haus der Westler. Bald sah sie Willi herauskommen, und sie folgte ihm in einem Abstand, der verhinderte, dass er sie sah.

Nachdem die erste große Steigung überwunden war, führte der Weg durch ein waldiges Gebiet, das in beunruhigendem Ausmaß von Wildschweinen aufgewühlt war. Maili spürte die Nähe der Tiere und deren Aufmerksamkeit. Sie würden sich vom Pfad fernhalten, solange fremde Wesen ihn beschritten.

Willi bewegte sich recht langsam vorwärts. Maili konnte nicht unterscheiden, inwieweit es Erschöpfung war oder Furcht, die ihn immer wieder innehalten ließen. Sie hielt ihren großen Abstand ein, obwohl es offensichtlich war, dass Willi wenig in seinem Umfeld wahrnahm. Die kurze Dämmerung hatte bereits eingesetzt und dunkle Schattenlachen unter die Bäume gelegt, als sie die kahle Weide erreichten.

Maili setzte sich im Schutz eines Baumes nieder. Von hier aus konnte sie die ganze Weide überblicken, ohne von Willi gesehen zu werden. Wie kann ich ihn retten, wenn er von Leoparden angegriffen wird? dachte sie plötzlich. Doch der Gedanke verschwand so schnell, wie er gekommen war. Leoparden hatten keinen Zugang zu dieser zeitlosen Zeit, in der sie, Maili, sich mit Willi bewegte. Es gab anderes zu fürchten in dieser subtileren Welt, in der die Dämonen alten Karmas ihre Opfer einforderten.

Aus dem dichten Wald drang das monotone Schreien der Affen. Willi ging bis zur Mitte des Platzes und blieb unschlüssig stehen. Er umrundete mehrere Male die Weide, bevor er sich in ihrer Mitte niederließ. Im schnell schwindenden Licht begann sein großer, zusammengesunkener Körper mehr und mehr einer Anhäufung von Erde zu gleichen. Die tintenschwarzen Schatten unter den Bäumen und Büschen verwischten sich und verflossen im allgemeinen Dunkeln. Die Welt begann von außen nach innen zu driften. Das Ziel ihrer Bewegung war der geheime Raum des Ursprungs der Dinge, aus dem ein Wind stieg, voller Leben und Wildheit.

Mit zunehmender Nacht wurde die Weide zu einem fremden Ort. Immer wieder verdeckten Wolken den fast vollen Mond. Die Gestalt des Mannes auf der Mitte der Kuppe rührte sich nicht, während Maili zwischen Schlaf und Wachen schwebte.

Plötzlich sprang Willi auf. Suchend drehte er sich um die eigene Achse, als lausche er einer Stimme, die er nicht lokalisieren konnte. Er bewegte sich wie auf unsicherem Grund; dennoch schien sein schwerer Körper immer gewichtsloser zu werden. Ohne nachzudenken, erhob sich Maili und entzündete den heiligen Rauch an den vier Ecken eines Quadrats, das sie um Willi herum abschritt.

Willi schwankte, er schien sie nicht zu sehen. Maili ging auf ihn zu und schob den schweren Körper an, so dass er sich mit hoch erhobenen Armen im Kreis zu drehen begann. Willi gehorchte und drehte sich, und immer schneller trieb sie ihn an, bis sich das Kreisen verselbständigte und sie zurücktreten konnte.

Es dauerte lange, bis der große Mann innehielt. Dann stand er vollkommen still, die Augen, in denen sich das Mondlicht fing, weit aufgerissen.

»Ani-la!«, schrie er auf und fiel zu Boden.

Maili setzte sich neben ihn. Seine Augen waren verdreht, so dass sie nur das Weiße sehen konnte. Maili erkannte, dass sie nicht mehr auf der Weide war. Sie war tief in Willis Traum. Sie wusste, dass sie ihn irgendwie herausholen musste; doch diejenigen, die sich seiner bemächtigt hatten, waren nicht bereit, ihn herzugeben.

»Schwarzer Beschützer!«, schrie Maili. »Komm und hilf ihm!« Und sie wiederholte das Mantra des Beschützers immer und immer wieder.

Plötzlich richtete sich Willi auf. Sein Körper wurde von krampfhaften Bewegungen geschüttelt, und sein Atem ging stockend und keuchend. Er fiel, versuchte aufzustehen, fiel wieder zu Boden. Maili ergriff sein Handgelenk und zog daran. Der Widerstand, den sie spürte, schien nicht von Willi zu kommen, sondern von etwas, das ihn festhielt.

Maili fuhr fort, das Mantra des Schwarzen Beschützers zu singen, und umklammerte mit beiden Händen das breite Handgelenk des großen Mannes. Ein Wirbelwind fegte über die Weide. Schnell dahinziehende Wolken ließen immer wieder weißes Mondlicht auf die bedrohlichen Schattengestalten fallen, die überall auf der Weide lauerten. Der Wind wirbelte die Schatten durcheinander. Ein grelles Pfeifen erhob sich und schwoll an, bis es kaum mehr zu ertragen war. Willi krümmte sich stöhnend, die Hände auf die Ohren gepresst, und zog sich zur Form eines Embryos zusammen. Maili nahm all ihre Kraft zusammen, bis sich das geistige Bild des Beschützers zu einer sichtbaren Gestalt verdichtete und sie beide flammensprühend im Kreis umtanzte. Maili war so völlig auf ihr Tun konzentriert, dass keine Gedanken oder Gefühle sich einzumischen vermochten.

Als sich ein Schimmer von Licht am Horizont erhob, fand sich Maili neben dem schlafenden Riesen sitzend. Sie erinnerte sich kaum an die Ereignisse der Nacht, doch sie wusste, dass sie ihre Aufgabe erfüllt hatte. Sie stand auf und ging von einem Aschenhäufchen zum nächsten, um die Asche zu verstreuen. Stiller Friede lag über der Weide. Willis Atem war ruhig und tief.

Maili zog sich zwischen die Büsche zurück. Ihre Beine zitterten ein wenig beim Gehen. Sie sang leise das Mantra der Arya Tara, bis die Gottheit über ihr schwebte und ihr zartgrünes Licht sich mit dem feinen Windhauch des Morgens vermischte.

Noch nicht lange saß sie in ihrem Versteck, als Willi sich zu regen begann. Er setzte sich auf und blickte verwundert um sich. Dann sprang er hoch, hob die Arme mit unerwarteter Anmut, überließ sich einer fließenden, schwingenden Bewegung und sang mit fester, klangvoller Stimme in einer fremden Sprache.

Maili schlich davon und lief den Weg bergab. Sie fühlte sich heiter und leicht. Diese Heiterkeit und Leichtigkeit ließen jede Absicht, über die vergangene Nacht nachzudenken, zunichtewerden. Irgendwie hatte sie Willi geholfen, sich wiederzufinden; sie hatte ihn den Händen derer entrissen, die ihn gestohlen hatten. Wer? Wem? Wie? Sie lachte fröhlich. Niemand fragte sie. Niemandem musste sie Antwort geben.

»Wo warst du, Maili? Ich hatte große Angst um dich.« Deki erhob sich von der Türschwelle, auf der sie gesessen hatte.

»Ich musste jemandem helfen«, sagte Maili ruhig und bestimmt. »Es ist nicht nötig, dass du dir Sorgen um mich machst.« Sie legte kurz den Arm um das Mädchen. Deki war so sehr gewachsen, dass Maili sich nicht mehr zu ihr hinunterbeugen musste.

»Urgyen Ani hat sich auch Sorgen gemacht. Sie suchte dich

gestern Abend. Und sie will, dass ich es ihr sage, wenn du wieder da bist.«

»Ich gehe selbst«, sagte Maili.

In der noch milden Wärme der frühen Sonne begab sie sich zur Quelle, zog sich aus und hockte sich unter den Wasserstrahl. Nichts beunruhigte sie. Wer immer sie nach ihrer Rolle in dieser Nacht fragen mochte, würde eine gelassene Antwort bekommen. Meine Gedanken verstehen nicht, was geschehen ist, dachte sie. Und dennoch weiß ich es. Ich werde später darüber nachdenken. Jetzt genügt es, dass es so ist, wie es ist.

Das Wasser hüllte sie ein mit seiner Frische. Es war, als sei sie selbst Wasser, klar und fließend. Das Wasser hatte eine Stimme, und obwohl kein Bild in ihrem Geist auftauchte, wusste sie doch, dass es Nagas waren, die zu ihr sprachen. Der Prinz hat dich nicht vergessen, sagten sie. Du kannst dich auf seine Treue verlassen.

Maili sprang auf und zog sich wieder an. Als sie sich Urgyen Anis Häuschen näherte, hörte sie schon von weitem den Klang der kleinen Trommel und der Ritualglocke. Sie setzte sich vor dem Haus neben die offene Tür, um das Ende der Meditation abzuwarten.

Trotz des Mangels an Schlaf fühlte sie sich stark und wach. Alles war hell und strahlend an diesem Tag des Vollmonds, der dem Monsun ein endgültiges Ende setzte. Sönam musste so viel lernen und Prüfungen bestehen, dachte Maili. Doch hätte er diese Prüfung heute Nacht im Wald bestanden?

»Da bist du ja, Maili.« Urgyen Ani stand auf die Schwelle zu ihrem Zimmer.

Maili sprang auf und legte grüßend die Hände zusammen.

»Komm herein«, sagte Urgyen Ani, »es wird bald zu heiß in der Sonne.«

Sie ließen sich auf den Matten nieder, und Urgyen Ani betrachtete Maili mit einem fragenden Blick. Es entstand eine Pause, die Maili nicht unterbrach. Sie genoss das köstliche Gefühl, sich so stark zu fühlen. Nichts und niemand würde sie mehr einschüchtern können. Im Gefühl ihrer Sicherheit ließ sie die Augenlider ein wenig sinken, gerade so weit, dass sie ihr Blickfeld nicht einschränkten.

»Wo warst du?«, fragte Urgyen Ani schließlich.

»Ich war auf dem Berg«, anwortete Maili. »Willi-la brauchte Hilfe.«

Urgyen Ani schwieg mit unbewegtem Gesicht.

»Ist daran irgendetwas nicht in Ordnung?«, fragte Maili. Sie fühlte Ärger in sich aufsteigen.

»Warum hast du nicht vorher mit mir darüber gesprochen?«

»Ich habe mit dir darüber gesprochen«, sagte Maili kühl.

»Nicht bevor du auf den Berg gingst. Maili, das war gefährlich.«

»Ich weiß. Darum ließ ich ihn ja auch nicht allein.«

Urgyen Ani presste kurz die Lippen zusammen – der stärkste Ausdruck von Ärger, den Maili je bei ihr gesehen hatte.

»Ich habe die Verantwortung übernommen«, sagte Maili und warf den Kopf zurück. »Und ich habe ihm geholfen, sich zurückzuholen.«

Urgyen Ani schwieg. Dann sagte sie leise: »Wach auf, Maili!«

»Ich bin wach!«, sagte Maili mit Nachdruck.

»Du bist berauscht. Berauscht von der Macht, die du erlebt hast.«

Maili fiel keine geeignete Erwiderung ein. Den Gedanken, dass Urgyen Ani aus Gründen wie Neid oder Eifersucht so sprechen könnte, ließ sie augenblicklich wieder fallen. Dennoch fühlte sie sich zutiefst ungerecht behandelt. Sie hatte Verantwortung übernommen. Sie hatte sich auf den Berg gewagt. Sie hatte eine große Prüfung bestanden. Sie hatte Lob erwartet, nicht Tadel.

»Mache ich denn immer alles falsch?«, fragte sie schließlich.

Urgyen Ani lächelte leicht. »Du machst recht selten etwas falsch, Maili Ani. Aber du musst deinen Geist zähmen.«

Du hast ein großes Mundwerk, Maili, hatte ihre Mutter gesagt. War ihr großes Mundwerk jetzt nach innen gerutscht und verführte sie zu Anmaßung und Eigenmächtigkeit?

»Ich war so glücklich«, sagte sie. »Ich habe es geschafft, dem westlichen Riesen durch diese schreckliche Nacht zu helfen. Er wachte auf, und er sang!« Sie seufzte. »Ich war so glücklich!«, wiederholte sie.

»Alle diese Träume sind flüchtig«, sagte Urgyen Ani. »Das weißt du doch.«

»Und was soll ich jetzt tun?«

»Hast du eine Idee?«

»Ich meine – das ist doch etwas, das ich kann – Menschen helfen.«

»Du wirst in deinem Leben wahrscheinlich noch viel Gelegenheit haben, anderen zu helfen. Vielleicht wirst du eine Heilerin. Doch sei geduldig und mache sorgfältig einen Schritt nach dem anderen. Es ist wie ein Aufstieg auf einen sehr steilen Berg. Wenn du nicht sehr achtsam bist, stürzt du ab.«

Willi nahm an diesem Tag an der Vollmond-Puja teil. Maili betrachtete sein Gesicht aus den Augenwinkeln. Eine heimliche, tiefe innere Freude lag in seinen Zügen und glättete sie, und seine Augen waren groß und leuchtend. Als sie den Lhakang verließ, kam der große Mann auf sie zu und ergriff ihre Hand mit beiden Händen. Bevor er etwas sagen konnte, entzog Maili ihm ihre Hand, wies zum großen Baum hin und ging mit schnellen Schritten voran. Willi folgte gehorsam.

»Wie geht es Ihnen, Willi-la?«, fragte Maili, als sie sich unter dem Baum niedergelassen hatten.

Willi sah sie von der Seite an. »Wissen Sie es nicht?«

Maili hob die Schultern. »Sagen Sie es mir.«

»Ich habe Sie gesehen. Vielleicht habe ich geträumt.«

»Was haben Sie geträumt?«

»Ich war in einer anderen Welt. Dort musste ich hingehen, um mich zurückzuholen. Die wollten mich nicht hergeben. Sie wollten ihren Kaufpreis wiederhaben. Es war so ein langer Weg. Er war dunkel, und sie versuchten immer wieder, mich in die Irre zu führen. Ich hatte entsetzliche Angst. Doch dann wusste ich, dass Sie da waren, Ani-la, und ich war mir plötzlich ganz sicher, dass mir nichts geschehen konnte. Habe ich das geträumt?«

Maili hob die offenen Handflächen. »Es ist immer wie in einem Traum«, sagte sie. »Es sei denn, Ihr Geist ist wach.«

»Ich glaube, jetzt bin ich ein bisschen wach«, sagte Willi ruhig, und sein Blick war voller Zärtlichkeit. »Zum ersten Mal seit vielen Jahren bin ich wach. Als ich heute Morgen dort oben auf dem Berg zu mir kam, war mein erster Gedanke nicht wie sonst Angst oder Abscheu vor mir selbst, sondern das Bedürfnis, etwas Sinnvolles zu tun. Ich möchte wieder leben, Ani-la. Vielleicht kann ich sogar lernen, wieder zu lieben.«

»Gut, dann beginnt jetzt Ihr Weg«, sagte Maili und stand auf. »Studieren Sie. Meditieren Sie. Lernen Sie Disziplin. Und denken Sie daran, dass Sie jeden Tag neu geboren werden.«

Sie legte die Hände zusammen, verneigte sich leicht und ging weg, ohne sich umzusehen. Jedes weitere Dankeswort würde das Gefühl der Beschämung nur noch vertiefen, das sich nach dem Gespräch mit Urgyen Ani in ihr ausgebreitet hatte.

Maili, hör auf zu träumen, sagte sie zu sich selbst. Maili die Große. Maili die Kleine. Wen kümmert es, ob Maili sich groß oder klein fühlt?

# 11

Der fremde Rinpoche schritt durch den Lhakang. Die Nonnen, die sich zu beiden Seiten des Mittelgangs aufgereiht hatten, reckten die Köpfe, um den berühmten Gast zu sehen. Er berührte hier und dort mit der Hand einen Kopf oder legte einem Laiengast eine Kata, die ihm überreicht wurde, um den Hals. Maili stand hinter der kleineren Shimi und musterte den Fremden aus den Augenwinkeln, denn es galt als sehr unhöflich, einen hohen Gast direkt anzuschauen.

Der Rinpoche blieb vor Shimi stehen. Maili wandte schnell den Blick ab, als sie bemerkte, dass er nicht die kleine Nonne ansah, sondern sie selbst. Der Blick war wie Feuer. Er schleuderte ihren Widerstand beiseite und legte sie bloß. Maili versuchte zurückzuweichen, doch hinter ihr standen Reihen von Nonnen wie ein steinerner Wall. Maili warf den Kopf hoch und schoss einen entschlossenen Blick zurück. Zu spät, um sich zu zügeln, bemerkte sie, dass sie laut durch die Nase ausatmete. Schnell senkte sie wieder die Augen und beugte den Kopf, wie es sich gehörte. Der hohe Rinpoche ging weiter. Doch noch immer spürte sie den Stachel seines heißen, machtvollen Blicks.

Es war das große Guru-Rinpoche-Fest, und wie bei allen großen Festen wurde im Küchenschuppen gekocht. Der Monsun war strahlendem Herbstwetter gewichen, und die Nonnen sammelten sich wie Büschel roter Blumen auf der Wiese um den Lhakang.

»Der fremde Rinpoche hat es auf dich abgesehen«, sagte Shimi, kaum dass sie den Lhakang verlassen hatten. »Hast du gesehen, wie er dich angestarrt hat?«

Maili hob die Schultern. »Er soll ein berühmter Siddha sein, hab ich gehört. Die gucken wahrscheinlich immer so.«

Shimi wandte sich Ani Pema zu, die sich zu ihnen gesellt hatte. »Hast du den Blick gesehen?«

»Welchen Blick?«, fragte Ani Pema.

»Den Blick des fremden Rinpoche.«

»Ich stand ganz hinten«, sagte Ani Pema und zog die Augenbrauen hoch. »Habe ich etwas verpasst?«

»Unser hoher Gast hatte nur Augen für Maili«, sagte Shimi.

Ani Pema erwiderte nüchtern: »Er ist ein schöner Mann. Das wird Neid geben.«

Deki lief mit fliegendem Rock über den Platz auf die drei Nonnen zu. Seitdem ihr Unterricht in den klösterlichen Regeln begonnen hatte, sah man sie nur noch selten herumtollen. Meistens bemühte sie sich, langsam und würdig zu schreiten, wie Maili es sie gelehrt hatte – mit einem Blechteller auf dem Kopf, eine Methode, die Ani Wangmo einst erfolgreich bei Maili angewandt hatte, um ihre Wildheit zu zügeln.

»Ani Tsültrim sagt, du sollst zum Essen nach oben kommen«, keuchte sie aufgeregt. »Jetzt gleich.«

Shimi schlug kichernd die Hand vor den Mund.

Ani Pema warf ihr einen belustigten Blick zu. »Sag es nicht, Shimi.«

»Ich sage nichts«, sagte Shimi, »und ich denke nichts. Und ich sehe nichts, und ich höre nichts.«

Maili sah die beiden Freundinnen verwirrt an. »Was soll das heißen?«, fragte sie.

»Der fremde Rinpoche möchte mit dir speisen«, sagte Ani Pema. »Das ist nichts Besonderes.«

Shimi prustete hinter der noch immer vorgehaltenen Hand. »Es ist eine Ehre«, stieß sie hervor.

»Sei nicht albern«, wies Ani Pema sie zurecht. »Ich wurde auch schon einige Male eingeladen, wenn Gäste kamen. Und Urgyen Ani ebenfalls.«

Shimi schaute mit übertriebener Gleichmütigkeit in die Ferne und pfiff leise durch die Zähne, während Maili sich zögernd zum Hauptgebäude begab. Sie begegnete Ani Tsültrim auf der Treppe und wurde von ihr wortlos in den großen Empfangsraum geführt, in dem der fremde Rinpoche bereits wartete.

Maili machte ihre drei Verbeugungen mit großer Geschwindigkeit. Der Diener, ein junger Mönch, sprang auf und geleitete sie zu einer Matte neben dem Rinpoche. Er brachte ein Tablett mit gefüllten Schalen und Teetassen herbei, das man offenbar schon vorbereitet hatte. Ani Tsültrim setzte sich auf eine weitere Matte und wurde ebenfalls bedient. Der Rinpoche sprach murmelnd seine Rezitation auf Tibetisch, in die Ani Tsültrim und Maili mit einstimmten. Während er aß, sprach er Tibetisch mit Ani Tsültrim.

Maili verstand nur wenig, obwohl sie gute Fortschritte in ihrem Tibetisch-Studium gemacht hatte. Er sprach so schnell, dass sie nicht folgen konnte. Sie musterte ihn mit kurzen Blicken. Sein großes, dunkles Gesicht war scharf geschnitten, mit starken, gewölbten Brauen über den Augenschlitzen, die kaum die Pupillen freigaben. Unter einer ausgeprägten Nase schwang sich ein breiter, wohlgeformter Mund. Seine Hände fielen ihr auf. Sie waren lang und kräftig, wie die Hände ihres Vaters, mit schön gestalteten, hellen Fingernägeln. Die Hände ihres Vaters hatten ihr gut gefallen. Als sie noch ein kleines Mädchen war, hatte er Spiele mit ihr gemacht, bei denen sie mit ihren Fingern die seinen treffen musste.

Plötzlich beugte sich der fremde Rinpoche vor und legte ihr ein paar schöne, große Fleischstücke in die Schale. Er lächelte freundlich, doch Maili fühlte sich unsicher und verwirrt. Sie aß nur wenig und ertappte sich immer wieder dabei, dass sie auf ihrer Unterlippe herumkaute.

Als der Diener die Essschalen hinausgetragen hatte, fragte sie Ani Tsültrim leise: »Ani-la, was soll ich hier?«

Ani Tsültrim warf ihr einen ausdruckslosen Blick zu. Sie sagte ein paar Worte zu dem Rinpoche und wandte sich dann wieder ihr zu. »Rinpoche möchte dich kennenlernen. Es ist eine Ehre. Er hat mich nach deiner Familie und deinen Fortschritten gefragt.«

Maili knetete vor Anspannung ihre Finger. »Warum fragt er mich nicht direkt?«

»Er kommt aus Indien«, erklärte Ani Tsültrim. »Er spricht nur Tibetisch und Hindi.«

»Aber was will er von mir?«

»Er will dich kennenlernen«, wiederholte die Klosterleiterin in flachem, kaltem Ton und wandte sich wieder dem hohen Gast zu.

Maili spürte, wie der scharfe Blick des fremden Rinpoche sie immer wieder streifte. Irgendetwas stimmte nicht. Shimis Kichern, Ani Pemas gespielte Gelassenheit, Ani Tsültrims Versteinerung – all dies beunruhigte sie zutiefst. Warum wollte der fremde Rinpoche ausgerechnet die Maili mit dem großen Mundwerk kennenlernen, die nichts wusste und nichts konnte? Und warum wagte sie nicht weiterzufragen? Wovor fürchtete sie sich? Wenn sie nun doch fragte?

Maili, du hast ein großes Mundwerk, aber du bist dennoch ein Feigling, sagte sie zu sich selbst. Frage!

»Ani-la«, sagte sie, sobald sich eine Pause im Gespräch zwischen der Klosterleiterin und dem Rinpoche ergab, »bitte fragen Sie den Rinpoche, warum er mich kennenlernen will.«

Ani Tsültrim übersetzte die Frage mit unbewegtem Gesicht und gab die Antwort ebenso unbewegt weiter: »Rinpoche sagt: ›Aus demselben Grund, aus dem Guru Rinpoche nach Tidro ging.‹«

»Wo ist Tidro, und was meint er damit?«, fragte Maili.

Der Rinpoche lachte schallend und zog mit einer schnellen Bewegung das Tuch von ihren Schultern. Seine Zähne in dem breiten Mund waren weiß und glänzend. Er sagte etwas, und Ani Tsültrim übersetzte: »Rinpoche sagt, du seist ein außergewöhnliches Mädchen.«

Der Rinpoche hob seine Hand mit einer anmutigen kleinen Geste, die Maili entließ. Mit ungebührlicher Hast sprang sie auf, vollzog die drei Verbeugungen und stürmte dann zur Tür hinaus. Sie fühlte eine verwirrende Mischung aus Beunruhigung, Stolz und Ärger in sich hochschießen, die ihren Bewegungen mehr Schwung verlieh, als sie beabsichtigte. Eilig schlüpfte sie in ihre Plastiksandalen, und als sie sich dem Treppenhaus zuwandte, übersah sie die Schuhe des fremden Rinpoche, die ebenfalls vor der Tür standen. Polternd fiel sie mit Knien und Händen auf die Holzdielen. Beim Aufstehen sah sie den Diener, der hinter dem Vorhang einer entfernteren Tür hervorschaute. Wütend vor Scham hob sie die Hände, formte sie zu Krallen und fletschte die Zähne. Der junge Mönch grinste.

Shimi, Deki und Ani Pema hatten auf der Wiese ihr Mittagsmahl beendet. Maili hinkte über die Wiese. Das Knie, auf das sie gefallen war, schmerzte. Umständlich ließ sie sich ins Gras nieder und streckte das verletzte Bein aus.

»Die Kriegerin kommt aus der Schlacht zurück«, sagte Shimi fröhlich, »verletzt, aber nicht geschlagen.«

»Es war nicht der Rinpoche«, sagte Maili, »es waren seine Schuhe, die vor der Tür standen.«

»Wir dachten, er habe dich verprügelt«, sagte Ani Pema lachend, »weil du deinen Mund zu weit aufgerissen hast.«

»Wie soll das gehen?«, kicherte Maili. »Er spricht nicht Nepali. Und auf Tibetisch kann ich meinen Mund nicht ein bisschen aufreißen.«

»Erzähle«, sagte Shimi.

Maili seufzte. »Er aß. Ich aß. Er sprach mit Ani Tsültrim. Es war sehr aufregend.«

Erst als Ani Tsültrim auf der Schwelle zu Mailis Zimmer stand, fiel Maili ein, dass sie ihr Tuch im Empfangszimmer zurückgelassen hatte. Sie sprang auf.

Ani Tsültrim drückte ihr das gefaltete Tuch in die Hand und ließ sich auf dem Rand von Dekis Bett nieder. »Setz dich wieder«, sagte sie. Ani Tsültrims Gesichtsausdruck war so eigenartig, dass Maili sich mit einem Gefühl des schlechtes Gewissens auf ihr Bett setzte. Hatte sie sich vielleicht des ungebührlichen Benehmens schuldig gemacht? Doch es wäre eher Urgyen Anis Aufgabe gewesen, sie deshalb zur Rede zu stellen.

»Ich muss mit dir sprechen«, sagte Ani Tsültrim und verschränkte ihre Hände im Schoß. Maili sah, dass ihre Knöchel weiß waren.

»Der Rinpoche, unser Gast, möchte dich mit nach Indien nehmen – als seine Karmamudra.«

»Was ist eine Karmamudra?«, fragte Maili.

»Eine tantrische Gefährtin«, antwortete Ani Tsültrim.

»Und was soll das heißen?«, fragte Maili überrascht.

»Der Rinpoche möchte dich als seine Gefährtin mit nach Indien nehmen«, wiederholte Ani Tsültrim.

»Als seine was?« Maili ahnte die Bedeutung des Wortes, hielt es jedoch zugleich für unmöglich, dass ihre Ahnung zutreffen könnte.

»Als seine tantrische Frau – sozusagen«, erklärte Ani Tsültrim widerstrebend.

»Aber ich bin doch eine Nonne«, wandte Maili ein.

»Auch eine Nonne kann eine Karmamudra sein. Es ist keine gewöhnliche Beziehung.«

Maili schüttelte den Kopf. »Das verstehe ich nicht.«

»Der Rinpoche ist Siddha, ein hoher Meister des Yoga, und ein berühmter Dharma-Lehrer.«

Maili wusste nicht, was »Meister des Yoga« bedeutete. »Wie sollte ich denn mit ihm sprechen?«, fragte sie. »Er kann doch nicht Nepali.«

»Das ist nicht nötig. Du sprichst bereits ein wenig Tibetisch. Das genügt.«

»Wofür?«

Ani Tsültrim schloss kurz die Augen und holte tief Atem. »Um seine Gefährtin zu sein.«

»Aber das will ich nicht«, erklärte Maili nachdrücklich. »Und was sagt unser Rinpoche dazu?«

»Rinpoche sagt gar nichts dazu. Unser Gast ist ein sehr hoher Rinpoche, und dieses Angebot ist eine große Ehre. Doch die Entscheidung liegt bei dir.«

»Ich will das nicht.«

Ani Tsültrim seufzte noch einmal. »Denke darüber nach.« Sie stand auf, um zu gehen.

»Ani-la«, sagte Maili, »was würden Sie an meiner Stelle tun?«

»Ich bin nicht an deiner Stelle«, sagte Ani Tsültrim, »und ich war es nie. Deine Entscheidung ist frei, mein Kind. Übrigens wird von dir erwartet, dass du nicht darüber sprichst.«

Maili blieb verwirrt zurück. Sie hatte nicht die Absicht, Ani Tsültrims Schweigegebot zu befolgen. Sollte sie mit Ani Nyima sprechen? Doch Ani Nyima würde wohl nur fragen: Maili, was willst du? Maili lachte leise. Die gleiche Frage, die gleiche Antwort. Maili will Sönam.

Ich muss darüber reden, dachte Maili, sonst werde ich verrückt. Sie wartete so lange, bis sie sicher sein konnte, dass Ani Tsültrim sie nicht sehen konnte, und lief dann zu Ani Pemas Häuschen hinunter.

Atemlos stürzte sie in Ani Pemas Arbeitszimmer und sagte: »Pema, dieser Rinpoche will mich mit nach Indien nehmen.«

Ani Pema stand von ihrem Schreibtisch auf, und Maili warf sich in ihre Arme und begann wild zu lachen. Sie krümmte sich und hustete, von kleinen, spitzen Schreien unterbrochen.

»Er denkt, er kann mich einfach mitnehmen«, keuchte Maili. »Und Ani Tsültrim läuft herum wie eine Untote und sagt: ›Es wird erwartet, dass du nicht darüber sprichst.‹«

»Beruhige dich«, sagte Ani Pema und klopfte auf Mailis Rücken. Der Husten wurde von Schluckauf abgelöst. Maili lachte schrill weiter und ließ sich auf das Bett fallen.

Ani Pema ging in den Flur, der auch als Küche diente, und kam mit einem Glas wieder. »Trink das«, sagte sie.

Maili ergriff das Glas mit dem honigfarbenen Inhalt und trank es aus. Ihr Mund blieb offen stehen, ihr Atem stockte, und Tränen traten ihr in die Augen.

»Was war das?«, würgte sie schließlich hervor.

»Medizin«, sagte Ani Pema. »Man nennt sie Whisky.«

»Whisky«, lachte Maili und schniefte. »Schmeckt so, wie es klingt.«

Ani Pema setzte sich neben Maili auf das Bett. »Fang bitte noch einmal von vorn an. Was sagte Ani Tsültrim genau?«

Maili holte tief Atem. »Sie sagt, der fremde Rinpoche möchte mich als seine Karmamudra mit nach Indien nehmen. Er kann nicht einmal Nepali. Sprachkenntnisse sind dazu nicht nötig, sagt sie. Sind denn alle verrückt?«

»Nein«, sagte Ani Pema. »Nicht verrückt. Tibetisch.«

»Ich komme mir vor wie eine Ziege«, sagte Maili und begann wieder schrill zu lachen. »So haben bei uns im Dorf die Käufer Ziegen aus der Herde geholt und begutachtet.« Sie meckerte wie eine Ziege, und Ani Pema musste ebenfalls lachen.

»Und er ist uralt«, fügte Maili hinzu.

»Nun ja – uralt? Er ist höchstens fünfzig.«

»Das ist uralt«, erklärte Maili.

Ani Pema seufzte. »Hast du nie etwas von den sechs Yogas gehört?«, fragte sie und stand auf. »Die tantrische Vereinigung gehört zum höchsten Tantra.«

Maili setzte sich auf. »Davon verstehe ich nichts. Warum erklärt mir niemand etwas?«

»In Tibet ist man mit dieser Tradition aufgewachsen. Man wusste das eben.«

»Ich bin keine Tibeterin«, sagte Maili.

»Ja«, sagte Ani Pema, »heute ist alles ein bisschen anders. Die Praxis der Yogas wurde immer geheim gehalten. Jeder wusste davon, aber niemand, der nicht eingeweiht war, wusste etwas Genaues.«

Sie nahm ein westliches Buch aus ihrem Regal und blätterte darin. »Hier ist die englische Übersetzung eines tibetischen Texts aus dem vierzehnten Jahrhundert. Wenn ich nicht in der Schule Englisch gelernt hätte, wären mir solche Texte unzugänglich. Hier steht: ›Die Meditationen des inneren Yogas allein genügen nicht, damit man die höchste Stufe erreicht. Dazu ist es nötig, dass man den inneren Yoga durch die äußere Situation ergänzt, indem man sich einer Karmamudra – des sexuellen Partners – bedient.‹«

Maili schwieg. Ani Pema griff nach einem anderen Buch. »Hier sagt ein zeitgenössischer Lama in einem Kommentar zum Kalachakra-Tantra: ›Mönchen, die in ihrer Praxis sehr weit fortgeschritten sind und hohe Stufen der Verwirklichung erreicht haben, was Mitgefühl, Weisheit der Leerheit und die Praxis des Tantra betrifft, erlaubt der Buddha, sexuelle Beziehung mit Frauen einzugehen und Alkohol zu trinken. Der Grund hierfür liegt darin, dass auf einer bestimmten Stufe der Praxis, wenn man wirklich weit fortgeschritten ist, einen dieses Tun der Erleuchtung näherbringen kann.‹«

»Mönche«, sagte Maili. »Weshalb sagt er nur ›Mönche‹? Weshalb sagt er nicht ›Mönche und Nonnen‹?«

»Vermutlich weil er ein Chauvinist ist«, antwortete Ani Pema lächelnd.

Maili kannte den Begriff »Chauvinist«. Es war ein Wort, das sie von den Dissidentinnen frühzeitig gelernt hatte.

»In dem alten Text steht, dass die Karmamudra zwischen sechzehn und fünfundzwanzig Jahre alt und in den Techniken des Kamasutra ausgebildet sein sollte«, sagte Ani Pema.

»Was heißt Kamasutra?«

»Die altindische Kunst des Liebesspiels. Ich hab mir sagen lassen, dass sie ziemlich kompliziert ist.«

»Was noch alles?«, fragte Maili schnaubend.

»Nun, sie hatten schon ihre Ansprüche«, sagte Ani Pema und lächelte nicht mehr.

Maili schwieg lange. »Und wie ist es mit Texten, die das Ganze vom Standpunkt der Frauen aus beschreiben?«, fragte sie schließlich.

»Die gibt es nicht.«

»Das macht mich wütend«, sagte Maili mit zusammengebissenen Zähnen.

»Es war eine Männerkultur«, sagte Ani Pema, »wie alle Kulturen dieser Welt seit mindestens drei Jahrtausenden. In einem der Texte steht allerdings auch, dass beide Partner erfahrene Meditierende sein und den Yoga der inneren Hitze gemeistert haben müssen.«

Maili dachte nach. »Also, das heißt doch, dass Sönam und ich ...«

Ani Pema schmunzelte und legte den Finger auf die Lippen. »Später vielleicht. Wenn ihr viel gelernt und viel Meditationserfahrung gewonnen habt. Es dauert lange, bis diese Grundlage stabil geworden ist – viele, viele Jahre.«

»Warum hab ich noch nie etwas davon gehört?«

»Wie ich sagte – es sind geheime Lehren.«

»Jetzt nicht mehr«, sagte Maili und deutete auf das Buch.

»Sie halten sich selbst geheim«, erklärte Ani Pema. »Ohne Einweihung und mündliche Übertragung und Ausbildung kann das niemand lernen. Und selbst dann ist es noch gefährlich, wenn der Geist nicht stabil genug ist.«

»Mein Geist ist nicht stabil«, sagte Maili. »Wie kann der Rinpoche mich dem aussetzen wollen?«

»Ich weiß nicht«, antwortete Ani Pema ernst.

»Warum gerade ich?«, fragte Maili und stellte fest, dass sich neben ihrer Empörung ein anderes Gefühl regte; es schmeichelte ihr, dass die Wahl auf sie gefallen war. Beschämt schüttelte sie diesen Gedanken ab.

»Du bist das schönste Mädchen im Kloster«, sagte Ani Pema nüchtern.

»Die beste Ziege«, sagte Maili grimmig.

Ani Pema kicherte. »Du solltest dich nicht aufregen. Niemand zwingt dich.«

»Die Tradition ärgert mich. Wir Nonnen bekommen keine vollständige Ordination, weil wir Frauen sind. Wir müssen viel mehr Regeln einhalten als die Mönche, aber verbeugen sollen wir uns vor ihnen, als seien sie höhere Wesen. Wir dürfen nicht studieren. Und wir werden wie Ziegen behandelt. Und als Krönung all dessen sollen wir auch noch ständig den Mund halten.«

»Ich bin deiner Meinung. Es ist ärgerlich. Aber die meisten Nonnen hängen an der Tradition und wehren sich nicht. Diese blinde Abhängigkeit ist das Ärgerlichste. Aber schließlich muss jede für sich allein aufwachen.«

Ani Pema schwieg nachdenklich. Dann fuhr sie fort: »Wir Frauen haben zu wenige Vorbilder. Eines der wenigen ist Yeshe Tsogyal – aber sie lebte im achten Jahrhundert. Frauen hatten in unserer Tradition seit Hunderten von Jahren nicht mehr viel zu sagen.«

»Was meinst du, was geschieht, wenn ich ablehne?«

»Nichts wird geschehen. Ani Tsültrim wird dir befehlen, niemandem davon zu erzählen. Das muss sie, ob sie will oder nicht.«

»Ich wüsste gern, was sie denkt.«

»Leicht zu erraten. Sie ist eine kluge und stolze Frau.«

Maili dachte laut: »Sie hat gesagt, meine Entscheidung sei frei.«

»Das wollen wir doch hoffen«, sagte Ani Pema mit ihrem unverkennbaren Dissidentinnen-Ausdruck um den Mund.

Maili sah zum Fenster hinaus auf die kleine Wiese und die dichten, grünen Büsche, die sich vor der Terrasse ausbreiteten. Wie schön es hier ist, dachte sie. Die Berge sind größer und mächtiger zu Hause, doch für mich ist dies hier der schönste Ort der Welt. Hier habe ich Ani Nyima und den Rinpoche und Ani Pema und Shimi und Urgyen Ani und Deki. Und Sönam. Sönam, den Schönsten meiner Träume.

»Ich rede mit ihm«, sagte sie schließlich und stand entschlossen auf. »Jetzt fürchte ich mich nicht mehr.«

»Mein Segen mit dir«, erwiderte Ani Pema vergnügt.

Maili stieg ohne Zögern die Treppen zum Lhakang hinauf und fand Ani Tsültrim in ihrem Zimmer.

»Ani-la«, sagte sie mit fester Stimme, »ich möchte mit dem fremden Rinpoche sprechen. Und ich bitte Sie, meine Worte zu übersetzen.«

Ani Tsültrim stand auf. »Ich will sehen, ob er dich empfangen kann. Wie hast du dich entschieden?«

»Das wird er gleich erfahren«, antwortete Maili störrisch.

Ani Tsültrim sah sie eindringlich an. Ihre Lippen zuckten, als wolle sie etwas sagen. Doch sie schwieg und begab sich zu dem Zimmer, das für hohe Gäste bestimmt war. Maili wartete unterdessen auf dem Flur.

»Komm herein«, rief Ani Tsültrim von der Tür her und winkte sie in das Zimmer.

Maili setzte sich in dem kleinen Raum auf die angewiesene Matte und wartete, bis der fremde Rinpoche ein paar Sätze mit Ani Tsültrim ausgetauscht hatte. Dann sagte sie in holperigem Tibetisch: »Rinpoche-la, ich möchte bitte sprechen.«

Der Rinpoche lächelte und hob einladend die Hand. Maili wandte sich an Ani Tsültrim und holte tief Luft. »Ani-la, sagen Sie ihm bitte Folgendes: Sein Angebot ist eine Ehre, wie man sagt, aber mir gefällt es nicht. Ich kenne diesen Mann nicht. Ich will ihn nicht. Auch wenn es Tradition ist und alle oder fast alle es in Ordnung finden – ich finde es so nicht in Ordnung. Und mir gefällt vor allem einiges an der Tradition nicht, was uns Nonnen betrifft. Bitte, übersetzen Sie das.«

Ani Tsültrim übersetzte mit unbewegtem Gesicht. Mailis Herz hämmerte vor Aufregung so laut, dass es in ihren Ohren dröhnte. Der Rinpoche zog bei Ani Tsültrims Worten die dichten Augenbrauen hoch, und dann begann er zu lachen und lachte immer lauter, bis er sich schließlich Lachtränen aus den Augen wischen musste. Maili versuchte ernst zu bleiben, doch es gelang ihr nicht. Selbst Ani Tsültrim vermochte ihre Züge nicht völlig im Zaum zu halten.

»Ich bin noch nicht fertig«, fuhr Maili schließlich ermutigt fort. »Sagen Sie ihm, ich möchte erst noch sehr viel lernen und meine Meditationen meistern, und dann werde ich vielleicht einen passenden Gefährten suchen. Das wird aber noch sehr lange dauern.«

Ani Tsültrim übersetzte. Trotz ihrer disziplinierten Haltung verriet ihre Stimme eine leise Befriedigung. Der Rinpoche lachte erneut los und schlug sich vergnügt mit den Händen auf die Knie. Dann sagte er wieder etwas zu Ani Tsültrim.

»Der Rinpoche sagt, dass er deinen Standpunkt versteht und respektiert«, übersetzte die Klosterleiterin. »Er sagt, dass er es jetzt, nachdem er dich kennengelernt hat, doppelt bedauert, dass du nicht seine Gefährtin und Schülerin werden möchtest.«

Maili empfand zu ihrem Erstaunen selbst ein wenig Bedauern. Der fremde Rinpoche gefiel ihr zusehends besser, und sie musste sich eingestehen, dass er ein anziehender Mann war, mit einem gewiss außergewöhnlichen Sinn für Humor.

»Ich danke für sein Angebot«, sagte Maili mit Würde. »Aber ich bin sehr glücklich, Schülerin von Ani Nyima Rinpoche zu sein.«

Ani Tsültrim lächelte ein wenig, während sie übersetzte. Sie verstand die Provokation, die darin lag, die Yogini eigenmächtig mit dem hohen Titel zu versehen, den im Allgemeinen nur Männer trugen.

Der Rinpoche streckte die Hand nach Maili aus. Sie näherte sich ihm zögernd. Er zog ihren Kopf zu sich heran und berührte ihre Stirn mit der seinen. Maili sah und spürte einen Blitz in dem Bereich zwischen ihren Augenbrauen und schnellte zurück. Der Rinpoche lächelte sie an und legte seine Hand sanft auf ihren Kopf.

Ich könnte ihn möglicherweise lieben, dachte Maili. Wenn Sönam nicht wäre. Und wenn ich ihn unter anderen Umständen kennengelernt hätte. Und wenn eben alles anders wäre.

Der Rinpoche zog seine Hand zurück und wiegte lächelnd den Kopf. »Ich verstehe«, sagte er. »Mein Segen mit dir.«

Maili verließ verwirrt das Zimmer, gefolgt von Ani Tsültrim.

»Ani-la, kann dieser Rinpoche Gedanken lesen?«, flüsterte sie der Klosterleiterin im Flur zu.

»Schon möglich«, antwortete Ani Tsültrim. »Ich sagte doch, er ist ein Siddha.«

Sie verabschiedete Maili mit einem freundlichen Klaps auf den Rücken. Es bedurfte keiner Worte. Ihr heiterer Blick sagte genug.

»Sönam ist da!«, rief Ani Pema durch die geschlossene Fliegengittertür. Maili sprang von ihrer Matte auf und stieß dabei den kleinen Tisch um, auf dem sie ihre tibetische Lektion geschrieben hatte.

»Der Nonne ziemt ruhevolle Würde«, sagte Ani Pema belustigt. »Geh hinunter zu meinem Haus. Ich hole Shimi.«

Hastig schlüpfte Maili in ihre Plastiksandalen und lief zu Ani Pemas Häuschen hinunter. Sönam saß auf dem Bettrand im Arbeitszimmer und stand schnell auf, als sie hereinstürmte. Eine schmerzhafte Mischung von Verlangen und Abwehr ging von ihm aus, und einen Augenblick lang teilte sie seine qualvollen Empfindungen in ihrer ganzen Fülle. Sie standen beide wie erstarrt einander gegenüber und suchten nach Worten.

Diese Spannung ist gefährlicher, als wenn wir einander umarmen würden, dachte Maili hilflos.

»Bist du wieder gesund?«, fragte Sönam schließlich mit verlegener Höflichkeit.

»Schau mich an«, sagte sie halb lächelnd. »Sehe ich krank aus?«

»Alle reden von dem fremden Rinpoche und dir«, sagte Sönam, ohne ihr Lächeln zu erwidern.

»Hast du dir Sorgen gemacht?«

Sönam senkte den Blick. »Ich hab versucht, nicht darüber nachzudenken.«

»Er wollte mich mit nach Indien nehmen. Ich dachte an dich, und da sagte er: ›Ich verstehe.‹ Ich glaube, er kann Gedanken lesen.«

»Du wirst nicht mitgehen?«, fragte Sönam.

»Er ist längst abgereist«, erwiderte Maili.

»Nein. Er ist noch unten in der Stadt.«

»Hast du gedacht ...?«

Sönam hob abwehrend die Hände. »Ich hab nichts gedacht.«

Maili lachte. »Dann eben nicht gedacht, sondern gefühlt.«

Sie machte einen Schritt auf ihn zu und umarmte ihn sanft. Sönam hob widerstrebend die Arme, doch dann zog er sie nah an sich heran, und so blieben sie stehen, bis ihr Atem sich zu einem einheitlichen Rhythmus verband.

Sönam flüsterte: »Der große Meister Saraha sang: ›Wie kann Erleuchtung erlangt werden in dieser körperlichen Existenz ohne deine beständige Liebe, du wundervolles Mädchen?‹«

Sie lösten sich ohne Hast voneinander, als sie die Stimmen der beiden Nonnen an der Tür hörten, und setzten sich Hand in Hand nebeneinander auf die Sitzmatten. Ani Pema und Shimi brachten Tassen und eine Thermosflasche mit süßem indischen Tee, und Ani Pema hielt triumphierend eine Tafel Schokolade hoch.

»Wir können feiern«, sagte sie. »Das ist süße Ekstase aus dem Land der Schokolade und der Exiltibeter. Es heißt Schweiz. Die Übersetzerin hat sie mitgebracht.«

»Es gibt tatsächlich etwas zu feiern«, sagte Sönam scheu. »Ich habe mich für das nächste Drei-Jahres-Retreat angemeldet.«

Die Nonnen schwiegen überrascht, und Maili sah ihn mit großen Augen an.

Sönam brachte ein kleines Lächeln zustande. »Ich habe alle Prüfungen bestanden. Es steht nichts mehr im Weg.«

»Du bist ein Wunderkind!«, rief Shimi.

»Der Khenpo sagt, ich würde mich aus meinem letzten Leben an die Lehren erinnern«, erwiderte Sönam lachend. »Wie ernst er das gemeint hat, weiß ich nicht.«

»Sicher hat er es ernst gemeint«, sagte Ani Pema. »Es ist eine naheliegende Erklärung.«

»Damit ist zumindest gesichert, dass du im letzten Leben ein Mann warst«, sagte Shimi.

»Wenn es bis zu meinem nächsten Leben den Nonnen immer noch nicht erlaubt ist zu studieren, werde ich eine männliche Wiedergeburt wählen«, erkärte Maili nachdrücklich.

»Oh«, sagte Sönam, »dann sollten wir uns vorher absprechen. In diesem Fall möchte ich mich auf ein zukünftiges Leben als Frau einstellen.«

»Tu mir das nicht an, Maili«, sagte Shimi scherzhaft. Sönam schaute sie fragend an.

»Shimi liebt Frauen«, erklärte Maili heiter.

»Oh«, sagte Sönam.

»Und bei euch gibt es mit Sicherheit Mönche, die Männer lieben«, sagte Shimi.

Sönam wandte den Blick ab. »Ja, vielleicht.«

Ani Pema beugte sich vor. »Ist es dir unangenehm, über solche Dinge zu sprechen? Wir respektieren das. Aber du musst wissen, dass wir es uns zur Aufgabe gemacht haben, offen miteinander zu sein. Wir meinen, dass es keinen Grund gibt, über die Dinge des Lebens nicht nachzudenken und nicht zu sprechen. Das bedeutet nicht, dass wir uns auf Urteile festlegen. Im Gegenteil. Es hilft uns, festgefahrene Urteile zu überwinden.«

»Und wir glauben, dass die Tradition nicht in allem recht hat«, erklärte Shimi. »Die Tradition ist relativ, und wenn sie sich nicht erneuert, erstarrt sie und erdrückt uns. Die Tradition ist für uns da, nicht wir für die Tradition.«

»Was meinst du dazu?«, fragte Maili und drückte Sönams Hand.

Sönam dachte nach. »Ich habe die Tradition noch nie in Frage gestellt.«

»Hast du jemals unterschieden zwischen Dharma und Tradition?«

»Wahrscheinlich nicht. Wie sollte diese Unterscheidung aussehen?«

»Die Dharma-Lehren beruhen auf Prinzipien«, erklärte Ani Pema, »und Tradition beruht auf Übereinkünften. Übereinkünfte verändern sich. Sie passen sich neuen Umständen an – nur brauchen sie immer sehr lange dazu.«

Sönam hob sanft abwehrend die Hand. »Aber die Tradition schützt uns davor, Opfer unserer eigenen kleinen Meinungen zu werden. Es ist gefährlich, ohne diesen Schutz zu leben.«

»Ist es nicht ebenso gefährlich, in der Abhängigkeit von der Tradition zu verdummen?«, warf Maili ein.

»Der Buddha hat den mittleren Weg gewiesen«, fuhr Ani Pema fort. »Wir brauchen auf den Schutz der Tradition nicht zu verzichten. Es ist nur klug, von Zeit zu Zeit an ihr zu rütteln und zu schauen, was stehen bleibt und was zusammenbricht. Zum Beispiel verweist die Tradition uns Frauen auf den schlechteren Platz. Denkst du, diese Übereinkunft ist in Ordnung?«

»Ich teile sie nicht«, entgegnete Sönam und lächelte Maili zu.

Ani Pema und Shimi haben recht, dachte Maili, und zugleich haben sie auch nicht recht. Sie verlor den Faden des Gesprächs, das die anderen weiterführten, und driftete in einen inneren Raum, in eine Ahnung, dass sie ein Wissen in sich trug, für das ihr die richtigen Worte fehlten. Die richtigen Worte gingen über gewöhnliche Worte hinaus. Sie waren wie Butterlampen, die in das

Dunkel dieses Raums hinabsinken und seine Inhalte beleuchten konnten. Sie brauchte viele solcher Butterlampen, und sie musste lernen, ihren Geist stillzuhalten, damit sie nicht flackerten und die Sicht verzerrten.

Plötzlich sah sie sich als die rote Dakini vom Rollbild im Lhakang. Sie tanzte, und das feine Klappern ihres Knochenschmucks begann die Melodie zu enthüllen, die sie mit den anderen Nonnen beim Chöd-Tanz gesungen hatte. Die Feueraureole, die sie umgab, sprühte Funken, und eine gewaltige, feurige Welle von Kraft wirbelte in ihrem Innern hoch. Die Kraft kochte und kreiste, und diese überwältigende Bewegung schien alles hinwegzuschwemmen, was sich in Maili an Gedachtem aufgehäuft hatte.

Plötzlich richtete sich ihre Wahrnehmung wieder auf die Außenwelt, die sie trotz geöffneter Augen nicht mehr wahrgenommen hatte. Sönam, Ani Pema und Shimi starrten sie an.

»Oh«, sagte Maili. »Ich glaube, ich habe geträumt. Von der roten Dakini …«

Ani Pema beugte sich stirnrunzelnd vor. »Du hast nicht geträumt, Maili. Das ist nicht das erste Mal, dass dir das passiert, nicht wahr?«

»Nein«, antwortete Maili, »es ist nicht das erste Mal. Aber diese Kraft …« Sie beschrieb mit den Händen das Hochschießen und Aufbrechen, das sie empfunden hatte. »So etwas habe ich noch nie gespürt.«

Die anderen schwiegen.

»Verzeiht«, sagte Maili, »ich weiß nicht, was geschehen ist. Die rote Dakini war pötzlich da.«

Ani Pema schüttelte leicht den Kopf. »Es ist nicht nötig, dass du dich entschuldigst. Aber gib auf dich acht.«

Sönam stand auf und zog Maili mit sich hoch. Er ergriff ihre Hand und drückte sie an seine Brust. »Ich muss gehen«, sagte er.

Maili stand bewegungslos da. Sie spürte Flammen in sich und um sich, und diese Flammen hüllten auch Sönam ein.

»Spürst du die Flammen?«, fragte sie leise.

Sönam blickte sie lange an. »Ja«, sagte er. »Ich weiß. Die Dakini hat sie dir gegeben.«

Mailis Augen leuchteten. Sie war auf sonderbare Weise glücklich. All diese Kraft, dieses unbeschreibliche Geschenk der Dakini – sie wollte sie weitergeben, an Sönam, an ihre Freundinnen, an alle Wesen. Sie wollte das Weltall entzünden mit dieser Leidenschaft des Herzens und des Geistes.

Sie nahm kaum wahr, dass Sönam ging. Ani Pema und Shimi sprachen mit ihr, und sie antwortete, doch sie folgte den Worten nur am Rande. Wie aus weiter Entfernung verabschiedete sie sich und machte sich auf den Weg zu ihrem Zimmer hinauf. Sie stellte fest, dass sie sich so mühelos bewegte, als ginge es bergab. Die Kraft trug sie. Leicht wie eine Kükenfeder war sie, und sie konnte nicht widerstehen, sich zwischen den Schritten zu drehen und in weiten, ausholenden Sprüngen zwischen den Beeten hindurchzuwirbeln. So ähnlich muss es der alten Ani Palmo ergehen, wenn sie nackt herumtanzt, dachte sie. Aber die alte Nonne kann die Kraft nicht kontrollieren.

Anstatt weiterzulernen, kletterte sie den Berg zur Weide hinauf, wieder so schnell und leicht, als ginge es abwärts anstatt bergauf. Ein durchdringendes Gefühl äußerster Unabhängigkeit und Furchtlosigkeit schien ihr Flügel zu verleihen. Das ist Macht, dachte sie. Macht!

Maili hielt unvermittelt inne. Bis zu diesem Augenblick hatte sie nicht die geringste Furcht empfunden. Doch nun regte sich eine heftige Unruhe in ihr, als dämmere ihr, dass sie nicht einen starken Stock, sondern eine giftige Schlange in den Händen hielt. Diesmal war es anders als nach der Nacht, in der sie dem Riesen Willi geholfen hatte. Ani Nyimas Warnung erklang wie eine helle Glocke in ihrem Geist. Sie müsse sehr achtsam sein, hatte die Yogini gesagt. Unachtsamkeit würde sie in große Gefahr bringen. Warum hatte sie nicht gleich daran gedacht, mit Ani Nyima zu sprechen? Die Yogini war eine Siddha. Sie würde ihr sagen können, was geschehen war, was für eine Kraft die Dakini ihr gegeben hatte, was sie damit tun sollte.

Sie ging schnell zum Kloster zurück und schlug den Weg zur Höhle ein. Obwohl sie sich zu zügeln versuchte, schien sie den Steilhang emporzufliegen. Die starke nachmittägliche Herbstsonne legte ein goldenes Glühen über den Berg, und die blaue Tiefe des Himmels dehnte sich in undenkbare Weiten aus. Die Oberfläche aller sichtbaren Dinge brach auf und legte ihr innerstes Wesen frei – die Blauheit des Blaus, das in sich ruhende Bergsein des Bergs, die stille Leidenschaft, die in den Bäumen pulsierte.

In der Hälfte der Zeit, die sie sonst benötigte, hatte sie die Höhle erreicht. Sie griff nach dem Glockendraht, doch die Tür öffnete sich, bevor sie daran ziehen konnte. Ani Nyima ließ sie wortlos ein.

Maili begann mit den drei Verbeugungen, doch die Yogini unterbrach sie mit einer ungeduldigen Handbewegung. »Komm«, sagte sie und ging voran in das Höhlenzimmer. Sie setzte sich auf das Bett, und Maili ließ sich vor ihr auf einer Matte nieder.

»Bitte, Ani-la«, sagte Maili, »sag mir, warum mir die Dakini so viel Kraft gegeben hat.«

»Was ist geschehen?«, fragte die Yogini.

»Oh, viel«, antwortete Maili. Sie versuchte Ordnung in ihrem Geist zu schaffen, doch plötzlich befreiten sich die Inhalte und sprudelten ohne Halten aus ihr heraus.

»Zuerst kam der fremde Rinpoche und wollte mich mitnehmen als seine Karmamudra. Das wollte ich nicht. Und ich wusste gar nicht, was Karmamudra ist. Dann kam Sönam und sagte, er gehe in das Drei-Jahres-Retreat. Ich meine, ich werde ihn drei Jahre lang nicht sehen. Und wir sprachen über die Unterscheidung zwischen Dharma-Lehren und Tradition. Ich dachte, dass ich sehr viel lernen wollte, und plötzlich war die rote Dakini da, und dann kam diese Kraft. Sie dreht mich im Kreis und lässt mich riesige Sprünge machen.«

Die Yogini schaute sie lange schweigend an. Dann nahm sie einen in Brokat gehüllten Gegenstand, berührte damit Mailis Kopf und sprach einen tibetischen Text. Die Kraft in Mailis Innerem begann sich sehr schnell zu bewegen, schüttelte ihren Körper und drängte zu ihren Poren heraus wie unsichtbare Funken. Danach wurde es hell und still in ihrem Geist. Maili spürte die Anwesenheit der roten Dakini, doch deren Farbe und Form hatten sich aufgelöst.

»Die Dakini …«, stammelte Maili.

»Wo ist sie?«, fragte Ani Nyima.

»Irgendwo zwischen Form und Nichtform«, antwortete Maili zögernd. »Nicht das eine, nicht das andere. Die Sonne im Aufgehen. Nicht Nacht, nicht Tag.«

»Weißt du, was geschieht, Maili?«

Worte formten sich in Mailis Geist, die nicht ihrem eigenen Denken zu entspringen schienen. Sie sprach sie aus:

Alle Erscheinungen sind nur Tricks des Geistes.
Es gibt nichts zu fürchten im inneren Raum.
All dies ist nichts anderes als die natürliche Ausstrahlung des klaren Lichts.
Es gibt keinen Grund, darauf einzugehen.
Da alles Handeln nur Verzierung ist,
sollte ich in stummer meditativer Versenkung verharren.

Ani Nyima lächelte. »Ich habe diesen Text noch nie in Nepali gehört.«

»Welchen Text?«

»Diesen Gesang der Yeshe Tsogyal.«

Maili riss die Augen auf. »Ich habe mich erinnert. Aber wie konnte ich mich erinnern? Ani-la, ich verstehe das alles nicht.«

Ani Nyima machte eine kleine abwehrende Geste. »Das ist nicht zu verstehen, nur zu erleben. Doch nun höre mir gut zu: Diese Kraft wird dich vor Furcht und Ablenkung beschützen, wenn du sie rufst. Rufe sie nie zu einem anderen Zweck. Sei nicht stolz. Teile deine Erfahrung nur mit denjenigen, die du damit inspirieren kannst. Es ist ein kostbares Geschenk. Wenn du nicht wach bleibst, wirst du es verlieren. Die Dämonen der Begierde, Aggression und Ignoranz schleichen sich heran, um es dir zu rauben. Sie werden versuchen, in deinen Geist einzudringen und dich zu beherrschen. Die Kraft hat zwei Seiten. Sie ist dein Schatz und deine Falle. Sei auf der Hut!«

Dann beschrieb die Yogini das Ritual, mit dem Maili die Kraft der Dakini rufen konnte. Sie schrieb die Rezitation in tibetischer Sprache auf, und sie lehrte Maili das Mantra der Anrufung und eine Übung, mit der sie verhindern konnte, dass die Kraft in falsche Energiekanäle des Körpers geriet.

Der Abstieg von der Höhle schien in einem anderen Raum und in einer anderen Zeit stattzufinden. Das Gefühl der Macht war rein und klar. Die kleine Maili gab es nicht mehr. Nun war sie Ani Ösel Wangmo, wie ihr Ordinationsname lautete. Mochten die anderen sie auch weiterhin Maili Ani nennen, es änderte nichts daran.

Der Himmel hing auf den Berg herab. Graues Licht fiel durch das Fenster und vermischte sich mit dem zarten Gold der Butterlampen. Der ruhige Atem der Welt ließ die kleinen Flammen leicht erzittern. Maili hatte sich gegen die winterliche Kälte in ihren Fellmantel eingewickelt. Sie begann mit der zweiten ihrer vier täglichen Runden der Innere-Hitze-Übung, die Ani Nyima ihr gezeigt hatte. Solange Deki beim Unterricht war, konnte sie ungestört praktizieren.

Maili hielt den Atem in der Tiefe und ließ die Energie aufsteigen. Von Tag zu Tag spürte sie deutlicher, wie Hitze in ihrem

Körper entstand und auszustrahlen begann. Mühelos hielt sie die feine Balance zwischen Absicht und Geschehenlassen. Die Hitze verursachte ein leichtes Brennen in ihrem Bauch und schoss plötzlich hoch, wie eine klare Flamme, die alle Gedanken verzehrte. Und so stark war der Kraftstoß, dass er ihren Körper hochschnellen ließ. Der Fellmantel fiel von ihren Schultern, ohne dass sie es bemerkte.

Mailis Geist schwebte still in dem kleinen Zimmer. Vergangenheit und Zukunft bildeten zarte, ungewisse Ränder um das Jetzt. Sie spürte ihren Körper nicht mehr. Es war, als sei die Zeit zu einem unendlichen, stillen Meer geworden, auf dem sie dahintrieb.

»Öffne die Augen und lass deinen Geist im reinen Gewahrsein ruhen.« Es war keine Stimme, die dies sagte. Es war die Yogini, doch zugleich war es auch der alte Rinpoche, und es war der unendliche Raum selbst, der sich mitteilte.

Maili lächelte glücklich. Aus dem Raum strömte eine liebevolle, mitfühlende Kraft in sie ein, durch sie hindurch und hinaus in die Welt. »Wie einfach es ist.« Dies war kein Gedanke, sondern ein Wissen, das den Raum und damit sie selbst durchdrang.

Als Sönam die Tür aufstieß, war es keine Überraschung. Am Rande ihres Bewusstseins hatte sie sein Kommen gefühlt. Er kommt, und dennoch ist er immer da – welch hübsches Paradox, sagte der Raum, der auch Maili war. Sein Körper steht in der Tür, nähert sich mir, wie die rechte Hand sich der linken nähert. Spürt die rechte Hand die linke, spürt die linke die rechte? Ist es nicht vielmehr ein einziges, ungetrenntes Spüren?

Sönam setzte sich an den Bettrand und berührte ihre glühende Wange. »Du lieber Himmel«, sagte er, »du kannst es wirklich.«

Maili lachte. »Es geht täglich besser.«

»Ich werde es auch lernen. Bald. Wenn Neujahr vorbei ist, beginnt das Retreat.«

Sönam legte seine Tasche ab und zog den roten, wattierten

Anorak aus. »Du hast gut eingeheizt«, sagte er, und sein Lachen ließ die Grübchen aufblühen.

Maili ergriff seine kalten Hände und wärmte sie. »Drei Jahre«, sagte sie. »Ich wundere mich, dass ich nicht traurig bin.«

»So geht es mir auch«, erwiderte Sönam. »Ich habe nicht das Gefühl, dass wir uns trennen müssen.«

»Es gibt keine Trennung«, sagte Maili. »Es gibt nur die Vorstellung von Trennung.«

Sönam drückte leicht ihre Hände. »Vor einem halben Jahr war mir, als müsse ich an dieser Vorstellung sterben.«

»Sie wird uns vielleicht wieder einholen«, erklärte Maili heiter. »Aber das bedeutet nichts.«

Sie versanken in Stille und ließen sich vom Schweigen tragen. Es hat sich etwas verändert, dachte Maili. Es ist anders als früher. Zwar war da wieder die unendliche Weite, die Auflösung aller Begrenzungen, und doch gab es zugleich auch Maili und Sönam in ihrer Einzigartigkeit, und beides war eines.

Plötzlich spürte sie ein leises Zittern von Unruhe im Raum. »Musst du gehen?«, fragte sie.

»Ich bin mit Wangyal gekommen«, antwortete er. »Er wartet auf mich. Es gab keine andere Gelegenheit heraufzukommen. Ich muss dir sagen – ich habe ihm alles erzählt. Er geht ebenfalls ins Retreat.«

Maili verbarg das Lächeln, das angesichts seiner Verlegenheit in ihr aufstieg.

»Das ist sehr gut«, sagte sie.

Sie berührten einander sanft, Stirn gegen Stirn.

Sönam stand auf. »Bis in drei Jahren«, sagte er, »falls wir dann noch leben.«

Maili lachte leise. »Und sonst im nächsten Leben.«

Sönam verließ das Zimmer. Sie lauschte seinen Schritten nach, bis sie nicht mehr zu hören waren. Die Stille schloss sich wieder, wie Wasser in der Ebene zusammenfließt.

Ich kann ihn gehen lassen, dachte Maili. Es schmerzt, aber ich kann lächeln dabei. Bittersüß. Nun bin ich wohl erwachsen geworden, und der Weg kann beginnen. Er kann wirklich beginnen.

# GLOSSAR

*Ani:* »Schwester«, Bezeichnung für Nonnen.

*Ani-la:* Die Silbe -la, an einen Namen oder Titel angehängt, ist ein Ausdruck der Höflichkeit.

*Amchi:* Titel eines tibetischen Arztes.

*Arya Tara:* Bedeutende Meditations-Gottheit, Personifizierung des Mitgefühls.

*Bodhisattva-Gelübde:* Das Gelübde, allen Wesen zur Befreiung zu verhelfen, bevor man selbst befreit wird. Obligatorisch für alle Praktizierenden des nördlichen Buddhismus.

*Chang:* Tibetisches »Bier«, säuerliches Gebräu aus Gerste oder Weizen.

*Chöd:* Wörtlich »abschneiden«; tantrische Meditationspraxis, in der man alle Dämonen (negative Energien) einlädt und sich ihnen als Mahl anbietet – symbolisch für das Loslassen des Ego und die Transformation negativer Impulse in Weisheit.

*Chuba:* Ärmelloses tibetisches Kleid, unter dem eine langärmelige Bluse getragen wird.

*Dakini:* Tibetisch *Khandro,* »Himmelstänzerin«; verkörpertes Prinzip dynamischer weiblicher Weisheitsenergie.

*Deva:* Bewohner des Götterbereichs.

*Dhanyabaad:* »Danke« (Nepali).

*Dharma:* Die buddhistischen Lehren.

*Didi:* Dienerin.

*Duditschee:* »Danke« (Tibetisch).

*Gelugpa:* Bezeichnung für die Anhänger der Gelug-Traditionslinie; »reformierte Linie«, der die Dalai Lamas entstammen.

*Guru Rinpoche:* Titel des Begründers des tibetischen Buddhismus, Padmasambhava (8. Jahrhundert).

*Jambudvipa:* Bezeichnung für die Erdenwelt.

*Karmamudra:* Tantrische Gefährtin.

*Kata:* Glücksschleife, meistens weiß, wird als Geste der Höflichkeit überreicht.

*Khenpo:* Titel eines Lehrers mit abgeschlossenem Studium in den buddhistischen Geisteswissenschaften.

*Khora:* Rituelles Umrunden heiliger Orte, Gebäude und Statuen.

*Lama:* Titel eines spirituellen Lehrers.

*Lhakang:* Tibetisch-buddhistische Schreinhalle oder Tempel.

*Losar:* Neujahrsfest Ende Februar.

*Mahakala:* Der »Schwarze Beschützer«; Personifizierung der in Weisheit verwandelten Energie der Negativität, die als »Schützer-Gottheit« angerufen wird.

*Mala:* Tibetische Mantra-Kette, eine Art Rosenkranz.

*Mantra:* Symbolische »heilige Worte«, mittels derer man mit der Energie einer »Gottheit« kommunizieren kann. Mani-Mantra: OM MANI PADME HUM.

*Milarepa:* Tibets berühmtester Yogi aus dem 11. Jahrhundert; hier zitiert aus *Selected Songs of Realization,* übersetzt von Jim Scott.

*Momo:* Tibetisches Nationalgericht, Riesenravioli mit Fleisch- oder Gemüsefüllung.

*Naga:* Mächtige Naturgeister, die in der Ikonographie als Wesen mit einem schlangenartigen Unterleib dargestellt werden.

*Namasté:* Gruß (Nepali).

*Newar:* Ureinwohner Nepals.

*Nöndro (Ngöndro):* Die viermal hunderttausend vorbereitenden Übungen des Vajrayana-Buddhismus.

*Padmasambhava:* s. Guru Rinpoche.

*Puja:* Wörtlich »Opferhandlung«, umfasst Rituale, Anrufungen und Meditationen.

*Retreat:* Rückzug in soziale Isolation zur Praxis der Meditation.

*Rinpoche:* Wörtlich »kostbares Juwel«, Titel hoher Wiedergeburten.

*Sadhana:* Meditative Praxis, die Rezitationen, Rituale und Meditationsübungen umfasst.

*Schwarzer Beschützer:* s. Mahakala.

*Shantideva:* Berühmter indischer Lehrer des Dharma aus dem 8. Jahrhundert. Hier zitiert aus seinem Werk *Bodhicharyavatara.*

*Sherpa:* Tibetisch-stämmige Bewohner einer Region im Nordosten Nepals.

*Siddha:* Meister/Meisterin mit übersinnlichen Fähigkeiten (Siddhis); Siddhas fallen durch die Manifestation der »verrückten Weisheit« – das Lehren des Dharma durch ungenormtes Verhalten – auf.

*Stupa:* Sakrale Form – als Statue, Malerei oder Bauwerk –, die den Aufbau der subtilen Energien im Kosmos und im menschlichen Körper symbolisiert. Die Stupa in Kathmandus Stadtteil Boudhanath ist ein 1500 Jahre altes berühmtes Pilgerziel der buddhistischen Welt.

*Svaha:* Ausruf der Bestätigung, wie etwa »So sei es!« oder »Amen«.

*Tashi delek:* »Glückliches Gedeihen«, tibetischer Gruß.

*Tidro:* Palast der Dakinis, wo sich Padmasambhava mit seiner Gefährtin Yeshe Tsogyal vereinigte.

*Tsampa:* Gemahlene geröstete Gerste, die man mit Buttertee vermischt. Tibetische Nationalspeise.

*Yak:* Tibetisches Hochlandrind, Grunzochse.

*Yoga:* Meditative Energiearbeit, die teilweise auf indische und teilweise auf vorbuddhistische schamanische Quellen in Tibet zurückgeht; am bekanntesten sind die »Sechs Yogas des Naropa«.

*Yogini* (männliche Form Yogi): Weibliche Praktizierende, die keine monastischen Gelübde abgelegt oder sie zurückgegeben hat und jede Lebensform wählen kann, die sie wünscht.

Der gemeinnützige Verein TASHI DELEK e. V., Gesellschaft zur Förderung der tibetischen Kultur im Exil, unterstützt die Nonnen des Klosters, das diesem Buch als Vorlage diente, mittels Patenschaften und Einzelspenden. Alle Spenden sind abzugsfähig.

TASHI DELEK e. V.
www.tashi-delek.de
tashidelek@gmx.de

# Ulli Olvedi

# Zanskar und ein Leben mehr

Roman

Das geordnete Leben der 28-jährigen Pema-Marie gerät völlig aus den Fugen, als sie einen Brief aus Nepal erhält: Die Tagebücher ihrer seit zehn Jahren verschollenen tibetischen Mutter, Dölma, sind in Kathmandu gefunden worden. Pema-Marie reist nach Zanskar, eine hochgelegene Region im westlichen Himalaja, in der das echte alte Tibet noch lebendig zu sein scheint. Sie folgt den Spuren ihrer Mutter, deren Vermächtnis ihr eine vollkommen neue Welt erschließt und zu einer unerwarteten Wende in ihrem Leben führt.

KNAUR

Ulli Olvedi

# Der Schrei des Garuda

Roman

Miriam und Dawa sind zwei grundverschiedene Frauen aus gegensätzlichen Kulturen – doch beide können nicht anders, als sich in Tibet auf die Suche nach der wahren Freiheit zu begeben. Dawa tat dies vor vielen Jahrhunderten – und in unserer modernen Zeit folgt Miriam ihren Spuren ...

KNAUR